译文纪实

OBSESSION

John Douglas   Mark Olshaker

[美] 约翰·道格拉斯　马克·奥尔谢克 著
闻佳 译

变态杀手

上海译文出版社

心灵是个自主的地方。一念起，天堂变地狱；一念灭，地狱变天堂。

——弥尔顿《失乐园》

"没什么事儿发生在我身上，史达琳警官。我就这么碰巧发生了。别小瞧我，用一连串的影响因素来归纳我。别听行为主义那一套，把善恶都放弃了，史达琳警官。给每个人都套上条道德尊严的裤子，就没有任何事可以说是谁的错了。看着我，史达琳警官。你忍心说我是邪恶的吗？我邪恶吗，史达琳警官？"

托马斯·哈里斯,《沉默的羔羊》

目　录

第一章　　动机未知…………………………………… 001
第二章　　猎人和猎物………………………………… 019
第三章　　两个强奸犯的故事………………………… 037
第四章　　强奸的维度………………………………… 078
第五章　　中央公园到底发生了什么………………… 104
第六章　　幸存者之路………………………………… 125
第七章　　凯蒂的故事………………………………… 150
第八章　　为了受害者………………………………… 185
第九章　　跟踪缠扰…………………………………… 210
第十章　　如果我得不到你，别人也休想…………… 253
第十一章　"水牛"比尔及其他……………………… 279
第十二章　为斯蒂芬妮疾呼…………………………… 309
第十三章　知识就是力量……………………………… 348

第一章　动机未知

　　他们全都死了。一家四口。一个活的都没留下。
　　那是1979年。我坐在弗吉尼亚州匡蒂科联邦调查局的办公桌前，全神贯注地看着犯罪现场的彩色照片。在某中等规模的中大西洋城市，肯尼斯·彼得森夫妇倒在他们平层木屋的卧室里——肯尼斯本人死在床上；妻子萨拉死在地板上，身体赤裸，头歪向一侧。两人都被黑色电工胶带和白色百叶窗尼龙抽绳捆绑着，从他们脖子上的勒痕来看，尼龙绳似乎就是致死的手段。幸亏他们的眼睛是闭上的，但从他们血迹斑斑、淤肿的脸上看不出一丝平静。11岁的梅丽莎在地下室，用白绳子捆着，脖子吊在一根排水管上。她嘴里堵着一条毛巾，腰部以下均为赤裸，只穿了袜子，内裤胡乱团在脚踝上。我仔细观察她的头部特写，长长的深色头发蓬乱地披散在脸上。她一定是个漂亮的女孩，但从犯罪现场的照片中却很难看出这一点。暴力手段夺走了太多东西；暴力致死夺走了她的一切。丹尼尔，小名丹尼，年仅9岁。他躺在自己卧室的地板上，紧挨着床，身上衣服完整，身体被绳子绑着，头上套着一只塑料袋。尽管每一具尸体上都还有别的伤痕，但两个孩子都是被勒死的。惨案发生在1974年2月一个星期三的上午8点到10点之间，距今已有5年多了。如今又发生了两起（甚至可能是三起）凶杀案，一个不明嫌犯（UNSUB），显然仍在活动。于是，当地警察找到了我们。

出于明显的原因，本案中的名字和一些细节有所改变。然而，事实本身无需多言。

我研究了彼得森案卷中的其他照片和警探们的报告。尽管现场一团混乱，但这起案件绝非随机或偶然作案。没有强行闯入的迹象，但有一张照片显示，电话线在闯入者进屋前就被切断了。警探的搜查表明，捆人的绳子是被带到现场的。做这件事的人早有预谋。

我不清楚房子里丢失了什么东西，但家里的车被偷了。警察发现它被遗弃在一家食品店的停车场。

1979年，我们犯罪心理画像项目刚刚建立。我来匡蒂科才两年，先是在训练学院当顾问，后来做了讲师。此前，我在底特律和密尔沃基做外勤人员。联邦调查局局长威廉·韦伯斯特刚正式批准行为科学组提供犯罪心理画像咨询，将其作为我们在教育和研究之外的附加职责。几年后，我将成为第一个从培训转为全职进行犯罪心理画像的人，但此时，我的主要工作仍然是教学，尤其是为来自美国和世界各地的新特工和警务工作人员教授应用犯罪心理学课程。鲍勃·雷斯勒、罗伊·黑泽尔伍德和其他几位讲师，也开始在教学日程允许的情况下就犯罪心理画像分析提供咨询。

尽管这还只是一门相对来说不为人所知的新学科，但我们已经建立起了一套工作程序：把犯罪现场照片、现场警察报告、证人陈述、尸检照片、过程和法医报告、犯罪现场和／或弃尸地点的地图，以及任何可能与案件有关的东西发给我们。告诉我们关于受害者的一切，他们的习惯、生活方式。但不要把嫌疑人名单给我们，也别告诉我们你认为是什么人干的，我们不想受你的观点影响。

肯尼斯·彼得森死时41岁。妻子萨拉34岁，跟我此刻坐在这里阅读这份卷宗时同龄。肯尼斯刚从军队退役，此前驻扎在德国。他随家人回到美国，在这座舒适宜人的东部沿海城市定了居，在市区南边一座小机场当飞行员和机械师。大约一个月前，彼得森一家搬进了他们丧命的这座房子里。

我浏览了4份验尸报告中冰冷的医学结果。正如犯罪现场的照片所显示，他们4人全都死于窒息，都是因为尼龙绳勒住喉咙，导致肺部水肿和内脏充血。萨拉身上还有其他伤口。报告指出，梅丽莎还戴着白色胸罩，被从胸口中间割断。然而，没有证据表明这两名女性受到了性侵犯。

虽然所有尸体上都没有枪伤，但我猜凶手肯定带着枪。否则，他不可能同时控制那么多人，尤其是其中还有一个刚退伍的军人。但很明显，他从没有想过要用枪，除非为了救自己的命。他绝对是蓄意杀人——不可能是入室盗窃或抢劫——但他并不想用枪迅速、"干净"地把人杀掉。

警方提出了好几个嫌疑犯，被媒体大肆宣扬，但没有一个证据充分。10月，当地报纸的一位编辑接到一通电话，让他去公共图书馆查阅专门指定的一本书。书里夹着一封据说是凶手所写的信。信里说，警方调查的那些嫌疑人"什么都不知道"。为证实自己说法的真实性，他在"彼得森案"的标题下，十分具体地描述了每一名受害者的情况，包括死亡位置、捆绑方式、衣着和致死方式。他还在每名受害者名字下边随意加了几句"评论"，比如肯尼斯吐了，萨拉没有收拾好床铺。他甚至抱怨说，他偷走的车里面很脏，几乎没油。

我读着黑白复印件，它们每张都蒙着塑料保护套。你想从这里告诉我关于你的什么情况呢？我很好奇。

描述下面的文字似通非通，不太连贯，好几段都在说他有多难控制自己。而且，自从谋杀案发生以来，他找不到任何能有效遏制杀人冲动的办法，因为他无法向任何人提及自己的问题。

"我从来不知道这个怪物会在什么时候进入我的脑子。但它一来就不肯走。要怎样才能自我疗愈呢？你已经杀了4个人，要是去向他人请求帮助，他们是会笑你，还是惊慌失措地打电话报警呢？"

Obsession　003

这多少让我想起了威廉·黑伦斯写在犯罪现场的请求,他是20世纪40年代芝加哥的一名大学生连环杀手,曾用一名受害者的口红在墙上写道:"看在上帝的分上,在我杀更多的人之前抓住我吧。我没法控制自己。"他被捕后,将自己杀的人归罪于乔治·莫曼[①]。最终,他承认莫曼就住在自己身体里。经过审讯,黑伦斯被判终身监禁,鲍勃·雷斯勒和我最近因为犯罪人格研究项目对他进行了访谈。然而,不同之处在于,黑伦斯用口红写下的恳求中兴许带着几分真诚,但这个人是在跟观众逗着玩。

他描述自己的作案手法:"……跟踪他们,监视他们,在黑暗中等待、等待、等待。"和黑伦斯一样,他企图推卸责任:"也许你可以阻止他。我不能。他已经选好了下一个甚至几个受害者,我却不知道他们是谁。"最后,他在信的末尾留了一句"祝你狩猎好运",并落款"你的,真正的罪人"。

他又加了一句附言:"既然性罪犯不会改变作案手法,或者说,他们从本性上就无法改变,我也不会改变我的做法。我的暗号是——寻找和毁灭。"

我意识到,这句话是破案的关键。他不仅以谋杀为荣,还在谋杀案上留下了自己的记号,给自己设定了形象。不管这个人在生活中取得了什么成就(我猜,不会太多),这都是他最引以为傲的一件事。他在这件事上花了大量的心思,投入了无穷的幻想。他认为自己是艺术家,而谋杀便是他的"艺术",是他一辈子的工作。信的第二部分仅仅是一个解释,一个方便的借口,来说明他为什么会继续做下去。这件事让他感觉最有活力。在这一刻,他可以摆脱自己在现实中的无能和缺陷,将终极的权力施加在他人身上。无论对方现在是个什么角色,过去是号什么人物,他都比他们更强大。他想借此出名。

---

① George Murman,"Murman"应是"Murder Man",即杀人犯的简称。——译者

事情的现状似乎就是这样了。没有发生更多的犯罪，也没有传出更多的消息。

但即使没有我面前的文件证据，这个不明嫌犯也明显并未收手。我仔细看了看信件的第一页，它详细得可怕，我从来没见过这样的东西。他甚至记下了梅丽莎的眼镜放在哪里。他是怎么做到的？难道他有强迫症，巡视了整栋房子，留下了详尽的笔记？案发已经 8 个月，他肯定不可能凭着记忆写下来。

当然不可能！他是在看犯罪现场的照片，就跟我一样。只不过，他的照片是他自己拍的。他要么是带了相机到现场，更有可能是从彼得森家拿的。除非你刻意去找，否则，房子里丢了相机这种事很容易被忽视。此外，除非他本人是个摄影爱好者，有自己的暗房设备，要不然，那一定是台一次成像的宝丽来相机。他总不可能冒险把记录犯罪现场的胶卷拿出去冲洗。

他为什么要拍照呢？当然不是为了向警方和媒体描述现场情况，尽管这么做肯定让他兴致盎然。我意识到，他拍这些照片是为了一遍又一遍地重温那一刻。有些人会带走珠宝或内衣，而这家伙选择拍摄犯罪现场照片。毫无疑问，他会继续杀人。他太享受这么做了。一旦回忆不能再为他带去享受，他就会再次作案。

这个连环凶手的下一起谋杀案发生在 3 年多之后的 1977 年 5 月。一名白人男子持枪闯入弗朗西丝·法雷尔的家。他把她的 3 个孩子（两个男孩，一个女孩）锁在浴室里，绑住并勒死了他们 27 岁的母亲弗朗西丝。电话铃声突然响起，显然吓跑了闯入者，让他没能来得及完成计划。孩子们设法挣脱出来并报了警。如果是同一个人，他这次忘记切断电话线了，要不就是无法接近电话线。警方得到了更多的细节，有目击证人的描述说，自己曾在受害者家附近看到有人出没。那天早上，弗朗西丝的一个儿子在街上被一个男人拦住问路，男孩认为那人就是凶手。

Obsession 005

弗朗西丝·法雷尔的犯罪现场照片非常可怕，甚至可能比彼得森一家的照片更可怕。跟萨拉·彼得森一样，她赤身裸体，被黑色电工胶带和白色尼龙绳捆着。她的胳膊被用胶带、绳子和她自己的一双连裤袜绑在背后。和丹尼·彼得森一样，一只塑料袋罩在弗朗西丝头上。在犯罪现场取下塑料袋时，她的脸因为发绀和淤血，几乎变成了黑红色，吐出来的血凝结在鼻子和嘴巴周围。然而，验尸报告没有发现手上有抵抗挣扎的伤痕，也没有性侵犯的证据。

同年11月6日，23岁的洛里·加拉格尔回到家，惊讶地发现有人从卧室窗户闯了进来。这一次，他切断了电话线。她脸朝下躺在床上，穿着粉红色的长袖毛衣，裤子被扯下来，手腕背在身后，被用她自己的裤袜绑着。还有几双不同颜色的连裤袜缠着她的脖子，又塞进她嘴里。她的嘴巴和鼻子都在流血。她的整个身体呈红色瘀点状出血。这一次，仍然没有自卫抵抗的伤痕，也没有明显的阴道或肛门侵犯。死因同样是勒颈窒息。

这起谋杀案最值得注意的是警方发现它的方式。案发次日早上，凶手打电话给警察，指示他们前往现场。警方追踪到这通电话来自市中心一个繁忙角落的公用电话亭。几名目击者模糊地回忆曾看到一名高个金发男子当时在使用电话。

1978年2月初，凶手给当地报纸寄了一首诗，但不知为何被送到了发行部，好几天都没人注意到。显然，不明嫌犯对这样的怠慢大感恼火，再加上他迫切想得到宣传却始终未能得逞，便采取了不同的策略，给一家覆盖该区域大部分地方的电视台写了一封信。他不仅重申对彼得森谋杀案负责，还声称对法雷尔和加拉格尔谋杀案负责。

电视台立即把信件交给了警方，后者对此很重视。

信中对法雷尔和加拉格尔谋杀案的描述，跟最初对彼得森一家的描述同样详细。他说，法雷尔家的孩子真是幸运，电话响了，救了他们的命。他本打算杀死他们，就像对丹尼·彼得森一样。只是这一次,他在信中更深入地说明了自己的方法和动机。在关于法雷尔和加拉格尔两人段落的末尾,他写下了完全相同的评论:"随机选择,几乎没有计划,动机未知。"

他说他还会再来一次,场面将和杀死梅丽莎·彼得森相似,并粗俗不堪地做了一番详细描述。"她"会是随机选中的,只是计划性再多些。至于动机,仍然"未知"。

"我要杀多少人,才能让我的名字上报纸,引起全国的注意?"他近乎恳求地说,"难道警方都没有关联所有这些死亡事件吗?没错,作案手法各不相同,但看看正逐渐形成的模式吧。"

就好像担心自己说得还不够清楚似的,他继续做了解释:"你不明白这些事情,因为你没有受到未知动机的影响。同样的东西造就了'山姆之子''开膛手杰克''波士顿勒人魔''山腰绞杀手''西海岸的泰德·邦迪',还有许多其他臭名昭著的角色。"

他称自己的苦恼是"一场可怕的噩梦",但承认自己并没有"因此失眠"。"杀了加拉格尔之后,我回到家里,照常过着自己的生活,跟其他所有人一样。我会一直这么平平稳稳地生活,直到那种冲动再次袭来。"

尽管那时我才刚开始犯罪心理画像分析职业生涯,但我知道,他才不会像其他人一样回到家照常过自己的生活呢。我已经学会了如何从信中解读更深层次的信息,即演员们所说的"潜台词"。在这里,他说了一些非常准确的话,不仅是关于他自己,也是关于几乎所有的连环杀人犯。那就是,在日常生活层面上,他们的确跟我们其他人一样,做着自己的事情,过着自己的日子。尽管他们是怪物,但他们的外表和行为并不像怪物,这就是他们得手的原因。我们看到了他们,却没有注意到他们。使他们成为怪物的不是他们的外表,而是他们做了那些事以后并不"因此失眠"。

信末,他恳求道:"给我起个绰号怎么样?"这一次,他正式地提出了建议:"寻找和毁灭者(SEARCH AND DESTROYER)。"我想,严格地说,应该是"寻找者和毁灭者(Searcher and Destroyer)"才对吧。虽说他语法蹩脚,还是大概说清了自己的观点。他没有在风格上花太多时间,但肯定在形象上花了很多时间。如果我们想抓住他,就得玩他的游戏。

警察来找我们之前,就已经很好地完成了第一步工作。他们不仅组建了特别工作小组,汇集所有的证据和线索以追捕凶手。而且,在这封信送到电视台的当天,局长就召开新闻发布会公布了此信,并称警方相信它的真实性。

"我想重申,我们毫不怀疑,写这封信的人就是杀害了这些人的凶手。这个人一直自称在'寻找和毁灭',并希望被称为'寻找和毁灭者'。因为确信这个人对6起谋杀案负有责任,我们希望得到这个社区每个公民的帮助。"

虽然我刚开始进行犯罪心理画像和调查分析,但已经知道警长的直觉很准,在我日后的执法生涯中,这种感觉越变越强。

在这类工作中存在一种倾向,那就是希望隐瞒和控制信息。当然,有的时候,这么做是必要的。在每一桩还在进行调查的案件中,你必须对一些细节保密,才能评估、鉴别各式各样的嫌疑人和证人。就像任何耸人听闻的案件或连环案件一样,"寻找和毁灭者"一案必然也会冒出一群疯子说是自己干的。换句话说,一些想要做凶手所做之事却做不到的人,会找到你招供。他们企图获得认可,幻想自己就是真正的罪犯。你必须找出办法尽快排除掉他们,以免浪费太多时间。

但总的来说,我一次又一次地发现,在将不明嫌犯绳之以法的过程中,公众始终是你最好、最有效的合作伙伴。总有人认识他。总有人看到或听到了什么。总有人捡到了缺失的那块拼图。"道格拉斯破案第一定律"指出,你向公众分享得越多,他们就越能帮助到你。

008　变态杀手

部分地出于这个原因，我并不是第一个为"寻找和毁灭者"进行犯罪心理画像分析的。媒体疯狂地报道"未知动机"，精神病学家和心理学家纷纷权衡它意味着什么，以及不明嫌犯是如何变成现在这个样子的。有些观点不乏可取之处，但我们的犯罪心理画像分析方法，就其本质而言，与大多数心理健康社群采用的方法有很大不同。他们的工作是用原始心理数据来说明他如何变成了现在这样。我的工作则是利用这些材料弄清楚他现在是什么样子，我们怎样才能认出他，怎样赶在他进一步有所行动之前抓住他。

例如，一位心理学家写了一篇专栏文章，从理论上推测凶手曾广泛研究医学或心理学期刊，试图更好地了解自己及其行凶行为的动机；他早在青春期就寻求过心理咨询，以处理他的冲动情绪和暴力幻想。

也许是这样，也许不是。从实际犯罪心理画像分析的角度，我看到了一个对警察生活、程序和文化着迷的家伙。他要么本身从事执法工作，要么非常想成为执法人员，幻想那种地位能给他带来的权力。我不仅相信他像真正的警察一样拍摄了犯罪现场的照片，而且他对尸体和现场的书面描述也有条不紊、程序化，充满了警察行话，比如给出了尸体放置或发现时的南北、东西朝向。从他拍摄的照片类型来看，说他会勾画草图，对自己在信中许诺要做的未来犯罪展开幻想和规划，我也不会感到惊讶。

行为科学组的办公室在匡蒂科的地下室，距离地面足有18米。按照原来的设计，这间办公室是供国家执法智囊团碰到紧急情况时充当临时指挥中心之用。倘若有敌人进攻，藏在地下可能挺不错，但在日常生活中我觉得有些令人窒息。所以，每当碰到真正想要专心思考的案件，我常常去隔壁的大楼，上到图书馆的顶层，法务部门就在那里做研究。我带着案件的材料，一个人待在那儿坐着。我会努力想象罪案发生时的场面——受害者和凶手之间一定发生了什么。我会全面分析受害者（我们称之为"受害者研究"），这对于理解罪犯、掌握犯罪情况同样是至关重要的。

和我那小小的地下办公室不同，图书馆有窗户和充足的光线，让人不至于觉得是在墓穴里工作。

作为第一步，我尝试想象每一名受害者在面对凶手时会有什么反应。我分析伤口，试着通过解读它们，来理解受害者为什么遭到了这样的对待。

例如，如果你研究中发现，受害者明明很顺从，但尸体上却有明显受到折磨的证据，那么，这就能告诉你一些关于不明嫌犯及其行事特点的信息。它说明，他就是喜欢折磨别人、让人疼痛，惟其如此，犯罪才能让他感到满足。

我试着去想象并内化11岁的小姑娘梅丽莎·彼得森当时的恐惧：袭击者用枪指着她，逼她脱掉衣服，把她的手腕捆起来，把她的腰和腿绑在一起。他已经杀害了她的父母吗？我猜是的——你必须把最大的威胁解除掉。她知不知道他们都死了，所以才不能来救她呢？她一定听到了喧闹声，听到了他们的尖叫，求凶手放过自己和孩子。她知不知道这只会让折磨她的人更兴奋呢？我的胃翻腾着，一想到他把尼龙绳越勒越紧，我整个身体都难受起来。他知道自己施虐的形象将是这个年轻女孩最后看到的一幕，这个念头一定让他深为陶醉。怎么会有人对另一个人做出这样的事，更不用说后者是这么年少而又无辜？一旦你看到过这样的照片，怎么可能不一心一意找出犯下此种罪行的人呢？

梅丽莎，我现在不能，也永远不能，把你从我的脑海中抹去，我也不可能不去想到你的父母和弟弟，以及所有像你一样已经死去的人。你们的死，仅仅因为凶手决定了你们要死。其他人没有看到我看到的这一切，这并不意味着他们不会碰到你和你美好的家庭所遭遇的这一幕。你可能是我们中的任何一个人，我们中的任何一个人也可能成为你。

然而，仅仅是愤怒，仅仅是渴望用罪人的血来为无辜者复仇，没有任何意义。证据告诉我什么？从犯罪现场的照片和其他材料当中，我能靠直觉推断出什么？

之后，我们会用"有序"和"失序"等术语来描述罪犯。根据眼前的证据，我能说的是，这个人显然是在环环相扣地实施自己的计划。我没有看到任何证据表明他认识受害者，所以，他一直在监视他们（在他眼中，这件事也很像警察）。在进屋之前，他一直在构建自己那些关于控制、蹂躏和谋杀的幻想。我们从囚犯访谈和研究中了解到一件事：性侵类罪犯总是先有幻想，再付诸行动。

警方报告称在梅丽莎腿上发现了精液。这并不出人意料：很多凶手都会在罪案现场手淫。但这跟其余的行为证据怎么联系起来呢？

我注意到，他很重视视觉效果。他不仅会拍照，煞费苦心地描述现场，还会把受害者布置成自己想要的样子。这一点在梅丽莎身上表现得尤其明显，他似乎在她身上花了最多的时间和精力。在我看来，这意味着，尽管他有性癖，但深感自己无能，因此和孩子在一起比跟同龄人相处更舒服。他剥光了女人的衣服，却并未插入，这更明显地说明了他的无能。他只用她们作为自慰幻想的道具。实际上，他有可能是在她死后才手淫射精在她身上的。

虽然他肯定让受害者经受了可怕的折磨，但这些并不是我们从性虐狂身上看到的那种肉体折磨，后者是必须施加强烈的肉体疼痛才能获得快感。而他施加的折磨主要是精神上的，是他表达权力和优越感的方式。尽管可能会幻想肉体折磨，但他并没有真正这么做，一如他也没有与受害者实际发生性行为，这些不属于他的犯罪特征。

他的发育受阻，可能首先表现为偷窥狂，这与他喜欢暗中监视的倾向相吻合。他花了很多时间跟踪受害者，必须确信自己能控制住环境。他必须知道，这个家庭只有 4 口人，没有其他人可能闯进来打扰他。

与对梅丽莎所作所为同样重要的是，他对她弟弟所做的一切。在一封信里，他说他把袋子套在男孩的头上使之窒息，就像他声称的，他本打算对弗朗西丝·法雷尔的儿子们也这么做，只可惜电话打断了他。他对小丹尼尔也使用了尼龙绳来勒颈，一如对男孩的父母和姐姐所做的那样。所以，用我们的术语来说，这只袋子是"多余的"，这意味着它的存在一定有其他原因。我坚信这个原因是，杀死小丹尼尔让他感觉不太好，跟杀死其他人不一样。他想掩盖这件事，并防止丹尼死后的眼睛瞪着他进行控诉。

为什么呢？因为小男孩是他内心认同的对象，就像他对弗朗西丝·法雷尔的儿子们有所认同一样。他把他们关在浴室里，不让他们看到自己要对他们的母亲做些什么。至于他会不会以同样的方式对待那个女孩，还有待探究。

我独自坐在图书馆的桌子旁，开始构建犯罪心理画像。我在黄色便笺簿的第一页，写下了标题"连环杀人案"，并附上了城市的名字。

我开头写下的话，日后会成为我们通常所用的免责声明："应当指出，以下分析不能代替计划得当的周密调查。"接着我指出，犯罪心理画像分析中包含的信息，建立在我们对类似案件行为的了解之上，但没有哪两起犯罪行为、哪两个罪犯的性格会完全相同。

接下来，我将"寻找和毁灭者"的行凶，描述为一个无能者实施其幻想所带来的结果。他是个无名小卒，一辈子头一次把自己放到了重要和控制的位置，最终得到了他认为多年来应得的认可。然而，他实在太过无能，就连犯罪都无法原创，不得不模仿其他广为人知的罪犯。他非常嫉妒其他杀人犯的知名度，所以他把"山姆之子"视为榜样，尽管彼得森谋杀案发生在"山姆之子"活跃之前。换句话说，他竟然把比自己晚开始行动的凶手看成榜样，试图以这样可悲的方式来定义自己。

不明嫌犯应该是一名 20 多岁或 30 岁出头的白人男性。他可能结了婚，但如果是这样，他在性格和性方面会不断发生问题。

这家伙与人疏远、孤僻内向。他可能从来没有跟女性有过正常的性经验。他的受害者似乎与他不同，都是外向、受别人喜欢的人，所以他要让他们比自己显得更糟糕——不仅脆弱，而且完全无助、求他饶命。

根据我们在监狱访谈中对类似罪犯所构建的画像来看，我认为不明嫌犯来自一个破碎家庭，主要由专横但管教方式前后不一的母亲抚养长大。她可能非常虔诚，从小就给儿子带去了负罪感。父亲可能在不明嫌犯年幼时（也许是在跟丹尼尔年纪差不多甚至更小的时候）就离开家或去世了。如果他是养父母带大的，我不会感到惊讶。

在学校，他是个中不溜的学生，更喜欢在课堂上捣蛋而不是做功课。他所用的语言显然表明他对执法感兴趣，但这也可能意味着他曾在军队服役。他使用的"寻找和毁灭"一词，对此做了强调，但我并没有做太多解读。1974 年，越南战争深入人心，几乎每个人都熟悉这个词。对他来说，这可能只代表了另一种幻想。

到目前为止，他的逮捕记录最多可能涉及非法闯入或偷窥。他跟很多性犯罪者不一样，我不认为他过去有过任何直接的强奸行为。

他对作案地点的选择，是根据自己的舒适程度来的，那里有多个不同目标可供选择，而且总有一条容易逃跑的路线或藏身之处，比如公园。正如他自己所说，他的目标是计划和机会的结合，也就是说他产生杀人冲动时，正好出现方便他作案的受害者。

谋杀案之间相隔时间较长，可能有多种原因。他可能在服役或者因为其他原因离开了该地区。他可能被关进了精神病院，也可能因为其他不相关的指控（比如非法入室）而被监禁。

我们从他自己的话中得知，他正密切关注媒体，并渴望得到媒体的认可。对这类"警察迷"，我们预计他会以某种方式试图介入调

Obsession　　013

查，比如经常光顾警察出没的地方，在那里他可以跟警方攀谈和／或偷听谈话。这会让他觉得自己是"他们中的一员"。这正是他想要的，同时也会让他觉得自己高人一等，他需要这样来缓解自己的无能感，因为他跟执法部门斗智斗勇，还在社区中制造了高度的恐慌。如果他逐渐感觉足够优越，可能会提供更多的信息，要么直接打电话给警察，要么把他在犯罪现场拍的照片发给警方或媒体。我们可以预料他将再次杀人、继续杀人，以满足其幻想，每次逃脱时他都能获得更多自信。

犯罪心理画像是重要的工具，但它只是若干种工具中的一种。如果调查人员相信它，那么它可以帮助他们缩小嫌疑人名单，或者在他们看到可疑的人时将他辨识出来。要是我们告诉警方，他们说不定已经在初步调查中询问过不明嫌犯，效果尤其明显。但同样重要（甚至更为重要）的是，要充分理解犯罪心理画像的含义，将其转化为积极主动的技术，这就是我们下一阶段的建议。

我感觉，他那极度以自我为中心的傲慢心态，是我们可以善加利用的地方。他迟早会忍不住向朋友、熟人甚至家人吹嘘自己所做的事情。对警察的迷恋也可能帮上我们的忙。就算他不是真正的执法机构成员，甚至连保安或者夜间兼职警卫都不是，也很可能试图冒充警察。从他对捆绑型作案的兴趣来看，他兴许读过"真探"类杂志，因为这类出版物的主要内容就是描绘捆绑，以及形形色色控制女性的方法。因此，通过广告信息，他知道如何轻松订购一枚外表逼真的警察或侦探徽章，并随身携带。事实上，他甚至可能用这种手法进入受害者的家，因为案发现场没有强行进入的迹象。他可能一有机会就亮出假警徽，比如在当地酒吧结账的时候。

他很担心被抓住，但又因为自己制造的喧嚣而沉迷其中。他的自负态度说不定会让他在风声收紧之后继续留在当地。

我了解到，离谋杀现场不远处有一所州立大学的分校，设有刑事司法系。我想"寻找和毁灭者"很有可能在那里上过课；就算没有，也至少看过执法的相关书籍。根据我们的建议，警方开始监控那里的复印机，在放置文件的玻璃上做特殊记号，并在复印机里放入带有特殊水印的纸张。后来发现一份通信文件上出现了这些水印，证明他确实曾在大学附近出没。

我认为应该尽可能向他施加压力。最好公布有人看到嫌疑人在彼得森或加拉格尔住所外剪电话线。我们给他的压力越大，他周围的人就会更明显看出他的犯罪后行为表现。应该提醒家人、医生或同事注意某个人是否出现饮酒增加、外貌变化（如体重减轻、蓄须或者刮须）、长期紧张，以及对这一案件过于关注（比如在谈话中经常无缘无故地提起）等情况。就像杀戮始终萦绕在他的脑海里一样，缉凶也会。他会既兴奋又惊恐。我们的工作就是通过强迫他有所行为来逼他露出马脚。

万一他真的是警察呢？我暗自思忖。他可能是我们中的一员。他可以打电话给我，询问他正在处理的另一桩案件，向我寻求帮助和建议。我经常对自己这么说：他们就在我们身边，我们却视若无睹。但如果罪犯竟然真的是宣誓维护法律的人，那就太可恶了。这违背了自然——就像孩子死在父母之前那样违背自然，我在职业生涯中经常碰到这样的现象。

照我看来，他对各种受害者有不同的感觉。从这一点出发，我认为把他找出来的方法之一是把公众焦点放到丹尼尔·彼得森，或是弗朗西丝·法雷尔逃过一劫的儿子们身上。这可以通过报纸或杂志报道或电视专题节目来实现，让不明嫌犯把这些受害者看成真实的人。他对自己行为感到的悔恨、疑虑有可能逐渐浮现出来。出于这个原因，我往往喜欢宣布追悼会的日期或墓地的位置，根据我们的研究，我知道罪犯确实会出于各种原因回去看望受害者。

我们给了警察一连串逼使"寻找和毁灭者"出手的额外提示，试图在他再次杀人之前把他引到明处。我不想透露太多的细节，因为虽然已时隔多年，但这些做法仍然具有策略意义。我曾提醒警方一点，尤其是在当地媒体大张旗鼓地对未知动机进行心理分析的情况下：不希望警方把他描绘成一个精神病患者，从而给他留下逃脱惩罚的出口。我认为，如果他能让自己相信，这些行为真的不受自己控制，从而在心理上有了犯罪的借口，就有更大可能再次行凶。

当我们都屏住呼吸的时候，却没有更多符合"寻找和毁灭者"模式的案件出现。但警方确实在邮件中收到了一幅画。画风有一股冷漠的临床气质，内容却下流淫秽，描绘了一个裸体女人躺在床上，被紧紧地绑着，并被一根大木桩刺穿。这可能是对犯罪现场的描绘，但就我们所知，它并不代表任何实际发生的罪案。我想，这恐怕是他对想象中下一个场景的构思。整个城市圈的警察都收到了根据所有目击者描述拼凑出的嫌犯外貌特征、要留心的可疑活动类型，以及未知嫌犯的受害者类型及其惯用的作案手法。

我希望自己能给这个故事加上一个完美的结局。但天不遂人愿。事实上，它根本就没有结局。在杀害了洛里·加拉格尔之后，凶手似乎消失了。本案一直未能了结，他可能还逍遥法外，这就是为什么我用了假名字，修改了一些细节的原因。

到底发生了什么？他为什么收手了？

确切的答案，我们可能永远无法知道了。有一种可能的解释是：尽管我们作出了最好的预测，也担心他们会继续行凶，但跟其他一些似乎突然停止作案的连环杀手一样，他因为别的事情被送进了监狱或者精神病院，多年来没人把他跟该地区可怕的连环杀人案联系起来。他可能在车祸里死掉了，也可能被同伙或其他对头杀掉了。还有一种可能是，他跟调查靠得太近了——他受到了警方的盘查，意识到可能逃不出恢恢法网，于是他害怕了。

大多数与性有关的连环杀手会持续作案，直到遭到某种方式的阻止。但这桩案件可能有些特殊。这个不明嫌犯如此重视视觉感受，沉溺于幻想，远离任何真实的或有意义的人际接触，一旦尝到了寻找和毁灭（这已经成了他的迷思）的真实滋味，他就能凭着幻想继续下去。说不定，这个念头让他心满意足：他掌握了决定他人生死的权力，也曾行使过这种权力。他战胜了执法部门的联合力量，证明自己比他们更优秀。他成为过媒体关注的焦点，除了通过公开激怒社会来引起媒体关注之外，他再无别的"成名"途径。在渺小而又扭曲的思维里，他已经成了一个大人物。他还留着自己拍摄的罪案现场照片，天知道还有多少张像他寄给警方的那种画。也许，这一切对他来说已经足够了。

是我对"寻找和毁灭者"的判断出了错，所以他才没被绳之以法吗？我不这么认为，但真相只有他才知道。我甚至拿不准他是否真的逃脱了法网，因为我认为，通过我们的工作和研究，我们对他的执念的了解比他自己还深刻。

这一切过去很多年之后，又发生了一连串案件，作案手法和特征元素都很像他。媒体开始猜测"寻找和毁灭者"是不是又回来了。但当地一家媒体收到了一封信，大意是在说"不是我"。假设这封信是真的，他当时，甚至现在，可能还在外面某个地方。

我有意识地选择了这个我早期进行犯罪心理画像的故事，拉开本书的序幕。

我们不妨坦白承认，好人并不总能打胜仗。就像医学一样，我们所从事的并不是一门精准的科学，由于牵涉的利害关系，我们的失败可能带来毁灭性的结果，因为我们知道凶手仍然逍遥法外，会伺机再次出动。凶手有着形形色色的伪装和外衣，而且全都很危险。尽管我们废寝忘食、全力以赴，但并不总能逮到他们。

我们无法打赢每一场仗，也许永远也做不到，这是一个令人遗憾的真相。就连我们打赢的那些仗，从定义上来说，我觉得只能算是部

Obsession 017

分获胜。因为在我们出手的时候,已经有人遇害了。一想到杀害彼得森一家、弗朗西丝·法雷尔和洛里·加拉格尔的凶手,我就会腾起一股不屈不挠的劲头,这一点让我稍感安慰。这股劲头一直陪伴着我和同事们,帮助我们全力以赴地投入到成千上万的受害者身上,竭尽所能地出力追捕凶手。

对我们这些要走上战场的人来说,如果这个警世故事给我们的第一课是要保持谦逊,那么第二课就是我们所有人的共识、觉察以及一些基本的预见和准备工作——因为唯一彻底的胜利,是我们从一开始就阻止这些怪物伤害我们、我们的家人和朋友。这同样不是一门精准的科学,但我知道它可以带来巨大的不同。

战争永远不会结束,我们都是战士。但首先,我们必须了解敌人,还有这场我们要打的仗,无论是作为个人还是社会。这就是我们需要思考的东西。

第二章　猎人和猎物

操纵。支配。控制。

这是所有性罪犯的关键词，不管是跟踪狂、强奸犯还是杀人犯。它们也必须成为我和同事们的关键词，因为我们试图进入他们的头脑，找到他们。

我们使用的关键工具是犯罪心理画像。我当上匡蒂科联邦调查局调查支援组（以前叫行为科学组，行为科学的缩写是BS，但这也是"Bull Shit"的缩写，所以我跟上面说得改个名字）的组长之后，开始叫它"犯罪调查分析"。这不仅包括对不明嫌犯进行心理画像，还包括主动追捕他们的技术、评估案件之间的联系、锁定罪犯后进行审讯和起诉的策略。但有一点很重要，必须记住：我们并不是唯一进行犯罪心理画像分析的人。我们追捕的对象也在这么做，这一点完全可以肯定。

任何性罪犯在开始活动没多久的时候，都有他自己的偏好，也会打磨他独有的技巧。他知道如何选择地点，识别出他偏爱的受害者以及碰巧撞上的受害者（可以说，这就是"心理画像"）。他知道如何进入受害者的头脑，制造出他想要的效果：操纵、支配、控制对方，而后操纵、支配、控制试图逮捕他的执法人员。所以我们必须把他的作案过程进行梳理，还要做得比他更好。我们可能已经在支配他——他犯下的罪行将占据他大部分甚至全部的意识思维。他会跟进媒体，试图监视警方的调查，所以我们已经吸引了他的注意。我们必须弄清楚如何操纵他的应对方式和他打算采取的行动，预测并最终控制他的下一步行动。他在玩一个游戏，这对他来说是世界上最重要的事情。我们必须像他一样认真对待这个游戏。

当说到玩游戏的时候，我针对的不仅仅是我自己、我联邦调查局的同事们，以及全美和世界各地所有敬业的警察、侦探和检察官。我针对的是你们，你们所有人，我们所有人，因为我们都是这些家伙的潜在猎物，我们都可以做些事情来避免沦为受害者并给予反击。能在他们犯下暴行后抓住他们，这当然很棒。但如果能从一开始就阻止他们犯罪，结果会好得多。而要尝试阻止他们，我们首先必须了解这些人。

这是一本关于执念的书：捕食无辜弱者的罪犯的执念，以及这些人所激发的像我这样投入职业生涯试图了解并将之铲除的人的执念。更具体地说，它是关于人际暴力犯罪以及我们可以采取哪些措施的书。这也是一本关于受害者本身、他们的亲友和幸存者的书，他们同样拥有执念，那便是追求正义、结案和平静，同时挣扎着让自己的生活回到正轨。毫无疑问，如果残暴的罪犯混迹于我们的社会当中不受控制，我们就都会沦为受害者。

跟我们在《心理神探》(*Mindhunter*) 和《黑暗之旅》(*Journey into Darkness*) 两本书中所做的一样，我将讲述一些有趣的故事，带你进入猎人和猎物的内心世界。但我们希望这本书不仅仅是一本阴森而精彩的案件集。它当然包含了这些内容，但我们还想告诉你如何降低自己、亲人和朋友成为受害者的几率。我们也想告诉大家，这个世界上有多少需要消灭的坏人，就有更多非常优秀和勇敢的人，正在做着我们需要做的工作。我们想要突出这些人和组织，以他们作为积极改变、预防和治愈的榜样。在这场硬仗里，他们是跟我们并肩作战的真正战友。

我故意用了"打仗"这个词,诸君应该知道我说这些话的出发点是什么。暴力、性犯罪是一种不可容忍的祸害。我们要么成为罪犯的受害者,要么成为恐惧(为我们自己、我们的家庭、我们的孩子感到恐惧)的受害者。最近,全美统计数据显示各种类型的暴力犯罪均有所下降,这当然令人欣慰。但我必须告诉你,我在这个行业已经很长时间了,我对下降趋势是否持久并不感到十分乐观。不需要太多原因——经济衰退,下一代毒瘾婴儿成年,没有任何现实的前景或情感支持系统——我们的社会就会像以往一样充斥暴力。很多专家认为,2005年至2010年我们将达到暴力犯罪的峰值。我想知道,那些为如今的下降趋势邀功的政客们,还会不会站出来为这样的未来承担责任。与此同时,暴力和恐惧仍然弥漫在我们身边。

在民意调查中,这一直是美国人最关心的问题之一,与经济及个人财务焦虑不相伯仲。如果我们试图解决这个问题,唯有直接对它宣战。

在准备撰写本书期间,我碰巧从电视上看到了关于1997年青少年犯罪法案的辩论。我曾多次到国会为执法、犯罪及其影响相关的各种委员会和小组委员会作证,所以我很想知道辩论会放到什么样的框架下,哪些论点将得到采纳,由谁提出(我想,我如今已经听到了所有论点)。

一些辩论者表示,我们需要对犯罪采取更严厉的措施,增加监狱数量,加重刑罚。另一些人说这只是政治姿态——我们应该把钱花在社会项目上,通过打击贫困和社会不平等,直击"问题的根源"。一些人说,答案在于改善教育和就业前景,我们应该把资源集中到这些地方去。还有一些人认为,解决问题的办法是对潜在问题儿童进行早期干预——让他们离开有害的家庭环境,接受治疗,接触他们所需要的正面榜样。

要是这些人真有答案就好了。

我认为真正的答案应该是显而易见的。如果我们严肃地对待这个问题，而不是简单地喊喊老生常谈的口号，那么我们真正需要的是对罪犯宣战，也就是说，把你能动用的所有东西都投向敌人。

这些建议都不是，也不应该是相互排斥的。我们当然必须直击贫困和不平等问题的根源。我们当然必须找出潜在的问题儿童和个体，赶在他们走上邪路之前进行干预。我们当然必须为孩子们提供尽量好的教育机会。我们当然必须提供更好的就业和职业培训机会。我们当然需要更严厉的制裁，不能任由那些我们来不及事先干预的人肆意施暴。指望其中任意一项措施完全发挥作用，就像指望能用一种治疗方法解决所有的癌症一样。如果真的这样，那实在是太好了，但我认识的专家都不会有这样的奢望。如果你认为直击贫困的根源就能消除对监狱的需求，那不免太过天真。这就像说如果我们把所有第一次暴力犯罪的人直接判刑 50 年，其他人就能感到明显更安全或更有保障一样。与此同时，看看我们能做些什么来让自己更有安全感、更具控制力。

在判决的时候，辩护律师经常声称，尽管他的当事人刚刚被判有罪，但被告并不是一个真正的坏人，他也有善良、敏感、关心他人、脆弱的一面。在俄克拉何马城爆炸案审判的量刑阶段，他们就是这样描述凶手蒂莫西·麦克维的。他们展示他童年的照片，让他的朋友们讲感人的有趣故事。陪审员从他的战友那里听到证词，说他是一个多么忠诚的军人。他们试图把发生的爆炸案解释成麦克维先生在看到得克萨斯州韦科市邪教大卫教派把妇女和儿童烧死在大院里后，情绪上受到巨大冲击，为了发泄对联邦政府的愤怒，他不得不在韦科惨案的周年纪念日炸毁联邦政府的一座建筑和数百名居民。

对于这一番说辞，我要说："错了！"或者更尖锐地说："放屁！"这个善良、敏感、体贴、脆弱的家伙，冷酷地策划并实施了一场可预见结果的行动，夺走了 168 条无辜的生命。这就是他的能力。

他生活和性格的其他方面跟这完全没有关系。这是一个我们反反复复回归的主题，贯穿我在执法部门的整个职业生涯。

我们的所思所想，决定我们是什么样的人。

我们的所作所为，决定我们是什么样的人。

我承认，几乎任何犯下谋杀或其他恐怖或暴力行为的人，都可以被认为有"精神缺陷"。心理健康的正常人不会做那种事。然而，我并不认为这样的男人（偶尔也有女人）因此就是"疯子"，没有能力约束自己的行为来使之符合社会法则或共同道德的要求。

正如我不相信有任何一套简单的解决办法能解决我们的犯罪问题，认为有一种面面俱到的心理神经学能解释为什么人们会反复犯下暴力犯罪，恐怕也失之于天真，过分简单化了。有一个学派的理论家认为，暴力行为是由大脑器质性损伤或异常，外加受虐待的童年或家庭生活共同造成的。另一种理论认为，在这些反社会人群中某些成员身上看到的器质性大脑问题，实际上可能是鲁莽或莽撞的行为造成的伤害，也就是说，可能是行为导致了该状态，而不是该状态导致了行为。

我的个人经验始于20世纪70年代末，那时我还是一名年轻的探员，刚被分配到位于匡蒂科的联邦调查局学院。我参与了对连环杀手和惯犯的第一次有组织研究。该项研究让我相信，几乎所有的连环杀手都来自虐待或其他极度不正常的家庭背景。但这并不能解释他们的行为，并为之开脱。

在看到这一切之后，我的脑海中毫无疑问形成了这样的印象：对年幼的孩子忽视或施以虐待，有可能产生一些心理上非常混乱的人。在我看来，很多心理健康专家也认同这样的评估，我们所有人也都同情有过这样不幸遭遇的人。

通过逻辑或数据的组合，我没有看出人因为心理上有问题与被迫从事暴力犯罪之间存在联系。新闻报道把暴力罪犯描绘成虐待的受害者，让我们对之产生同情。可一旦他们攻击他人，就立即丧失了身为受害者的任何权利主张。哪怕他们的确背景不佳，有其他所谓的减轻罪责或解释性因素存在，捕食型暴力犯罪仍然是他们自己选择要做的。

不良的出身背景当然不会让一个反社会的个体更容易"走正路"，但我们一次又一次地看到，性罪犯和其他惯犯的兄弟姐妹却是受人尊敬、遵纪守法的人。幼年的成长环境反倒让许多人投身社会工作、执法或政治改革，阻止其他人遭遇类似的经历。

让我重复一遍，因为这是本书的关键哲学理念，事实上，也是我对犯罪和惩戒的完整方法：除了极少数真正丧失心智的人之外（相较于经验丰富、有组织的连环罪犯，这一类型的人通常很快就会被抓住），罪犯，尤其是性罪犯，采取暴力行为是因为他选择这样做。这里的关键字永远是"选择"。这就是我的立场，如果有人不同意我的观点，或者思想不够开通，不愿意让我用本书来说服你，不妨现在就把书放下。

看过《心理神探》和《黑暗之旅》的读者，应该还记得埃德蒙·艾米尔·肯珀三世。在我们最初的研究中，他可能是我最感兴趣和好奇的一个连环杀手。他聪明，体格极为强壮，罪行极度残忍，对案件的因果关系和他自己扭曲的精神有着明显真实的洞察力。我在加利福尼亚州瓦卡维尔的州立美第奇医院对他进行了访谈。20世纪70年代初，肯珀在加州大学圣克鲁斯分校附近杀害、肢解甚至斩首了多名年轻漂亮的女性。在那之前，他14岁去祖父母的农场拜访时开枪打死二老，因精神失常被关在加州阿塔斯卡德罗州立精神病医院直到21岁（此时他已长成了身高两米、体格强壮的大块头）。所有这一切的背景是，埃德跟母亲克拉雷尔始终不和。在埃德和两个妹妹很小的时候，父母就分开了，他们一直由母亲克拉雷尔抚养。克拉雷尔做过许多羞辱贬低儿子的事，比如，随着敏感的埃德进入青春期，朝着异常高大的方向发育，克拉雷尔因为担心他骚扰妹妹，就把他赶到地下室凑合着睡觉。诚然，此时埃德已经表现出了一些令人担忧的奇怪行为，包括肢解了家里养的两只猫、和妹妹苏珊玩死亡仪式游戏。诚然，在埃德开始行凶的时候，克拉雷尔已经离开了第三任丈夫，在加州大学圣克鲁斯分校当秘书，对自己在工作中偶然碰到的学生都比对儿子更感兴趣、更为关心。而且，在职业生涯研究过的所有连环杀手和暴力罪犯当中，我兴许最"喜欢"埃德，对他也更能产生共情，因为他极为聪明，富有洞察力，愿意直面自己内心的怪兽。

话虽如此，在我心中毫无疑问的是，说埃德蒙·肯珀在圣克鲁斯及其周边地区抓走并杀害了 6 名年轻女性是为了报复他的母亲，这是一种可怕的误导（虽然有这样的可能）。这一点，从以下事实可以清楚地看出：他把至少一名受害者的头埋在了克拉雷尔窗外的院子里，因为她总是希望人们"仰视她"。埃德最终鼓起勇气，用大棒把母亲打死在床上，砍下她的头，把她的喉咙塞进垃圾处理机，因为他厌倦了这么多年来"她冲着我大声埋怨、尖声吼叫"。肯珀告诉我，他经常在母亲睡觉的时候溜进她的卧室，幻想用刀捅死她，或用锤子把她砸死。

杀死母亲克拉雷尔之后，埃德请母亲的朋友莎莉·哈莱特过来吃一顿"意外惊喜"的晚餐。他用棍棒敲击并勒死了她，砍掉了她的头，把她的无头尸体放在自己的床上，接着到母亲的床上睡觉。随后，他驱车穿过好几个州，最终停在科罗拉多州的一座电话亭，主动联系警察，让他们来逮捕自己。他已经发泄完毕，所以准备结束这一切。如果我审视自己的心理状态，或许这就是我和肯珀关系融洽的原因——他是自己主动停手的。

现在，尽管我"理解"埃德为什么要做这一切，但这显然并不意味着我宽恕他，或是认为这一切都是不可避免的。更重要的是，我不相信，也找不到任何证据或暗示证明，他必须杀害这些女人。不能说因为他的背景、成长经历和信仰结构，他就不得不杀害她们。恰恰相反，他有条不紊，控制得当。他不光从来不曾在一个身穿制服的警察注视下实施过任何犯罪（如果是这样，那倒是确凿无疑的强迫症迹象。根据我的经验和认识，所有的连环杀手都不曾表现出这样的迹象），还设法安全地开车通过了一处有人把守的岗哨。警方检查汽车时，他把一名受害者的尸体乔装成熟睡的女友，放在身旁的座位上。他向我表示，他曾把15岁的顾爱子的脑袋放在汽车后备厢，准时接受了警方进行的一次假释后心理状态访谈，这让他对自己甚为满意。

如果埃德蒙·肯珀没有糟糕的背景，没有经历过家庭创伤，他还会做出那些可怕的事情吗？也许不会。这能成为他犯罪的借口吗？绝对不能。我猜，聪明而富有洞察力的肯珀自己也会同意这一点，他预料自己将在监狱中度过余生。

那么，我们就把话说个明白吧：基于几十年的经验、研究和分析，我相信，绝大多数多次作案的性罪犯之所以做出这样的事情，是因为他们想这样做，因为这带给他们从生活其他任何方面都无法获得的满足感，因为这让他们感觉良好——他们完全不考虑自己的所作所为对他人造成了什么后果。从这方面说，犯罪代表了自私的极致：只要能得到他想要的，罪犯根本不在乎受害者会怎么样。事实上，施加这种操纵、支配和控制（对他来说，痛苦和死亡是操纵、支配和控制的终极表达），是让他感到生命完整和充分的关键因素。埃德蒙·肯珀选择杀死那些女人是因为，这让他内心得到了某种满足（不管是出于什么原因）。

连环杀手和其他性罪犯都患有精神病吗？

你可以这么说，这主要看怎样定义精神病了。他们当然有异于常人。他们的所作所为当然是"病态的"。他们当然有着严重的性格障碍或缺陷。任何从强奸、折磨和死亡中获得快感的人，当然都存在一些相当严重的心理问题。但"精神失常"（insanity）同样要看怎样定义。我们今天用来检验精神失常的方法，无论是 1843 年英国姆纳顿规则（M'Naghten Rule）中关于区分是非的传统原则，还是更现代的美国法学会《模范刑法典》测试，谈论的仍然是控制冲动和理解行为后果的能力。很多人似乎没有理解这样一个概念：你可以存在精神或情感问题（甚至非常严重），但你仍然能够分辨是非，并相应地调整自己的行为。换句话说，你不是非去施行暴力犯罪不可。几乎在所有情况下，如果你实施暴力犯罪，都是出于选择才这么做的。一如我们所有人决定吃什么、找什么样的工作、建立怎样的人际关系，等等，都是出于自己的选择。

罪犯可能沉迷于杀戮，一如我沉迷于对他的追捕。但他并不是被迫杀人的，一如我不是被迫要追捕他。

没错，有些人会因为真正的发疯甚至妄想而犯下暴力罪行，但这样的人没有那么多，实际上，也没有一个人是连环杀手或强奸犯。真正的疯子并不难于抓捕。

出于同样的原因，你经常会听到罪犯被逮捕后声称自己存在多重人格障碍。杀害那些女人的不是威廉·黑伦斯，而是住在他体内的乔治·莫曼。没有人愿意对杀人强奸负责：是另一个人格接管了我的良好人格。但在我参与咨询的每一桩以多重人格障碍为开脱借口的连环凶杀案中，这个主张都不成立。第一，这种情况极为罕见。第二，它始于童年早期，通常是作为对严重的性虐待或身体虐待的抵御机制，所以，在罪犯实施犯罪之前很久，他应该已经充分地表现出自己存在这样的障碍。第三，绝大多数多重人格障碍患者是女性。第四，据我所知，没有任何精神病学文献表明，多重人格障碍会迫使甚至驱使人倾向于做出暴力行为。换句话说，即使你能说服我你的委托人患有多重人格障碍，那也只是连带发现，无法解释他为什么要杀人或强奸。

自称"山姆之子"的戴维·伯科维茨自 1976 年夏天以来让纽约

市陷入恐慌,直到 1977 年夏天因例行车牌检查被捕。他在公开的信件和声明中称,他是因为听从邻居家一条 3000 岁的狗的命令,才使用 0.44 口径的手枪杀死 6 名坐在车里的年轻男女的。诚然,许多人犯下暴力罪行的原因,其他人都难以理解,但这个借口简直让我觉得匪夷所思。从伯科维茨的行为来看,没有任何迹象表明他是在听从一条狗的命令。他曾在军队服役,曾在纽约市邮局工作。他前往得克萨斯州购买了一把火力强大的宪章武器公司(Charter Arms)0.44 口径斗牛犬手枪。他到城里的垃圾场练习射击,直到枪法娴熟。准备就绪,他才在夜里潜入街道,寻找偏爱的受害者:把车停在临时车道上的年轻情侣。每次,他都先靠近车里女人所在的一侧,向她开火。

调查他的背景可知,他从婴儿时期被人收养,但直到参军后才得知此事。在幼年以及青少年时期,他曾在布鲁克林皇后区纵火 2000 多起——有的在垃圾桶里,有的在废弃的建筑里。这些他都着迷地记录在日记里,还会一边看着火焰腾起、消防员灭火一边手淫。通过纵火让这么多人乱成一团,这可能是他唯一感到自己强大有力的时刻。

他在韩国当兵时与一名妓女发生了第一次性行为,得了淋病。退伍后,他回到纽约,在长岛的长滩(碰巧,离我长大的地方不远)找到了生母和妹妹。当他最终联系上她们时,惊讶地发现她们并不想跟他有任何关系,因此大感沮丧。从那时起,他对女性的怨念和愤怒转变为一股对不像自己这般孤独无能的男女的厌恶,也就是在这时,他购买了这把手枪,感到自己强大且具有男子气概。

我在阿蒂卡州立监狱采访了伯科维茨,当时我正和一些同事进行第一次有组织的暴力和多次犯罪者行为研究。这项研究的成果之一是,我们与宾夕法尼亚大学的安·W. 伯吉斯教授合著了《与性相关的凶杀案:模式和动机》(*Sexual Homicide:Patterns and Motives*)一书。更重要的是,我们首次根据罪案现场发现的证据和指征以及罪犯作案时的心理活动，建立了一种心理画像和调查分析的方法。伯科维茨最初承认了自己的罪行，被判处多个25年至终身监禁，但后来他以各种理由否认罪行，所谓的精神失常就是其中之一。

毫不奇怪，说谎是惯犯的天性，而我们采访的那些惯犯，尤其是其中的"成功"者，都是出了名地擅长操纵，能够将所有人往自己的轨道上引。我们意识到，如果想从访谈中获得准确有用的信息，而不是为长期关在牢里的无聊重犯提供一个自说自话、为自己开脱的平台或娱乐消遣，我们必须做好充分准备，也就是说，至少要像罪犯本人一样熟悉案情。通常，这还意味着，我们要跟罪犯唇枪舌剑地辩论几个小时，让他意识到自己无法像对待精神科医生、媒体甚至自己的律师那样欺骗我们。在精神失常的问题上尤其如此。

经过一轮东拉西扯的冗长访谈，伯科维茨向我承认，每当他在街上闲逛寻找猎物却没有找到合适的随机受害者时，就会回到此前杀人的地点手淫，重新体会那胜利的时刻。我确信，"寻找和毁灭者"也会对着犯罪现场的照片打飞机。我敢肯定。

我从戴维那里一听到这个，就知道他那关于狗的故事是胡扯。跟前一章中描述的不明嫌犯以及其他众多性罪犯一样，他杀人是因为这让他感觉良好。它让他以生活中完全做不到的方式占有死去的女性。他对受害者的操纵、支配和控制，不需要任何口头交流或对话，不需要身体接触，也不需要拿走珠宝或内衣等战利品。如果说，此类罪行里还有其他更多共同的元素，那么显然便是操纵、支配和控制。

当我们谈到动机问题时，伯科维茨向我解释邻居山姆·卡尔的黑色拉布拉多狗身上寄居着一个名叫哈维的3000岁的恶魔，自己是接收到这恶魔的心灵感应命令而杀人的。再加上那些充满了隐晦象征意义的信件，这立刻让精神学界的许多人联想到偏执型精神分裂症。

"嘿，戴维，别说这些废话了，"我对他说，"那条狗跟这一切压根没关系。"

Obsession 029

他笑了，心照不宣地承认自己在骗人。这只是又一个操纵、支配和控制的例子。和埃德蒙·肯珀一样，这家伙不正常，但他知道也清楚自己一直在做的是什么。

这也就是为什么，我发现对大多数此类罪犯来说，改造的希望微乎其微，尽管我很愿意相信有不同的结果。我们在这本书里将多次看到，他们跟窃贼、银行抢劫犯甚至毒贩不一样，后者并不一定喜欢靠犯罪为生，他们只是想要赚钱。性罪犯和猥亵儿童的恋童癖是打心眼里享受自己的犯罪行为。事实上，他们中的许多人甚至不认为这是在犯罪。他们不想改变。

华盛顿特区的临床心理学家斯坦顿·萨梅洛医生曾做过大量的工作，探索、理解和尝试改变惯犯的想法，最后，他对改造的概念提出了质疑。他写了一本态度极为尖锐的书《犯罪心理分析》(Inside the Criminal Mind)，提出："从实践来看，改造不可能见效，因为它建立在一种完全错误的观念上。所谓的改造，是要恢复到之前正常的能力或状态。没有什么能改造罪犯，因为他原本就没有正常的状况可供恢复。"

恐怕我自己的研究和经验，以及同事们的研究和经验，都让我完全同意萨梅洛医生大胆的观察结论。

在匡蒂科的调查支持组，在我们与当地警方的合作中，我们一直努力了解未知罪犯沉迷着魔的本质。

有时他会直接跟我们交流，比如在"寻找和毁灭者"的案子里，他告诉我们他为什么要这么做，以及他希望我们如何看待他。

有时，他间接地启发我们，给我们一些可供琢磨的线索，就像在亚特兰大案件的情况一样。

还有时我们完全拿不准。那些案件最为棘手，也最折磨人。其中有一桩几乎让我没了命。这事儿我稍后再说。

言归正传。1981年冬天，一个名叫阿尔弗雷德·埃文斯的13岁少年失踪，3天后在城市西部一片树林里发现了他的尸体，自此佐治亚州的亚特兰大便笼罩在了一场持续足足一年半的恐怖氛围里。搜索现场时，警察发现了另一具部分腐烂的尸体，这是14岁的爱德华·史密斯，他比阿尔弗雷德早4天失踪。两个男孩都是黑人。阿尔弗雷德是被勒死的，爱德华死于枪杀。在我参与其间的时候，已经发生了16起案件，受害者全都是黑人孩子，而且凶手（一人或多人）仍在活动。

当时，联邦调查局的犯罪心理画像仍是个新项目。它的总部设在匡蒂科的联邦调查局学院，最初是在行为科学导师霍华德·特腾和迪克·奥尔特的非正式指导下开始的，随着对入狱连环罪犯进行访谈的项目推进，逐渐走入正式化。我仍然是唯一的全职心理画像分析师，不光国家的执法机构，联邦调查局内部也对我们给予了不同程度的重视。毫无疑问，当时的联邦调查局长是J.埃德加·胡佛，在这般铁腕人物主政时期，我们这门学科被看成是神秘巫术，没办法登堂入室。我们没有真正的业务部门，所以随着协助请求不断涌入，案件堆积起来，我得到了行为科学组其他教员的支持。不光在联邦调查局，而且在整个执法界，罗伯特·"罗伊"·黑泽尔伍德都是强奸和人际暴力领域的研究专家。在完成杰出的职业生涯后，罗伊现已退休，但仍然以顾问身份活跃在全美各地。

他和我前往亚特兰大，试图弄清楚这些案件是否真的存在联系，以及哪种（或哪几种）类型的人应对谋杀案负责。为此，我们翻阅了每一份档案，与每名受害者尽量多的家人和熟人交谈，走访各个社区，对受害者开展研究。这些死去的孩子有什么共同特点吗？之后，我们请亚特兰大警方带我们去了每一处抛尸地点，以便从凶手的视角看待问题。

在亚特兰大，主流观点认为孩子们死于某种类似三K党的阴谋，是一种对黑人种族的灭绝企图。尽管这一论点表面上很有说服力（毕竟，受害者都是黑人，而当时的连环杀手几乎都是白人），但当罗伊和我深入调查之后，我们两人都无法接受。

首先，孩子们失踪的地区绝大多数是黑人居住区。单个或一群白人在那些地方真的很扎眼，必然会引起注意。然而，没一个证人说见过白人。更重要的是，白人至上主义组织是不会像这样匿名行事的。如果是像三K党这样的种族仇视团体实施了暴力行为，比如私刑或其他的种族谋杀行动，这应该是一种高度象征性的行为，他们一定会发表公开声明，并在其预定目标中制造恐怖和歇斯底里的气氛。至少，我们会期待这样一个组织向当地媒体传达一些信息，承认对此次行动负责，就像你在大多数恐怖爆炸事件后看到的那样，也像我们在"寻找和毁灭者"一案中看到的那样。我说过，你必须确定执念的本质才能确定罪犯的性格。由于缺乏这样的沟通往来，罗伊和我得出结论，无论是谁杀害了这些年幼的孩子（主要是男孩），都另有原因。

所以，在进行犯罪心理画像时，我们认为要找的是一名20多岁的黑人男性。他受到这些年幼受害者的性吸引，会使用某种诡计或金钱，引诱他们跟自己一起走。下一个问题是，他会怎样告诉我们他的理由是什么呢？

突破点的出现纯属侥幸，或者说，来自一条误导线索。但这也给我们上了一课，那就是案件中的任何细节都不能完全排除，也不能光看表面价值。一切都必须在调查的大背景下进行评估。

亚特兰大男童谋杀案引起了媒体大量关注，自然也会引来更多的虚假线索和信息。这也是有必要对犯罪和罪案现场的特定细节保密的原因之一。一天，距离亚特兰大大约20英里的佐治亚州科尼尔斯小镇的警察接到一名男子电话，此人显然是个真正的"红脖子"乡巴佬白人。他声称自己是凶手，并且一定会"杀死更多的黑崽子"。他指定了西格蒙大道上的一个具体位置，说警方会在那里发现下一具尸体。

我一听到这通电话的录音,就确信这是一个骗子,一个底层废柴,通过匿名声称对一系列并非他所犯的罪行负责来满足自己的种族仇恨。但考虑到媒体对此案的关注,我认为这将是检验一种理论的绝佳机会。

我建议警察公开这通电话,大张旗鼓地展示寻找尸体的过程,而且要到他所说的大道的另一侧去找。我猜那冒名顶替的家伙肯定在看着,如果警察运气好,说不定能当场逮住他。如果没有,他至少会再打一次电话,告诉警察他们是多么愚蠢,这样他们就能设下陷阱,追踪并抓住这个人。果然如此,警方在他家里抓了他。这跟我预想的一样。

但媒体对西格蒙大道事件进行了大量报道,此后不久,就有一具尸体出现在那里,那是15岁的特里·普。只不过,这具尸体出现在警察搜寻的那一侧,而不是冒牌货说的街道一侧,这说明,真凶密切关注着媒体,现在他想表明自己比所有人都优越——他可以操纵、支配和控制警察与媒体,就如同他可以操纵、支配和控制那些年轻的受害者。这就是他意图向我们传达的信息:他和警方正通过媒体互相过招。

拼图的最后一块,在又一起谋杀案发生之后终于找到。布福德高速公路旁发现了12岁的帕特里克·巴尔塔扎尔的尸体,他和特里·普一样,都是被勒死的。官方在回应中指出,法医鉴定人员从帕特里克的尸体上找到了跟前5名受害者身上发现的一样的毛发和纤维。

这时,我猜到下一具尸体会出现在查塔胡奇河,因为凶手知道河水会冲走头发和纤维证据,从而再一次证明他比我们这些执法的蠢货更高明。果然如此,河里又发现了3具尸体。联邦、州和地方执法机构颇花了一段时间才组织就绪,亚特兰大警方派出了人手在查塔胡奇河的几座桥上进行监视。有那么一阵,什么事也没有发生,但在监视

Obsession   033

行动计划的最后一天凌晨两点半左右，一名在杰克逊公园路大桥站岗的警察看到一辆汽车驶上大桥，停在桥中间，然后听到了水花飞溅的声音。汽车掉过头往回开，这时另一名警察拦住了它。

驾驶这辆车的是韦恩·伯特伦·威廉姆斯，一名20多岁的黑人男子，完全符合我们的犯罪画像。他被捕时，从他家里发现了与12名年轻受害者相符的头发和纤维证据：这12名年轻受害者，我们认为是由同一名凶手所杀。最终，韦恩·威廉姆斯谋杀其中两名受害者的罪名成立，被判无期徒刑。

如果不明嫌犯不跟我们进行直接或间接沟通，那么就必须根据研究和过往经验加以推测。但在找到他之前，我们什么都无法确定。

几乎让我没命的案件是绿河连环杀人案，受害者如今累计恐怕已超过60人。我提前退出了调查，不是因为自己想退出，而是别无选择。《心理神探》的读者想必还记得，1983年12月，我正在调查此案，却在西雅图的酒店房间里晕倒了。当时我38岁，由于承受着这起案件，还有其他150多起正处调查之中的案件带来的巨大压力，我染上了病毒性脑炎。要不是随行的另外两位特工布莱恩·麦基尔韦恩和罗恩·沃克因为没有看到我而感到担心，撞开了酒店房间的门，我肯定没命了。我昏迷了5天，似乎恢复无望。

但在此之前，绿河及其附近地区接连发现6具年轻女性的尸体时，我便已经完成了对凶手的心理画像。这些早期受害者，大多数（甚至全部）都是前往西雅图-塔科马走廊的流动人口或妓女。当地成立了跨机构和跨地区管辖权的特别工作组，负责西雅图外勤办事处的特别探员带着一箱关于此案的资料来到匡蒂科。和处理其他很多案件时一样，我来到图书馆的顶楼分析和思考案情。

根据呈现在眼前的证据，我想象出的不明嫌犯是一名20多岁的白人男性。他可能失业了，或是从事某种蓝领工作。很明显，他喜欢户外活动，比如打猎、捕鱼，或是徒步旅行。他熟悉绿河地区，知道哪些地方不太可能被人找到。他本可以把尸体从桥上扔下去，但选择花时间把尸体抬到水里更难以找到的位置。

在犯罪心理画像里的许多细节，以及我汇编整理分析的诸多因素当中，最重要的一点是他处理尸体的方式。这些尸体是被随意抛弃的，没有特别的布局，没有仪式性的捆绑或蒙在头上的袋子，也没有暗含尊重的举动，比如以有尊严的方式给尸体遮盖一下，像其他一些连环杀人犯那样。这告诉我不明嫌犯对自己的所作所为毫无悔意。事实上，我认为他有意羞辱受害者，因为他过去肯定受过其他女性的羞辱。我觉得，他把自己看成复仇天使，他的职责和特权就是惩罚女人的"堕落行径"。

绿河杀手和亚特兰大儿童杀手都把尸体扔进河里，让河水把证据冲走。那么，我为什么说绿河杀手是在惩罚受害者（这里的惩罚，不是指像性虐待狂那样故意施加痛苦，而是因为他觉得这些女性应该为自己的罪受惩），而亚特兰大的凶手是对受害者产生了同性恋的冲动呢？这里的原因很多，涉及犯罪心理画像分析的微妙之处，计算机始终无法有效复制这一过程，症结也就在这里。不明嫌犯很可能一直在跟踪媒体报道，没有证据表明他是在迎合或逃避媒体报道。他并不想寻求认可，但与此同时，案件的数量和暴力程度在不断升级。

接下来受害者的实际选择（在犯罪学领域，这叫"受害者学"）。在亚特兰大，受害者都是黑人小男孩，我们得出结论，不明嫌犯是一名黑人男性，这意味着我们可以据此推测出一种特定的联系。在绿河，受害者主要是妓女。

妓女是很多连环杀手最偏爱的受害者，原因有几个。首先，也是最基本的一点，她们的工作和主顾的本质，让她们极容易接近和受到伤害。她们的生计就是招揽男性把她们带走。其次，很多自身存在严重自我形象问题的男性，认为她们是"坏的"或堕落的，甚至是邪恶的，并以此为借口虐待她们。在绿河连环杀人案中，警方发现受害者的尸体全身赤裸，阴道里塞着小石头。就我所知，这样的事，除了贬低受害者，没有人会为了性刺激或其他原因而做。

我认为，绿河杀手用他自己的方式告诉了我们他的执念。但在案件中，光是理解它还不够。

首先，这一犯罪心理画像十分普遍，可以套用到调查人员接触的许多男性身上。除了对该地区很熟悉之外，这些犯罪并不非常复杂，没有独有或专门的鲜明特点。在像这样的案件中，罪犯特征分析最重要的用途是构建"诱饵"，让不明嫌犯暴露出来。

事实上，随着案件迟迟未结，死亡人数逐渐增加，我愈发确信：我们要找的罪犯不止一个。地点、尸体的状况、弃尸地点的细节以及作案手法都有很大的不同，让我把作案人数定在2个，之后是3个。所有这些人都与同一类犯罪心理画像相吻合，都传递着相同类型的信息。

就像前一章中提到的系列案件一样，绿河杀人案迄今未破。由于这个原因，以及这个案子对我几乎致命的影响，它一直是我的执念，并可能永远如此。有一个甚至几个凶手仍然在外面捕猎。

我们也一样。

第三章　两个强奸犯的故事

想象一下，你是个 11 岁的小女孩，正迷迷糊糊、似睡非睡。你的小妹妹已经爬上了你的床，在你入梦前就睡着了。你进入了只有这个年龄才有的安稳深度睡眠：不再像更小的时候那样害怕壁橱里藏着怪物，同时也舒舒服服地躺在最喜欢的毛绒玩具当中。你的父母应该很快就会从派对上回来了。你奶奶在客厅看电视，躺在沙发上睡着了。

突然，你被什么东西或者什么人给碰醒了。你以为那是你的母亲过来吻你道晚安，但并不是，那是一个陌生男人，低声咆哮着要你脱下内裤。你仍半梦半醒，十分困惑。他是谁？他为什么在你家？于是，他扯下你的内裤，警告你如果不马上按他说的做，他会一拳揍烂你的脸。

他掀起你的睡衣。他亲你摸你的身体，把你弄得很疼，但你推不动他，你求他停下，他让你闭嘴，要不他就把你带到外面弄得你更疼，甚至杀了你奶奶。与此同时，你的小妹妹仍然天真无邪地熟睡着。上帝保佑她一直就这样睡下去，不然他也会去伤害她。

他完事儿之后，给了你一条毛巾让你擦干净。他说，如果你敢告诉任何人，他会回来找你，更残忍地收拾你。

你相信他。你知道他是认真的。你再也不是从前的自己了。

这听起来像是会发生在美国城市或郊区的事情。实际上，它是根

Obsession

据发生在新西兰的一起真实强奸案改编的。比上述具体案件更令人震惊的事实是，这只是 10 多年来发生的一连串类似强奸案中的一起。作案者因 20 世纪 80 年代初到 1995 年期间于所在地区的猖狂行径，被人们称为"南奥克兰强奸犯"。

这名连环强奸犯最初引起我关注是在 1994 年秋天，当时调查支持组的两名特工史蒂夫·马迪安和汤姆·萨尔普从澳大利亚参加了一场关于犯罪心理画像的会议后刚回来。我们外出教学或参加会议，或是为当地警察部门或特别行动队提供咨询后，该地区的调查人员往往都会跟我们取得联系，请求会面，讨论他们遇到的悬而未决的棘手案件。只要有可能，我们就尽力帮助。

史蒂夫和汤姆原计划途经奥克兰，前往阿德莱德参加会议。负责调查连环强奸案（这一调查名为"公园行动"，以强奸案发生的地区中央、曼努雷瓦郊区的蒙特福特公园为名）的是探长约翰·曼宁。听说两位特工要来到自己所在的地区，他便赶来见两人，带来了他们认为可能有关联的所有案件材料，以及迄今为止所得的调查结果。

两年后，也就是 1996 年，我从联邦调查局退休，并为《心理神探》的发布活动前往新西兰。在那里，我现场听到了更多有关这一案件的情况，它已经成为执法部门和当地公民的共同困扰。随着对这名强奸犯罪行（至少作案 50 起）了解得越来越多，我很容易理解他何以吸引了这么多的关注，制造了这么大的恐慌情绪。

这名强奸犯一般是在深夜和凌晨潜入门窗没有上锁或容易撬开的人家。他的受害者，大多是像我们刚才描述的那样的小姑娘，往往是从床上惊醒，发现一个男人用刀指着自己的喉咙。如有可能，他通常会蒙住受害者的脸，要不就蒙住自己的脸，先按自己的喜好设置场景，再弄醒受害者。他会拧下灯泡，把墙上的电话线路扯断，设法阻拦受害者或其他出手相救的家庭成员，打开后门方便自己快速逃跑。有几次，他的强奸企图未能得逞，因为同住一个屋檐下的亲属听到了受害者惊吓的尖叫，及时制止了他。

他还犯过另一些案子，比如在街上挟持受害者，或是强迫她跟自己离开家，穿着睡衣，赤脚走到户外，对其施以强奸。还有一些情况是，受害者醒来时发现家里有一个陌生人冲着自己说了声"你好"，接着就离开了，从未试图碰触她们。虽然这些事件不涉及强奸，入侵者仍然会让受害者感到恐惧，让她们在自己家里都失去了安全感。

这名强奸犯动作粗暴、心理残忍，遇到反抗的时候尤其如此。他对一些女性甚至小姑娘拳打脚踢，打得她们失去知觉、牙齿断裂，几名受害者流血住院。一名年轻的受害者因受他殴打而部分失聪。有一名受害者还戴着牙套，强奸犯仍下手痛击其面部，致使牙套割伤口腔内部。想到受害者年纪这么小，这令人极为不安。但哪怕他没有袭击受害者，强奸行为也恶劣至极。他威胁多名未遭殴打的受害者，说自己还会再来。

可对有些受害者，他又充满歉意，交谈时直呼对方的名字，道别或在离开时亲吻她们的脸颊，就如同双方是熟识的朋友。他侮辱谩骂大多数受害者（哪怕那只是些 11 岁、13 岁和 14 岁的孩子），叫她们"母狗"，用粗俗的语言问她们是否喜欢跟他性交，但同时又说她们很漂亮。设身处地地想想，尤其是对年少的小姑娘来说，这样的相提并论是多么恐怖和令人困惑啊。你怎么知道在这种情况下该怎么做？你要如何回应，他才不会伤害或杀死你？他想从你这里得到什么？

这名强奸犯还袭击年轻的母亲，趁着她们的丈夫上班时闯入室内，威胁说如果不闭嘴听话，他就杀掉她们的孩子——大多正睡在同一个房间。在一起案件中，他闯入了一位 40 岁单亲母亲的家，她有一个 12 岁的女儿和一个婴儿。他先把母亲绑起来，在客厅的沙发上强奸了她，接着又数次强奸其女，而且是在房子里的好几个地方。强奸犯泄欲时，两名受害者都听到了彼此的哭声，可是无力阻止。

他还做过在其他连环强奸犯身上几乎闻所未闻的事：至少回到过

其中一名受害者那里，再次强奸了她。尽管大多数强奸犯都威胁说会回来（尤其是警告受害者不得向警方报案时），而且几乎所有的受害者都害怕这种情况，但作案者很少真正这样做。可这个人，第一次是在受害者客厅的沙发上袭击睡着了的她；过了4个月，他又回来在她的床上强奸了她。在另一起案件中，他对一名15岁的女孩强奸未遂（因为受害者的母亲回来救了她）；6个月后，他再次回到了女孩家中。同样的事情第二次发生，女孩两次都遭受了残忍的殴打。有一次，强奸犯痛击她的脸，扯下她的一只耳环，撕裂了她的耳垂。

尽管多次回到同一名受害者身边这种做法不同寻常，但他也表现出了其他一些更容易预测的行为。对这类强奸犯来说，如果发现自己捕猎第一个目标失败，他会再次外出寻找下一个目标。这类人受自卑所驱使，用强奸来彰显自认为的男子气概，显示他能征服和控制女人。如果当天晚上无法从一名受害者那里得到这些感受，他很可能会转向下一名受害者，除非被捕的风险实在太大。事实上，警方事后得知，要是哪天晚上这名强奸犯难以接近第一或第二预定目标，他会连去多处住宅企图作案。

虽说这个人成长在一个完全不同的文化环境下，跟我在监狱里采访过的那些惯犯远隔重洋，但他们之间有着许多相同的可预测行为。这只能说明，暴力惯犯不仅仅是特定社会或特定社会价值观的产物。史蒂夫·马迪安、汤姆·萨尔普，还有我们联邦调查局所有在匡蒂科研究过强奸类型的特工，都知道新西兰警方要对付的是什么样的人。他的行为，他的"手艺"出卖了他。我们知道这些突然闯入女孩房间、把她们从床上惊醒、强奸她们并逃之夭夭的男人有什么样的动机。从表面上看，他们可能没有任何共同之处，但罪行表明他们有着同样的痴迷执念。

这名新西兰强奸犯的作案环境很可能也为他提供了便利，一如美国的罪犯在大城市比在所有人都互相认识的小镇或高档社区更容易得手。南奥克兰是曼努考市的别称，这是一处近郊区，由若干低成本住房、工厂和工业区组成。它是新西兰第三大城市，人口接近25万。这些因素结合起来，形成了一个很容易迷路和藏身的环境。多起强奸案都发生在靠近小巷的住宅，方便罪犯快速逃离现场。

经济水平较低也意味着，有很多家庭（以及很多潜在的受害者）生活在很容易成为猎物的环境中：父母上夜班和/或分居，女孩们独自留在家里，或者年纪很小就得照看弟妹；有些家庭的窗户或门锁坏了却没有钱修理，便用其他方法来掩上门，比如把菜刀插在门框里把门别住；有些家庭甚至没有电话，延误了报警时间。而且，强奸犯精心挑选了最容易侵入的家庭。一名年轻的受害者和奶奶住在一起，强奸发生时，她的奶奶酒喝多了，醉倒在一旁。其他受害者的家庭生活困难或有问题，家里住着过往有虐待史的继父或母亲的前男友，现在可能就是强奸案的嫌疑人。还有可能出于经济原因，受害者住在一个人来人往的大家庭里，进进出出的人太多，没人留意到潜伏的陌生人。

另有一个可能涉及人种歧视的敏感问题：南奥克兰约35%的人口，包括不少受害者，要么是太平洋岛民，要么是原住民毛利人。强奸犯也被描述为毛利人，这在后来的调查中引发了另一个问题：当时警方急于寻找线索，开始针对年轻的毛利男性。

许多新西兰人质疑，受害者生活在社会边缘，所处环境的社会经济条件是否对她们造成了进一步伤害。毕竟，如果这样的事情发生在一个更富裕的社区，当地的居民巡逻队会立刻扑到这件事上，兴许早已抓到这名连环强奸犯。一些人指出，说不定会有更多的受害者立即向警方报案，让这些罪行更早地见诸报端。此外，对一名流动连环罪犯来说，分区而治是很适合打一枪换一个地方的。例如，一开始，奥塔拉的调查人员并不知道附近的伊甸山或帕帕托伊托伊地区也发生了类似的强奸案。和在美国一样，相邻的司法管辖区并不总能及时掌握自己管辖范围之外发生的重大犯罪信息，不同地点报告的事件需要花颇长时间才能联系起来。

我为世界各地的多起案件提供过咨询，英国的约克郡屠夫案就是其中一个比较出名的例子。尽管如此，新西兰的这起连环强奸案仍然让我感到震惊和意外。不光单次作案的案情可怕，而且这名强奸犯的作案范围之广，也令人难以置信：受害者似乎可以是任何年龄、任何身体特征。作案者支配和控制女性的需求，超越任何特定偏好的受害者特征：她只需要是个女人就行，而他只需要一个机会就行。和美国的连环强奸犯一样，我认为这家伙不会停止强奸，除非他被抓住，要不就是死了。如果他碰巧因为犯了其他罪而遭到监禁或离开这个地区，连环作案可能会暂时中断，但不把他永远关起来，这一切是不会结束的。

早在1989年3月，《周日新闻报》就报道说，南奥克兰警方认为，一名连环强奸犯在郊区奥塔拉活动。而就在同一时期，相邻的奥塔胡胡警察局警长布雷特·凯恩也警告市民，他们认为强奸案会继续发生，直到该名男子被抓获。

这名连环强奸犯很擅长进进出出而不留下任何证据。然而，从1990年开始，在新西兰，收集现场发现的体液并做DNA分析成为警方的标准程序。到1993年，帕帕库拉地区警方的第二号负责人、警长戴夫·亨伍德将1988年以来的强奸案汇总在一起，将采集了DNA的近期发生的案件与早先通过作案手法归为一类的案件联系了起来。1993年8月，帕帕库拉警方发起"公园行动"对连环强奸案开展官方特别调查。当局寻找强奸犯的努力包括在当地挨家挨户开展访谈，并主动出击，在当地的《曼努考信使报》广而告之，要求这名连环罪犯自首。虽然值得称赞，但我从未听说这种做法能产生什么效果。他们还组织大量派发传单，将强奸犯的信息翻译成毛利语和其他太平洋岛民的语言，在我看来，这一举动会更有成效。

1994年初，"公园行动"的调查正式进入曼努考区的管辖范围，这里面积更大，有更好的资源来应对像这样的重大案件。高级警司斯图·米尔斯负责领导此次调查，他自1970年以来曾多次处理新西兰发生的重大案件。亨伍德加入了来自帕帕库拉的团队，他们开始向世界各地的犯罪心理学专家进行咨询。奥克兰司法部高级心理学专家汉斯·拉文根据迄今为止相关的强奸案，整合了犯罪心理画像。

　　拉文注意到，即使有机会，强奸犯也并不偷受害者的钱，所以他认为强奸犯是有工作的人。一名受害者描述说，作案人穿着工作靴，表明他可能受雇于当地的工厂。因为他在家里可以随心所欲地来来去去（证据是大多数强奸案都发生在深夜或凌晨），所以他要么单身、要么轮班、要么在一段关系中占主导地位。拉文还指出，大多数受害者都非常年幼，而对于年龄较大的受害者，强奸犯必须采取捆绑等额外步骤才能进行下去。心理专家认为这个迹象表明，他们要找的男性在情感上、身体上或性方面对成年人不自信，可能受到过虐待。

　　我同意他的大部分评估，尤其是他认为警方需要从受害者那里获得更详细的信息（比如他在施虐的每一步都说了什么、做了什么），这样我们才能得出更具体的结论。我想补充一点，这名嫌疑人不光在与女性的关系中占主导地位，而且，他的所有人际关系都很紧张。在他的幻想中，一旦征服了受害者，对方就会发现自己其实很享受他所做的一切。当然，在现实中，被这个男人强奸的年轻女孩和女人没有一个享受这个过程（许多女性受辱时哭个不停），这让他备感沮丧，因为现实从不符合他的幻想。所以他一次又一次地尝试，试图让现实情况迎合自己的梦想。

　　一如我们从其他连环强奸犯身上所见，大多数强奸案发生之前，在不明嫌犯的生活中可能发生了某些触发事件——我们称之为诱发性压力源。我会建议警方从档案中查找与嫌犯作案手法相符、发生最早的强奸案，并将案发地区列为他当时可能居住的地方。罪犯一般倾向于从自己感觉最舒适的地区动手,而这通常意味着靠近家和/或工作地点。

1994年初,警方开展了寻找强奸犯过程中最具争议的一项行动:在街上拦住符合外貌描述的男性,要求他们提供血液样本,以便将其DNA与犯罪现场提取的DNA进行比较。警察们在公共场所(图书馆、公园、购物中心)设点,接近20到40岁之间身材瘦小的毛利人,索取其血样。不过,据说此事乃是自愿参与。

大致在同一时期,《周日新闻报》还悬赏5000美元,征集能将这名连环强奸犯绳之以法的线索。

警方跟进了犯罪现场之一发现的线索:强奸犯爬进厨房窗户时,在一张椅垫上留下了鞋印。鞋印对应着一种特定的靴子型号,于是警方找到了制造商和当地唯一的供应商,并着手调查过去两年内(椅子上留下的鞋印大致暗示了这双靴子的使用年限)购买过与强奸犯所穿靴子尺寸相同的所有人。这是个很费时间的过程,每当他们发现一个穿此款靴子、符合强奸犯画像的人,就抽取他的血液,将之加入正在处理的样本中,与强奸犯的DNA进行对比。

与此同时,约翰·曼宁接过了"公园行动"的领导权,并与我所在调查支持组的同事们举行了会议。曼宁根据研究认为,正在应对的强奸犯属于所谓的"绅士"类型,符合我之前提供的描述:在与女性的关系中存在麻烦,幻想女性享受被他性征服的乐趣。史蒂夫·马迪安确认这可能就是他们要找的类型,同时也指出,在我们的小组里,一直强调你要对付的人可能还具备其他类型的一个或多个特征。因此,有必要关注这一不明嫌犯的个性。凭借这些认识,再加上会议提供的更多信息,曼宁对强奸犯进行了心理画像,这是新西兰历史上第一次用这种方法帮忙识别连环罪犯。

他把焦点放在了这个人的过去上。强奸犯总是戴着手套,以防留下指纹。这一点,再加上曼宁得知强奸犯过去通常会犯一些轻微罪行，所以他认为，这个不明嫌犯大概有过入室盗窃的记录，并可能是因为他在现场留下了指纹而落网的。我们已经多次表明，罪犯会从错误中吸取教训。

不明嫌犯很可能在青少年时期惹过麻烦，至少是在学校有过不良行为，所以他可能有青少年犯罪记录。跟美国一样，罪犯跨司法管辖区作案往往是出于这个原因：也许搬家或者换了工作，犯罪地点也随之改变。

根据受害者的描述，警方非常确定嫌犯是毛利人或太平洋岛民，身材矮小——能钻过很小的窗户也可进一步证明这一点。他最多在1米64到1米67之间。考虑到他从1988年就开始作案，警方估计他的年龄在25到35岁之间。

调查小组进行了漫长、详尽、全面的搜查，根据身体特征（体型和人种）查阅了所有被判犯有盗窃、性侵（除强奸之外）甚至交通肇事的人的犯罪档案，寻找符合这些标准并在连环强奸案发生期间住在当地的家伙。侦探们反复多次调整参数，列出了一份又一份潜在嫌疑人名单，从他们身上采集血液，直到最终发现了有用的线索。

1995年春，警方经过一轮计算机搜索检测后，发现一个名字：约瑟夫·斯蒂芬森·汤普森。他与强奸案受害者的描述相符。他是毛利人，36岁，很瘦，14岁时就有入室盗窃的记录，在强奸案频繁发生的时期，他住在好几个涉案地区。事实上，1984年甚至有过这样一件事的记录：一名妇女醒来后发现他在自己的床边，当即报警。警察赶到逮捕他时，他声称自己只是单纯地行窃，现在回想起来，这可能是一次早期的强奸企图。

1995年7月15日，汤普森被捕，后来对129项指控认罪，创下了英联邦的纪录。指控中包括29项严重入室盗窃罪，11项入室盗窃罪，6项意图入室盗窃罪，6项故意伤害罪，1项严重伤害罪，5项绑架罪，10项意图性侵罪，46项强奸罪，以及15项非法性侵罪。他的认罪使得受害者无需上庭作证，但并没有满足公众和媒体的好奇心。他们想知道，怎么会有人做出这样的事情。

在宣判前的听证会上，汤普森的辩护律师辩称，他童年时受到过性虐待和忽视，尽管这不是他行为的借口，但应该作为减轻罪责的因素加以考虑。据说汤普森感到悔恨，并向警方和研究人员提供了评估他本人的机会，以更多地了解像他这样的罪犯的心理构成。

检方公布了可怕的统计数据：汤普森承认的 47 名受害者中，有一半不到 17 岁，天知道她们中有多少人留下了终身的心理创伤。他在受害者家中恐吓她们，殴打她们，对她们进行性侵犯。每次作案他都精心谋划：拧开灯泡、戴上手套，在后期作案时还着手清理现场，消灭 DNA 证据，因为他从媒体得知，警方正在评估 DNA 信息。

汤普森被判处新西兰最高刑罚：30 年监禁，服刑 25 年以上方可考虑假释。虽然他的律师对判决的严厉程度提出上诉（为此，他受到公众的死亡威胁），但法庭维持了原判。

约翰·曼宁因侦破此案获得了女王警察奖章。我相信这是他应得的奖励，他在调查中始终关注我们通过研究反复证明的事实：不会有人某天醒来突然决定要做个连环强奸犯。有一些可识别的预警信号和早期犯罪行为，当局应将之视为将来进一步犯罪的征兆。

当我说到进入一名暴力罪犯的内心时，指的是一场我称之为"黑暗之旅"的过程。如果我允许个人感受或信念系统或我的是非观（一个所谓的"人"能对另一个人做些什么）参与其中，就无法从罪犯的角度看待犯罪，故而也就无法基于他的执念、他看待世界的方式来对他进行心理画像。对我和同事们来说，哪怕借助临床分离（clinical detachment），哪怕有着几十年的经验、研究和实践，我们也很难做到这一点。我可以想象，对暴力犯罪的受害者来说，为求生存，他们必须本能地、即时地经历跟我做心理画像时一样的过程，这是多么可怕啊。

我多次听到女性谈论如何智胜和/或摆脱强奸犯及其他性侵者。但真实情况是，你无法确定什么是最好的行动方案，直到它发生在你身上。你不知道自己在对付的是哪种野兽，直到你在特定的情况下遇到特定的强奸犯。一种做法，用来应对这个强奸犯也许是恰当的，用来应对那个强奸犯却可能害得你没命。活下来才是目的，我对任何经历过这种折磨的强奸受害者都怀有极大的敬意，因为（也许有些人感到难以置信），只要你能活下来讲述此事，就已经取得了重大胜利。而且，强奸受害者不可能像我一样，借助多年的研究成果，从远处评估事件：强奸受害者必须在事件发生时对可怕的情况进行评估，本能地分析该做什么、说什么才能活下来。每当听到罪犯的律师或其他事后评论员对受害者讲，他（或她）在生命受到威胁时的恐怖关头应该做些什么，我总是感到十分愤怒。或许是自己的变态想法吧：我真想看看那些人自己面对同样的情况时会作何反应。

1984年4月的第一个星期，克利夫兰市郊一名41岁的餐厅女服务员在家中遇到袭击。当时是在清晨，一个身材矮小的白人年轻男子用刀威胁她，强迫她给他口交，并揉捏她的乳房。男子告诉她，如果她听他吩咐，就不会伤害她，并警告她别抬头看他。完事后，他拿走了她的钱，把她留在浴室里。这位女性没有好好看清对方，但注意到他有一个明显的身体特征：阴茎上有个鼓包或疤痕。

女性遭到强奸后的普遍反应是考虑不报案，试图表现得好像从来没有发生过，并希望那些可怕的记忆、羞耻、恐惧和愤怒消失。在决定是否报案时，受害者除了自己的情绪之外，通常还会权衡朋友、同事和家人的反应。与其他暴力犯罪一样，受影响的人际圈会扩大到直接受害者之外的更大群体。受害者可能会担心别人不会再像过去那样对待自己，他们会责怪她，让她感到更加脆弱和不安。除此之外，大多数强奸犯都会威胁受害者说，如果她敢报警，就一定会回来找她

Obsession

报复。

然而,这名受害者鼓起勇气向警方报了案,这一点对一个星期后两个街区之外发生的另一起强奸案尤为重要。

1984年4月13日凌晨5点30分刚过,邮递员贝蒂·奥西尔卡正准备去上班,一名蒙面男子出现在她厨房里吓了她一跳。男子用丝袜蒙面,勒着她的头,用刀抵住她的喉咙。她本能地尖叫起来,他紧紧地勒住她的脖子,威胁说如果再出声就杀了她。他用刀指着她,把她带到客厅,开始在沙发上侵犯她,并再次威胁说,虽然他不想伤害她,但如果她反抗,他就会动手。她是一名单身母亲(她的丈夫是克利夫兰的一名警察,但自杀了),担心自己3岁的儿子会因为听到奇怪的声音醒过来下楼查看,进而遭到这名陌生男子的伤害。

她告诉男子自己正处在经期,试图打消对方强奸她的念头,但他还是强迫她口交并吞下精液,随后还拿走了她家里所有的钱——区区21美元现金。和前一名受害者一样,强奸犯把她留在浴室里,警告她如果报警,他会知道并回来找她。男子一走,贝蒂就去找儿子,发现他不在婴儿床上。她惊慌失措,以为强奸犯绑架了儿子,但后来发现孩子躺到了自己的床上。她对詹姆斯·内夫(一位优秀的调查记者,他在《未完成的谋杀》一书中讲述了克利夫兰强奸案)说,自己的宝宝从来不曾有过从婴儿床爬到她的床上的举动。所以,他一定是听到了什么让他害怕的声音,才进到她的卧室寻求安慰。这让她进一步感到崩溃。她把罪犯的警告抛诸脑后,随即勇敢地报了警。

在等待警察赶来期间,她给自己煮了一些咖啡,喝了两杯,漱了漱口。很遗憾,她出于本能想把自己弄干净,却不料毁掉了所有本可以找回的证据。

克利夫兰第二分局的警探鲍勃·马图兹尼认识贝蒂·奥西尔卡(她在警局附近地区投递邮件),也认识她已故的丈夫,所以当他听说这起案件之后,深感不安。不过,除开对受害者的私人同情,他特别上心此事也因为一个星期前,他刚刚调查了那名女服务员的强奸案。他和搭档菲尔·帕里什查看了警方关于奥西尔卡案件的报告,并和她交谈。两起案件有足够的相似之处,很可能是同一人作案,但他们特别想弄清楚的一点是:前一起案件的受害者报告说,强奸犯的阴茎上有某种肿块或疤痕,而奥西尔卡的报告中并没有提到这一明显的身体特征。

现在,这似乎只是最初报告中遗漏的一个奇怪特征,但它突出了强奸案调查固有的一个问题。强奸和大多数其他类型的犯罪不一样,没有专门的训练或经验,你无法识别出罪犯的具体动机,也无法确定你要找的是哪一类人。较之窃贼、银行抢劫犯或偷车贼,强奸犯的动机极为个人化。举例来说,如果一个人持枪抢劫了一家便利店,拿到钱之后没有伤害任何人就离开了,那么他的目的是什么一目了然。虽然我们知道强奸犯一般都想操纵、支配和控制他人,但要弄清楚他是哪一类型的罪犯,还需要仔细分析他在攻击过程中的行为。行为反映个性,就强奸犯而言,分析他说了什么话、做了哪些事,可以透露出大量信息,暗示这是一个什么样的人。

作为犯罪心理画像师,我想知道他是如何控制受害者的。他是殴打她还是对强奸心怀歉意?他接近她是靠欺骗还是半夜突袭?他如何实施强奸?他在攻击之前、期间和之后说了些什么?这些问题只是一个宽泛的开始,我们需要收集大量信息才能整合出可行的分析报告。我们将在稍后的章节中做更详细的讨论。

如果询问强奸受害者的警官没有受过盘查细节的训练,或是在问的时候感到不自在,那么许多受害者会因为受到的创伤太大、太难为情、太惊恐,而什么都想不起来。她们兴许还沉浸在受到攻击带来的震惊之中。几天后,等她们的大脑和身体逐渐恢复正常和理性运转,往往会回忆起更多的细节。

鲍勃·马图兹尼和他的搭档菲尔·帕里什除了与受害者关系友好

Obsession 049

外，也是警察队伍里经验最为丰富的警探。他和帕里什在同一个艰苦的社区长大，上同一所高中。他们知道需要什么样的信息来描绘出要找的那种人。

他们问贝蒂·奥西尔卡记不记得"对方生殖器上有什么不寻常的地方"。她回答说："在末端有个鼓包一类的东西。"

通常，同一时期在同一地区不会有太多的连环强奸犯活动，而且两个人都在隐私部位有个鼓包的概率就更小了。似乎可以肯定，两起强奸案是同一名罪犯所为。

马图兹尼想起了他调查过的另一起强奸案，于是翻遍了未结案件记录，终于找到了他要找的东西：1983年10月5日，一名23岁的女性刚搬进一楼的公寓，还没来得及打开行李、拉上窗帘，就遭到强奸，此地距离新近发生的强奸案只有几个街区。所有的犯罪现场都离布鲁克赛德公园的树林很近，这为强奸犯提供了一条容易逃脱的路线。在每一起案件中，警方都从现场提取到了指纹，只不过马图兹尼还不知道它们是否全部匹配。考虑到两起案件的相似之处，以及可能只有一名作案的强奸犯，马图兹尼向上司罗伯特·豪厄尔中尉申请并获准将全部时间投入到寻找连环强奸犯的工作中。

第一步是核对市内的其他警区，看看现在所称的这名"西区强奸犯"是否曾在其他地方出没过。他们描述了强奸犯的作案手法以及明显的身体特征，并很快得到了第四警区两起案件的报告。第一起案件发生在几个月前的2月2日，一名51岁的奶奶遭到一名白人男子的袭击，他闯入她的两层住宅楼对其进行强奸，并把她和3岁的孙女锁在浴室里。强奸犯干净利落地闯入房子，没有打碎窗户，也没有在门上或窗纱上留下痕迹。就像第二警区的强奸犯一样，报告上说这名罪犯的阴茎上有个鼓包。

下一起案件在强奸犯描述和作案手法方面与其他案件相符，但25岁的受害者不愿与警方交谈。她的丈夫急于让这件事赶紧过去，这种反应在强奸受害者的配偶或伴侣、家庭成员和亲友中并不罕见，他们有时无法处理自己的情绪，唯一的应对机制就是否认这件事曾经发生过。尽管受害者不愿配合拼凑出嫌犯画像，更不愿在嫌疑人受审时出庭作证，但她向警方描述了强奸犯和袭击事件：一名瘦弱的白人男子敲门，并用刀威胁强行闯入。跟其他受害者受到的威胁一样，他告诉她，只要照他说的做就不会伤害她，随后他强奸了她。受害人报告说他的阴茎上有个鼓包。

眼下有5起案件可供考量，警方似乎有望找到突破口。只要能合成出强奸犯的画像（以及针对他性器官的单独画像），他们就可以展开搜索了。他们让两名受害者各拿一份阴茎画像，标出鼓包的位置。两人独立选中了相同的位置。这两名受害者还与警探安德鲁·查琴科见了面，三人一起绘制出这名强奸犯的脸，包括他纤细散开的长头发。准备就绪后，侦探们把画像带到西区各种娱乐场合，张贴在酒吧、披萨店甚至美发沙龙——受害者描述的发型不是典型男士理发店剪出来的。剩下的就是找到嫌疑人，"脱了裤子"看看另一个特征是否相符。不到一个星期，给嫌犯画像的同一名侦探在当地的一家餐厅酒吧看到了一名跟画中人很像的男子，穿着贝蒂·奥西尔卡描述的那种网球鞋（脏兮兮的白底蓝条纹鞋子）。他把此人带到马图兹尼和帕里什面前，后者对嫌疑人详加盘查（其他侦探日后戏称两人为"观鸟员"）。嫌疑人有不在场证明，但侦探们不愿轻易放走他，便要求看看他的阴茎。这让他大感惊讶，侦探们告诉他这可以排除他的嫌疑。众人去了男厕所，观察了一番，没发现鼓包，便让他离开了。没多久，马图兹尼和帕里什开始每个星期都盘查两名嫌疑人。

这一期间，这两名侦探向邻近郊区的警察局寄送了公告，概述了强奸案，描述了强奸犯。公告还请求提供邻近区域管辖范围内任何类似案件的信息，尤其是罪犯生殖器上有异常之处的案件。不到一个星期，3个邻近地区（米德尔堡高地、帕尔马和帕尔马高地）相继发来

Obsession　051

类似案件，共计4起强奸案未结。两起强奸案发生在帕尔马的一栋公寓楼里：一名受害者怀孕了；另一名受害者是54岁的奶奶，强奸发生时，她的孙女正在隔壁房间睡觉。马图兹尼和帕里什，以及其他可能有关联案件的地区的侦探，在帕尔马会面交换信息，众人更加怀疑，克利夫兰地区的这一系列强奸案是一人所犯。

如果再加上另外3起符合作案手法的未结案件，总数就变成了12起。即使没有官方统计，这个数字也足够引起市议员乔·坎农的注意了。尽管关于连环强奸犯的新闻尚未见诸报纸或电视，但人们已经从"邻里守望聚会"上听说有多名妇女遭到了强奸。警方承受着更大的压力要抓捕此人，马图兹尼的指挥官批准了他和帕里什提出的监视计划，在深夜和凌晨增派无标志巡逻车辆，快速响应强奸、非法侵入等报案消息。

我经手的许多案件都需要警方付出额外的努力来抓捕罪犯，比如由不同司法管辖区和专业领域的人员组成特别工作组，在案发地区增加额外的调查警力，警察、公民团体和媒体之间协调努力。每当你遇到像这样的案件，不管它在新闻上是否引人注目，警方都面临着完成任务的巨大压力，必须证明额外的费用花得值。到6月份，由于没有任何报告，额外的巡逻监视取消了。与此同时，菲尔·帕里什晋升为警长，分配到市中心的新职位上，只留下马图兹尼独自领导追捕克利夫兰强奸犯的行动。

6月23日，警方有理由为结束监控感到后悔了。37岁的玛丽安·巴特勒住在帕尔马高地的公寓里，凌晨4点左右，一个陌生人吵醒了她。就在几个小时前，她和一个朋友还在看新闻，谈论可能出现在她们中间的连环强奸犯。据报告，虽然巴特勒住在一楼，但和朋友开玩笑说，自己不太可能成为袭击目标。因为她所住的公寓房空调制冷差劲，于是当晚她开着窗户便睡觉了。

我听说人们很奇怪怎么会有女性晚上开着窗户睡觉。自然，说这些话的人，家里的空调制冷功能都不差。在炎炎夏夜，要是你家里空调有问题，你会做出权衡：开着窗户有多大几率碰到不好的事情？而关着窗户又会有多热，会不会让人少睡好几个小时的觉。尤其是，住在帕尔马高地这样的中产社区，你很容易理解为什么有人会为了凉爽的微风，放弃一点点安全考虑。

巴特勒醒来，看到陌生人在自己卧室里，便尖叫起来。不等她反应过来，他就捂住了她的嘴，用警告的口吻威胁她。此人说的话，听起来跟对之前的受害者很像：如果不听话保持安静，他就会动刀子。他还让她不准看自己，并索要金钱。巴特勒最近刚做了手术，切除骨盆囊肿，她告诉袭击者自己无法进行性行为。强奸犯强迫她口交，她默默在心里记下了关于他的一切：他的鞋子和夹克，他右手上缠着绷带，他身上有一股挥之不去的薄荷味。事后，他不小心打开了她卧室的灯，巴特勒清楚地看到了对方的脸。

罪犯逼巴特勒交出所有的钱，并把她关在浴室里，要求她等到自己离开才能出来。巴特勒听到对方在自己卧室里乱翻的声音，可能是在寻找贵重物品。等她听出对方已经离开，便从浴室里出来报了警。巴特勒向警察清楚地描述了强奸犯的样子，连薄荷的味道都没有略过。一如调查记者内夫的报道，她向朋友发誓，总有一天她会"指证那个混蛋"。

仅仅几个星期后，这名强奸犯再次作案，袭击了一名23岁的母亲。当时，她3个星期大的宝宝就睡在旁边的沙发上。她对强奸犯的描述与其他受害者相符：攻击者是深色头发，体格瘦弱。他甚至穿着同样的衣服：牛仔裤和一件齐腰的黑色夹克。他的行为也颇有连贯性：剪断她家的电话线，抚摸她，把她弄醒，用刀威胁她，让她按照自己说的做就不会伤害她的孩子。跟巴特勒一样，受害者告诉强奸犯，自己几个星期前才生了孩子，身体状况不允许自己与他发生性关系，他强迫她口交，于是她看到他阴茎上有个明显的鼓包。

Obsession

这一定让警探马图兹尼大感沮丧：强奸犯在大规模监视行动中一直没有露面，而监视刚一取消，他就开始出手。不过好在这一次警方得到了一些证据：他留下了一支万宝路香烟，上面可能残留着唾液，从中可以提取他的血型信息。另外，还有一个邻居看到一名符合强奸犯外貌特征的男子穿过街区。

马图兹尼曾从一个在联邦调查局学院上过课的上司那里听说过我们，便决定向匡蒂科求助。这位警探给我们发来了17起强奸案的信息。布莱恩·麦基尔韦恩（在西雅图酒店破门而入救了我一命的两位同事之一）担任调查支援组的联系人。他在这方面还是个新手，但很有天赋。我相信他的直觉，他也学得很快。我们开会讨论这些案件，他负责整理犯罪心理画像的各个部分。

由于第一起强奸案发生在动物园附近，我们觉得警方应该寻找的人很可能离那很近，是步行可达的地方。他会通过自己的监视来选择最容易控制的受害者，比如带小孩的女性，或者他知道发动袭击时对方是独处的女性。强奸发生在凌晨，表明强奸犯可能白天没有工作。就算他有一份稳定的工作（我对此表示怀疑），大概也是一份与公众接触不多的低阶职位。与许多这类罪犯一样，他时而深感无能和不安（利用强奸来增强对自己性能力的感知），时而又傲慢自大，为自己新得的"西区强奸犯"的"大名"沾沾自喜。出于这个原因，他可能会收集报纸上关于强奸案的文章。

由于这种无能感，他的任何社交关系都是与年轻得多或不那么成熟的女性展开的。但总的来说，我们的心理画像显示，他应该不怎么合群。在他的生活中，很可能有一个占主导地位的女性，他也许还跟她生活在一起，比如他的母亲、姨妈或其他女性亲戚。与这个女性的冲突，让他承受着很大的压力，导致他质疑自己的男子气概，这也是为什么他会去强奸并控制那些女性受害者的原因之一。他还可能有收集色情作品的爱好，就像保存收藏品一样，他会在日记里把自己的罪行写下来，记录他盯上过的所有女性以及被他强奸的受害者，如同他此刻拥有了她们。他在青少年时期就有过相关犯罪的前科，比如偷窥、非法闯入、盗窃珠宝或内衣等恋物癖好纪念品。他可能拥有一辆摩托车或者一辆深色的破旧老车。

许多受害者都提到他很干净，所以我们认为他很有可能从事对卫生状况有要求的工作，比如餐饮、医院或类似的工作。

除了收集媒体对他作案情况的报道，他在犯罪后会更夸张地做他通常会做的事情。例如，如果他之前吸毒或酗酒，那么作案之后，他会喝更多的酒，或是滥用毒品。布莱恩还提到，如果他是个虔诚信教的人，为了应对压力，他（作案后）可能表现得更加虔诚。

7月26日，这名强奸犯再次作案，他割开帕尔马高地另一间公寓的客厅窗玻璃，唤醒了27岁的住户，用刀指着她对其进行了强奸。8月17日，同一地区一名60岁女性遭到一名男子的性骚扰，对方趁她睡觉时溜进了她的公寓。

强奸犯没有停下脚步。1984年9月14日凌晨，23岁的凯伦·霍尔茨特雷格成为他最新的受害者。这位3个小男孩的漂亮母亲听说过之前的案件，并尝试采取措施，保证自己居住的一楼公寓的安全。她打电话给房东，让他答应修理几扇锁不上的窗户。由于丈夫上夜班，她一直关着窗户；再过几个星期，他们就要搬到城外更远的地方，住进自己的房子了。

霍尔茨特雷格被一个坐在她床上的陌生男子弄醒。他拿出一把刀，告诉她，他看到她的孩子们睡得很熟，还关上了她卧室的门。只要她愿意配合，他们就不会被闹醒，也不会受伤。在强奸她之前，他问她是否认识他，还说："嗯，我认识你。我一直在观察你。"

侵犯完毕后，他要她交出所有的钱，并把她关在浴室里，警告说如果报警，他会回来报复她和孩子。尽管受到威胁，霍尔茨特雷格还是报了警，并提供了一份与其他人相符的描述，只是对方穿着有所不同。

在接下来的一年里，警探鲍勃·马图兹尼继续调查此案，更新公告并将其分发到不同地区跟进线索。但没有任何突破。与此同时，市中心警察总部成立了新的性犯罪小组。每个辖区内的性犯罪案件不再由各区的警探单独处理，而是全都移交该特别小组进行调查。这个小组由露西·J. 杜瓦尔警官领导，她是克利夫兰警察局级别最高的女性之一，也是第一位在当地领导刑警队的女警官。

马图兹尼知道，从下一个案子开始，西区强奸犯的所有案件都将交由新成立的性犯罪小组来处理，但他并不想调到市中心去。好在他有个朋友埃德·格雷是从第二区调任去了该小组的警探。刚到新部门干了没几个星期，格雷就和搭档接到了一起发生在西区的强奸案。案件听起来跟鲍勃·马图兹尼一直在处理的案件很像：一名年轻的白人男子，与此前对西区强奸犯的描述相符（包括他阴茎上的鼓包），在受害者的男朋友上班后突然闯入其家中，并用刀威胁强迫她口交。

如果一起案件在最初几天内未能解决，那么一旦事态冷却，就有可能变成陈年旧案。我见过很多调查随着时间的推移陷入停滞，因为职责重新分配，人员退休或调动，几乎没有连续性。但埃德·格雷没有让这种情况发生。他打电话给鲍勃，邀请他和他的新搭档、新手警员安德里亚·兹比德涅夫斯基（简称"泽布"）一起去询问受害者。对马图兹尼来说，分享自己经手多年的案件并不容易，更不用说把它交给别人了，但把信息告知有帮助之责的人，而不是完全背过身去不理不睬，这是一种谦谦君子的专业态度。他们三人都很清楚地意识到，这很可能是同一个人干的。

大约一个月后，两名警探已经再次被分配负责其他任务，西区强奸犯案的调查人数达到了 24 人之多，新成立的性犯罪小组需要帮助。杜瓦尔要求临时调派马图兹尼警探。从坏的一面来说，马图兹尼要一个人到市中心去工作，没有搭档；从好的一面来说，他又有机会抓住这个自己追捕已久的惯犯了。

为了寻找新的线索，马图兹尼向全国各地的警察部门发送了有关强奸犯的描述和作案手法信息，请他们反馈所有类似的强奸案。我希望这种工作能在全国范围内联网，十多年来联邦调查局一直试图通过"暴力犯罪逮捕计划"（VICAP）达到这一目的。有了适当的资金并强制要求地方调查人员上报案情，每个警察局都能轻松获得马图兹尼大费周章才收集到的信息。

尽管他收到了大量的电报电话，但没有什么合适的信息。他又回过头去进一步跟进当地的案件（尤其是新近发生的强奸案），但调查过程中出现了一个变化：新上司杜瓦尔警官告诉他，别再检查嫌疑人的阴茎了。到 11 月，他完成了对最近一起案件的报告，没有新的线索，马图兹尼不情愿地承认是时候放手转向其他挑战了。他要求调回第二区，离开性犯罪组。这一调任请求获得了批准。

仅仅一个月后的 1985 年 12 月 13 日凌晨，这名强奸犯再次作案，闯入一户人家，袭击了一名正在洗澡的女子，持刀对其进行强奸，并强迫她说爱他，就像在演剧本一样。他先是恐吓她，威胁她如果报警就回来杀了她，随后又提醒她要小心浴室里还在加热的卷发棒，仿佛他对她做了这一切，还挺担心她不小心发生事故似的。

随着这起新案子的出现，埃德·格雷和安德里亚·兹比德涅夫斯基重新回到了调查当中，尽管他们也在忙着处理其他的虐待儿童和强奸案。不过，这一次，他们可能有了线索：大约一个月前，一名报童看到一个男人在该地区游荡。那人戴着滑雪面罩，为了抽烟，他暂时摘下了面罩。男孩帮助警方合成了一幅新的画像，跟之前的西区强奸犯画像很像。他还能描述不明嫌犯的衣着。格雷和兹比德涅夫斯基将这幅新画像派发出去，引出了更多的线索，但没有一条是正确的。1986 年 2 月初，警方向媒体发布了一幅全彩素描，并悬赏 2000 美元。

5 月下旬，经过几个月的明显克制，这名强奸犯再次作案，于凌晨5点之前闯入北阿姆斯特德一间一楼公寓，恫吓并强奸了住在那里的两名年轻女性之一（当时另一人不在家）。北阿姆斯特德不在性犯罪小组的管辖范围内。负责调查的警探弗兰克·维奥拉两年前见过马图兹尼，认出了西区强奸犯的作案手法。除了进入潜在的新地区，嫌疑人似乎变得比之前更狡猾，因为这名受害者说他强迫自己吞下他的精液，以免其被提取为证据。但警方从窗台上提取了部分指纹。

1986年8月出现了一段有趣的变化。一名嫌疑人在阿肯色州被捕。他之前住在西区，离几起强奸案发生地不远，强奸犯的合成素描出现在新闻上后，他就离开了这座城市。他被捕另有原因，但因为样貌与广为传播的合成画像相似，引起了警方的注意。尽管他的外貌特征的确与强奸犯相符，但说话带有拉丁口音，这一点没有任何受害者提到过。他在大多数强奸案发生时都有不在场证明，而且另一个身体特征也支持了他的无罪声明：在犯罪发生的大部分时间段，他的脚都处于骨折休养中，没有一个受害者提到过作案者打着石膏。

经过一年的沮丧，没有任何线索，人们推测强奸犯兴许已离开了该地区（要么就是新近的受害者未曾报案）。接着事情又出现了一些进展。一天早晨，贝蒂·奥西尔卡在厨房里喝咖啡时，听到窗外有声音，并注意到有个像是男人头部的影子。自从上次遭到袭击，她便买了一把手枪，随时放在身边。她拉开窗帘，看到一个男的站在那里。她吓了一跳，尖叫着朝掉头逃跑的他开了一枪。

当时，马图兹尼和格雷认为，强奸犯再回来看一眼的概率很小，奥西尔卡第一次打电话给他们言之凿凿地说自己看到了的人，不是强奸她的那个。她经历了那次袭击，心理上产生重大创伤是可以理解的。

但格雷已经受够了。他向杜瓦尔警官申请调任，但遭到拒绝。1987年11月，警察局长霍华德·鲁道夫——他住得离西区强奸犯的几名受害者都不远——扩大了科学调查小组的职责和权力，希望更好地处理证据有助于结案。格雷调到了这个部门。

消停了几个月没有发生新案件之后,强奸犯在假期让警察手忙脚乱。11月18日上午,他进入了一名22岁女子的公寓。她去洗衣房洗衣服时忘了锁门。他用刀抵住她的喉咙,强迫她口交,随后对她进行阴道强奸。他射精在她的肚子上,并擦掉了证据,威胁说如果她敢报警,他会回来杀了她。这是西区强奸犯的标准作案手法。

几个星期后,他在距离警察局长家只有两个街区的地方,袭击了一名27岁的女子,当时她正在自己未婚夫家里。她包好圣诞礼物正等着未婚夫回家,这名强奸犯突然抓住她的头发,用一只手捂住她的嘴。她抓起自己用来剪礼物的剪刀还击,并尖叫起来。面对受害者的激烈反抗,强奸犯变得更加暴力,多次猛烈击打她的脸,从她手里夺过剪刀。随后,他用剪刀威胁她索要金钱。受害者告诉他,自己钱包里只有两美元。他说他知道,但他想要家里的贵重物品。他把她带到后门,勒令受害者打开,大概是为了不留下指纹。她打不开,强奸犯便强迫她脱下衣服,用剪刀剪掉了她的胸罩。他看到她正在经期,就强迫她进行口交。按调查记者内夫的报道,他威胁说:"如果你敢报警,就别想过圣诞节了。"

1988年初,警方束手无策,来自公众的压力越来越大。3月初,这名强奸犯再次作案。一开始,一名女性注意到自己一楼的公寓外有个奇怪的人。她报了警,警察发现前门上有人试图撬锁的痕迹。几天后,同一名女子被卧室里的一个男人吵醒,起初还以为是自己的男朋友。他爬到她身上用刀威胁她,并割破了她的睡衣,强奸了她。

这名强奸犯竟然返回几天前曾遭警察阻止的现场,似乎很是疯狂。但实际上,对连环罪犯来说,这种行为是可以预见的,他们会随着每一次的"成功"得手变得越发自大。一如其他类型的罪犯给警察或媒体写信揽下自己的罪行一样,这名强奸犯想向警方展示自己能够智胜他们。他们知道他在哪里作案,但他仍然可以躲过他们,拿走他

Obsession 059

想要的东西。这类人对自己的罪行感到骄傲，而我们希望，这种骄傲最终导致他的覆灭。我们已经指出，有些罪犯甚至会写信，发出公然的挑衅。

1988年夏天的一个晚上，强奸犯的狂妄让他犯下了警方苦等已久的错误。他闯入一间公寓，强奸了里面的女人，还偷走了受害者的银行卡。受害者是克利夫兰一名警探的女儿。离开之前，罪犯索要她的信用卡密码和电话号码，还像往常一样威胁受害者不准报警。

这样一来，这次除了受害者的证言，警方还掌握了一条线索。受害者的信用卡，在凌晨5点左右的一台自动取款机上使用过。监控摄像头拍下了取款过程。唯一的问题是，强奸犯戴着墨镜，在黑乎乎的低分辨率截图里身影模糊。它没有提供比警方早前的合成素描更多的信息。他们只能看到他的下半张脸：长长的卷发、一支香烟和牛仔夹克的领子。

性犯罪小组立即公布了这张照片。当地电视台对此做了专题报道，并留下了热线电话号码。第一个有力的线索很快就出现了。当晚，一位女士打电话报告说，她认识照片上的男人，知道他在哪里工作，知道他有一副和照片上一样的太阳镜，并提供了他的名字。警方发现他的住所离几处强奸地点都很近，他的工作地点又与另一些案发地点不远。警方带着搜查令，急切地等待嫌疑人下班回来逮捕他。在警察局长和县助理检察官蒂姆·麦金蒂的支持下，警方随后安排受害者列队辨认嫌疑犯，但西区强奸犯最新的受害者并没有从中看到袭击自己的人。嫌疑人获释，警方采集了他的一些头发样本，以便将其DNA与日后犯罪现场留下的证据进行比较。

11月，一名年轻女子清晨被公寓里不寻常的声音吵醒。她环顾四周，看到一名男子在她客厅的窗户外手淫，而且他已经拆掉了纱窗！她立即报了警——她的父亲是警察队长。但等警方赶到，那个人已经逃跑了。由于他的行为和特征与西区强奸犯相符，警方加强了对该社区的巡逻。

即便增加了安全措施，该月月底的一个星期六，这个年轻女性还是被一名男子叫醒。对方压在她身上，拿着一把刀指着她的脸。他叫出了她的名字，问她为什么要报警，并告诉她，如果她按照他说的去做，就不会受到伤害。她迅速地看了一眼他的脸，罪犯脸上套着一只尼龙长筒袜，并警告她朝别的地方看。他强奸了她，把精液射在她肚子上，用她的毯子擦掉了证据。除了钱，他还拿走了她的银行卡，索要了密码。离开时，他警告说，如果她再报警，他会回来杀了她。她企图立即报警，但发现罪犯割断了电话线，于是开车前往父亲的警察局。

人人都大感懊恼，这个家伙又发招了——见鬼，这次不仅警方发出了警告，而且受害者的父亲本身就是警察！但银行卡提供了一线希望。不出所料，性犯罪小组向银行核实，得知强奸案发生后几分钟就有人使用了这张卡，摄像头记录下了交易过程。因为它每隔3秒就拍几张照片，所以警方得到了一连串的照片可供审查：第一张照片是一名长发男子拿着报纸的身影；下一张是他用报纸挡住自己的脸，又举起报纸直接遮挡摄像头。几张全黑的画面过后，最后一张照片显示的是这名男子从镜头前走开并走向自己车的背影。

虽然看起来并没有太大的突破，但科学调查小组负责人维克·科瓦西奇认为，也许他们可以利用现有技术，从照片中挖掘出更多信息。该小组有一台专门用于分析照片等证据的计算机，能让图像变得更加清晰。他们扫描了照片，并让计算机放大并增强图像，最终通过照片中汽车的右后方识别出了型号。通过参考对照，那是一辆深色的雪佛兰蒙特卡罗，1975 或 1976 年的车型。照片中甚至看得清车身上明显的破损之处，可供进一步识别。很快，整个警局都拿到了对那辆车的描述，我很高兴地得知，它与我们的犯罪心理画像相符。

经过多年追捕，警方终于掌握了一些确凿的证据。不过，我们绝不能忘记运气的因素。它可能站在对罪犯有利的一侧，也可能站在我们这一边。1988年12月21日，维克·科瓦西奇走了好运。他连续几个星期利用个人空闲时间开车在西区兜圈子，寻找那辆可疑汽车，终于撞见了它。他本来要去一家餐厅的停车场，但那里没空位了，只好把车停在隔壁的一栋公寓楼前。就在此时，他看到了它：褐红色的蒙特卡罗，锈迹斑斑的挡泥板，撞凹下去的保险杠，跟银行拍下的照片里相同。他记下车牌号码，匆匆赶回警察局。

计算机记录显示车主是一个叫罗尼·谢尔顿的人，27岁，身高1.72米，体重62.6公斤，符合对强奸犯的身体描述。进一步的调查显示，谢尔顿有过犯罪记录，曾因偷窥被捕，与强奸行为分析相一致。最后，科瓦西奇将谢尔顿1985年因盗窃被捕后采集的指纹，与几年前在强奸案发现场采集的指纹进行了对比，两者完全匹配。

他们的第一站是谢尔顿的父母家。他的父亲说，已经很久没有看到过罗尼，也不知道可以到哪里找到他。在科瓦西奇发现谢尔顿汽车的那栋公寓楼，警方了解到谢尔顿的一个朋友当天被赶了出去。罗尼跟他住在一起，大概是在帮他搬家。警方并不知道，罗尼回来的真正原因是为了拿走自己的东西，他和这哥们儿已经闹翻了——就像他和其他许多朋友都闹翻了一样。

晚上7点左右，谢尔顿开着另一个朋友的车回到了公寓。虽然两名警探一开始并没有注意到他在那辆陌生的车里，谢尔顿却看见了他们，但误以为他们是被赶走的哥们儿的朋友，他们过来是为了保证自己没惹出什么麻烦。之前，这个哥们儿在两人吵架后叫来了警察，由于担心自己的安全，谢尔顿让朋友开车到公用电话亭。他打电话给警察，要求派人护送他进入公寓。

等待护送期间，谢尔顿看到哥们儿从公寓里出来，便也钻出朋友的车。这时，蹲守在那里准备逮捕他的警探把他认了出来。就在他们把他押上车铐起来的时候，谢尔顿叫来护送自己的警察也到达了现场，并不知道要逮捕他的消息。逮捕谢尔顿的警探向制服警察表明身份时，场面非常紧张。双方还就谁来逮捕谢尔顿的问题发生了轻微的争执：是性犯罪小组，还是负责管辖的第二区？最后，性犯罪小组把他带走，并从他父母家取回了他的车。他们从车里发现了太阳镜、弹簧刀、双筒望远镜和女性珠宝等物品。

谢尔顿趁着单独关在监狱里的机会，把几件连体囚服的拉链连到一起，试图在牢房顶栏上吊自杀。但这种方式不够结实，撑不起他的体重，狱方把他列入了自杀监管之下。

这次自杀企图是发自内心的吗？被捕后，谢尔顿再也无法操纵、支配和控制了。轮到他自己品尝这一切的滋味了。他生活中的每一个方面都将由别人管理了。他甚至无法控制自己吃什么，什么时候吃，穿什么衣服。自杀是他自我控制的终极手段。他不愿给警方审判他的机会，他希望欺骗受害者，让他们失去与他对质并将他永远关进监狱的机会。这就是为什么我们看到不少此类罪犯一旦被捕就试图自杀，也是为什么我经常推荐对他们进行常规自杀监管的原因。

第一个讯问他的是警探兹比德涅夫斯基。在第一轮问询中，除了吸毒和暗示曾盗窃信用卡之外，谢尔顿什么也没有承认。警探换了一种策略，问他小时候是否受过虐待，他回答说没被性侵过，但挨过打。警探试着给他看来自银行监控录像里的照片。看到自己出现在录像里，他显得很沮丧，随后又恢复了镇静，拒绝再谈下去，不过这时候他还没有要求请律师。

几天后，他有了自己的律师。平安夜那天，谢尔顿的妹妹玛丽亚·谢尔顿请来经验丰富的刑事辩护律师杰里·米兰诺帮哥哥打官司。

与此同时，警方正在调查有多少起未破获的强奸案可能与谢尔顿有关。他的指纹与4处强奸现场留下的指纹吻合。为了获得其他信息，县助理检察官蒂姆·麦金蒂求助于鲍勃·马图兹尼，认为后者不仅熟悉此案，而且已经与许多受害者建立了融洽的关系。麦金蒂提醒

Obsession 063

马图兹尼，这些工作需要投入额外的工时，但检方没有预算支付加班费。这起案件早就是马图兹尼的心病了，为了将罪犯绳之以法，他愿意投入所有的时间。

麦金蒂的第一步是让嫌疑人交出他生殖器的照片，解决鼓包的疑点。"西区强奸犯"的部分受害者报告有鼓包，其他人却没有。检察官要把这个矛盾的地方弄清楚。他们还启动了寻找受害者的任务，并让她们尝试从一组人中指认谢尔顿。但许多受害者受到巨大创伤，多年前就离开了这个地区。检察官办公室要求当地报纸和电视台不要刊登谢尔顿的照片，并解释说这是因为辩方日后可以辩称，任何正面的身份证明都遭到了媒体报道的破坏。媒体表现出极大的克制。

除了马图兹尼最初调查的案件之外，警方还重新审视了格雷和兹比德涅夫斯基经手过的案件，以及联邦调查局克利夫兰外勤办公室特工约翰·邓恩转送来的发生在郊区、与西区强奸犯特征相符的未结案件。此时，可能存在关联的案件总数已接近40起。

凯伦·霍尔茨特雷格是第一批警方叫去指认袭击者的受害者之一，她轻松地锁定了5名男子中的两名。警探要求这两名男子重复罪犯在强奸过程中说过的话，霍尔茨特雷格作出了选择——但她选错了。离开的时候，她告诉警察，她知道自己选错了人，但她太害怕了，没法指认真正的罪犯。

警方通过银行监控摄像头确认其身份的那起强奸案正式逮捕谢尔顿。两个星期后，依据另外5起案发现场采集指纹与谢尔顿相符的案件，检察官麦金蒂对他提起公诉。

为堵住一切漏洞，检察官继续调查谢尔顿以前的犯罪记录，寻访他的数名前女友，甚至查询了交通违规。优秀的检察官认为一定要知己知彼，麦金蒂更是坚定地相信"不打无准备之仗"。他担心，谢尔顿的律师会以精神错乱为由进行辩护，如果成功的话，可能让他免于入狱。

在调查谢尔顿的过去时，麦金蒂得知，他曾于1986年在其中一位前女友的公寓里企图自杀。他找到了当时为谢尔顿做过治疗的心理医生罗斯·桑塔玛利亚，以及这名前女友。桑塔玛利亚报告说，他认为谢尔顿并没有精神失常，而是善于操纵别人，他愿意为这一评估作证。前女友随后提供的信息不仅支持了心理医生的说法，而且给麦金蒂带来了更多出乎意料的线索。

她详细描述了谢尔顿的暴力性格，他怎样殴打她，他的脾气怎样导致他经常卷入打斗事件。她讲述了他对她犯下的罪行，从偷她的信用卡到强奸甚至企图谋杀。虽然她愿意作证，但她羞于承认自己与谢尔顿有过关系。就连她的父母都不知道她跟谢尔顿的交往程度有多深，她也不想让别人知道。她试图解释说，有时候，谢尔顿很有魅力，让她舍不得离开。但最重要的是，她解开了这起案件的最大谜团：1986年春天，她掏腰包请医生去掉了罗尼生殖器上的疣。

詹姆斯·内夫描述了麦金蒂听说谢尔顿在女性中多么受欢迎时，露出一脸惊讶和困惑的好玩表情。谢尔顿留着长发，对外表十分讲究，颇有些女性化，麦金蒂无法理解女性为什么会喜欢这样的人。

从这个女人的话来看，罗尼·谢尔顿符合这类强奸犯的典型特征：个性有缺陷，难以保住工作，与父母和女朋友不断发生冲突，对自己的性取向缺乏安全感（他讨厌别人取笑他留长发、外表太整洁或身材瘦小，尤其是别人叫他"基佬"的时候）。这些罪犯就好像在走钢丝一般，前一分钟他们魅力十足，足以赢得任何女人的芳心，后一分钟他们又迫切需要控制，彰显自己的男子气概。这并不意味着他们人格分裂，而是意味着他们有能力控制自己的不安和冲动来为己所用。如果他们想要或需要什么东西，可以通过适当的行为来得到它，这就是为什么这么多强奸犯在侵犯其他女性的同时，还维持着活跃的两相情愿的性关系。

除了最初5起提取到谢尔顿指纹的强奸案之外，麦金蒂和警方仍然难以取得进展。他们确信他至少对 23 起案件负有责任，但需要找到一种方法，将他与其他案件联系起来。在一些案件中，从犯罪现场取得的物证遭到了污染，或者干脆根本没有收集到任何证据。还有一些案件，谢尔顿符合受害者在口供中给出的描述，但她们无法从一队人里正确地指认出他。

检方和警方再次跟约翰·邓恩交谈，他建议他们和我联系，认为我也许能够从行为上把案件联系起来。虽然我认为麦金蒂一开始心存怀疑，但他一定觉得值得一试。这将是俄亥俄州法庭第一次引入此类专家证人的证词。

麦金蒂的团队正在准备一份包含 230 项指控的起诉书，这是该县历史上指控最多的一次。辩护律师杰里·米兰诺则公开宣称，他的当事人将以精神失常为由进行辩护，不管判了多长时间的刑期，最多都只需服刑 15 年就有资格获得假释。麦金蒂认为，俄亥俄州的法律需要修改，不应该让连环强奸犯这么快就获得假释。他还说服谢尔顿的前女友为其行为作证，包括对她的强奸，反驳精神失常的论点。

内夫引用麦金蒂的话说：

"我想向陪审团证明，他全天 24 小时都是个人渣，不仅仅是在清晨 6 点……我想证明他强奸了她，虐待了她，让她感染了性病，抢走了她的信用卡……我想展示罗尼的操纵行为。我们可以论证，这就是为什么他能雇来个不知所谓的医生说他疯了。而且，我们需要她来说明有人和他上床，他有正常的性出口。而这就意味着，他强奸是为了追求刺激。这将表明，强奸是暴力犯罪。"

与此同时，我自己在翻阅资料时很自然地看出了不同案件之间的共同点。他的作案手法完全一致：目标总是选择一楼的公寓，便于逃跑；作案时间通常选在凌晨；受害者独自一人，或身边有需要抚养的孩子；他会突然袭击受害者，用刀或来自现场的其他尖锐物品施以威胁。但更重要的是，强奸犯的"作案特征"（即有些事情对犯罪而言并无必要，只是为了满足其情绪需求）也是一致的。例如，在许多案件中，他要么在受害者面前手淫，要么在强奸过程中朝她身上射精。在我看来，这说明他的动机是权力，他想借此象征他完全支配着这些受害者。这种仪式化行为贯穿所有案件，表明所有的强奸案均为同一个人犯下。我愿意为此作证。

除了我的证词，法庭指派的精神病学家迈克尔·诺兰医生也支持麦金蒂的立场。诺兰医生在8天的时间里和谢尔顿进行了近8个小时的面谈。辩方的辩护理由是，谢尔顿曾于1983年从事建筑工作时从梯子上摔下，导致头骨骨折，脑部受损。在接受凯霍加县法院诊所社工丽塔·海恩斯的访谈时，谢尔顿提到，在连环强奸案中，他觉得好像有一道"盾牌"保护着自己免遭警察调查。然而，在与谢尔顿会面之后，诺兰认定被告精神正常。他是一个有反社会人格的瘾君子，但这并不"构成精神疾病或缺陷"，谢尔顿无疑可以分辨是非对错。

诺兰还指出，谢尔顿告诉自己，他每个月会想到强奸50次，但只实施了大约15次。事实上，被告产生了强奸的想法，但有时并没有采取行动，这本身就表明他有一定的克制能力。

为反驳这些论点，辩方请来了法庭心理医生伊曼纽尔·塔内。他曾与律师米兰诺在迈克尔·莱文一案中合作过，莱文被控蓄意谋杀克利夫兰成功商人朱利叶斯·克拉维茨。塔内60多岁，满头白发，操着一口优雅的欧洲口音，曾在数百起案件中作证，包括泰德·邦迪和杰克·鲁比（因刺杀肯尼迪遇刺案嫌犯李·哈维·奥斯瓦尔德而知名）的案件。在与谢尔顿会面后，塔内得出结论，尽管谢尔顿告诉诺兰他实际强奸不如他想要强奸的次数多，但仍属于被迫强奸，"努力克制强迫行为，是强迫症的典型特征"。

随着审判日期的临近，法官理查德·麦克蒙纳格尔希望双方能达成认罪协议，因为正如米兰诺所指出，俄亥俄州的法律对强奸罪有量刑上限。然而，麦金蒂不断增加指控，并决心上法庭审判。这是一场赌博，但麦金蒂认为所有的受害者都应该出庭指控（如果达成认罪协议，这就没法做到了），这样一来，她们都将有机会在假释委员会面前发表意见，好尽量让谢尔顿在监狱里待得更久。从更宏观的视角来看，麦金蒂希望人们了解强奸罪行的残暴和严重性后，能够意识到现行量刑规则的荒唐，从而为改变量刑法律提供弹药。毕竟，我们这些研究过此类罪犯的人都知道，15年的监禁不太可能平息罪犯的执念，因为他一辈子都在想着强奸。

麦金蒂在准备过程中采用了一种新策略。由于受害者掌握着案件的关键，他觉得有必要确保她们都愿意出庭作证，哪怕她们中许多人仍深感恐惧，也能向陪审团讲述自己的故事，而不会被辩护方击溃。他约见了法庭证人和受害者服务机构的社会工作者卡拉·科尔，该机构隶属于法院系统，为证人和犯罪受害者提供咨询与支持。两人共同邀请所有即将开庭案件的受害者（总共30人），如果愿意的话，还可以带上她们的丈夫或男朋友，聚到一起在情感上做好准备，迎接即将在法庭上面对的挑战。他们事无巨细地做了讨论，从如何保护自己的隐私，到如果谢尔顿被判有罪可能会面临多长的刑期，再到辩诉交易，甚至如何应对被告的家人（因为谢尔顿的前女友抱怨说，对方的妹妹一直跟着自己）。麦金蒂甚至询问她们觉得合理的判决应该是什么样子。

1989年9月11日，法庭开始选择陪审团，这引发了媒体疯狂报道。在麦金蒂的敦促下，所有30名受害者每天都出现在法院外面，哪怕她们尚未出庭作证。罗尼·谢尔顿的家人，他的父母和妹妹玛丽亚，也出席了。

最初，米兰诺试图阻止受害者出庭作证，他辩称既然谢尔顿已经承认强奸，那剩下的问题就只有他的神智是否正常了。米兰诺辩称，如果陪审团在这一点上只听取专家的意见，可节省不少时间和金钱。但法官决定听听受害者们的声音。

不过，法官告知陪审团，如果他们以精神失常为由认定谢尔顿无罪，他也不会立刻获释；他会被送到一家刑事监禁所，每6个月检查一次精神状态，可能会在那里度过余生。这是为了缓解控方的担忧：谢尔顿无论如何都会被关起来，和陪审员是否投票判定他精神失常无关。

9月18日，在麦金蒂准备传唤我出庭为其案件进行结案证明的前一天晚上，我和他见了面。我看得出来，尽管很感激我寄给他的报告，但他仍然担心我在证人席上的表现会没什么效果。尤其是几天来，谢尔顿的受害者们已经提供了激荡感人的证词，我敢肯定，他不想让一个信誉可能受到辩方动摇的人提供结案证言。晚餐时，我们来回讨论，直到我察觉他终于放松下来，对让我出庭的感觉好了一些。有一点我现在想起来仍觉得很庆幸：虽说我相信自己所说的话，但所做的工作太过超前，万一进展不利，我失败了，它带来的负面影响甚至远不止那30个信任他的女性及其家人。可即使存在这样的压力，我也很自信，因为对我来说，案件之间的关联太明显了，我知道自己有能力让陪审团理解。麦金蒂需要我建立并指出这些关联，因为就算米兰诺没有对谢尔顿的罪行提出异议，也可以回过头来要求撤销麦金蒂无法加以证实的指控。从某种意义上，对陪审团来说，我必须把谢尔顿钉死在那些没有留下他的指纹或其他物证的强奸案上。

我希望我的证词对陪审团来说是一次教育经历，让他们了解这些不同的罪案是如何以及为什么联系到一起的，为什么很明显这是同一个人所犯的罪。我必须清楚地说明什么叫作案特征，它跟更容易理解的作案手法有什么联系，又有什么不同。

作案手法是罪犯为了完成犯罪而必须做的事情。这是一种后天习得的行为，随着罪犯对自己所做的事情越来越擅长，这种行为会得到改进和完善。例如，一名银行抢劫犯的同伙可能在作案一两次之后意识到，在抢劫期间，他应该让逃跑车辆的发动机保持运转状态。这是作案手法的一个方面。对比来说，作案特征是罪犯为了实现情感满足而必须做的事情。它并非成功作案所必需，却是他最初选择特定犯罪活动的原因。

为了让大家理解这一点，我举了一个从前在联邦调查局训练学院教学时使用过多次的抢银行的例子。我处理过两桩案件，是两名不同的罪犯在两个不同的州作案，但两人在抢劫时做了类似的事情。有一桩案件发生在密歇根州大急流城，抢劫犯让银行里的每个人都脱光衣服，一直等到他带着钱离开。另一桩案件发生在得克萨斯州，这一回，抢劫犯同样让受害者脱下衣服，还要求他们摆出有辱人格的性姿势，并让他拍照。

那么，这两个类似的举动有什么区别呢？我雄辩地问道。在训练有素的分析师看来，区别在于，第一种情况属于作案手法的例子，而第二种情况是作案特征的例子。

在密歇根的案件中，抢劫犯让所有人脱光衣服，使之感到不舒服和尴尬，这样他们就不会抬头看他，无法在事后帮忙确认其身份。而且，等他一逃跑，大家会先手忙脚乱地穿衣服，再打电话报警，或采取其他行动。也就是说，他们要穿好衣服才能去追他，场面显然会相当混乱。因此，这种作案手法极大地帮助了罪犯实现从那家银行抢钱的目的。

在得克萨斯州的案件中，让每个人脱光衣服以便罪犯拍照，与抢劫能否完成没有任何关系；事实上，恰恰相反，这还减慢了他的速度，让他更容易被抓住。但罪犯需要这么做来实现自己情感上的满足和完整。这就是罪犯的作案特征——它是该罪犯特别的甚至可能是独有的行为。

另一个作案特征的例子，来自我做过犯罪心理画像的连环爆炸案，凶手把自制炸弹的内部喷成黑色。这与炸弹的威力无关，他这么做是出于个人的原因。

对性犯罪案件来说，我们可以在比罪案本身更宽泛的背景下讨论作案特征和作案手法。对一些罪犯而言，求欢——酒、轻柔的音乐、暧昧的灯光和蜡烛——可能是引诱受害者进入其控制的一种作案手法。对另一些罪犯来说，可能会用从背后闪电式偷袭的方式来达到同样的目的。一旦罪犯控制了受害者（无论是通过华丽的晚餐，还是猛烈击打头部），他就可以自由地展现其执念，引入他自己的作案特征。

作案特征几乎可以是任何东西——窃贼在犯罪现场的地板上撒尿，以示其傲慢和蔑视；性虐狂用一种特殊的方式折磨受害者；歹毒的"猎手"录下他强奸并谋杀的过程，以便反反复复地观看——所有这些都是我曾在职业生涯中见过的无数版本的作案特征。

谢尔顿对大多数受害者都使用了同样的侮辱性语言，也用同样侮辱性的方式强奸了她们。"这桩案件的根本主题并不是性，"我作证说，"而是愤怒、权力。他进行性侵犯的方式——在受害者身上手淫，阴道性交后朝受害者的腹部射精，或在受害者的乳房之间手淫——都是在强调，这是对受害者的完全支配。"

我进而解释说："这起案件的这些因素非常非常独特——事实上，根据这一独特性，可以毫不犹豫地判断出，只有一个人要对俄亥俄州克利夫兰发生的所有这些案件负责。只有一个人。"

除了解释作案特征的联系，我还作证说，罗尼·谢尔顿是我们所说的"权力确认型"强奸犯，这是一种比较少见的类型。只有1/10的强奸犯属于这一类型。我们将在下一章讨论强奸犯的不同类型，但在此刻，我只想说，较之所谓的"绅士型"强奸犯（即罪犯常对受害者感到歉意），谢尔顿代表了一个不寻常的群体。他的动机是愤怒，是权力，是操纵、支配、控制和贬低这些女性。如果在同一地区存在两个符合这一描述的强奸犯，还都带有如此特殊的作案特征，我会大吃一惊。

我解释说，谢尔顿就像动物王国里以捕猎为生的食肉动物：他不需要每晚都强奸，但他总是在外面狩猎，寻找随机的合适受害者。事实上，虽然我并未就此作证，但谢尔顿曾因偷窥被逮过好几次，这与他的捕猎偏好是一致的，是在为下一次袭击做准备。

我还澄清说，在连环强奸罪案发生期间，谢尔顿有你情我愿的性伴侣，这并不奇怪。对这类罪犯而言，这很常见。通常，这段关系中存在某个问题，诱发了他的犯罪，也是他犯罪的潜在动机。他无法面对与自己真正存在问题的女性——妻子，或者女朋友，或是其他女性——所以，他把所有的愤怒都发泄在偶然出现的受害者身上。我在给麦金蒂的书面报告中给出了证词，他强奸这些女性的方式都表明他需要支配她们。最后，我说，我经手处理过5000多起案件，其中大多数是强奸案或强奸谋杀案，我认为谢尔顿的罪行中具有独特的权力确认因素，我确信他对法庭上列举的所有强奸案都负有责任。

你曾听说过"强奸强迫症"这个说法吗？在法庭上，麦金蒂问我。
"没有，先生。"我回答说。

现在，我必须说，接下来发生的事情，是我在充当专家证人提供证词的经历中最美好的一段回忆。我在证人席上，杰里·米兰诺站起来对我进行交叉质询。但他并没有提问，而是请求法官允许他走近私谈。我听不清他、麦克蒙纳格尔法官和蒂姆·麦金蒂在说什么，但我注意到法官摇摇头，麦金蒂忍不住笑起来。米兰诺提议将我的证词从记录中删除，但麦克蒙纳格尔法官裁定保留。随后，他宣布短暂休庭。

法庭清场，我从证人席上走下来。麦金蒂走到我跟前说，刚才他无意间听到米兰诺嘀咕了几句，大意是："我他妈的该问这家伙什么问题啊？这家伙办过的案子，比我每天吃的维生素还多！"过了一会儿，我到外面的走廊里等待审判重新开始，也听到米兰诺给自己的律所打电话，表达了同样的情绪。

重新开庭后，我站回证人席上。麦克蒙纳格尔法官看着米兰诺说："请向证人发问。"

"我对这位证人没有问题，法官大人，"他回答说。

塔内医生在作证期间播放了一段与谢尔顿进行访谈的录像带，被告泪流满面地讲述自己悲惨的家庭生活等琐事。在交叉盘诘阶段，检察官和证人之间来回争论了几个小时，麦金蒂强调说，塔内仅仅经过一个小时的审查就形成了自己的看法，谢尔顿有可能对他说了谎。塔内医生反驳说，即便被告的确是在说谎，也符合对他所作出的诊断。

辩方最有力的论据是，塔内医生强调，谢尔顿曾因为头部受伤昏迷了3天。医生认为，强奸是在那之后才开始的，故此，谢尔顿的强奸冲动很可能因为那次受伤而失去控制。

审判结束后，记者詹姆斯·内夫经过一番深入挖掘，找到了一起有着类似特征的未破获强奸案，它发生在庭审中最初的伤害案前5年。内夫通知警探进行调查，果然，不明嫌犯的指纹与谢尔顿相符。

该说的都说了，能做的也都做了。陪审团开始商议，用了4天才做出裁决。这对受害者而言，一定是一轮极为煎熬的等待。宣判之前，麦金蒂走进法庭，陪审团鼓掌欢迎他。裁决如下：在49项强奸罪和200项刑事指控上，被告被认定有罪。

麦克蒙纳格尔法官随后也做出了一项创造历史的判决。他将谢尔顿对每一名受害者犯下的每一项罪行都课以最高刑期，从10年到25年不等，并需连续服刑直到刑期全满，不得假释。它成了俄亥俄州有史以来判罚的最长刑期——3198年。宣判当晚，受害者们举行了庆功会，烧掉了罗尼·谢尔顿的雕像。

罗尼·谢尔顿最吸引我的地方是他对受害者的选择。根据受害者的陈述，我知道他的主要目标是支配和贬低这些女性。又根据对连环

Obsession

罪犯的访谈和对其背景的研究，我知道受害者通常代表着某个他憎恨但又无力对其采取行动的女性。想想前面提到的埃德·肯珀，他在最终杀害自己母亲之前，把愤怒发泄在年轻的女大学生身上。

罗尼·谢尔顿偏好的受害者仅仅是女性而已。看到出庭的30位女性，我吃惊地发现，她们唯一明显的共同点就是性别：她们有不同的头发颜色、不同的体型、不同的穿衣风格。她们的年龄各异，职业也全然不同，从学生到母亲、美妆产品直销员、办公室职员，或是餐厅服务员，不一而足。女人的年龄可以是从18到80岁，只要她住的地方有一扇他能窥视的窗户或门。尽管犯罪风格不同，但他跟远在半个地球之外的约瑟夫·斯蒂芬森·汤普森是一样的。

我们这些执法人员还必须牢记，谢尔顿和汤普森还都有着其他一些共同点。首先，警方基本上一直都知道要寻找什么人，只是不知道他的名字。两名罪犯都与联邦调查局以及当地调查人员所做的特征分析惊人地相似。两人都只在心理舒适的地区作案，尤其是最初。谢尔顿最常在他父母、自己家、女朋友家、工作地点附近或两者之间的某个地方动手。汤普森的作案地点则靠近他的现住所和前住所，要不就是在他上班的路上。一如犯罪心理画像的描述，谢尔顿没有固定的工作，而且很难保住工作，他觉得自己太过优秀，不应该卑躬屈膝地为别人效劳。同样，一如预料，汤普森在当地一家工厂工作。这两名男性在各自生活中与女性的关系都有问题或不稳定，在跟女性分分合合的关系里占主导地位，与之交往的女性大多比他们年轻，或是依赖他们。谢尔顿与他母亲和妹妹之间都存在极大冲突：他形容母亲对自己的行为"专横无礼"，还想控制自己的妹妹。

尽管他们在其他方面也符合心理画像，但这两人最扎眼的因素，从执法的角度来看也最令人不安。有必要指出，每一起案件的不明嫌犯，在青少年时期就都留下过犯罪记录。事实证明果不其然，而且警方都有无数次擦肩而过的机会——在调查期间,警方差一点就逮住了他们,却并未意识到面前就是要找的人。我无意指责那些长时间从事调查这些枯燥却不乏危险的案件的执法人员。只不过,我认为我们需要认真研究这些案件,自我教育,这样才能从中汲取有用的经验,为辛勤工作的一线警官和侦探提供所需的帮助和支持。

汤普森最终被捕之前,曾多次因为各种罪名遭到警方拘留。这本来应该引起人们的注意。1984年4月,他在一名女性的卧室里被发现,他自称是来偷东西的。除此之外,他还因其他指控被捕甚至服刑,也因毒品指控和多次驾驶违规而遭到拘留。我们知道,性罪犯通常有与性无关的犯罪前科,而入室盗窃通常是强奸的前兆。也就是说,如果在连环强奸案的调查期间,有人因入室盗窃被捕,那么这个人也应该以强奸案嫌疑人的身份接受评估。

在警察组织内部,不同的部门需要相互沟通。1990年9月,汤普森因危险驾驶被捕,一个星期后,电视节目《犯罪守望》(Crimewatch)在报道最新一起强奸案时,就对该车进行了描述。拦下他的交通警察从来没有把这两者联系起来,警方后来意识到这个错误大感懊悔。

谢尔顿自己也走过几次好运。1985年春末,一名女子发现他在一楼公寓的窗户附近徘徊,于是报了警。警方拦下他进行现场盘查,谢尔顿说他正在找一个地址,但觉得自己搞错了。警官做了检查,没有发现什么特别的疑点,就放他走了。

此后几年,谢尔顿曾因偷窥和其他相关罪行被捕,这一模式数次重演。1987年2月,有人看到他戴着滑雪面罩站在邻居公寓的窗户外,警方以非法侵入他人土地罪逮捕了他。他告诉警察自己在找一条走失的狗。警察没把此事和正在寻找的连环强奸犯联系起来。当年晚些时候,警方发现了谢尔顿的窥淫案底,传唤并讯问了他。当时,谢尔顿以为警方已经查明了自己的身份,但后来才发现他们找的是当地一桩入室盗窃案的嫌疑人。警方知道入室行窃的嫌犯在窗户上割伤了手指,而谢尔顿的手上并无伤口,就放了他。1988年12月,他在西区强奸犯出没的中央区域因偷窥被捕,口袋里装着一栋公寓楼的好几把万能钥匙。不过,他仅仅受到了轻微罪行的指控,当天就保释出狱了。

这些例子都很恶劣,说明人们的警惕心应该更强一些。这些事情就发生在众多连环强奸案犯罪现场的附近,而且逮到的这个人跟警方已经发布多年、一直在更新的合成画像很像。

就连谢尔顿也很惊讶警察会这么轻而易举地放掉自己。他不敢相信,他们竟然不知道他偷窥就是为了寻找未来的受害者。

最后,从某种意义上说,谢尔顿暴露出了刑事司法系统里的一些缺陷。1982年,他和之前的一名女友在科罗拉多州(他当时住在该州)的一家货币兑换店上演了一场假抢劫。他被判了缓刑,并搬回俄亥俄州。也就是说,在他犯下这些强奸罪行、毁掉他人生命的整个过程中,他都是个理应受到更多监控的缓刑犯。

我们先别急着谴责他的缓刑官。必须指出,这个人从未相信过谢尔顿,并尽了最大的努力让他离开街头,但除了在1986年因缓刑期违法(酒吧斗殴)逮捕谢尔顿之外,他没有权力再做更多事情了。这位警官还写信给科罗拉多州政府机构,告知谢尔顿违反了他的缓刑规定。谢尔顿没有稳定的工作,也没有把抢劫的全部赔偿款寄回科罗拉多州,而且不断变换住址,并有其他违规行为。警官要求科罗拉多州将谢尔顿引渡回来关进监狱。几天后,政府给了他回复:科罗拉多州可不想要谢尔顿,既然他现在已经去了俄亥俄州,就让当地去头疼吧。

谢尔顿和汤普森的故事证实了一些我们一直努力想让整个刑事司法系统了解的事情。从很多例子来看,早期的犯罪是未来更严重的暴力案件的先兆。如果我们看到一个人曾多次因为偷窥或非法闯入被捕,我们应该当心,就算他现在还没有犯强奸罪,万一将来发生强奸案，他就是嫌犯之一。我们都知道，今天的不少少年犯，日后会变成更加暴力的成年罪犯。

　　谢尔顿和汤普森两人一共承认强奸了 70 多名女性。天知道他们还伤害了多少人，尤其有些女性会因为害怕而不敢报警。我们有责任从这些案件中吸取教训，日后让潜在的受害者免遭前人所经历的痛苦和折磨。

第四章　强奸的维度

我看过那样的眼神太多次，只要一看到，便立刻明白它意味着什么。

大多数时候，它出现在我发表演讲、参加研讨会，或者进行其他公开演示的时候。在为《黑暗之旅》的出版进行巡回宣传期间，我就碰到了好几次。

就在活动结束的时候，某位女性走到房间前面说"道格拉斯先生，我能和您谈谈吗"，或者类似的话。

"当然可以，"我回答。我身边可能还围着其他很多人，有些人想要针对我在演讲中提到的事情再深入提问，有些人则会提出我最常碰到的一个问题——怎样才能进入犯罪心理画像领域？

"你能等到其他人都走了吗？"我提议，"这样我们就有时间谈一谈了。"

她耐心地等到最后一个人散去，接着开始讲述她的故事。

可能是她很熟悉的一个人，也可能是一个完全陌生的人。事情可能发生在公园里，也可能发生在她回家后意外碰到入室盗贼的时候。对方可能是一个温和的人，为对她所做的一切表示歉意，不断地询问有没有伤到她；也可能是个不停折磨她、只想听到她尖叫求饶的人。这个人可能是在购物中心停车场，趁她朝着自己的车走去时，开车来到她身边，把她拉进他那辆没有玻璃的面包车；也可能跟她在过去

6个月约会过。事情发生的时候,她可能是12岁,也可能是68岁。事情的共同点是:一个男人,违背她的意愿,对她做了这件事,从此以后,从那时起,她的生活变得不一样了。事实上,在某些方面,她觉得自己的生活不再属于自己。

有时候,如果强奸犯还没有被抓住,我可以提出一些主动的策略把他找出来,或者以某种方式让他自己站出来。有时候,罪犯已经受审并定罪,这位女性想请我解释,是什么促使男人对一个无辜的女人这样做。还有时候,我只能倾听,表达同情,跟她一起感到愤怒。无论是哪种情况,在女性想和我谈论这些可怕的经历时,我不再感到惊讶。传统上,性侵犯一直是一种极少报案的犯罪,因为人们不想谈论它;还有一部分原因在于,性侵犯通常是唯一一种受害者也会因为罪行而蒙羞受辱的犯罪。随着女性运动的兴起,以及部分法律人士(如纽约县地方检察官办公室性犯罪部门负责人琳达·费尔斯坦等人)的积极倡导,这种情况有所改变。但改变的速度还远远不够快。

这种日益增强的意识,以及随之而来的公众愤怒,是一股充满希望的积极趋势。不过,从个人安全的角度来看,我注意到还有另一股趋势并不那么积极,尽管它可以理解,甚至也许是出于善意。那就是把所有的强奸和性侵犯混为一谈——强奸就是强奸,每一起都同样具有破坏性。

没错,所有的强奸都很可怕,每一起性侵犯都会让受害者、伴侣、朋友和爱人遭受重创。我花了很多时间研究强奸案,接触过大量的强奸受害者,我深知的确如此。但同时,我也了解到另一些事情:如果不投入时间和精力去区分不同类型的强奸和强奸犯,我们将给所有受害者和潜在受害者造成严重的伤害。比如,说约会强奸和陌生人强奸没有区别,表面上看很有同情心、很在乎,事实却并非如此:两者的程度轻重,取决于性侵犯发生的环境。断言不涉及武器、不会让受害者感到生命受威胁的约会强奸,跟持刀持枪威胁、残忍殴打受害者的陌生人强奸是一样的，这就过度简化了情况，妨碍了我们阻止这两种犯罪，辨识这两种不同类型的罪犯。

所有性侵犯都存在一些共通之处。但在某种程度上，如果我们想要从中学习预防策略，帮助受害者从个人创伤中恢复过来，它们的区别更为重要。

我们这些在联邦调查局匡蒂科国家暴力犯罪分析中心工作的人（我的调查支持组也在它旗下）对强奸展开了大范围的研究，将它分成了具体的类别和子类别。其中大部分内容是基于之前的开创性调研，包括安·伯吉斯教授以及我的同事、特别探员罗伊·黑泽尔伍德和肯·兰宁的研究。1992年，经过十多年的调查研究，这些分类，外加对杀人和纵火的类似分解，被一起编撰成了《犯罪分类手册》（Crime Classification Manual）。这是一套针对暴力犯罪调查和分类的标准体系，由我和安·伯吉斯教授、艾伦·伯吉斯教授、前特别探员罗伯特·雷斯勒合著。对这些分类的理解，不会帮助潜在强奸犯更精于他所痴迷执念的东西，一如它不会让一个为了找钱购买毒品的瘾君子从抢劫便利店转向敲诈勒索或其他捞钱的途径。但它可以帮助我们其他人避开罪犯，就算最终躲不开，也能让形势变得对我们更有利。这里，我用了"我们"这个词，因为归根结底，这是一种影响我们所有人的犯罪行为。

我们研究查阅了案件档案、受害者陈述、警方报告和法庭证词、学校报告和精神评估、假释和缓刑记录，以及家庭和成长记录。经过分析，我们将强奸犯分为4种基本类型：权力确认型、剥削型、愤怒型和施虐型。我们还把强奸犯罪分成了50多个子类型。多年来，不同的研究人员给这些类型贴上了不同的标签，但每种类型的行为都是一致的，所以不管我们怎么称呼它们，这些类型都应该是可辨识的。那么，每种类型的罪犯各指的是什么样的人呢？

权力确认型强奸犯觉得自己无能，不是女人会自愿交往的那种人。所以他通过强迫女人与他发生性关系来弥补这种男性无能感。自始至终，一如这个分类的名称所示，他在为自己的权力和性能力寻求确认。这类强奸犯有时又称作"绅士型"强奸犯，甚至"无私型"强奸犯。在很大程度上，这是因为他的罪行虽然给受害者造成了创伤，但较之其他类型的强奸犯，他对受害者身体的伤害通常略轻。有些人会在强奸的过程中道歉，或是问受害者是不是被弄疼了（当然，不是每一个人都会这么做），但他这么问，主要是为了确认自己的权力，而不是真诚地向对方表达歉意。因此，"绅士"和"无私"这两个说法，其实只适用于各类强奸犯这个大语境。

这一类强奸犯往往独来独往，幻想受害者其实很享受同他的经历，甚至可能因此爱上他。他甚至可能在侵犯后联系受害者，邀请对方和他一起出去约会。当然，强奸的现实跟他的幻想差异很大：他非但没有得到一个欲拒还迎的情人，反而恐吓、伤害和激怒了一个无辜的人；而且大多数这类型的强奸犯承认自己并不喜欢跟受害者发生性行为。因此，这样的体验并不能满足他潜在的执念，他只能尝试再找另外的女性。

不足为奇，这类强奸犯通常会选择跟自己年龄相仿或更小的受害者，且多为同一种族。如果他有约会对象的话，对方也会比他年轻，不如他成熟；只有这样，他才感到两人是平等的。因为他自觉无能，所以喜欢通过意外袭击来获得控制。例如，他没有足够的自信或技巧偷偷溜进受害者的公寓，因此更有可能在半夜破门而入。如果深入研究这类人的背景，我们通常会看到一段充满各种不寻常或离奇手淫幻想的过往，多为偷窥、性暴露、异装癖和／或打淫秽电话。他经常光顾成人书店或电影院，收集色情作品。如果他有特定性功能障碍，很可能涉及早泄（如果他有正常交往的女朋友，会在其中表现出来），强奸时他也会说这是个问题（当然，是从他的角度看）。

他一般更喜欢夜晚，在自己居住或工作的地区（换句话说，就是一个界定清晰的舒适区）内作案，而且多为步行前往犯罪现场。如果他是连环作案，那么第一次犯罪时尤其如此。他的武器是随手拿取的，大多是从犯罪现场找到的东西。他的犯罪模式总体上是一致的，从制服受害者到离开的整个过程，时间相对较短，有时只有5到10分钟。他不会像其他类型的强奸犯那样，试图用粗言秽语贬低或羞辱受害者，但也许会要求她背诵一段"台词"，赞美他的性爱技巧或表达对他的渴望。

他兴许会蒙住受害者的眼睛，或是自己戴面具，这既是出于自我保护，防止被认出，也可能是因为他知道自己应该为自己的行为感到羞耻。他很胆小，只做受害者允许他做的事情。他不会撕掉对方的衣服或强迫她脱光，而只是暴露他打算侵犯的关键部位。他倾向于写日记、保留新闻剪报或其他关于自己作案的记录，借此宽慰自己，提升对自己性能力的信心。出于同样的原因，他可能会带走"纪念品"，通常是受害者的内衣碎片。之后，他可能会感到内疚或懊悔。但除非这是"一次性事件"，他尝试过后不喜欢，决定再也不做了；否则，他还会再做的。他会继续强奸，直到被捕或因其他原因停止，比如在另一起案件或其他无关事件中被杀或受了重伤。

他要么独居，要么与父母住在一起，要么处于其他依赖关系。他的母亲可能较为专横。他从事一份低于个人能力水平的工作，不需要经常与公众接触。虽然这类强奸犯的身体危险性最小，但如果他成功地实施了一连串的犯罪，他的信心就会增强，并且可能会变得更加具有攻击性。

约瑟夫·汤普森，南奥克兰强奸犯，就属于权力确认型。如果你不幸遇到一名强奸犯，这就是你最有可能遇到的类型。

剥削型强奸犯是一种更为冲动的罪犯。他的犯罪更多是因为抓到了机会，而不是在犯罪之前就提前幻想事情会怎样发生。他可能会用诡计或骗局接近潜在受害者，也可能采用直接的压倒性闪电式攻击。与权力确认型强奸犯不同，这一类强奸犯不会表现出对受害者状况的关心。他很自私，不管是言语、身体还是性方面。他可能存在某种形式的性功能障碍，如果是这样的话，那么他在妻子、女朋友或任何两相情愿的伴侣面前的表现，就跟在受害者面前的表现一样。性功能障碍大多集中在射精迟缓或难以达到高潮等问题上。他偏爱的受害者往往和他年龄相仿。他会伺机寻找受害者，地点可能是他瞄准的酒吧或街区。一旦控制了一名女性，他唯一真正关心的就是让她在性方面服从他。对他来说，通过性支配和控制对方，才是真正的刺激，而不是达到性满足。只要他强迫对方屈服，对他来说，这段经历就结束了。但在那次遭遇中，他可能会对受害者实施多次侵犯。肛交很常见。他很少戴面具或试图伪装、隐藏自己的脸。对这类罪犯来说，每次作案之间通常会隔一段时间，一天、一个月、六个月，他才会再次开始捕猎。但与权力确认型强奸犯不同的是，一旦离开受害者，他不会试图与之保持任何联系，也不会回到受害者身边，尽管他经常威胁说，如果报案就会回来报复。

　　这类强奸犯非常注重身体。他会想要获得"有男子气概"的名声，成为他人眼中"男人中的男人"，因此可能会从事体力类的工作。他对运动很感兴趣。他的汽车也将反映出这种形象。在美国的部分地区，它可能是一辆雪佛兰跑车科尔维特或者某款"肌肉"型小钢炮汽车；在另一些地区，则可能是一辆装备精良的狩猎皮卡。他不喜欢接受批评，不喜欢顺从权威。他在高中或大学的表现恐怕都不怎么样。不足为奇，如果他已婚，就会长期欺骗妻子，对孩子也很忽视。我们在调查这类罪犯的背景时，经常发现他对待女性的方式，来自他的父亲对待妻子（也就是他母亲）的方式。

　　罗尼·谢尔顿就是剥削型强奸犯。这类强奸犯的常见度仅次于权力确认型，但每10个强奸犯里，只有一人属于此类。

愤怒型强奸犯正如其名,也叫作"愤怒-报复型"强奸犯。性侵犯是他内心怨恨和愤怒的一种错位表达。对这种类型的强奸犯来说,受害者代表他讨厌的人或群体。这个人可能是他的母亲、妻子、女朋友,甚至女性整体(如果此人仇恨女性的话)。关键在于,这个人的动机并不一定源于女性真的对他犯下过什么不恰当、不合理的错误。这类人不少还能和一名女性保持一段持续的关系。因为受愤怒驱使,愤怒型强奸犯的攻击可能包括各种形式,言语辱骂、严重殴打甚至谋杀。不过,由于有意识或无意识的意图是发泄内心的愤怒,因此这类强奸犯通常不会杀人。

他的攻击是间歇性的,时间间隔无法预测,触发因素是突发性的,来自他的愤怒所指向的女性。在几乎所有的案件中,"错位"意味着他并不会攻击这个人。他甚至可能会用菜刀一类武器,攻击另一个他认识的人。如果他足够强壮,也可能只用拳头。因为他不仅想要压制,还想羞辱对方。他可能会先要求受害者口交之后再对其施以肛交,不停辱骂,并伴以刻意贬低侮辱对方的行为,如射精在受害者的脸上或衣服上。

我们上一本书《黑暗之旅》的读者大概还记得,蒂莫西·斯宾塞(1994 年被处决)就是愤怒型强奸犯。这一类强奸犯远比前两种少见,可能只占所有强奸犯的 5%。

施虐型强奸犯从很多方面看都最为危险。他强奸的目的是在不情愿的受害者身上实现其虐待狂式的性幻想。对这类强奸犯来说,性幻想和攻击性是结合在一起的,所以也叫作"愤怒-兴奋型"强奸犯。他的攻击性和施虐幻想互相助长,随着攻击程度的提高,性亢奋程度也会提高。和前一类强奸犯不同,他的攻击性并不来自愤怒。事实上,在引诱目标猎物的时候,他甚至相当有魅力和吸引人。他完全以自我为中心。他唯一关心的是自己的愉悦和满足。他以伤害他人、掌控他人为乐。因此，在这类强奸犯中，我们会看到各种各样的精神和肉体折磨，后者可能特别针对跟性有关的身体部位，如嘴、乳房、生殖器、臀部和肛门。他选择的武器通常是刀，因为它有着很强的恫吓力，会造成精神上的痛苦。他经常会割掉或撕烂受害者的衣服，因为他认为，等完事之后，她已经不再需要衣服了。

根据他的喜好，可能会有大量性行为，可能性质上极为变态，也可能根本没有性行为。举个例子，他可能更喜欢用尖锐的物体而非阴茎插入。他的语言是命令式、贬低式的，但并不针对个人。在他自编自导的戏剧里，受害者只是个女演员，她的角色为的是表现出恐惧、做出痛苦的反应。因此，他通常会有一种偏爱的受害者，对他具有某种象征意义，无论她是老是少，是白种人、黑种人还是亚裔，苗条还是丰满，黑发还是金发，红发还是棕发。

施虐型强奸犯会对犯罪行为有所预谋，事实上，他会在犯罪生涯中不断完善自己的作案手法。随着幻想的发展，他从不同受害者的身上获得更多的经验，会花更多的时间来规划连续作案。他会随身携带武器，说不定还会准备一套施虐的工具箱，包括钳子或其他尖锐器具、鞭子、手铐、针，所有他需要用来实现幻想的物品。由于他的施虐行为将持续很长时间，他会有一个不被人打扰的地方，把受害者带过去。可能是树林里一间隐秘的小屋，也可能是一辆特别装备的隔音面包车。他可能会告诉受害者，如果照他说的做，他就不会再伤害她，甚至可以放她走，但这只是控制受害者、让她配合的花招。由于满足感来自折磨和支配受害者，他可能会拍摄照片，或用音频或视频形式记录现场。出于同样的原因，他还可能保存"纪念品"，帮助自己重温这段经历，并向自己证明他"拥有"受害者。这些纪念品可能包括珠宝、内外衣物，甚至身体部位。

他的强奸行为往往具有高度象征性。他不会感到懊悔，因为他对受害者完全不掺杂感情，甚至不把她当人看。此类强奸多以谋杀告终。事实上，杀死受害者可能正是虐待幻想情节里的一部分。他可能在受害者死后继续与尸体互动。一般来说，不可能引发此类强奸犯的同情心，因为他没有同情心。他想要的就是让受害者痛苦。如果受害者以某种方式打破他的去人格化操作，让他把自己看成一个人，这是唯一可能让他心软的方式。我曾听说过这样的情况。有一次，一位女性说自己的丈夫患了癌症。强奸犯的亲哥哥凑巧也正在与癌症搏斗，所以他放走了她。一名施虐型强奸犯告诉我，他的一个受害者让他想起了自己的母亲，所以他放了她。很遗憾的是，这种情况对施虐型强奸犯来说并不多见。

施虐型强奸犯通常是白人，智力高于正常水平，可能受过大学教育，有一份不错的中产阶级工作。他有支配型人格，喜欢收集捆绑和受虐类的色情作品。他也可能收集相关物品，比如刀具、枪支或纳粹纪念品，爱看军事、执法或末日生存类读物。他可能养有一只体格很大的攻击型犬类，如德国牧羊犬、杜宾犬或罗威纳犬。由于他智力高、计划能力强，逮捕他是很难的。

1992年已被处决的史蒂芬·佩内尔就是施虐型强奸犯。他也被称为"特拉华州40号公路杀手"，从40号州际公路上选中妓女，在特别改装过的货车后座上强奸、折磨并杀害她们。这种类型的强奸犯最为少见。

我们都知道，人性是很复杂的，它不是精确的东西，并不是每个强奸犯都能完美地放到这4种类型当中。通常而言，他们是混合表现的，符合某种分类的总体描述，但又带有另一分类的元素。所以很难就如何应对一名性罪犯给出具体的建议，尤其受害者正面临着侵犯本身的严重压力。但在绝大多数情况下，会有一种类型占主导地位，故此，我们的反应应该根据对这类强奸犯的动机及其目的的理解进行调整。

即使是存在重叠或交叉的地带，理解我们在案件中面对的罪犯的类型,也会带来很大帮助。分类的目的是让潜在受害者(或是案件调查人员)理解强奸犯的个人执念。相较于更简单明确的犯罪,比如入室盗窃等,大多数强奸案的动机很难判断。如果潜在受害者了解攻击者的动机(他要的是什么),也许能够赶在他伤害自己之前化解或应对局面。如果我们执法部门了解不明嫌犯的执念是什么,那么也许能认识到要对付的是哪一类型的野兽,进而对调查、起诉和量刑做相应的调整。

琳达·费尔斯坦自1972年以来一直担任纽约市检察官。1976年开始,她还兼任地方检察官办公室性犯罪部门的负责人。她也是一位颇有成就的作家,出版过备受尊敬的《性暴力:我们对抗强奸的战争》(*Sexual Violence: Our War Against Rape*)和两部广受好评的犯罪小说。靠着她个人的执着,法律、程序、警方和公众对性侵犯的态度都发生了重大变化,人们也更加信任法律体系伸张正义的力量。她本人的经历也极具传奇性:在郊区度过童年,读大学之后升入著名法学院,又变成了铁面无私、追求正义的城市英雄。在这段旅程中,她逐渐意识到强奸的不同维度,以及对我们这个社会的影响。

跟我们大多数处理强奸案的人一样,她早在其他人似乎都不感兴趣的时候就大力赞扬女性运动。但有一件事让她感到不安,那就是人们普遍认为强奸其实就是一种暴力犯罪,与性无关。她说:"这让我非常困扰,因为我处理过其他所有类型的暴力侵犯,两者根本不同。强奸不是用棒球棍敲别人的脑袋,不用手和拳头。这里面有其他犯罪里都不存在的性的成分,这一点不容否认。在很大程度上,强奸罪行的这一部分,是受害者不希望发生或害怕发生的。所以,在我看来,性是这类罪犯拥有的一种武器,其他罪犯并不使用,受害者也不希望它被用来对付自己。"

费尔斯坦得出的结论是,强奸是一种以性为武器的暴力犯罪,这是我听到过的最一语中的的分析。这是它与其他暴力犯罪的区别,也是它如此令人痛苦又难以有效起诉的核心原因。比方说，我们已经注意到，只有涉及性侵犯这种暴力犯罪时，人们才会猜测受害者是不是自作自受。是她勾引了对方吗？她是不是说了些什么"自讨没趣"的话？她做了什么……她穿了什么……还是说，她没穿什么？

在城市街道上携带数千美元的现金，这大概不算是什么明智的举动，但我们会说这样做的人是活该挨抢吗？我们会说开着崭新法拉利的人是活该被偷车吗？我们会说，因为约翰·列侬有钱、有名、有才华，他遭人杀害是活该的吗？

费尔斯坦同样认为，第一道防线在于了解敌人。

她说："人们对于此类犯罪、相关的罪犯和受害者，有着误解极大的刻板印象。无论是熟人还是陌生人都是如此。人们往往无意更深入地理解这一点，直到亲近的人甚至自己碰到同样的事。可这一课的教训，来得就太猛烈了。"

她最近在一次公共讲演上提到了一个仍然在逃的连环强奸犯。此人在曼哈顿最安全的上东区犯下了超过13起强奸案。最近一起犯罪就发生在一幢大堂里还张贴着他照片的大厦。受害者直接打开大门走了进去，没有注意到也没费心去锁门，并没等门自动关上。于是罪犯就跟着进去了。

这是受害者自找的吗？绝不是。如果她对潜在罪犯的警惕感更高一些，自己更谨慎一些，会不会降低成为受害者的几率呢？当然能。有时候，就连强奸犯自己都会提醒我们要更加小心谨慎。

强奸犯的类型这么多，我们真的不必感到惊讶。想想看，有多少不同的原因促使人们成为医生、律师、警察或是窃贼。行为反映性格，这是我们调查支持组的一个基本原则。无论我们是在谈论学龄前儿童的行为，试图通过观察来想象他们日后会变成什么样的人，还是在调查性侵犯时分析不明嫌犯的行为，这条原则都经得起检验。老师和其他花很多时间在孩子身边的人，会很善于评估不同孩子的长处、短处、兴趣和问题。而我和我的同事做出了大致相同的评估，只不过我们的关注领域恰巧是那些有着见不得人动机的成年人。

并不只有我们会区分强奸犯的类型。性罪犯们自己也会相互区别。侵犯儿童的罪犯传统上在罪犯等级里属于最底层。把女性殴打致死、肢解并强奸其尸体的禽兽虐待狂，在脑子里合理化自己的行为，却可能会认为猥亵儿童的罪犯才是"病态"。

我们碰到过这样一起案件。有一个男的，看到一名女性遭另一名男性殴打，后者试图制服并强奸她，而前一个男的主动出手相助。但此人后来因自己犯下多起性侵罪行而被捕，审问他的警察感到困惑，问他为什么自己强奸女性，却又救助遭别人强奸的受害者。男子勃然大怒，他不敢相信别人竟然会把他的行为跟他阻止的那起强奸未遂相提并论。在他看来，自己只是通过威胁和恫吓来控制受害者，跟靠着殴打来伤害女性的男人没有任何共同之处。他完全没有看到自己给一连串受害者造成了精神创伤、恐吓并性侵了她们的事实。

连环强奸犯罗尼·谢尔顿在与生活中各种女性的关系中经常表现出暴力倾向。在对他的审判中，他的一名前女友不光证实了他暴力的一面，还指控他曾强奸自己。尽管如此，谢尔顿却自认为一贯善待女性，说自己常提醒妹妹或女朋友锁好门窗，曾在他经常光顾的夜总会里保护一名女子不受醉汉或粗鲁男友伤害，还曾把车停下来搭载车坏在路边的小姑娘。记者詹姆斯·内夫说，谢尔顿珍藏着一张写给他的便条，上面写着："感谢你那天对我的帮助。要不是你停了下来，我真不知道会碰到些什么。如果有更多的男士像你一样，我们都会更安全。"

谢尔顿经常做一些看似与他的强奸行为完全矛盾的事情，但两者的潜在动机是一致的。无论是强奸还是保护女性，他都是想控制局面——维护他的男子气概，凸显强壮的一面来抑制自己的不安全感和无能感。他的"善良行为"兴许还能帮助他为自己的残暴行为辩护：造成这种情况的不是他自己，有问题的一定是这些女人或其他外部力量。他的女朋友肯定做了什么激怒了他，又或者，强奸受害者的丈夫不应该毫不防备地把她独自留在家里。

强奸犯之间既有不同之处，也存在相似之处，因此我们才能够对他们进行分类。一旦我们了解到自己要对付的是哪一类型的强奸犯，就可以描述他在犯罪后的行为，以及希望能为调查人员提供帮助的其他特征元素。我从多年来对罪犯的访谈和研究中了解到，尽管所有罪犯都喜欢相信自己是独一无二的，但绝大多数人其实有着类似的一般动机和表达方式。所以我知道，不管强奸案发生在这个国家的什么地方，出于类似理由犯下的类似犯罪，暗示作案的是类似类型的罪犯。

在调查强奸案时，了解强奸犯类型的最大线索是他的行为。行为反映个性。除了犯罪现场标记、物证和受害者学研究外，性侵案件通常还具备其他类型犯罪（如谋杀或某些抢劫）所没有的一种重要信息来源。那就是，这里有一个活生生的受害者，她亲身经历了犯罪，可以告诉我们罪犯做了什么、说了什么。我说的不仅仅是人们通常想到的信息，如身体特征、嫌疑人驾驶的车辆描述等，更是指罪犯在作案期间无意中提供的重要行为线索。这些线索将引导我们了解他的动机（他所执念的东西），进而分析出他的整体类型，以及通常适用此一类型的个性特质和特点。

不妨暂时回到我们的窃贼比喻上。急于筹措毒资的瘾君子入室行窃的方式，与专业盗贼不一样。虽然从表面上看，两者的主要需求都是获得金钱，但潜在的动机（以及技能水平和迫切程度）是不同的，这可以从他们抢劫的方式中看出。如果我们承认强奸的主要动机并不是性，而更多的是与侵犯和权力相关，那么我们了解性罪犯动机和个性的唯一真正线索，必然是他实施罪行的方式。

对性侵案件，我们需要关注的关键是强奸犯的言语、性和身体行为。在分析言语线索时，嫌犯身份的明显线索是他的口音或他所使用的独特俚语。但我们通常还可以从另一种没那么太明显的来源获得同样的信息：他说了些什么，或者他强迫受害者说些什么。让受害者告诉他，她想要他、她爱他，这样的强奸犯跟辱骂受害者，把她们叫成荡妇、母狗或婊子的强奸犯，两种人想获得的东西是截然不同的。而这两者，又跟逼着受害者乞求饶命的强奸犯不一样。第一种罪犯的情感需求集中在他的无能上，更偏向权力确认型；而第二种罪犯更关心的是羞辱受害者，让她知道自己对他来说毫无价值；最后一种是施虐型，他们喜欢看到、听到自己造成的恐惧和痛苦。尽管所有这些人都有着控制欲望，但他们说话的出发点（以及他们为受害者写的剧本）就像路标一样，为调查人员提供了追捕嫌疑人的不同方向。

同样，性行为的类型和顺序，也为揭示强奸犯的动机提供了洞见。权力确认型强奸犯更有可能亲吻受害者，抚摸她，在阴道插入时变换体位或进行口交，像是想要取悦对方。愤怒型强奸犯对惩罚受害者更感兴趣，可能会进行肛交；不过，肛交也涉及另一类型的强奸犯，具体要看它在强奸过程中发生的方式和时机。如前所述，肛交后又强迫口交，通常表明犯罪者想要贬低或羞辱受害者。最后，肛交可能表明强奸犯在监狱里待过一段时间——特别是如果受害者描述嫌犯上半身肌肉发达的话。

强奸过程中使用的肢体力量也透露了很多关于嫌犯的信息，一如他说话所用的词语，可以提供包括教育程度、出身背景、强奸行为背后的潜在欲望等多方面的线索。他的行为也暴露了他的性格。强奸犯们自己都能观察到，一个男人闪电式地袭击毫无戒心的受害者，在试图进行性行为之前把她打得失去知觉；一个男人胁迫受害者就范；还有一个人一开始就把猎物引入自己的控制之中，这三者之间大有区别。同时，这三者又与施虐型强奸犯不同：他会通过无关联的行为施加痛苦，看着受害者的眼睛，让她意识到自己不管怎么说怎么做，再

Obsession

顺从也好，都不能让他停下来放她一命。

如果罪犯在强奸过程中变得暴力起来，知道他是什么时候这样做的就十分重要。他是不是起初看起来很冷静，很有控制力，直到受害者拒绝做了某件事，而后他才开始施加身体虐待呢？如果受害者服从了强奸犯的要求，他为什么还要打她呢？每个人的动机各异，从想要惩罚受害者（受害者可能代表另一个人，后者才是他愤怒的真正焦点），到在整个强奸过程中控制受害者的操作性需求，再到渴望彻底支配受害者以求左右她的疼痛与苦难、生与死。这些情况里的每一种，我们应对的都是不同的性格类型，他们的邻居、同事和朋友会用完全不同的方式对其进行描述。

就连从受害者那里拿走东西这样简单的行为，也能揭示出不明嫌犯的性格和生活方式：拿走受害者的现金与抢走受害者的内衣或驾照，这两种情况截然不同。众所周知，权力确认型罪犯甚至会归还被盗物品。

与其他类型的犯罪一样，我们还分析了强奸犯的行为，以了解他的犯罪资深程度。举例来说，一个不明嫌犯没有蒙面或伪装，只是不让受害者看自己；而另一个强奸犯在受害者身上或体内射精后会处理干净以免留下证据，显然前者更像新手。一个罪犯自己带着绳子捆绑受害者，不让她逃走或至少延迟其被发现时间，好让自己有更多时间安全离开现场；而另一个强奸犯什么准备工作都没做，全凭到场即兴发挥，前者肯定要老练得多。

罗伊·黑泽尔伍德一辈子都在研究性犯罪和罪犯。为从受害者那里获得嫌犯的准确行为信息，他特意为调查人员拟定了一份问题清单，涉及罪犯如何接近和控制受害者、暴力程度如何、受害者是否抵抗、如何抵抗，以及其他重要信息。

我们可以用这些分类来帮忙确定不明嫌犯的性格和特点，还拟定了有效的策略，根据分类来抓捕他们。例如，我们知道，权力确认型强奸犯幻想与受害者发展出长久的爱情关系,这就是让他落网的死穴。此后的几个星期,警方可以追踪打到受害者家里的电话,监视她的住处和邮箱,看看他会不会回来送信或送一些表达爱意的东西,比如鲜花、毛绒玩具,或是其他真正的恋人会赠送的东西。有时,光是这样做就能逮到他。还有的时候,受害者能够想出计谋,让罪犯自投罗网:比如跟他定下约会,等他出现就逮捕。

还有些通用的调查技巧,无论对哪类强奸犯都适用。罗尼·谢尔顿因偷窥而多次被捕,约瑟夫·汤普森因入室盗窃而多次被捕,这足以说明,所谓的滋扰犯罪和非暴力犯罪,往往是日后更严重、更危险犯罪的预兆。诚然,成年窃贼带着现金和珠宝从一户人家里出来,跟青少年因为兜里装着偷来的内裤被捕,两者是有不同目的的。乍看起来,前一种人似乎是更危险的闯入者,而后一种人只是个带点常见恋物癖好的偷窥狂。但如果其他条件相同,我会对后者更关注,因为他有更大可能成为暴力罪犯。当然,偷窥狂远比连环强奸犯要多得多,单纯的恋物癖也并不一定会导致暴力犯罪。但今天因偷窥而被捕的男性,日后很可能变成强奸犯,因为光是透过窗户看着女性,边幻想边自慰,已经无法满足他了。

我们通过一起又一起案件,得以描绘出整个过程的进展:一个幻想支配女性的人,可能会从收集表现捆绑的色情作品或是给内衣广告模特加画捆绑的绳索开始。随着他表达欲望的需求增长,可能会购买绳子(在大多数人看来,绳子跟性是完全无关的),握着绳子手淫,想象着自己可以用它来做些什么。(一旦确定嫌疑人与施虐型强奸犯相关,我就把这类物品列入搜查令。)

我绝不想在这里给人留下一种错误的印象,即色情作品会导致那些本来正常的人去实施性犯罪——出于同样的道理,我并不相信暴力电影或电视节目会让那些本来正常的人去抢银行或炸飞机。这两种主张都是完全没有证据或数据支撑的。但从对各类罪犯的大范围访谈中，我知道，对那些已经有变态倾向的男性来说，收集色情作品，尤其是捆绑和施虐类的色情作品，是一种迹象、一种症状，暴露了他们极为危险的执念和迷恋。在探讨这个话题时，我当然不会把现实生活中的暴力归咎于电影或电视，但我确实相信，儿童和青少年（甚至成年人）经常接触暴力画面，必然会产生累积效应，让我们所有人对身边发生的恐怖事件失去敏感性。相比于为了表现电影明星英勇形象而美化暴力，我宁可孩子们看到的是描绘真实暴力事件（快速、毫无意义、令人厌恶）的画面。

在色情作品阶段之后，罪犯的下一步可能是开始尾随女性回家，用真实的潜在欲望对象来激发自己的幻想。他没有犯罪，甚至没有人察觉到他的行为。但不管他是否意识到了这一点，他的每一步都是在向实施自己的欲望前进，直到有一天做好实践的准备。

很多时候，这些男性会找妓女来满足内心的欲望，这就是为什么警察找妓女来调查带有不寻常幻想成分的连环强奸案件。通常情况下，对那些有女友或妻子等自愿关系的性罪犯来说，他们性幻想的元素（以及性功能障碍的领域）在这些关系里表现得一目了然。

罪犯在性侵之前、期间和之后的行为，不仅揭示了他潜在的动机和幻想，而且为他的智力水平提供了宝贵的线索。有能力构思和执行复杂的情节，需要大量的谋划，这显然表明罪犯具有较高的智力水平。这并不意味着他们是天才科学家——我们只是在对罪犯评分。

你可以看到，罪犯在性犯罪过程中的一切言行举止都可视为调查他的线索。你可以看出，他要掩饰这些元素是多么困难，这就是为什么我会说，哪怕我把我们的研究结果写出来，也不会泄露任何秘密。尤其是在性犯罪领域，罪犯的执念是如此复杂、个体化和私人化，他无法改变自己的行为方式。如果生活中最大的满足感就来源于强奸，并且他只有通过羞辱受害者才能从强奸中获得满足，那么他就不可能改变对待受害者的方式，一如他不会完全停止侵犯女性。如果他阅读本书，认识到真相——强奸是因为他是一个可怜的小人物，没有什么能让他觉得自己很重要——于是停止了犯罪的脚步，那可真是太好了，我甚至愿意把买书的钱退给他。

但不幸的是，我认为这个提议不会掏空我的腰包。性罪犯之所以凭借其个人方式犯下罪行，因为他必须这么做才能满足自己。因为这就是他，他这个人就是这样，俗话说"江山易改本性难移"。要想改变，他必须重新调整思路。

因为在犯罪时无法掩饰自己的执念，性罪犯也无法隐藏其固有的危险性——他们可能会再次犯罪，或者变得越来越暴力。很多心理健康专业人士，甚至缓刑、假释和其他执法领域的人都会告诉你，暴力行为无法预测。然而，他们真正想说的是，他们无法预测。事实上，不是我自负，我只是在陈述多年研究和经验的结果：我们中很多人都可以自信地进行预测。

琳达·费尔斯坦对此表示认同："我认为，对在这一领域受过训练的人来说，行为是可以预测的。我是说，一个做过这种工作的优秀警察，或者我的同事，研究过案件历史和被告的背景，就几乎可以肯定地告诉你哪些人会重复犯罪、哪些人不会。这就是可悲的事实。"

人们经常问我，一个好的犯罪心理画像师能不能观察一个爱惹麻烦的孩子，预测他长大后有多大可能对周围的人构成暴力威胁。我回答说："当然能。但是任何一个优秀的小学老师也可以。"这不是魔法，只需要仔细观察，运用积累所得的经验和资料。1983年，一项针对16名施虐型强奸犯的研究发现，尽管核心幻想在16岁时已经完全形成，但在此之后还需要很多年，这些幻想才被浓缩到犯罪行为中，从而导致第一次被捕。

我想补充一点：只要一个人犯下过严重的罪行，那么能最准确预测未来暴力行为的方法是看罪犯是如何实施犯罪的，因为它能让我们了解罪犯的动机和幻想是什么，以及他可能会如何发展。琳达·费尔斯坦，或者任何一个经验丰富、见过大量案件的优秀检察官，都会这样告诉你。

对性罪犯来说尤其如此。在绝大多数案件中，一个人只要产生了导致他犯下强奸、猥亵儿童和其他令人发指的性犯罪的执念，就很难甚至绝对不可能让他改邪归正。

斯坦顿·萨梅洛医生对这个领域非常了解。大多数精神病学家和心理学家的观点，要么来自阅读和训练，要么来自他们进入这一行业时所持有的偏见，而萨梅洛却是通过深入研究罪犯本人形成看法的。从心理学家的参照框架出发，他做的事情与我做的大致相同（只不过，我是从犯罪学家的角度着手的）。他和已经研究了9年重刑犯的精神病学家塞缪尔·约切尔森（已故）医生一起，在华盛顿特区的圣伊丽莎白医院开展了一项针对暴力罪犯的开创性研究。

萨梅洛进入这一行是因为相信自己可以提供必要的洞察，了解罪犯患者的出身背景、心理状态以及走上犯罪道路的原因，从而帮助他们回归正轨。结果，他回忆说：“这一下，我们要面对的罪犯，从没有洞察力变得有了洞察力，但他们仍然反社会。我所做的一切毫无意义。事实上，如果说他们之前没有足够的犯罪借口，那么我所做的事情，也许在无意中给了他们更多的借口。"

这种大范围得来的第一手经验，让萨梅洛放弃了以前的观点。"我必须把神圣的理论之牛放归草原和屠宰场。"他和约切尔森合著的三卷本研究著作《犯罪人格》（*The Criminal Personality*）第一章的标题就是"不情愿的转变"。

"这并不是指罪犯的转变，"萨梅洛解释说，"它首先指的是约切尔森医生，接着是我。我们是多么不甘心放弃一直以来接受训练、学习和实践的东西啊。但它们就是无法跟反复出现的情况相互印证。我们面对的这些人，并不是任何背景或制度逼得他们走投无路。他们就是加害者：他们自己作出了选择，他们并不是受害于恶劣环境的倒霉蛋。"

萨梅洛的临床经验能否帮助他预测性罪犯未来的行为呢？

"如果你接触过性罪犯——这些人，一次又一次反复犯下这些罪行——就会知道，从精神病学和心理学的角度来说，我们没有办法改变他们的性取向。例如，那些猥亵儿童的人，一直都在猥亵儿童，过去猥亵过，现在在猥亵，将来还会猥亵。他们被逮住，只不过是因为这些事里的极小一部分东窗事发。如果我们知道没有任何方法可以完全保证孩子们的安全，却又准备把这些人放回社会，这是不合情理的。"

萨梅洛不相信物理或者化学阉割能解决多大问题。我同意这个前提。大多数认为阉割在防止重复强奸和猥亵儿童方面是有效的欧洲研究，都是当事人"自己选择"接受"治疗"的；也就是说，改变的第一要素是这些人想要得到帮助。多年来，我一直在说，如果强奸往往是一种愤怒之罪，那么违背一个人的意愿切掉他的睾丸，这个人肯定会更加愤怒。

萨梅洛换了一种略有不同的说法："无一例外。我访谈过的每一个强奸犯都犯过其他类型的罪行。可能是财产犯罪，也可能是与性无关的袭击。问题不仅仅是性犯罪本身，而在于这种人的头脑。这种人就是想要征服他人。强奸是征服的途径。显然，这就是性犯罪。但是如果说你把一个人阉割掉，就能改变这个人的犯罪人格，我认为没有任何证据能支持这一点。"

根据研究，我们知道，一些特定行为可以被视为强奸的最初铺垫。罗尼·谢尔顿就是一个很好的例子。早在20世纪80年代末他因窥淫被捕之前，一些警告征兆就已出现。

1978年，16岁的谢尔顿走到隔壁邻居家。这个邻居29岁，是他倾慕幻想的对象。谢尔顿敲开门走进去，直接要求和她发生性关系。邻居拒绝了他青春期的性挑逗，他便掏出从父亲那里拿来的手枪，试图用枪托击打对方，以求进行控制。邻居试图反击，伸手去拿旁边的一把锤子。他抢了过来，用锤子砸她的头，使她屈服。她哄他说自己心脏病发作，设法逃出了家门。他跟在后面向她开了两枪。

谢尔顿对企图强奸（但未遂）认了罪，并被送往一家关押有心理问题少年犯的管戒所。他在俄亥俄州哥伦布市的青年培训中心待了8个月，之后获释回家，重新入读高中。

回顾这次最初的犯罪，很明显，罗尼·谢尔顿从经历中吸取了教训，但不是不再犯罪，而是如何更好更有效地犯罪。首先，他发现直接接近目标这种做法不好用，我相信这导致他（有意无意地）决定在日后的犯罪中采取出其不意的方式。这样，他从一开始就能获得控制，使自己在强奸行为发生之前、期间和之后都比受害者更为强大，这令他感到十分满足。一如大多数"成功"惯犯，他还把目标转向了陌生人，这样一来，万一出了什么差错，受害者也不会认出他，这样就能减少被捕风险。

我们也可以从谢尔顿早期的犯罪行为中汲取教训。在大多数人看来，一个因企图强奸而殴打、枪击隔壁邻居的年轻人，将来一定是个祸害。他已经证明自己高度危险，只不过这一次他被逮住了。从统计学来看，我认为他一定还做过更多的坏事，只是没被抓住。不管在少管所里是否接受过治疗，他的犯罪方式表明，这个年轻人非常愤怒又缺乏自制力——这是一种危险的组合。所以至少，日后的任何犯罪，都应放到这次早期犯罪（不管是不是青少年时代犯的罪）的背景下来审视。像酒吧斗殴这样简单的事件也应该被视为警报信号，说明他仍然具有暴力倾向。他自杀未遂，对家庭成员和女朋友施加暴力，以及遭到逮捕的"骚扰犯罪"，所有这些都应该看成一幅危险"大画面"的组成部分。这些并不是孤立的事件，相反，它们说明他生活完全混乱，长期使用暴力。

这是我们整个刑事司法系统一直存在的问题。比如，在O. J. 辛普森案件审理期间和之后，听到辩护律师和陪审员先后宣称这是一起谋杀案而非家暴案，简直让我抓狂。这么说的言下之意便是，被告对妻子的一贯暴力记录都与现在的案件没有关系。得了吧！你认为会有人某天早上醒来之后就对自己说"今天开始，我就要做个暴力罪犯了"吗？不管我们说的是一个窥淫狂演变成强奸犯，还是一个打老婆的人演变成杀人犯，暴力行为总是逐渐升级的，切不可忽视行为的模式。

和克利夫兰的罗尼·谢尔顿一样，新西兰的约瑟夫·汤普森也是从小就跟法律纠缠不清。10岁时，他因偷表被捕，儿童法庭对他进行监管。他的家庭生活充满混乱、贫穷和忽视。他常年寄养在不同的亲戚家，他们都生了太多的孩子，养活不起，住的地方也很挤，生活方式不适合抚养孩子。12岁时，汤普森和他的一个弟弟（他的父母一共生了12个孩子，这还不包括两人各自在其他关系中生的孩子）被一名社工发现流离失所。社会福利部门在地方新闻上发布广告，要求父母认领孩子，他们的母亲才终于前来认领。从那时起，汤普森成了一名惯偷，青少年时期因涉嫌多起抢劫案而被捕。他加入了帮派组织，并因盗窃汽车和酒后驾驶等各种罪名被捕。20来岁时，他喜欢上了暴力活动，喝醉酒后在公共场合打架。和其他单次强奸案的起因一样，他长达12年的连环强奸罪始于一次行窃时（他惯于鬼鬼祟祟地进出他人房屋）看到令人兴奋的机会出现在眼前，忍不住试了试新口味，发现自己挺喜欢，而且还能逍遥法外。

我在对监狱里的连环罪犯进行访谈期间，曾和另一名很小年纪就走上犯罪道路的强奸犯谈过话。蒙特·里塞尔（我是在里士满监狱见到他的）从十几岁时就开始强奸和杀害女性。他早年惹过很多麻烦，在学校的墙上写淫秽文字、吸毒，甚至用BB枪射击自己的堂兄。到12岁时，他已开始偷汽车和入室行窃了。《心理神探》里曾详细讲述过，里塞尔还在读高中的时候，因为突发事件犯下了第一起强奸谋杀案。当天，他刚跟女友分手，心情沮丧，喝了点啤酒，抽了点大麻。

这时恰巧有一名妓女深夜回家，独自一人出现在公寓楼（她和里塞尔都住在这栋楼里）停车场，他便强奸并杀害了她。被捕之前，他还在弗吉尼亚州亚历山大地区强奸并杀害了 4 名女性。

这些强奸犯的成长环境都不太理想。汤普森生于贫穷家庭，遭到家人的忽视，受到性虐待和身体虐待；谢尔顿说自己多年来受到父母的身体虐待；里塞尔说，要是父母离异时他能和父亲而不是母亲住在一起，长大后就会当上律师而不是强奸犯和杀人犯。

我觉得这么说有点牵强。说到底，想想有多少其他孩子的人生开端同样历尽艰辛，却没有选择成为暴力罪犯。但我想强调的是，他们陷入麻烦的各个时间点（从最初的简单犯罪升级到更具侵略性、更大胆甚或更暴力的行径）都表明了他们正朝着糟糕的方向走，有必要进行某种形式的干预。

到目前为止，本书描述的所有罪犯都是高度危险的性罪犯，他们从犯罪活动中获得的任何满足都来自狩猎和追捕，而不是性元素。他们的罪行符合一种反复发生的迫害模式。无论执念是什么，对他们来说，强奸体验永远无法完全满足需求和期望，所以他们继续寻找和伤害，总是在寻找一个不同的并能最终满足他们的人。当然，就算他们真的找到了自己的"理想"状态——狩猎的刺激以及对受害者的完全支配让他们充分满足——也只能暂时获得满足，之后仍会再次外出狩猎，寻找另一种和上次一样"美好"的体验。毕竟，在生活中，他们就是这么做的。这是他们的执念，他们渴望重复。光是在脑海中重温回味不足以持续一生。此外，这些微不足道、找不到工作、自我怀疑的失败者，居然战胜了整个体系，由此带来的满足感也会让他们欲罢不能。你应该能理解为什么这种模式会不断重复了。

加利福尼亚州纽波特海滩地区的帕克·迪茨医生是美国一位顶尖的法医精神病学家。我和他的人生道路和事业多次交叉重合。长期以来，他一直是我在匡蒂科的顾问。他说，观察我们的工作，自己也学到了很多东西。迪茨这样解释：

"罪犯真正犯下（最初的）罪行时会发现，首先，这并不像他期待的那么好。其次，脱身并不像他想象中那么难。由于认识到了这两点，他会想，'既然如此，我打算这么做来提高和改善它。上一次我没有被抓到，干吗不再试试看呢？'于是，他第二次犯罪，并加入了一些他认为能有所改进的东西。不幸的是（对他也对我们来说，都很不幸），它永远无法达到他期望的水平，因为它无法真正匹配幻想。他永远无法获得想象中那么多的控制。"

当罪犯经过多次连续体验后意识到，他的幻想从未完全实现，他不会去寻找另一个出口，换一种有效的、合法的发泄途径，反倒会变得更加沮丧，甚至更加愤怒（这取决于罪犯的类型）。这就是为什么我们经常在不明嫌犯的连环犯罪活动中看到暴力逐步升级的原因。这就是为什么我说，除非这样的罪犯被关起来、死掉，或是年老体弱以致无法作案，否则他就不会罢手。

但这里必须明确一件事：不是每个强奸犯都是真正的性掠夺者。有些强奸犯是由于多个因素的综合作用而实施强奸的。这些因素包括诱发性压力因素，通常是由毒品或酒精助燃的情绪催化剂，以及情境因素。这并不是说这类人不能自控，或不应该为其罪行受到惩罚，我想我在这两点上都已经说得很清楚了。只不过，这类人不一定会把性犯罪作为终生的事业选择。我认为，只有这种强奸犯是有望真正改过自新的。他在犯罪前是正常生活的，也许能够把自己的生活拉回正轨，避开导致问题的各种因素。

但我们必须从全局出发，才能做出这样的判断。这类罪犯没有暴力袭击的历史。相反，该犯罪事件代表了他生命中螺旋式下降的谷底：也许他刚丢了工作，妻子怀孕了，或者妻子或女朋友离开了他。犯罪并非早有预谋，受害者通常是偶然出现的，比如邻居。一种情况可能是，这个人开始大量酗酒，对工作和／或女人的问题感到沮丧，

Obsession

接着他去隔壁跟一个对他怀有同情的朋友聊天。他的朋友不在家，但朋友的女朋友（她总是很友好，似乎很关心邻居）正好在家，而且只有她一个人。这个人继续喝酒，并做出不恰当的行为。在他的脑海里一件事带来了另一件事，他利用这种情况袭击了那个女人。对他行为的分析表明，他是一个权力确认型强奸犯，他对自己的罪行表现出真诚的悔意。另一方面，如果分析显示他是愤怒型或施虐型强奸犯，那么就必须假设他存在持续掠夺性暴力的潜力。

犯罪后的行为对于评估他是否能够洗心革面至关重要。如果强奸确实是一时冲动，他会自首，主动承认自己的罪行，震惊于这件事和他自己问题的严重性。这种行为与职业强奸犯的行为完全相反。反过来说，如果罪犯事后逃跑了，找人串供证明自己不在场，在警方审讯时撒谎，坚决不承认犯罪事实，一点也没有表现出悔恨，那么我对他的未来就不怎么抱希望。

琳达·费尔斯坦说："我不认为所有强奸犯都是性掠夺者。但我认为，专找陌生人下手的连环强奸犯肯定是，恋童癖者也属此类。这两种人，一旦尝过成功的滋味，就会一遍又一遍地重复。我当然碰到过那种约会型强奸犯，他在特定情境下犯了罪，但有可能不会再次犯罪。对这些人里的一部分来说，关监狱的效果很好，他们再也不想回来了，他们吸取了这次事件的教训，或是从现有的康复改造活动中得到了帮助。但对我们称为'掠夺者'的那一类人，我认为目前没有任何有效的改造方法。我从未见过任何一种康复模型产生过实施者所声称的效果。"

我提出最后一种类型的强奸犯，不是为了混淆问题，而是为了指出，就特定情况下如何避免强奸、如何对待罪证确凿的强奸犯等事，给出明确的建议是非常复杂的。每一桩案件都需要单独审视，每一个有可能强奸（或再次强奸）的人都必须根据他以前的历史和行为进行评估。

费尔斯坦说："我处理过数十起属于性掠夺者类型的案件。有一起案件是这样的。有个家伙，10年来一直是个惯偷，但没有表现出任何性侵犯的倾向。突然有一天，他闯入了一间公寓，里面有个独自在家、容易得手的女人，他便强奸了她，并开始把这作为自己犯罪行为的一部分。"

窃贼因为方便下手便犯下一次强奸罪，这当然是卑鄙下流的。但费尔斯坦描述的这种人，偶然性起却随后一发不可收拾，才更让我感到担心。模式是这里的关键词。

对行为模式的关注适用于各个方面。最初爱惹麻烦的孩子需要给予重视，及早进行干预，鼓励他们朝着更积极的方向发展。无论年龄大小，已经形成暴力行为模式的青少年和年轻人，都必须被视为对社会构成了威胁，并得到适当的处理，以保护其未来潜在的受害者。一旦犯罪发生，刑事司法系统中的每个人——从听取受害者陈述的警察和检察官，到为法庭进行评估的精神科医生，再到陪审团和法官——都需要仔细观察犯罪的细节和罪犯的行为。这种情况再次发生的真实可能性有多大？

所有遵纪守法的公民都有必要自己做一些罪犯特征分析——这么做并非出于偏执。你不一定能阻止强奸犯，但可以减少自己成为受害者的机会。我当然不是说强奸犯的受害者做错了什么，或是做了什么以致招来如此厄运。我强调的是，有时候，良好的常识是无价之宝，即使看起来挺麻烦。

如果一件事，前面做了9次都是虚惊一场，但第10次能让你摆脱厄运，它到底值不值得做呢？每个人都必须自己掂量掂量，权衡利弊，但就我个人（也对我关心的人）而言，绝不想陷入多做点计划就能避免的危险境地，成为他人的猎物。

我敢打赌，随时都有坏人在动坏心思，万一碰上一次，你便会追悔莫及。

第五章　中央公园到底发生了什么

侦破强奸案并非总是那么容易。我倒不是说作案者很好地掩盖了自己的罪行，我的意思是，一起表面上看起来是强奸的犯罪（哪怕是"没得手"的强奸），实际上也可能是别的罪行。20世纪80年代末琳达·费尔斯坦经手的"预科生谋杀案"就是一个典型的例子。

我在匡蒂科参与此事的方式不太寻常。几个月前，费尔斯坦在《纽约时报》上看到了一篇关于我们的文章，内容是如何确定未知罪犯的行为特征。于是，她给我们打电话说："我们碰到了恰好相反的情况。我们知道凶手是谁，但不知道动机。你能帮我把这个过程翻转过来吗？我们不需要在法庭上证明动机，但每个人都会问他为什么要这么做，如果我们能解释清楚，会更容易让他定罪。"

案情是这样的：

1986年8月26日星期二早上6点左右，一位叫帕特·莱利的共同基金交易员骑着自行车到中央公园锻炼。在大都会艺术博物馆后面，她注意到草地上躺着一个明显的女性身影，便停了下来。起初她以为那个人在睡觉，也许是个无家可归的人。但她走近后发现，那是一名年轻女性，她的牛仔夹克和衬衫被推到胸口上方，裙子在腰间堆成一团。在那下面，她是赤裸的。她没有动，也没有呼吸。莱利在最近的电话亭报了警，几分钟后，一辆纽约警察局的巡逻车赶到了现场。

第一批赶到现场的警察迅速查看了这名女子，意识到她已经死去。他们叫来了侦探。这时，围观的人已经在公园边上的石墙旁聚集起来。

　　"警察在中央公园发现尸体时，没有任何线索和目击者。他们最初以为，她是在别处遇害然后被抛尸于此的。"费尔斯坦解释说。公园、树林和河流都是杀手最喜欢的抛尸地点。从犯罪发生的时间来看，也许她是个妓女。妓女总是最容易受害的对象。可能是个陌生人让她搭上了车，杀了她，扔在这里。

　　但在这起案件中，警察漏读了物证。"他们漏掉了一半的犯罪现场，"费尔斯坦说，"她的内衣在不远处的一棵树下。我们分析这起案件的时候，一致认为这就是她遇害的地方。"

　　一般来说，在这种情况下，确认受害者身份是个主要问题。但这次并非如此。受害女性身上带着一本证件，她的名字叫珍妮弗·道恩·莱文，18岁，身高1米7，体重54公斤，深色头发，很漂亮。法医鉴定她是被勒死的。

　　她的父母收到了通知。对任何凶杀案来说，这都是情感上最艰难的一环。他们在珍妮弗年纪很小的时候就离婚了，她和母亲一起去了加利福尼亚州，几年后才回到长岛。14岁时，她离开了母亲在长岛的家，去曼哈顿和富有的父亲及其第二任妻子一起过着更刺激的生活。

　　珍妮弗的父亲告诉侦探，她前一天晚上和朋友出去了，并提到了他认识的一些人。这些朋友又提到了其他朋友。没过多久，警方就对珍妮弗·莱文前一天晚上在哪里、具体时间、和谁在一起等信息掌握得相当完整了。侦探们没有告诉接受询问的任何人说他们的朋友已经死亡，只是说她失踪了。他们能确定的最后一个见到她活着的人是罗伯特·钱伯斯，一个20岁的英俊小伙子，珍妮弗对他非常着迷。

　　两名侦探前往钱伯斯和他母亲位于纽约市上东区的公寓，想知道他和珍妮弗在被人看到一起离开位于第二大道84街一家名为"多里安红手"的酒吧后去了哪里，他在她的行踪里占了多长时间，以及两人分开之后他是否知道她又跟谁在一起。他同意和侦探们一起去中央公园分局说明情况。和珍妮弗的其他朋友一样，两名侦探并没有告诉罗伯特说珍妮弗已经遇害了。

侦探们注意到一件奇怪的事情：钱伯斯的脸上有好几处抓痕。他们问起时，他说是自己和猫咪玩耍，把它扔到半空时不小心被抓了。他们起了疑心，但那个时候并没有不相信他的理由。

米奇·麦肯蒂侦探在审讯室里向钱伯斯宣读了米兰达权利后盘问了他。钱伯斯告诉麦肯蒂，尽管珍妮弗的几个朋友看到她在凌晨4点半左右和他一起走出酒吧，但他们一出门就分开了。她到街对面的熟食店买烟，他回家，途中曾在86街和列克星敦大道交叉口的一家商店停下来买甜甜圈。

除了脸上的抓痕外，侦探们还注意到钱伯斯手指上也有一些伤口。钱伯斯说，这也很容易解释：他为自己住处楼上的一位女士打磨地板，打磨机失控了。在与警方的整个沟通过程中，钱伯斯始终客客气气、信心满满，也很配合。

另外两名侦探——约翰·拉弗蒂和曼哈顿北部重案组指挥官杰克·道尔中尉——接手了讯问。钱伯斯坚持自己的说法。这时，麦肯蒂带着曼哈顿北区另一名警探马丁·吉尔回来了。这是吉尔工作的最后一天，第二天他就要退休了。

吉尔让钱伯斯重复他跟珍妮弗在酒吧门口分开的故事：他去买甜甜圈，她去买香烟。只不过，吉尔这时从珍妮弗的几个朋友那里得到一些信息，其中有一点很关键：珍妮弗·莱文不抽烟。这是大坝上出现的第一道裂缝。

"好吧，那么也许她并没有真的去买香烟，"钱伯斯改口说。也许他们分开之前一起步行，从第二大道走到列克星敦大道，这时她上了一辆出租车。吉尔随后质问钱伯斯关于抓痕的事，说法医能够分辨出猫的抓痕和人类抓痕的区别，说他们马上就会去检查那只猫。

好吧，钱伯斯承认，为了方便养在公寓里，这只猫其实除过利爪。在他准备去甜甜圈店的时候，珍妮弗抓了他（这等于承认两人在一起的时间，哪怕在他修正过的故事里，也比他说的要长）。吉尔说，自己认识在甜甜圈店上晚班的人，那人不记得昨晚有情侣发生过激烈争吵，吵到女方在男方脸上留下了深深的划痕。

另外，他问，甜甜圈店在86街和列克星敦大道交叉口吗？钱伯斯再次改口，说他指的是86街和中央公园交叉口的那家甜甜圈店。但这就足够了。其他侦探回到房间，把一切都弄清楚了。他们要求他脱掉衬衫，看到他的身上也有深深的划痕。钱伯斯承认自己和珍妮弗一起步行去了中央公园。几分钟后，他承认自己杀了她。但这是一场意外，一场她挑起的意外，他说她喜欢野蛮粗暴的性行为，自己是个倒霉的参与者。

现在我们有几种方法来跟进这桩案件。一种方法是相信嫌疑人所说，这真的是一场意外，并获得所有确凿的细节。另一种方法是假设他带她去公园就没安好心——他带着强奸她的念头，并且性侵犯最终演变成了谋杀。第三种方法则是认为我们面对的并不是一起强奸案，而是一起彻头彻尾的谋杀。如果是这样，当时到底发生了些什么呢？

受害者学是犯罪心理画像或者任何基于行为的犯罪调查分析的关键方面。受害者是什么样的人？她的风险是高还是低？她会做出什么反应？她的反应激起嫌疑人怎样的行为？

从各方面来看，珍妮弗·莱文是一个聪明、受欢迎、早熟的姑娘，经常成为人们关注的焦点。她喜欢曼哈顿令人兴奋的社交生活。17岁时，她和女性朋友们经常光顾东区的酒吧。高中毕业后，她打算去艺术学校。她很受男孩们的欢迎，但费尔斯坦手下细致的调查人员发现，绝对没有证据支持钱伯斯"她喜欢野蛮粗暴的性行为"的说法。

"她一点也不'野'，"费尔斯坦根据深入的调查得出结论，"她从来没有纪律问题。而且，她很有爱心，是个重视家庭的好孩子。她有很多朋友，喜欢和人们在一起。"

去年秋天，她在同一家酒吧结识了罗伯特·钱伯斯，被他黝黑英俊的外表、1米9的身高所吸引，他的神秘和阴暗的过去（朋友们告诫过她）也让她兴味盎然。据说他受邀去别人家参加聚会却从那里偷东西。还有一个朋友告诉珍妮弗，钱伯斯觉得她长得很漂亮，这让她欣喜不已。没过多久，他们就发生了第一次性行为，接下来的冬天、春天和夏天也时不时地亲热。

对8月26日凌晨发生的事情，钱伯斯有着怎样的说法呢？

他说，那天晚上珍妮弗其实一直跟着他，但他正跟另一个更感兴趣的年轻女子在一起。这说法里的确有几分实情。他所说的抓挠事件症结就在这里。有几个人说，珍妮弗似乎很沮丧，因为她对钱伯斯的兴趣明显超过了钱伯斯对她的兴趣。花心的罗伯特身边总围着其他漂亮的年轻姑娘，她知道他至少跟其中几个睡过。她在公共场合碰到他时，钱伯斯往往表现冷漠，甚至不承认她的存在。她不喜欢被人玩弄，想要说个清楚。于是，她在8月25日晚上去酒吧找钱伯斯，跟他理论。据当晚在场的人说，他们心无旁骛地聊了好一会儿，不管谈话的性质是什么，最后两人确实是一起离开酒吧的。

离开酒吧后，珍妮弗和钱伯斯去了公园，答应在那里做爱。所以我们必须接受的第一件事是，无论犯罪现场看起来是什么样的，这不是强奸。这个认知很重要，必须确立起来。

根据钱伯斯的说法，他们选择了树下的地点，靠近公园大道和方尖碑，以免有人窥探。她告诉他，她要去稍远的地方小便。等她回来的时候，她把内裤拿在手里，从后面吓了罗伯特一跳，还用内裤绑住了他的手腕，使他动弹不得。他的手一直绑在背后，躺倒在地，方便她行事。

请记住我们在这里所说的情况：一个身高1米7的姑娘"压倒"了一个身高1米9的小伙子，她一瞬间就用她的棉质内裤把他绑得紧紧的，让他的手挣脱不开。

这让她得以启动自己一直喜欢的粗暴性爱。她拉开他的裤子，开始抚摸他的阴茎。据钱伯斯说，她一度使劲挤压他的睾丸，越挤越紧，直到他忍受不了这股疼痛，这才爆发出足够的力量，挣脱了手腕上的束缚，用力把她从自己身上扯下来。他用手环着她的头或脖子，把她从身上翻到地上。在这个过程中，他手表的边缘肯定撞到了他自己的脖子，导致了他身上一处更明显的伤痕。他叫她起来，完事了，该回家了，但她没有反应。这时，他才意识到自己一定是不小心杀死了她。

他迷迷糊糊、摇摇晃晃地逃走了，最后在石墙边找到了一个地方坐下，等着有人发现尸体并报告。实际上，几名旁观者后来拍摄的视频显示，警察前来调查时，钱伯斯就在人群之中。

这个故事存在好几处疑点，比如一个年轻姑娘如何能够轻易地从身体上控制这么高大强壮的男人。但还有更大的问题，最重要的一点是，珍妮弗·莱文身上的伤痕与罗伯特·钱伯斯所说的情况完全不相符。接着是真正的致死原因，法医鉴定她是被勒死的，而且她的脖子上有相应的勒痕。钱伯斯否认他留下了这些痕迹，甚至暗示受害者之前曾参与过某种自缢性窒息游戏。

但命运再一次出手，拿出了无可辩驳的证据。就在珍妮弗死亡前几个小时，有人拍下了她和两名女性朋友的照片：她们愉快地挽着彼此的肩膀摆姿势。照片很美，并由于几小时后即将发生的事情变得异常令人感慨心酸。每个姑娘似乎都沉浸在彼此的陪伴中，愉快地展望着美好的未来。珍妮弗穿着死时穿的那件牛仔夹克。照片中，她还穿着露颈打底衫，清晰地显示出她的脖子和前胸完全没有任何伤痕。

从拍下照片的那一刻到和钱伯斯一起消失，珍妮弗的行踪都完全

Obsession　　109

清楚，所以不可能是在她和钱伯斯相遇之前受伤的。

最后，钱伯斯证词里自相矛盾的地方对调查人员是有利的。如果犯罪是一时冲动下发生的，那么哪怕是最聪明或最有经验的罪犯，也很难使物证符合他事后编造的故事和逻辑。如果你"制造"了一个犯罪现场——比如一名男子杀死了他的妻子，并把它设计成一场抢劫犯失手杀人的样子——就会给我们提供大量的行为证据。你给我们展示的东西越多（哪怕是为了误导我们），越会指向你自己的罪行和犯罪特征。

钱伯斯告诉侦探，珍妮弗肯定是被他从自己身上掀翻到地上时窒息的。但他恐怕不像侦探们那样见过那么多勒颈致死的案件。因为任何处理过几起此类案件并跟法医交流过的人都知道，窒息不是瞬间发生的，必须按压气管颇长时间才行。珍妮弗脖子上的痕迹很清楚地显示是反复用力而不是一次击打造成的。

一方面，珍妮弗的脖子上留下了这些明显的痕迹；另一方面，罗伯茨的手腕上却没有被捆绑的痕迹，如果他像自己所说的那样被牢牢捆住过，又用了极大的力量（大到足以杀死她）才挣脱，我们显然应该看到这些勒痕的存在。

"他有一根手指骨折，"费尔斯坦回忆说，"我们的骨科医生证明说那是所谓的拳击手骨折，是打出一拳侧面击打带来的。他的手指上还有咬伤的痕迹，我们认为那是他捂住她嘴的地方。她的脖子上有她自己的抓痕，这是在典型的窒息过程中试图挣脱而留下的。"

结论毋庸置疑：珍妮弗·莱文不可能是以罗伯特·钱伯斯所描述的方式死亡的。按照诸多侦探、琳达·费尔斯坦，还有我自己的看法，只能是钱伯斯蓄意杀人。无论杀人之心是瞬间起念，还是他当晚早些时候盘算好的（我对此表示怀疑），这都是蓄意的。

尽管有着确凿的法医证据，在钱伯斯的叙述中，有一点始终是前后一致的，那就是他才是受害者：珍妮弗·莱文之死纯属意外，是她自己的行为和对他的攻击所致。既然他声称自己是受害者,那就让我们像调查其他案件的受害者一样,对他做一些受害者分析。琳达·费尔斯坦想知道他为什么这么做。好吧,让我们分析一下他的背景,试着找出原因。

表面上看,罗伯特·钱伯斯拥有一切。他高大帅气、谈吐得体,对女性很有吸引力,经济状况足够宽裕,供得起他在世故的精英圈子里打转。他上的是包括乔特中学在内的私立预科学校,还由此获得了一个在整个审判和漫长的准备过程中让琳达·费尔斯坦大感困扰的绰号。但真正的故事远非表面所见。严格来说,他只是"曾经的"预科生,并没能从乔特中学毕业。实际上,他在那里一直表现不好,上学没多久就退学了。虽然他的父亲有一份稳定体面的工作,但钱伯斯一家并不富裕,所以他的经济状况比他乐于交往的大多数人逊色颇多。

于是,罗伯特靠偷窃来补充收入,主要是应邀参加聚会时从朋友父母家里偷东西。听说他有这种恶习的,远不止珍妮弗·莱文一个人。有传言说,你绝不能把罗伯特一个人留在聚会上,因为总会有什么东西消失不见。他曾因为参与偷老师的钱包而遭一所中学开除,还曾因在一艘富人家的游艇偷了几箱酒而丢了母亲给他找的暑期工作。高中好不容易毕业后,他去了波士顿大学,但成绩也不太好,又因偷了一张信用卡被开除。1985年9月,他进入纽约市立大学亨特学院学习,但很少去上课,而是继续行窃,并延续了另一种早已染上的恶习——吸毒。

费尔斯坦说:"在厮混的圈子里,他没有钱能跟上其他孩子,于是开始吸毒。他成了坏男孩们的联络人。他会去行窃,拿钱给其他想要可卡因的孩子买毒品,这样他们就不会出卖他。"

珍妮弗看中了他什么呢?费尔斯坦认为,当然有外貌方面的原因,他在其他女孩中也很受欢迎,但不止如此。"她是一个非常好的孩子,她从罗伯特身上看到了一些东西,想帮他戒掉毒品。她喝酒,喜欢享受。她充满活力、热情爽朗，而且她不吸毒。那天晚上她想做的一件事可能招来了反效果，那就是她想救他——广义上的'拯救'。我是说，她以为自己能帮他个大忙，让他戒掉毒品，却不知道他已堕落到什么地步了。这可不是业余人士能对付得了的事情。"

珍妮弗显然也不理解他的愤怒和仇恨有多深。费尔斯坦解释说："那天晚上他去酒吧是为了见另一个姑娘。他和那姑娘吵了一架，因为珍妮弗那天晚上出现了，还表达了对他的兴趣。他来见的那个女孩最后把一盒避孕套扔到他身上说：'你跟她（珍妮弗）去用吧！我走了。'所以他对珍妮弗的阻挠很生气。"

费尔斯坦还认为，珍妮弗是犹太人，钱伯斯是盎格鲁－撒克逊后裔，有着强烈的反犹情结。"我想他不喜欢她。我想他一点都不喜欢她，部分原因在于她是犹太人。但就像他的朋友们所说，有个人做爱总比自己回家打飞机强。他想跟她快速来一发，之后就走掉。他不想早上醒来发现她在自己家里，或是去她住的地方，不得不和她一起醒来。我想这就是他们去公园的原因。"

每当我们在这种性质的犯罪中对不明嫌犯进行分析的时候，总会寻找引发压力的因素——让嫌疑人最终坠入深渊的触因。当然，与另一个女性争吵，后者还把避孕套扔到他脸上，这也可能激怒罗伯特这样一个暴躁的人。但通常还有某种更深层、更根本的东西，某种影响个人基本安全或自我形象的东西，有助于解释最终的犯罪。我们找到了这一点。

他一直住在母亲家里。他没有工作、吸毒上瘾，绝对是在走下坡路。母亲给他下了最后通牒：要么找份工作，要么滚出去。8月25日晚上，酒吧里所有的孩子都在庆祝返校，珍妮弗也不例外。而罗伯特既没有地方可去，也没有事情可做，只能靠偷窃来支撑他的毒瘾。

还有一个很能说明犯罪情况的地方，是珍妮弗尸体被发现时的样子——衬衫被推到胸部以上，裙子束在腰上——这是作案者希望调查人员认为是陌生人强奸的典型"摆样"。我们在家庭谋杀案中反复多次地看到这种伪造的作案现场：丈夫杀死了妻子，然后把现场弄得好像是有外人闯进来侵犯并杀害了她的模样。但实际上，这是一个缺乏经验的罪犯以为强奸应该是的样子，每当出现这样的"摆样"，作案者很可能是受害者认识的人。

综合来看，我们认为罗伯特·钱伯斯不可能是个受害者。那是什么促使他1986年8月26日清晨在大都会艺术博物馆后面杀了珍妮弗·莱文呢？事实上，并没有直截了当、简单清晰的答案。取而代之的是特定的性格类型、特定的个人历史、两个人之间的特定关系、一大堆整体和直接的压力、一个人突然心有所动，所有的消极因素集中爆发。

我们知道当天晚上他喝了大量的龙舌兰和啤酒，调查人员听说（尽管无法证明），他还同时使用了大麻和可卡因。从法医的角度来看，在珍妮弗的身体、衣服或现场的任何其他地方，都没有发现精液的痕迹，也没有发现用过避孕套的证据。我们可以把这一切解释为，由于状态堪忧，钱伯斯当时办不了事。对他这样自负的人来说，这可能会让他愤怒和沮丧到极点。

听到忏悔或其他可疑的陈述时，我们会努力搞清楚他们真正在对我们说些什么，就像演员可能会在他要表演的台词里寻找"潜台词"。请记住罗伯特·钱伯斯所代表的那种傲慢、控制欲强、掠夺成瘾的性格。所以，他说珍妮弗喜欢粗暴的性爱，实际上可能是在说她喜欢控制局面。对像钱伯斯这样的人来说，这不啻对他的男子气概构成了不可接受的侮辱。再加上，如果那时候他恰巧无法勃起，危险程度可能很快就达到了临界点。

琳达·费尔斯坦说："我认为可能发生的情况是，她嘲笑他（不能勃起），结果他打了她。她身上的痕迹不仅表明她的嘴挨了一拳，眼睛挨了一拳，还显示她当时试图逃离他。"

Obsession

犯罪现场分成了两个明显不同的部分：珍妮弗内衣所在的区域和尸体被发现的区域。我们认为，真正试图发生性行为是在前一个地方，接着她挣脱开来，试图逃离他。钱伯斯追了上来，在她跑到大路上之前勒死了她。尸检照片显示，珍妮弗的脸上到处都是瘀伤和撕裂伤。她的眼睛肿得睁不开，嘴周围有割伤，眼睛下面有点状出血，这是勒死的标志。她的臀部、大腿、膝盖，甚至脚踝都有挫伤。右边突出的髋骨处完全磨破了。这些都与钱伯斯所说的她压在他身上后被他掀倒的说法不符。此外，他的胸口布满了她试图挣脱时的指甲印。事实上，她的指甲都抓裂了，而他的背部完全没有伤痕，如果他像自己描述的那样仰面躺在草地上挣扎，肯定会发现擦伤。

钱伯斯称，脖子上的擦伤是他伸手把她从身上拉下来时，无意中被沉重的金属表带撞到所致。虽然从伤口模式来看，这不符合情理；但当我看尸检照片时，注意到她脖子上的印记，显然是钱伯斯的手表留下的。他一定是用手腕和前臂卡着她的喉咙，才把手表压到了她脖子上。这是压迫伤，不是钝器损伤。同时，尸检显示颈部脆弱的舌骨没有骨折，这与压迫性窒息更为吻合，不是简单地用手勒死。看着照片，我就能想象出珍妮弗当时挣扎的情形。

根据所有的证据，我很清楚，这个姑娘一定是在进行了顽强的抵抗之后才最终惨死的。

此案在纽约引起了轰动，随着钱伯斯的审判临近，媒体的关注达到了狂热顶峰。考虑到罗伯特·钱伯斯长得好看又"有趣"，新闻标题不可避免地总会带上"富家预科生谋杀案"这几个字。

"媒体给我造成的最大妨碍就是把他叫成'富家预科生杀手'，"费尔斯坦说，"实际上，他是个吸毒成瘾的窃贼，所有学校都把他赶出去了。但在媒体上这么形容他就显得太没劲了。这会让公众认为他是个整洁可爱的小伙子，那天晚上他在公园里只是突然失控了而已。我们一定要跟这样的公众印象抗争。"

这是我们在强奸性侵审判中经常看到的一种情况。罪犯出现在法庭上的时候，看起来是那么干净、无辜。陪审团说："这个善良的小伙子不可能做出那样的事情。"这就是为什么我们建议控方试着出示他的拘捕登记照，以说明他在犯罪当晚的真实样子。

审判持续了13个星期。在此期间，罗伯特·钱伯斯从未出庭作证，费尔斯坦没有机会向陪审团展示这个人的真实面目。

钱伯斯的辩护律师是有着多年经验的杰出刑事案件辩护律师杰克·利特曼。费尔斯坦至今仍对他给受害者泼脏水以博取陪审团对其当事人同情的做法感到愤怒。很遗憾，这几乎是强奸案审判里律师都会用到的标准技术。但多亏了像费尔斯坦这样的人，情况逐渐有所转变，法官和陪审团不会再轻易接受辩方的说辞。

每个人都有权展开激烈的辩护，但不管是费尔斯坦还是我，都无法忍受让一个惨死的人再次成为受害者，而行凶作案的人却享受到了无罪推定带来的所有好处。"你明白吗，这是我永远无法理解的一件事，"费尔斯坦说，"你怎么能对另一个人做出这样的事情，更何况是一个已经死去、再也无法自辩的人。本案辩方最下作的做法就是这一点，而且他们围绕这种不公平的印象，非常主动地进行夸张和渲染。"

费尔斯坦的结案陈词持续了4个小时。她回顾了案件的方方面面和所有证据，证明钱伯斯的行为并非一时的本能冲动，而是蓄意为之。陪审团的内部讨论长达9天，仍然理解不了这个招人同情的"富家预科生"钱伯斯为什么以"自卫"作为辩护借口——换句话说，一个比他个头和力气都小得多的姑娘，怎么用内裤就让他动弹不得，而且行为粗鲁到让钱伯斯无法自控，意外地杀死了她。控辩双方都面临着审判无效、不得不重新经历一轮考验的可能，他们进行了谈判。经与珍妮弗的父母协商后，费尔斯坦同意了控辩交易，将二级谋杀指控降为一级过失杀人，这样判刑就会减轻到5到15年。这并不是她期待的彻底胜利，但她愿意尽一切努力让他没机会在社会为非作歹。

"很明显，我们已经打完了手里所有的牌，所以（就算再来一次），结果通常也不会变得更好。"

我想我们已经说得很清楚了。我认为罗伯特·钱伯斯是杀人犯，但不是强奸犯，也不是纯粹为了性快感而杀人的人。因此，他是个刑事惯犯反而比他是个连环强奸犯对社会的威胁更小一些。但我认为，他仍然是个很大的威胁。他是个掠夺成性的人，他的犯罪记录虽然与性无关，但足以说明他对正常人遵守的社会规则是完全蔑视的。等到出狱以后，碰到让自己陷入与1986年8月26日清晨类似的紧张境地时，他可能会再一次以完全相同的方式把愤怒宣泄出来。如果是这样，我一点也不会感到惊讶。出于这个原因，再加上我认为蓄意杀害一名无辜年轻女子只判了他10到15年的监禁并不够。我个人不希望看到他重新走上街头。

好在短时间内他似乎不会再带来什么麻烦。他被关押在纽约州的几所监狱里，表现不怎么好。费尔斯坦称，他曾多次因私藏毒品而受到惩戒。在本书撰写期间，他关押在达奇斯县的格林黑文惩教所，被狱方抓到在除臭剂罐子里藏海洛因。

费尔斯坦说，他曾多次提出假释申请，但都遭到拒绝。"他真是做了不少事让自己在监狱里待得更久些呢，在我看来这倒是件好事。"

从外表看罗伯特·钱伯斯，很容易看出珍妮弗为什么迷上了他。如果你能让他戒毒，改掉他其他的坏习惯（比如偷窃），那就能得到一个帅小伙，他接受过良好的教育（如果能坚持在一所学校直到毕业都没被开除的话），社交关系广泛。然而问题在于，这并不仅仅是一个被宠坏的孩子，只需要用关爱、坚定的"训练"就能改善其行为。罗伯特·钱伯斯早已成年，养成了犯罪行为模式和长期吸毒的习惯。从某些方面看，他可以与泰德·邦迪相提并论，后者同样好看，"名义上"甚至更加完美，但在性格和良知上存在不可弥补的缺陷。无论你是什么人、做什么事，如果为了纯粹的愉悦和满足而故意侵犯或杀害女性，那你就是个怪物，必须从社会中清除掉。

就像钱伯斯的谋杀案一样，法庭上衣着光鲜、魅力十足的绅士和犯罪现场恶意肆虐的暴力罪犯之间的分裂，困扰着不少强奸案的审判。即使有充足的物证证明罪犯实施了明显的强迫性行为，陪审员有时仍会坦率地承认，他们很难给被告定罪，因为对方看起来不像是为了得到女人而诉诸强奸手段的人。他们没有办法理解。罪犯兴许是个成功的专业人士，牙医或是律师。另一些时候他更类似罗伯特·钱伯斯，有入室盗窃的犯罪记录，但外表看起来很有吸引力，陪审员无法理解是什么样的动力导致他进行强奸。如果是熟人强奸而非陌生人强奸，情况就更令人困惑。在有些案件里，被告本来是有妻子或女友的，并与之有着正常的性关系，而且在整个审判过程中，妻子或女友都坐在他身后表示支持，这就更让外人感到不解了。

他看起来根本不像需要通过强奸手段来获得女人的人。

但我们必须记住，强奸主要不是为了获得性，而是为了控制和支配女性，无论是罪犯想要确认自己的男子气概、缓解愤怒，还是满足更复杂的幻想。性行为是次要的。从某种程度上说，如果不能让陪审团或公众明白这一点，我们对受害者就没有尽到道德责任。

曾有一起案件聚集了熟人强奸审判中的诸多困难。被告是个颇受社区欢迎的英俊小伙，名叫亚历克斯·凯利。和钱伯斯不一样，凯利没有杀人。但他接受了审判并被陪审团裁定强奸罪名成立，获刑8年。他的父母为此支付了14万美元的保证金，他还辗转了15个国家，其中包括日本、希腊和瑞典。

1986年2月，凯利年方18岁，来自纽约富裕的康涅狄格郊区达里恩高中，是个受欢迎的小伙子。他是学校摔跤队的副队长，举止得体、英俊潇洒，大多数高中女生一看见他都乐意跟他约会。2月10日，他参加完学校篮球赛后在朋友家举行了一次聚会。随着夜幕降临，有个女孩开始找人搭便车回家。她和一群从圣玛丽高中（附近

Obsession   117

一所天主教女校）出来放松的朋友们在一起。5天前她才刚满16岁。她着急地想在门禁时间到来前赶回家，亚历克斯·凯利主动提出用他女朋友的吉普车送她回去。

在飘飘扬扬的小雪中，凯利来到一块停车标识牌前，试图亲吻女孩。她拒绝了他的求欢。等车开到了她家，凯利没有停车，而是把车开进了一条死胡同。根据她多年后的证词，在这个僻静的环境中，"他用左手掐住我的喉咙，用尽全力挤压。他让我跟他发生性关系，要不然就杀了我"。

凯利推倒椅背，把女孩逼到后排，让她脱下衣服，强奸了她。她是处女，在整个过程中流血不止，弄脏了吉普车的地毯。凯利威胁说，如果她报警，他会回来再次袭击她并杀掉她。他把她送到她家门口，她立即跑去告诉了姐姐和父母。第二天他们带她去看医生和警察。除了情绪状态，警方还注意到女孩的胸部、颈部、背部和臀部都有瘀伤。

仅仅4天后，附近斯坦福德社区的一名17岁女孩站出来，声称自己也遭到过侵犯。她提供的细节与前一起案件惊人地相似：从聚会上搭车回家，在路上遭到攻击。凯利因为这两起罪行遭到指控，并计划于1987年2月18日出庭受审。但他并未露面，反而开始了长达8年的逃亡生涯。

不过，从警方掌握到的信息看，他的生活比一般的国际逃犯舒服得多。事实上，他似乎已经很好地适应了瑞典的生活方式，爱上了滑雪、帆船和其他运动，甚至跟一个漂亮的金发女友一起料理家务。

不过，到了1995年初，根据报道，警方逼得越来越紧，甚至还威胁说，如果他不自首就逮捕他的父母。再加上他的护照即将到期，凯利在瑞士自首了。随后，他被引渡回康涅狄格州面对指控。当年5月，他回国时受到了英雄般的欢迎。他父母的房子装饰着气球，他微笑着向一群等待着的记者挥手致意，还说："我很高兴回来。"候审期间，他骑着山地自行车在镇上转悠，先是和瑞典女友（据传是他的未婚妻）外出；等她离开后，又跟当地一位名叫艾米·莫里托的女子约会，她是他高中时的女朋友，正是在她的吉普车里发生了第一次指控中的强奸案件。总而言之，他回到家乡的生活很正常，只是右脚踝上戴了电子监视器，确保他没有违反法院晚上 9 点到早上 6 点的宵禁规定。

对第一项指控的审判于当年晚些时候进行，场面非常丑陋。凯利和他的父母请来了托马斯·P. 普奇奥担任辩护律师。普奇奥是一位高调的律师，最初以联邦检察官身份进入公众视线，他在阿伯斯坎丑闻中让好几名国会议员定了罪（想必有很多人还记得那些揭示腐败政客私藏钱财的录像带）。后来，他改变阵营，成了辩护律师，并成功为社会名流克劳斯·冯·比洛涉嫌杀害名媛妻子案进行辩护。比洛获判无罪，普奇奥的名气也越来越大。他素有"痛恨失败"的名声，1996 年 12 月，《纽约时报》的一篇报道引用他的话说："这是现实世界和法庭世界的区别。关键在于：政府要证明什么？而不是：到底发生了什么？"提及凯利的案子，他说："我们将对她（受害者）的可信度展开直接攻击。"朋友们，这就是我们要面对的局面。

普奇奥还告诉记者，他对凯利的父母有一种特殊的感情，因为他自己的儿子在一场车祸中丧生，当时他正在教儿子如何开车。因此，他很能共情凯利父母失去儿子的恐惧。我倒是好奇，他是否也能共情另一些父母对女儿遭到强奸和虐待的恐惧。

回到可信度的话题上。回到美国后，凯利对美国广播公司新闻频道（ABC News）解释了自己逃跑的原因。他说得很简单："我很害怕。我就跑了。"

托马斯·普奇奥说到做到。他质疑了原告 10 年前的可信度，还批评她后来在法庭上的行为举止。他抱怨受害者及其家人"穿着光鲜亮丽"的服装，发型也很时髦。这话他也好意思说出口，我不免感到有几分讽刺：他显然会保证自己的当事人每天出庭时打扮得体，带着关心他的家人和未婚妻。再想想，亚历克斯·凯利在玩风帆冲浪、滑雪、漫游全欧洲时，受害者已经长大成人，获得了大学学位，结了婚，并在一家制药公司找到了销售代表的工作。很自然，与接受审判时的凯利相比，打扮得体、打理好发型更符合她的职业和生活方式。

我不想对这次审判发表评论，因为我当时不在法庭上。但我参加过足够多的强奸案审判，总的来说，这样的辩护技巧让我感到恶心。我不是唯一一个这么想的人。

"很多时候，在陪审团审议过程中，"琳达·费尔斯坦说，"你们经常会碰面。除了你的团队和他们的团队，没有其他人在场。所以双方会交谈。通常的开场白是，我的对手走过来说：'唉，你知道，我真的很抱歉那样对待她，但是……'

"这通常是我失去耐心的第一个时间点。如果我知道这是虚伪和捏造的辩护，会直截了当地说出来，有时用脏话，有时说得礼貌些。但总之，我拒绝接受道歉，我不相信也不尊重这样的道歉。我坐在那里两个小时，不停地问：'你怎么能这样对待一个已经不幸受到伤害的人？'直到今天，除了说'他有权得到充分的辩护'，我没有从任何人那里听到过满意的答复。而对我来说，这并不意味着辩护。我不明白，从人的层面上，你怎么能在公共论坛上对另一个人这样做。"

亚历克斯·凯利的受害者在强奸案发时是一名16岁的处女，那晚之前不认识他，但需要搭车。在篮球比赛开始前和事后的聚会上，孩子们一直在玩"掷角子"游戏，这是一种把硬币扔进啤酒杯里的喝酒游戏。普奇奥试图利用这一点为自己的当事人开脱，声称受害者可能喝醉了。但检察官布鲁斯·赫多克请来了7名证人，证明她没有喝醉。辩方又试图辩称，性行为是双方自愿的。最后，经过5天的审议，6人陪审团（男女陪审员各占一半）陷入僵局，4人认为罪名成立，两人持有异议，无法达成一致意见。赫多克不愿放弃。第二年夏天，他大胆地再次启动此案，并针对凯利发动第二起案子的审判。这一次，经过 8 个半小时的审议，赫多克赢得了定罪判决。凯利被判处最高 20 年有期徒刑，服刑 16 年方可缓释，罚款 1 万美元。到撰写本文时，第二起强奸指控的审判尚未开始。

就在他消失后不久，关注这起广为人知的案件的人们试图解释他的逃跑。这是暗示罪行确凿，还是说他真的是一个心怀恐惧的青少年（摔跤冠军高中生），害怕因为自己没有做过的事情而陷入麻烦？和钱伯斯案一样，亚历克斯·凯利看上去是一个来自富裕家庭的"预科生"。他怎么可能——又为什么——会做出强奸这样可怕的事情呢？

事实上，这两名罪犯有很多共同之处。和钱伯斯一样，凯利的背景也不像看上去那么完美。虽然生长在富裕社区，但他的家庭并没有真正融入其中：父亲是一名水管工，母亲是一名旅行社代理人。他们在房地产投资方面做得很好，但并没有达到达里恩许多人家的生活水平。为努力跟上富人圈子的步伐，凯利颇费周折。和钱伯斯，以及我描述过的不少强奸犯一样，在强奸发生前，凯利就已经犯下过一连串较轻的罪行。早在 1983 年，他就和朋友们一起入室行窃。1984 年 5 月被捕后，他被指控犯有 9 项入室盗窃罪，并供出了同伙。他被判入狱 35 个月，最终只在布里奇波特惩教所服刑 68 天，后来回到高中，表面上已经改过自新。第二年，凯利回到学校，据说表现不错，但又因为在一场曲棍球赛后打架而被捕。再接着就是 1986 年的强奸指控。

他的犯罪行为模式很早就开始了。此外，他还有一种否认或忽视责任的模式。尤其让我感到震惊的是，在这种情况下，凯利的父母并没有出手干预，尝试改变儿子的行为，而是在得知他有麻烦后，帮助他摆脱困境。就算他们相信他是无辜的，又怎么能罔顾良心看着他逃离这个国家，而不是面对指控呢？就算他们不知道他的意图，也没有帮他逃跑，但已有照片公布出来，显示凯利、他的瑞典女友和他父亲在欧洲度假，以及他的父母去女友的父母家拜访。

达里恩社区的一些人原谅了凯利夫妇，为这对努力工作的父母感到遗憾，在他们看来，夫妇俩是在尽力为家人做到最好。再加上，他们已经失去了一个儿子：1991年，亚历克斯的哥哥克里斯死于吸毒过量。我对他们的丧子之痛深表同情，但听到乔·凯利说他的儿子"无论对错都是个勇敢的孩子"，还是目瞪口呆。有人批评他和他妻子可能协助了儿子的出逃，还在瑞典提醒他警方正在追捕。乔反驳指责者说，如果处境相同，你会把儿子交出去吗？

在1996年夏天的一次事件中，凯利（还戴着电子监视器）在当地酒吧引起了一场小骚乱。在对一些女性坚称自己10年前没有强奸之后，他用猥亵的语言和手势骚扰了她们，直到有人叫来了警察。根据警方的报告，"凯利完全不配合，似乎是受了酒精损害"。

同年9月，本应在审判前表现良好的凯利，给自己惹上了更多的麻烦。一天晚上，他和女友艾米·莫里托开车回家，努力想赶在宵禁时间前到家，结果被警察发现超速行驶，在限速30英里的区域内超速了25英里。据报道，警察试图拦下他，但他反而加速行驶，撞坏了莫里托的跑车，把受伤的她留在了事故现场。警方在家中找到他，他否认与事故有任何关系。但几天后警方发出逮捕令，他又投案自首。他对在一起严重事故中逃避责任、干扰警察和超速驾驶的指控拒不认罪。根据警方的报告，警察"在凯利的呼吸中发现了强烈的酒精饮料气味"。警察还指出，凯利把肋骨骨折、流血不止的女朋友留在车里，自己还不为所动，声称对事故一无所知。

不知道你是否还记得我之前对可以改过自新的强奸犯的描述。其中一个关键因素是他们是否对自己的行为负责并真心悔过。在第一项强奸罪指控遭到定罪后，凯利被戴上手铐带走。他一边抽泣，一边大喊："我是无辜！我是无辜的！"他扫视着陪审团，恳求道："苍天啊，我没有这样做过。你们为什么这样对我？"这听起来很像罗伯特·钱伯斯在珍妮弗·莱文的谋杀案中扮演受害者的样子，也像罗尼·谢尔顿将强奸归咎于受害者或她的丈夫时的情形。

在判决中，辩护律师普奇奥主张宽大处理，将凯利描绘成"整整8年活在恐惧之中，失去了正常生活"。拜托，这跟凯利从欧洲写信给父母说的"我想永远这样生活"相差太远了吧。直到被判刑，凯利才说他对所发生的事感到抱歉，但即便如此，他也精心选择了让自己感到舒服的措辞，听起来好像是发生了一场误会，而不是一次残酷的强奸："我从来没有想过要伤害她……我现在意识到，确实伤害了她。我很抱歉。我希望能做些什么带走她的痛苦。"

对凯利提起诉讼的那位女性，在他被定罪后首次出现在公众面前，并显得更加负责和勇敢。这位女性名叫阿德里安娜·巴克·奥尔托拉诺。她说，如果她的案子能帮助其他女性站出来，那么她在过去十多年里为寻求正义所经历的一切都是值得的："对我来说最重要的是，人们知道我并不为自己的遭遇感到羞耻。我是一名强奸幸存者。我没有什么好隐瞒的。"在这桩悲惨的事件中，奥尔托拉诺女士是真正的英雄，我们执法部门的所有人都应该为她感到骄傲，并感谢她的果决勇敢。

当然，另一位英雄就是检方团队。他们努力工作，力求将亚历克斯·凯利这样的人从社会上清除出去。这种工作也会带来情感上的负担。我对琳达·费尔斯坦等年复一年地进行艰苦卓绝斗争的人们深表钦佩。自从为珍妮弗·莱文声讨正义以来，她手上要处理的案件太多了。

在所有的工作和情感投入之后，在与珍妮弗的家人和朋友建立了联系之后，费尔斯坦认为这起悲剧案件能带给人们什么样的教训呢？

"我如同看到了珍妮弗那天晚上跟着罗伯特，在凌晨4点或4点半和他一起离开酒吧，和他一起从第二大道走到第三大道……列克星敦大道……中央公园……麦迪逊大道……第五大道。当重温这一切的时候，我不停地想，要赶到86街和第五大道的拐角处，把她送上一辆出租车，让她安全回家。'别跟他进公园！'我听见自己在说。"

"这是很典型的情况。我这么说并不是要指责受害者，辩方已经做得够多了。但她这是在玩火。那天晚上他喝醉了，很生气，我不知道她对此有多少察觉，但无论如何，我无法想象他们之间发生的事情会是一次愉快的、充满爱的经历。"

那天晚上肯定有很多警告信号。

对我来说，尽管我们已经明确了这是一起发生在两相情愿的性行为背景下的谋杀案，但在很大程度上，钱伯斯案属于熟人强奸问题的范畴。很多人都会惊讶地得知，其实有70%或更多的此类罪行发生在彼此认识的人之间。那么，这里的教训就是如何对你自认为了解的人做出判断。判断上的错误，可能会导致我们成为受害者——在某些情况下甚至害我们送掉性命。

亚历克斯·凯利的受害者们同样出于天真，做了一个简单的判断：搭他的便车早点回家，以免跟父母产生矛盾。事实证明，这是一个错误的决定。跟我们很多人一样，她们认为，受朋友甚至朋友的朋友邀请参加聚会的人，应该没什么问题。每天都有更年长、经验更丰富、信任度较低的人遇到类似情况：46岁的女性碰到汽车抛锚，住在附近的熟悉面孔主动让她搭车；58岁的妇女让快递员进屋使用电话。

琳达·费尔斯坦难过地总结说："我们对太多人投以信任，也因为错误的信任遭到背叛。珍妮弗的情况，就是最极端的悲剧。"

第六章　幸存者之路

1931年3月25日，一列共有80节车厢的货运列车，从亚拉巴马州前往田纳西州的孟菲斯，途中，一群黑人和白人之间爆发了冲突。他们都是十来岁的青少年，只有一个人年满20岁。他们在流浪过程中跳上火车，年龄大些的想在沿途某个城镇里找份工作。在大萧条时代，这种情况很常见。黑人一方靠着人数优势，"打赢了"这场战斗，最终把白人对手扔下了火车。当火车停靠在亚拉巴马州的佩恩特罗克时，一队治安警察正等在那里，控制并逮捕了9名黑人。显然，打了败仗的白人沿着铁轨往回走，害怕因为流浪被抓进收容所，因此他们告诉警方自己遭到了这群黑人的袭击，还被扔下了火车，从而转移警察的关注。

事情至此变得越发复杂起来。在火车上，警察还发现了两名穿着连体工装裤的白人女性，分别是19岁的维多利亚·普莱斯和她17岁的朋友鲁比·贝茨。由于担心自己会因流浪或更糟的罪名而被捕并被送去收容所，她们说自己遭到了12名黑人团伙的轮奸，其中包括刚刚被捕的9人。普莱斯说，其他3人肯定在火车进站前就跳下了火车。

被告们在被捕之前甚至互相并不认识。这9个人中，只有4人是一起出行的：18岁的海伍德·帕特森、他19岁的朋友安德鲁·赖特（两人都来自田纳西州查塔努加）、赖特的兄弟勒罗伊和勒罗伊的朋友尤金·威廉姆斯,后面两个人都只有13岁。他们被带到附近斯科茨伯勒镇的监狱。当天晚上,他们差点被当地愤怒的市民私刑处死。美国历史上最臭名昭著的诬告强奸案就这样拉开了序幕。

不到两个星期,对9名很快要全国闻名的"斯科茨伯勒男孩"的审判便开始了。已结过两次婚的维多利亚·普莱斯作证说,她和鲁比·贝茨在一节货车的地板上分别被强奸了6次。两名女性都接受了医学检查,结果显示两人的确都曾有过性行为,但并不是近期发生的,不太可能是在火车上。此外,两名女性的身上也没有伤口、瘀伤或其他痕迹与她们声称遭受的暴力相符。经过3天的审判,9名"斯科茨伯勒男孩"均被判处死刑,只有最小的一人被判终身监禁。审判记录显示,检察官对全是白人的陪审团总结发言:"不管有罪无罪,让我们赶紧把这些'黑鬼'除掉吧。"

斯科茨伯勒案迅速成为全美国乃至全球的轰动事件。包括全美有色人种协进会(NAACP)和美国共产党在内的各种组织都参与进去。阿尔伯特·爱因斯坦、作家西奥多·德莱塞和托马斯·曼等知名人士发表了意见。鲁比·贝茨撤回了证词。因为前一次审判全无公平正当的程序,最高法院批准重审。这一次审判于1933年4月在亚拉巴马州迪凯特市法院开庭,负责为这9名黑人辩护的是纽约经验丰富的出庭律师塞缪尔·莱博维茨,他让贝茨的男友莱斯特·卡特出庭作证。事发时,卡特陪同贝茨乘坐了火车,他否认发生过强奸。这一次,检方对另一个全是白人的陪审团怂恿道:"给他们瞧瞧看,纽约犹太人的钱买不了亚拉巴马州的司法!"

所有被告再次被判有罪。但这一次的法官詹姆斯·E. 霍顿非常勇敢地推翻了判决,并宣布他在审判过程中没有听到任何说明被告有罪的证据。在接下来的审判人选举中,霍顿法官被以压倒性的票数淘汰出局。

在由新法官和陪审团组成的第3次审判中,"斯科茨伯勒男孩"

再次被判有罪。案件上诉至最高法院，最高法院裁定推翻原判，理由是陪审团系统性地将黑人排除在外。在 1937 年进行的第 4 次审判中，4 名被告被判无罪，另外 5 人经幕后达成协议后认罪。"北方人"同意停止抗议，条件是"南方当局"悄悄地释放这 5 人。但到 1950 年最后一名被告安德鲁·赖特获释时，9 名"斯科茨伯勒男孩"共计已经服刑 100 多年，为的是一桩他们不仅没犯过，而且根本就没有发生过的罪！

在斯科茨伯勒案中，强奸指控不仅成为一个人用来对付另一个人的武器，更是 20 世纪 30 年代到 40 年代美国南部白人与黑人之间严峻关系的隐喻。它还凸显了一种存在已有数百年的认知和恐惧：任何女性可以指控任何男性对自己进行了性侵犯，而且即使空口无凭，她也能毁了他。由此得出的结论是，虚假指控可能很多，提出指控的女性的可信度甚为可疑。直到今天，这一结论仍然困扰着不少强奸案。

最近，在离我居住地区不远的地方，一名女性指控说，一天下午，她在郊区一家时尚购物中心的停车场被绑架到车上带走一段距离后遭到强奸，接着又被甩回了购物中心。当晚，地方媒体对此事进行了大量报道。因为我经常提醒女性（尤其是自己的家人）在商场停车场要保持警惕，所以这个故事引起了我的兴趣，让我着手了解详情。

请理解，我对任何犯罪（包括强奸）进行分析时，都不会带着特别的偏见。为有效地完成工作，我必须尽可能地保持客观。但针对这起案件，我一开始寻思报道中的事实，就有几件事想不明白。首先，我所在的部门在分析暴力犯罪时，会评估受害者是高风险、低风险，还是介于两者之间。尽管这名女性当时独自一人，但我认为她的情况属于低风险：犯罪发生在下午，停车场人来人往。我知道那里有保安巡逻。她说她不认识袭击自己的人，那是什么让她成为他的特定目标的呢？他们开着她的车离开，但这家商场只能开车或搭乘公共汽车前往，那么罪犯是怎么抵达的呢？是同伙把他送来的吗？受害者说没有看到有其他人提供帮助。难道说，他坐着公共汽车来，打算抢劫或强奸某人，作案后却把她的车还给了她，自己又走到公共汽车站等车吗？到这时候，警察肯定已经在整个地区搜寻与他外貌相符的人了。警察肯定知道他的外貌特征，因为受害者说他并未乔装打扮。

综合考虑所有因素，这些事实不符合我和同事们多年来整理确认的强奸犯类型里的任何组合。这并不意味着犯罪没有发生，只是说你必须仔细调查，看看为什么特定的场景或细节有别寻常。

后来的事实证明，这起案件是虚假指控，纯属捏造。动机是什么呢？可能是报案人想勒索购物中心，让他们赔偿因保安疏忽造成的损失。而这起案件的真正原因，只是报案的女性感到孤独和格格不入，想通过这种方式获取关注罢了。

为什么这起案件这么容易就破获了呢？主要原因在于所谓的受害者是按自己对陌生人绑架强奸的想象来编造故事的。她犯的错误，跟那些试图伪造犯罪现场的罪犯是一样的：她没有足够的经验或常识，意识不到警察早就见过足够多的真实情况，有能力拆穿她的谎言和盘算。

事实上，虚假指控相对罕见，在所有报告的强奸案里约占5%，与其他类型犯罪的虚假报案率大致类似。但虚假强奸报案的破坏力就远远不止这个程度了。首先，每当有人受到故意诬告，说他们犯了原本没有犯过的罪行，集体的公平和正义感就会遭到歪曲。其次，虚假指控虽然为数不多，却让绝大多数真实指控的可信性受到质疑。最后，5%的假报案率是存在夸大成分的，因为强奸本来就是一种报案率极低的犯罪——我在公开场合遇到的所有"沉默的受害者"，还有我收到的大量邮件，都可证明这一点。

对训练有素的调查人员和检察官来说，有很多方法可以揭穿虚假指控，发现真相。我在这里用了不少篇幅来探讨它们，一来是为了凸显谎言难以持久（虚假报案本身就是犯罪），另一方面也是为了强调,优秀警探和地区检察官提交审判的案件,都是站得住脚、真正发生过的犯罪。

虚假强奸指控的常见动机是哪些呢?敲诈显然是其中之一(在购物中心一案中,我们就有过这样的怀疑),她们企图勒索政客、社会名流或者有钱人。另一个动机是报复,毁掉男方的名声。为了解释自己为什么出现在不应该出现的地方(比如跟丈夫以外的男性在一起),女性也可能会报假案。这种情况还有一种变体,即当事人说谎是为了给自己开脱,让自己免受法律、父母或学校处罚,比如违反了宵禁、跟家长不允许见面的小伙子发生了性关系等。

这些虚假指控都相当少见,我们提及的唯一原因是它们对真实指控造成了恶劣影响。我们更常看到也更复杂的情况是,指控本身是真实的,只是出于类似的动机遭到了夸大或渲染。

琳达·费尔斯坦讲述了一个故事:一名16岁的女高中生遭到了强奸,但实际情况跟她的讲述存在出入。这名高中生自称从郊区的家中来到曼哈顿的华盛顿广场公园,参加一场由纽约大学学生组织的支持大麻合法化的集会。在广场公园,一名流浪汉持刀绑架了她,胁迫她上地铁前往上西区,把她带到位于河滨公园巨石滩的"家"里侵犯了她。一名制服警察发现她衣服破破烂烂,神色迷茫地四处乱走。她指认了袭击她的人,对方几乎立即便在侵犯发生的现场遭到逮捕。当事的男子并未否认与她发生过性关系,但声称双方自愿,而且他跟她实际上是朋友。这是一种常见的开脱之词。

医学检查表明,这名年轻女子确实发生过性行为,而且过程粗鲁。她的描述足够惊恐,也有着充分的细节,费尔斯坦的同事相信她的确曾在受到生命威胁的情况下被人强奸过。

但跟前面那个郊区购物中心的女人的故事一样,有些地方不太对劲。首先,绑架发生在光天化日之下,公园里人潮汹涌,还有大量警察在场。那是一场以大麻为主题的集会,除了制服警察,还会有便衣

Obsession 129

警察巡逻。会有人胆敢在这样的地方持刀绑架他人吗？几个街口之外随便找个地方都比这里僻静，动手也要容易得多。其次，两人乘地铁走的路线未免太长了，横跨了 100 个街区。出于对暴力问题的担忧，纽约地铁上有着严密的巡逻监控。在这趟这么长的旅程里，怎么会没有任何警察或乘客注意到情况异常呢？

费尔斯坦决定亲自询问受害者。她告诉那个年轻姑娘，他们都相信她遭到了强奸，但如果她所说的故事里有一丁点儿不符合事实，哪怕是对她来说无关紧要的部分，也会令陪审团怀疑整个陈述的真实性，甚至让强奸犯显得更像是受害者。

于是，姑娘说出了真相。原来，她的父母反对她参加这次集会。她在集会上遇到被告，一起待了几个小时，成了"熟人"。他告诉她，他在上城区的住处藏了一些大麻，如果她陪他去，他会分给她一些，两人还可以分享剩下部分的销售利润。他答应会及时把她送回中央车站，让她乘火车回家。于是，她自愿和他一起离开公园，自愿和他一起上了地铁，自愿和他一起前往河滨公园。等两人来到巨石滩，第一次远离他人视线，男人就拿出了刀。在接下来的一个小时里，他一直用刀威胁她，粗鲁地蹂躏她。

毫无疑问，这名年轻女子是一起暴力性犯罪的受害者。她编造故事的背后隐藏着对父母反应的恐惧——她担心自己会失去他们的信任，他们会因为她的实际行为和错误判断而严厉地惩罚或限制她。如果能够让他们相信她没有做错任何事，发生的所有事情都是受人逼迫所致，那么他们就只能责怪她根本就不该去参加集会。

费尔斯坦试图让她相信，知道她还活着并安全，父母就足以感到欣慰了。他们可能施加的任何惩罚，跟她已经承受的痛苦比起来都毫无意义。费尔斯坦还告诉自己的委托人，她会公开他们的真实遭遇，以免家人之间持久地相互指责。

不要以为只有天真的青少年才会因为不想惹父母生气而这么做。

我们见过不止一次这样的案件：一对成年男女在酒店房间里偷情，却碰到外来的闯入者把男人绑起来，强奸了女人。你可以想象这对男女编造故事以免直面配偶或孩子的这种冲动会有多么强烈。但跟完全捏造的指控一样，糊弄过去的企图很可能会在犯罪者面前、在最糟糕的时刻穿帮。

费尔斯坦说："没人能撒了谎还在我们这边蒙混过去。（被告的）辩护律师会把这一切戳穿，受害者不得不做出解释。大多数时候，事情是可以解释的：'我撒谎是因为害怕受到母亲的惩罚'；'我以为，如果承认自己是妓女，警察就不会相信我，就没人会关心此案和继续调查了'。"

这里的关键在于，优秀的调查员或检察官必须确保自己掌握全局，了解全部情况，但又不失去受害者的信任。做到这一点的方法很多。

"我说服人们说出真相的态度，可以很温和，也可以反过来，"费尔斯坦解释说，"有些人很快就会有所反应，并理解要点。有些人需要使劲敲打，告诉他们法庭上还有人比我更了解情况，如果我从他们那里得知真相，那就太糟糕了，因为这样一来，受害者这边就完蛋了。酒精、毒品、双方同意的前戏，这是受害者在叙述中常常故意误导的3个因素。如果受害者在这其中一件事上轻描淡写或撒谎，同时被告讲述的故事更加可信，而我又是第一次在法庭上听到对方的故事，陪审团肯定会有所反应。只有知道发生的一切情况，并相信存在犯罪事实，我才会为委托人（也就是受害者）辩护。但如果他们对我有所隐瞒，那就得不到他们想要的东西。我会向他们解释什么是作伪证，以及在法庭宣誓后说谎带来的后果。作伪证是会被起诉的。最后，如果他们无法面对全部真相，只会遭受更为痛苦的伤害。"

我们在罗伯特·钱伯斯案中已经看到，被告一方可以随心所欲地改变供词，但如果我们真的想把像他那样的人绳之以法，那么不管受害者经历了多大的创伤，都必须承担更高的真实性标准。这个事实很可悲，但我们必须面对。

　　从社会的角度来说，我们不能让强奸案件的受害者因说出自己的故事感到害怕，哪怕某些细节让她们看起来不够完美。我们必须确保她们知道，我们的目的不是对她们遭到强奸评头论足，而是找出真相，为她们寻求正义，并保护其他人。除非我们开始认识到，就算是不完美的公民（我们所有人都不是完美公民）也有说"不"的权利，否则我们永远无法确定有多少连环犯罪的危险猎手仍在街头活动，寻找下一个目标。如果能及时将危险人物绳之以法，就可以避免让更多潜在的受害者遇难。

　　放眼历史，胜利的军队常以强奸的形式羞辱敌人，这是有原因的。这里，我再次借用琳达·费尔斯坦的定义，并放到更大的范围上：大规模强奸是一种犯罪，是以性充当工具，对战败的"受害者"群体施加支配和控制。即使有了技术和科学上的各种突破，制造出了化学、生物和大规模杀伤性核武器，大范围强奸妇女（军人的妻子、女儿，甚至祖母）仍然可以对敌人造成巨大的破坏，削弱其士气，这是其他方式无法替代的。几千年前我们就见证过这一点，今天仍然如此。这个过程体现了一个士兵必须将敌人"非人化"，以便摧毁他们。一如连环强奸犯的受害者往往代表罪犯无法直接宣泄愤怒的目标（也许是他的母亲或者妻子），战时暴行的受害者也仅仅是敌方社会的象征符号。

　　听到此类战争罪行时，人们普遍会感到愤慨：这种行为带来的恐怖、羞辱和堕落，超越了文化、宗教或政治差异。无论这些罪行是发生在波斯尼亚各种族派系之间，发生在扎伊尔的交战部落之间，还是其他任何地方，所有文明人都会谴责侵略者、同情受害者。让我一直感到困惑的是，当这种罪行降临到更切身、更私人的层面时，人们又会想方设法地压抑这种愤慨。在今天的美国，如果一名女性遭到强奸（也许是隔壁的邻居，也许是帮你看管孩子的少女，也许是在你办公室附近招徕生意的妓女），人们的反应十分复杂。性罪犯的动机是类似的，来自支配和征服的动力超越了性快感，但事件本身的背景却似乎让我们难以消化，对受害者来说更是难以应对。

这在一定程度上解释了为什么相较于虚假报案或虚假指控，遭遇了强奸却不报案的情况发生得更为频繁。导致这种现象的原因很多，有时是受害者担心强奸犯会再次袭击自己（一如罗尼·谢尔顿在作案时发出的威胁），尽管我们可以肯定地说，在陌生人强奸案里，这种情况极为罕见。

最主要的原因来自受害者对社会反应的看法。我所说的社会，是指我们所有人——从她的配偶、情人或男友，到警察、医护人员、律师、法官、陪审团、媒体和广大公众。

想想一位30出头的女性会碰到什么样的困境。她有一份体面的工作，在一家专门从事房地产交易的律师事务所当后勤人员。该公司有个客户，是位40出头的医生，很有魅力，至今未婚。他约这位女士出去。第3次约会时，她非常激动，因为这位彬彬有礼、英俊迷人的成功男士对她感兴趣。晚饭后，两人跳了一夜舞，双双回到他的住处。他们喝了一瓶葡萄酒，她觉得两人好像无话不谈。事实上，她可能爱上了他。她喜欢整晚躺在他的怀里聊天。不过，她觉得现在发生性行为还为时过早，一方面是她希望彼此有更多的了解，另一方面她也不愿意让对方认为进展太快。到目前为止，他说和做的每一件事都让她相信他也关心她，他会体谅她的感受。

结果证明，她怎么想的并不重要。凌晨3点左右，他的吻变得更加激烈。她让他等一下，但他把她的手压在头顶，不肯停下来。她动不了，开始哭，求他放开她，听她说说，大家谈一谈。难道一切突然变成了一场噩梦吗？只可惜为时已晚。

他从未威胁要杀她,也从未拿刀抵住她的喉咙。他只是在身体上压倒了她。事后,他兴许对她态度很好,说他喜欢和她在一起,这让她感到既困惑又警觉。他兴许态度恶劣,还警告她说,没有人会相信她说的话。"那是你的一面之词。看看我们俩,你觉得人们会相信谁?"无论是哪种情形,在让她穿上衣服回家时,他显然已经对她完全失去了兴趣。

从表面上看(在我们眼里),事情很简单:报警。但请站在受害者的角度想想。她觉得自己遭到了背叛,受到了伤害,为所发生的一切感到羞耻。她对他的判断怎么会错到这般田地呢?在整个过程中,她到底错过了什么细微的线索呢?让她更加害怕的是,如果重新再来一次,她还是想不到任何迹象会引发自己的警惕感:在那一刻之前,他都很有绅士风度,看起来十分可靠。她开始怀疑自己的直觉。

她怕自己告诉警察说两人喝了酒——没喝醉,但到底是喝了酒——他们便不会相信她所说的事情。除了精液,兴许没有任何物证支持她的说法。毕竟,他并没有打她。这家伙是个成功的专业人士,他可以搞到任何女人,他为什么要强奸她?她本来就不怎么强的自信心被这件事砸了个粉碎。她可以想象,陪审员们会认为她能把他弄到手可真幸运。

在这起案子里,他也是她老板的主顾。她说不定会丢掉工作。事实上,她可能会失去一切,因为就连家人恐怕也并不支持她。她母亲不明白为什么她还不结婚。在母亲眼里,这个男人是个完美的对象。最后,她想象了家人、朋友、警察、同事等所有人的反应,经历轮番羞辱之后还要接受一场审判。在审判中,就像他说的那样,她说的话无非一面之词。他英俊、成功,没人会把他想成强奸犯。此外,她还听过人们议论迈克·泰森一案中女受害者的话:深更半夜,她跑去他房间做什么?就好像一切都是她的错似的。

在没有实际使用暴力,只是靠威胁和恐吓让受害者顺从的情况下，问题变得更加模糊。举个例子，如果一名强奸犯说自己有枪或刀，也不吝于让它见血，但受害者并没有看到它，那么她可能很难让别人理解自己面对攻击者时的恐惧程度。还是那句话，除非我们站到她的立场上，否则没有人能确定同样局面下我们会如何反应。人们在不同时间点的恐惧程度不同，如果你有理由担心自己的性命安危，那么只受到性侵就算侥幸了。没有看到武器并不能证明武器不存在，也不能保证罪犯在控制受害者时不诉诸实际暴力手段（只要他觉得有必要）。

有这么多因素容易受到事后阐释（和事后猜测）的影响，不难想象，为什么一些非常善良、诚实的女性在报告遭到性侵犯时会三思而不行了。这是不对的。她不应该受到这样的对待，一如他不应该逃脱惩罚。很遗憾，世事往往如此。如果你把受害者光谱从"理想状态"（比如一个周日从教堂回家的贞洁处女，在路上遭到陌生人强奸，一名穿制服的巡逻警察目击了现场，将犯罪者当场逮捕）调得更宽泛些，就更容易理解为什么强奸的报案率那么低了。有太多人认为妓女不可能被强奸，一个女人也不可能被从前双方有过自愿性行为的前夫或前男友强奸。思想开明的读者或许认为这听起来太过荒唐，但不妨看一下这个令人感到恐怖的统计数据：根据美国医学协会的一项调查，6000 名 11 岁至 14 岁的青少年中有一半以上的人表示，在某些情况下，强奸是可以接受的，比如男女两人交往了 6 个月以上，或是男方在女方身上花了很多钱。

这样的观念是从哪里来的？是我们把孩子们教育成这样的吗？这就是我们想要的结果吗？我们的儿女真的应该认为，有的时候，在社交中罔顾他人对自身思想、灵魂和身体的感受与意愿，这是可以接受的吗？

安·沃尔伯特·伯吉斯博士是宾夕法尼亚大学精神病学心理健康护理学教授，我们从 20 世纪 70 年代末就曾合作研究连环犯罪。他此后成为我在犯罪研究领域的同事,我们经常合作。她一直非常支持我和我的工作,鼓励我发表并拓宽研究范围。她是全美性侵和强奸受害者学领域最顶尖、最敏锐的专家之一。我在这个问题上的看法,以及我对性罪犯的追捕方向,受她的影响最深。1972年,在波士顿城市医院,安建立了全美第一个基于医院的强奸受害者危机干预项目。她还出任了美国国家心理健康研究所强奸预防和控制中心咨询委员会的第一任主席。此后,她担任过总检察长、卫生总监和国会的许多官方职务。

安指出:"社会对强奸的看法受偏见、轻信和偷窥癖好的混合影响。"通过研究,她认为,我们过去的经历往往会影响我们的反应方式。例如,如果一名新警官在第一次处理强奸案时表现得同情心太强、太过敏感,同事们因此嘲笑了他,那么到下一次,他的态度可能会变得强硬,不给受害者需要也应得的回应。出于同样的道理,如果这名警官经手的第一起强奸案事后被证明是虚假指控,那么对日后的强奸指控,他便可能有意无意地抱以怀疑态度。

为帮助受害者从"强奸创伤综合征"中恢复,安总是强调,警察和检察官都需要认识到自己的行为对受害者有怎样的影响。"这种影响不仅事关对方即时和长期应对创伤事件的能力,也关系到她协助起诉的意愿。"一如经历过其他类型创伤事件的人可能会患上创伤后应激障碍,强奸受害者也存在类似的症状,在事件发生后与受害者接触的人应对此有所理解。这些症状可能是短期的,也可能是长期的,范围从睡眠及饮食障碍,到发展成为恐惧症,比如对安全感的偏执、害怕一个人待着。如果在性侵发生后第一批接触受害者的人能认识到这一点,便有机会通过自己的行为和反应,为受害者的恢复以及出庭指证的意愿打好基础。

调查人员大多很容易就能识别出报告中的虚假成分,但诚实的受害者会因受辱而遭受多大的创伤(以及这种创伤会以何种方式表现出来），就很难评估了。对强奸的反应并没有"标准"或"合适"可言，这就是为什么许多警察和调查人员会对此感到棘手。安·伯吉斯描述了刚遭受性侵犯的女性常做出的两种即时反应：表达型和戒备型。在接受询问的过程中，一些受害者可能会同时表现出两种反应，这取决于询问持续的时间、由谁来进行以及是否分为多个轮次。例如，在强奸案发生后立即与警察交流时，受害者可能会表现得非常坦率，但次日到警察局与侦探交谈时则变得戒心重重。

尽管表达型受害者表现出的生猛情绪让一些调查人员感到不舒服，但对大多数调查人员来说，戒备型受害者更棘手，一些调查人员甚至将沉默解释为隐瞒信息或细节。事实上，这通常是受害者竭力在完全失控的事件之后保持自控。

强奸受害者不光经常感到失去了对生活的控制，她度过困境所需的人际关系也会受到影响，进而损害她恢复"正常生活"的能力。伯吉斯和我在联邦调查局学院的同事罗伊·黑泽尔伍德在他们合著的《强奸案件调查的实践方面：多学科方法》(*Practical Aspects of Rape Investigation: A Multidisciplinary Approach*)一书中写道："强奸不仅给受害者带来危机，也给她的家人、朋友以及她关系网里的其他人带来危机。警察和律师很可能必须要跟这些家庭成员打交道，了解强奸对其生活的影响。这么做，或许有助于让受害者和伴侣更加配合调查。"

对受害者及其亲近之人而言，问题变得复杂而棘手。丈夫或伴侣是将受害者视为自己所爱但此刻受到严重伤害、承受着巨大痛苦的人，还是将之视为自己的延伸———一种已部分丧失价值的"财产"？他认为强奸是受害者不幸偶然遭遇的事，还是她自己招惹的？他是责怪罪犯对她做出了这么可怕的事，还是自责没能保护她或阻止此事？如果案件的调查和审判公开进行，他们将如何应对这场煎熬？

许多男性会觉得自己好像是受害者，从某些方面看他们的确是。我常说，每一起暴力犯罪都有一长串受害者。但他们绝不能忘记谁是

Obsession

主要受害者。男性可能会觉得受害者应该更努力地搏斗或更激烈地抵抗，我们专业人士必须立刻帮他们打消这样的想法。每一个从强奸中脱身活下来的女性都应该因其勇敢和足智多谋而得到认可，谁都不应该怀疑她处理危机的策略。我们谁都不是她，我们都不曾在场，我们没有面对一个邪意正浓的袭击者。除非我们的认识有助于应对未来的罪犯，否则什么想法都毫无意义。最关键的是她活了下来，这是她独立完成的壮举。

一个男人质疑妻子或女友应对性侵的方式，可能是他自己窘迫、无助或内疚的表现。另一种尴尬或情绪混乱的表现是对女人失去身体欲望，这种情况也应立刻向专业人士咨询求助。

如果受害者的伴侣想要"抓住作恶者"，这是一种更积极的反应。这是我们看到的较为健康的一种态度，因为它会鼓励女性报案。但反过来说，如果她一直犹豫不决，只是因为伴侣的催促才这样做，并没有认真对待自己的情感问题，这段关系可能会变得更加困难、充满创伤。

这些问题不仅仅局限于"传统"的性侵。伯吉斯和黑泽尔伍德举过一个男性被同性强奸的例子，受害者的妻子认为丈夫理应能够抵挡攻击；还举过一个女同性恋受害者的例子，一名男子违背她的意愿强奸了她，但她的伴侣却因为她跟男性发生关系而深感受伤和愤怒。

上述所有反应都明显将对受害者的情绪恢复能力产生阻碍，有时，严重的身体伤害可能会让恢复过程变得更加复杂。但有一点几乎所有专家都认同：受害者从亲朋好友那里得到的支持越多，她的康复就越顺利、越容易。而如果人们怀有不切实际的期望，或是把自己的需求投射到受害者身上，那就会出现问题。

丈夫可能会表达他对妻子仍然没有"走出来"的沮丧。我曾多次见到谋杀案受害者的家庭发生同样的事情。善意但无知、不够敏感的朋友、亲戚，甚至是泛泛之交、纯粹的陌生人都在劝告他们，除非能将这个可怕的事件抛诸脑后,继续生活下去,否则他们不会"感觉好受","对此释怀"。请原谅我说话直接,但这纯属胡扯。时间可以减轻痛苦,但告诉受害者家属继续生活下去,无异于质疑那位丧生亲人的价值;告诉强奸幸存者继续生活下去,无异于质疑她在攻击发生之前生活的价值。

尽管丈夫可能是出于好意,并且将她的最大利益放在心上,但他现在可能已经在期待她更积极地面对生活,碰到陌生环境或独自一人时不再害怕,在跟自己亲热时表现出更多的兴趣和活力。可惜,这是一种恶性循环:他对她施加的压力越大,她就越难以接受发生在自己身上的事情。一如其他暴力犯罪的幸存者,强奸受害者也会经历一段悲伤的过程,想念失去的无忧无虑的生活。每个人伤心的方式和节奏都不一样。任何人为他人的康复设定自认为合理的期限,都是极为麻木迟钝的举动。就像打过仗的退伍老兵一样,性侵幸存者的适应调整各不相同,有些人适应得很快,有些人则会产生长期的身体和情绪症状(这些症状属于强奸创伤综合征的范畴)。

不过,有一个好消息我们也不应该忽视,那就是许多性侵犯的受害者确实完全"恢复"了。这并不是说他们忘记在自己身上发生过什么事(一如谋杀案受害者的家属,永远无法将自己的亲人从心中抹去),只不过,他们能够把它抛在身后,重新正常生活,完成自己想做的事情。恢复是幸存者召唤所有资源和勇气的斗争过程。这一点,应该得到长期或短期支持他们的人的认可。

调查人员、检察官、陪审员和我们其他人还必须理解,在危机刚结束的时候,强奸受害者兴许无法用正常的能力做出反应。如果你曾经遭受过让生活天翻地覆的创伤(亲人突然离世或足以让身体致残的严重车祸),就一定知道头脑要隔上好一阵才能清醒,心跳才能恢复正常。哪怕在事件发生多年以后,仍会有某些事情让你受到惊吓,引发实际的身体反应。对强奸受害者来说,这种暂时失去正常处理能力的情况,可能导致她未能及时报案,最终影响起诉的成功。

当受害者隔了一段时间最终鼓足勇气报案,我们不能因为她没有及时报案而责备她,说这会带来怎样的问题;而应该让调查人员询问她,是什么让她最终作出了这么艰难的决定。这可以告诉你很多与受害者相关的背景信息,让她日后成为更好的证人。

有一点我们必须再三强调,那就是必须由接受过专门训练和经验丰富的专业执法人员,采用既定的标准方法收集信息和证据。未经训练的警官和现场技术人员会因为同情受害者(这值得称赞,也可以理解),而允许她在作证或去医院之前换衣服或洗澡,甚至为了帮受害者平静下来而给她一杯烈酒(哪怕她被侵犯的形式是强迫口交)。这可能导致证据丢失!如果在受害者身上或现场其他地方没有精液(尤其如果她还报告自己在受辱过程中曾被多次强奸),缺乏经验的调查人员可能会认为这意味着没有发生过性侵犯,受害者没有说实话。实际上,我们在前文已经指出,射精困难或射精失败在强奸犯中并不罕见,这个细节说不定还能为我们的调查提供信息。

我总是对调查人员强调:除了了解强奸犯的外貌特征、衣着、伪装、携带的武器或其他工具、驾驶的汽车类型等,还需要尽可能多地了解他的行为信息。他在袭击中说了些什么话?他逼着受害者说什么话?他怎么控制她的?从身体方面看,他对她做了什么?从性的方面看,他对她做了什么,或者逼她为他做了什么?性活动的顺序是什么?他花了多长时间?他的行为举止如何?许多执法人员发现,罗伊·黑泽尔伍德在我俩于匡蒂科共事期间设计的问卷很有用。这些非常具体的问题,引出了我们需要的行为信息类型,从而对未知强奸犯进行了有用的心理画像。受过专门训练和富有同情心的执法人员知道怎样提出这类问题。这就类似我在进行犯罪心理画像时,会站在受害者的角度去评估犯罪现场。调查人员也需要"从受害者的角度出发",做一些受害者研究,了解如何与她感同身受。

我想在这里略作解释，说明这一点到底有多重要。一些受害者可能不知道或无法辨认不同类型性侵的恰当术语，从而在无意中提供了不正确的信息。你不能想当然地以为"鸡奸"在每个人的理解里意思都一样，或者每个人此前都听说过这个词。熟练的询问人员会知道如何措辞提问，并在使用俗称时加以澄清，以确保收集到的信息准确无误。例如，有可能年长的受害者因为"在她们那个时代"人们不会口交，此举会被视为变态和羞辱，于是不知道如何描述发生在自己身上的事情，或是因为太羞怯而不愿承认发生了特定性行为。在每一步，面试官都需要保证受害者理解询问某个问题的原因，以及为什么完整回答尽管会让人觉得不舒服但非常重要。

对受害者来说，尽管重温这场经历的细节很痛苦，但详尽的访谈实际上可能具有治疗作用。首先，询问人员可以通过一些简单的举动，比如问受害者是愿意被称为某某女士，还是使用更亲昵的名字，从而让受害者获得对自己处境的一些控制力。娴熟的询问人员会在受害者的情感需求和收集相关信息之间找到平衡，为她争取一个更舒适的结果。在这个过程中让受害的女性成为"合作伙伴"，不仅可以让我们获得更多有用的信息以供调查，还可以帮助她重新获得一些因为袭击而遭到剥夺的生活掌控力——她可以帮助我们抓住那个对她施暴的家伙。

说服受害者寻求恰当的医疗救治，这是一个敏感但关键的问题。这对她自己的健康、对案件的"健康"都很重要。费尔斯坦说："不管她当时是否决定正式报案，更重要的事情都是立刻把她身体里、身体上残留的东西保存下来，因为这些是你没法回头再来寻找的。"

考虑了这些因素之后，费尔斯坦继续说："你必须准确地告诉她，这个过程还需要让她做些什么。她还要讲多少次自己的故事？她必须见哪些人？需要告诉她的父母、丈夫或孩子发生了什么吗？有可能找到那家伙吗？无论是熟人还是陌生人强奸，这起案件会探究她个人的多少情况？大部分这些问题，都可以在她第一次接触警察时就得到回答。对受害者来说，在遭受攻击后的最初时刻，这超出了她们的应对能力范围，有很多方法可以帮她们熬过这段时间，负责此案的警察必须具备处理这种状况的能力。"

调查人员需要对受害者的身体和情绪状况保持敏感，务必记住，他或她的行为在很大程度上不仅会影响案件的处理，还会影响当事女性的整体心理健康。这一点同样适用于医疗专业人员。有一点很奇怪，虽然医学领域的专业划分很细，但直到最近才开始专门训练医务人员处理性侵案件——在有效收集保存关键证据的同时，处理好受害者的情绪和身体问题。不过，在这个方面，我们已经看到了一些进步，人们已经开发并普遍使用标准化的处理工具来收集性侵证据。

这里同样存在许多复杂的问题。在特定的司法管辖区，强奸罪的法律定义是什么？急诊医生是要依法向警方报告任何与强奸罪相符的伤情，还是需要患者的书面同意方可报警？医疗记录是否可以反映患者的身体状况，而且无需交由陪审团自行得出结论？

受害者在向第一批调查人员说明遭遇后，在急诊室还可能不得不向若干不同类型的人讲述，这会让她非常沮丧、伤害加倍。和警察一样，在体检开始之前，医生或护士应该解释所有要做的事情，不让病人感到更加脆弱和失控。在有可能引起身体不适的检查环节尤其需要这么做，因为她兴许本身已经处在非常疼痛的状态下。如果受害者的年龄很轻，之前没有过性经验，这可能是她第一次做妇科检查。就算她情绪和身体上没有此刻这么脆弱和难受，这项检查也会令她感到惊恐。

"有一个问题是这样，"费尔斯坦说，"一些急诊医生认为从医学上来说，强奸受害者不需要治疗，在急诊室收集证据不是医生应该做的事情。如果并不需要救治她的生命，那这就不是急诊问题。我们经常碰到这种情况，所以我在每一家愿意听取意见的医院都做过相关的讲座。

"从医学的角度看,她不仅受到了强奸的创伤,还可能感染了性传播疾病,有可能怀孕,甚至可能接触到了艾滋病毒,这是一个非常严重的问题,许多受害者在遇袭之后没有考虑到这一点,但之后就很要命了。

"尊重地对待受害者,尊重其隐私的医疗专业人员可以帮她向前迈出重要的一步。然而,我听说过相反的情况,对性侵受害者和医疗行业造成了巨大的负面影响。我曾经告诉我的同事们,身为专业人士,我们必须'注意言辞'。"

一名女性因为当天受陌生人所害,正躺在手术台或检查台上,显然,她不愿意听到护理员或护士走过门口(或暂时将她与急诊室其他部分隔开的帘子)时对值班医生大声说:"那是个强奸受害者。"专业人士可能会有一种倾向,会把受害者首先视为活生生的犯罪现场,其次才是受到伤害的人。但我们必须同时把握好对待这两者的分寸。

在与受害者初次接触之后,调查人员必须开始将谜团的碎片拼凑起来,思考如何追捕罪犯并将其绳之以法。熟人强奸案一开始的处理方式就与陌生人袭击案件不同。调查熟人强奸案的直接优势是你已经知道被控犯罪者的身份。在审判的准备过程中,除了要在法庭上面对被告和原告之间可信度的较量,起诉方还必须理解被控强奸犯眼里的故事是什么样的。这里,我说的并不是罗伯特·钱伯斯讲述的那类故事的更新版。相反,我的意思是,如果被告声称性行为是双方自愿的,那么他们两人之间发生了什么让他这么认为呢?或者,在陪审团眼里,有什么事情能为他的说法提供支持呢?比如说,原告(受害者)是否回吻了他,还热切地参与了前戏,让他误解了她到底是什么意思。还有一种更极端的例子,受害者直到口交的程度都是乐于奉陪的,但由于害怕怀孕而不愿意阴道插入(但被告却强行插入)。陪审员可能需要接受教育,控方则需要准备好解释性侵发生前的两相情愿

Obsession   143

（或看似两相情愿）的行为。琳达·费尔斯坦还指出，任何不寻常的情况都需要提前处理，甚至在选择陪审员时就是如此——陪审员通常无法跳出自己的参考框架来做出回应。

费尔斯坦说："举个例子，你会遇到这样的受害者，她描述的情况与我们大多数业内人士所称的官能失调的罪犯相符。她说，犯人到她的公寓里行窃，他保持勃起，反复插入拔出长达3、4甚至5个小时。有的男性不理解这些罪犯的病态，他们会基于个人体验说，'不可能，她在撒谎，你做不了这么久'。

"带有刻板印象和偏见来到陪审团席位上的人，会把这些因素都融入其中。在挑选陪审员的过程中，你不一定看得出来他们到底是什么样的人。比如有些陪审员看到有人在自己面前晃动着豹纹比基尼内裤时会说，'唔，我只买白色纯棉内裤，穿豹纹比基尼内裤的女人一定是……'我说的就是这类成见。"

费尔斯坦还碰到过一起案件，在其中她必须说服一名陪审员相信一男一女可以站着做爱，否则那人就不相信受害者的说法。

在陌生人强奸案中，一个重要的考虑因素是确定这起强奸是否属于某种模式：我们面对的是不是连环罪犯？每当看到获得假释的犯人（通常此前也是因性犯罪入狱的）犯了比上一次更暴力的罪行后重回监狱，执法部门和刑事司法系统的工作人员都会深感沮丧。实际上，陌生人强奸案的嫌疑人往往正是新近获释的犯人，《黑暗之旅》中讲述的弗吉尼亚州蒂莫西·斯宾塞一案便是如此。

评估陌生人强奸到底是否属于连环案件的一部分，是我在调查支持组工作时经常出庭作证的主题。

妨碍调查人员看到相关案件的症结被称为"关联盲点"，它的出现有多种原因。原因之一是只根据作案地点来关联犯罪，而事实上，特定的不明嫌犯可能有大量舒适地区。也许他住在市区的一个地方，却在另一个地方工作。也许他的女朋友或其他家庭成员住在别的地方。当然，在不同的执法管辖区之间建立关联（比如不明嫌犯离开一座城市搬到了另一座城市）特别困难。

导致关联盲点的另一个原因是过于依赖作案手法，忽视了其他因素。如果嫌犯在一起犯罪中用刀，在另一起犯罪中用枪；又或者，他在一个地方破窗而入，而在另一个地方直接从前门闯入；显然，每一起案件的作案手法都不同。这并不一定意味着这是两个不同的人干的。要记住，作案手法是一种习得行为，是基于经验演变的。也许他觉得用刀不舒服，所以决定试试用枪，因为他知道自己无需靠得太近或控制得太紧，就能制服潜在受害者。也许他意识到破窗而入风险太大，会留下太多证据，所以开始监视不爱锁门的住宅，或是女性会毫无戒心打开房门的地方。

同时还要记住，虽然作案手法不是最可靠的指标，但它也可能演变成作案特征，后者就属于罪犯的标准动作了，它能为我们提供更多的行为证据。举个合适的例子：罪犯随身携带绳子用来控制受害者。他认为这是一种有效的方法，并在随后的强奸中继续采用它。但有一次，他意识到自己看到受害的女人被勒死或喘不过气来，令他产生了快感，于是色情窒息成为他的作案特征之一。如果发生了这样的情况，我们便可以预料，随后的犯罪里会出现这样那样的作案特征变体。

当然，如果一个地区的强奸报案数量增加，调查人员也可能会去寻找不存在的模式。但鉴于我们对各种强奸犯的了解，除非存在明确相反的迹象，否则应该把大多数陌生人强奸视为潜在连环案件的一部分。而且，我想我们已经从前面的章节中看到，行为模式本身并不意味着强奸犯早前犯的一定是强奸案。不妨观察这个地区被捕的偷窥狂和入室窃贼，看是否有符合描述的人物。

过去，有一件事尤其让人感到沮丧，那就是在强奸案的审判过程中，陪审团总会（大多是从媒体那里）听到大量关于受害者的个人生活和过去，而被告的过往却曝光得远远不够。如果我们能够评估有多少强奸案因为受害者（或者她的丈夫、父母或生活里其他重要人物）不愿被拖入泥潭而没有报案，这个数字恐怕会令人震惊。想想看，在罗伯特·钱伯斯审判中，被告说珍妮弗·莱文喜欢"粗暴性爱"的话是多么"余音绕梁"，哪怕没有一丝半点的证据支持这一说法；与此同时，陪审团却从未获准听到过钱伯斯的犯罪过往。

幸运的是，我们已经看到强奸案件在起诉方面取得了一些实质性进步，这在很大程度上要归功于琳达·费尔斯坦等许多富有献身精神的人，他们专注于长期以来停滞不前、不受欢迎的刑法死水领域，并努力为之奋斗。

"对大多数人来说，最意外的地方在于刑事司法系统居然能够运转、发挥出作用，"费尔斯坦说，"我对此非常乐观，因为我最开始从事这份工作的时候，它根本不起作用，还有确凿证据的要求（也就是必须有人证，或能够证实强奸案件的发生），因此我不得不把大多数女性拒之门外。这很神奇，但当时就是这样。"

保护强奸案被害人的法律为受害者提供了庇护，使其免遭一些最丑陋的攻击，防止引入与犯罪无关的过去信息或穿着等内容来攻击她。而且，我们可能终于来到了新的时代，大多数陪审团不再接受那些试图玷污受害者声誉好让被告显得像个清白男孩的陈旧辩护策略。

"现在的陌生人强奸案辩方通常对受害者非常温和，"费尔斯坦注意到，"不再质疑她的可靠性、个性或生活方式，而只是说：'你说得对，我相信你，史密斯女士，发生在你身上的这件事很可怕。但罪犯不是这个人。我的当事人没有做这件事。'我尊重这种辩护策略。我会为辩方的攻击大感愤怒，也可以不动声色，但我尊重这种辩护方式。"

保护强奸案被害人的法律，只是对公众进行教育的领域之一，从前不公平、带有歧视性、无中生有和破坏性的做法需要加以改变。我们应该把这看作一种鼓励，在不久的将来，性罪犯的起诉、定罪和量刑等其他问题也会得到解决。有时，思维和意识上的演变，源自对周边氛围的宣传，因为只需要简单的常识，我们就足以判断那样的社会氛围是错误的。

当然，还存在一些明目张胆的不恰当反应，令人难以置信。我想起了1989年的一起案件，一名女性声称在佛罗里达州劳德代尔堡一家餐馆的停车场被人持刀绑架，遭到多次强奸。据报道，自称的受害者是一名22岁的女性，当时身着无肩带背心和蕾丝迷你裙，没穿内衣。陪审团裁定被告无罪，因为他们认为她在主动寻求发生性行为。

陪审团主席在接受《时代》杂志采访时表示："我们都觉得这是她自找的。"

怎样才能让一些人意识到，没有女性会主动招人来强奸自己，不管受害者当时穿着打扮是否合适？绝不会有这样的女性。根据定义，绝对没有这回事。"是"的意思就是"是"，"不"的意思就是"不"，这两种回答几乎不存在任何模糊的地方。

费尔斯坦还碰到过一起令人愤慨的案件。"我跟一位法官发生过一次很糟糕的冲突，"她回忆说，"那人在职很长时间，有着相对较好的声誉，是公认的好人。我们正在审理一起25岁女子遭强奸的案件。受害者的智力发育只相当于六七岁的孩子。宣判的时候，法官说，他将给予被告最低的刑期，因为强奸对这位女子的影响不像对'正常人'那样大，因为她智力有缺陷。其次，她小时候受过身体虐待和忽视，所以他说，这无非意味着事情又发生了一次罢了。"

"我当即跟法官怼起来。我在法庭外向媒体发表声明，说他表达的是中世纪的观点。因为我对他的评论，他向律师协会纪律委员会投诉我，但未能成功。"

首先，认为罪犯找的是智力障碍人士就应该轻判的观点，光从表面上看就荒唐透顶。如果罪犯强奸的是一个坐轮椅的女性，法官会不会因为她不能像健全人那样行走自如,就认为此事不会对她的生活造成同等影响,从而给予罪犯较轻的刑罚呢?如果一名失明女性遭到强奸,法官大人是否会得出结论,因为她看不见刀或枪,所以她不会像视力正常的受害者那样害怕?据我所知,"法律面前人人平等"的标语至今还高悬在最高法院的前门上呢。

尽管这些具体事件令人沮丧,但我们仍有理由感到乐观。有迹象表明形势正在转变。不管是建立更多的地方社区强奸危机中心、召开"夺回夜晚"集会、举行摇滚音乐会、建立支持性侵受害者的公益组织,还是通过保护强奸案被害人的法律来保护受害者的个人隐私,社会舆论的重点正慢慢转变。除了加害者的权利,至少同等地保护受害者的权利,这才称得上公平。

然而,这绝非易事。我们现在应该很清楚,任何关于强奸犯和性侵犯起诉的讨论,都喜忧参半。除了强调没有谁在"主动招惹"侮辱,"我们还应该认识到,没有人愿意被强奸,任何性侵者都应该受到惩罚"。

最后,在本章的结尾,我想直接向性侵犯的幸存者说几句话。无论你是已经经历了审讯起诉的过程,还是像我认识的许多人一样是"沉默的受害者",你兴许不会觉得自己非常勇敢。但我相信你是一位英雄。你英勇地经历了这件事的磨难,从那以后的每一天,你都在英勇地与生活搏斗。我并不意外你能够克服这段经历(哪怕你仍在努力中),但我为此对你感到钦佩,我们都应该尊重你的力量。从一般的暴力犯罪受害者,尤其是性侵犯受害者身上,我了解到一件事:幸存者的痊愈,各有不同的方式,也各有不同的节奏。这绝不容易,但你应该知道,不要让负担压倒你。

琳达·费尔斯坦说:"夺回控制权是第一步。"我坚信大多数强奸受害者都能从这场犯罪中恢复过来。她们永远不会忘记罪案的发生,但大多数人都恢复得很好。她们如何恢复,跟亲人的回应有关;而对那些选择报案、走完刑事审判流程的人来说，还跟司法机构如何反应有关。

如果你没有为自己的受辱三缄其口，如果你没有从家人或朋友那里得到所需的支持，这并不是因为你的经历不值得他们关心——也许他们同样需要帮助，才能面对自己的感受和恐惧、学会如何处理。但切勿因为你所爱的人而陷入内疚、羞耻、误解或沉默，这将影响你的康复。如果你是一个对此事保持沉默的受害者，你要知道，只要你愿意，你有权将此事保密。

有些人可以独自熬过难关。但对另一些人来说，可以选择去强奸危机中心见见其他性侵幸存者，她们有过与你同样的经历，了解你正在经历着什么。如果你觉得面对面或电话联系都不太舒服，互联网上也有丰富的资源可供利用，例如为受害者建立的全国性组织的官方网站，它们可以提供一般信息，并将你推荐给当地的支持机构。你也可以翻开手边的电话簿。我们将在下一章更详细地讨论幸存者支持问题。

没有人理应受到侵犯，也没有人应该独自经历重建生活的过程。我愿为你和与你同行的人们送上祝福。

第七章　凯蒂的故事

"我感到非常遗憾,你们无奈地必须加入这样一个群体中来;我也同样遗憾,你们有了加入这样一个群体的资格。但我很高兴大家聚到一起,彼此关心,互相帮助。而且,我所知道的有关凶杀的一切,都是从凶杀案幸存者那里学来的。"

在华盛顿特区外的弗吉尼亚州费尔法克斯县,卡罗尔·安·埃利斯在两周一次的凶杀案支持群体会议上这样开场道。乍看起来,"凶杀案幸存者"这个说法前后矛盾:按照犯罪的定义,凶杀案的受害者已经死了,无法"幸存"。然而,这一看似矛盾的说法,凸显了整个犯罪学和执法领域中最简单却也最深刻的概念:每一起犯罪,无论多么专门地针对个人,都会留下许多受害者,许多深深的创伤。而谋杀,或任何形式的凶杀(即一个人夺走另一个人的生命),留下的受害者最多、伤疤最深。

卡罗尔·埃利斯是费尔法克斯县警察部门刑事调查局受害者-证人小组的负责人。她身材高大,魅力十足,外表很有气派,第一眼看上去,跟周围环境很是格格不入:她是警察世界里的平民,男性世界里的女性,白人郊区世界里的黑人。然而,许多人都认为,多亏了她,他们才得以生活下去。她常发出爽朗深沉的笑声,仿佛在目睹了所有的悲剧之后,格外珍惜那些轻松和幽默的时刻。

对无法理解这一切的人,她也会充满讽刺地描述其浅薄:"你该怎么向隔壁的女人解释你的生活呢？毕竟，对她来说，生活的不如意无非自己家的郁金香开得没去年绚烂。你只要告诉他们，'这就是我做的事'，或者'我来讲讲我的一天是什么样的'。我们把这叫作'轻轻敲打一下'。事情会变得很好玩，因为你知道他们会有什么样的反应。"

但是卡罗尔真正关心的是那些理解情况的人，那些因为经历过痛苦而不得不理解情况的人。

1985年7月，杰克（一名退休外交官）和特鲁迪·柯林斯失去了金发碧眼的漂亮女儿苏珊娜。苏珊娜19岁，死于一名歹毒的性罪犯之手。我们在《黑暗之旅》中详细叙述过这起案件：这名充满冒险精神的勇敢姑娘加入了海军陆战队，在南卡罗来纳州帕里斯岛的严格基础训练中表现出色。随后，她前往田纳西州米林顿郊外的孟菲斯海军航空站接受航空电子学训练，有望成为海军陆战队首批女飞行员之一。1985年7月11日深夜，苏珊娜·柯林斯独自在米林顿一座公园里慢跑时遭遇了塞德利·阿利的袭击。阿利殴打并绑架了苏珊娜，对其施以可怕的性折磨，最终杀害了她。塞德利·阿利是一家空调安装公司的工人，29岁，身高1米92，体重100公斤，他的妻子是海军基地的军职人员。阿利目前关押在田纳西州的死囚牢房，他不停地提交上诉，把死刑拖了十多年了。

我参与了这起案件起诉阶段的工作。在审判期间，我认识了柯林斯夫妇，并和他们结为好友。他们成了致力于维护受害者权利的积极人士，在全国各地发表演讲，包括在国会委员会和联邦调查局学院。谋杀案发生时，杰克和特鲁迪住在费尔法克斯县，苏珊娜和她的哥哥斯蒂芬在当地上高中。凶杀案受害者支持项目在1990年和1991年刚创建的时候，柯林斯一家就参与了。他们对卡罗尔·埃利斯及其团队的看法，是我听到的反应里比较典型的一种。

"这话在今天听起来可能有些老套，但卡罗尔表现出了真正的同情心和同理心，"杰克说，"她是一位神奇的向导，指引我们走出了艰难情感的丛林。说来奇怪，过了一段时间之后，我们都向她敞开了心扉。在她的陪伴下，我们自己从难以置信的痛苦当中解脱出来。而当这段旅程结束后，卡罗尔会把我们所有的痛苦全都带回家。这样的工作，付再多的报酬，都不见得有人愿意做。卡罗尔这么做完全是出于对我们所有人的爱。"

"她让我们摆脱了因为愤怒而产生的愧疚情绪，"特鲁迪·柯林斯说。"我们曾感觉像是走在一条没有尽头的漆黑隧道里。她敦促我们表达自己，让我们不再隐忍，不再被悲恸的岩石埋葬，找不到出路。"

杰克补充道："和卡罗尔在一起，我们从未感到过尴尬和困窘。她成为我们家的一员。"

卡罗尔也是这么想的："我从这些人身上学到的东西，比从其他任何经历中学到的都要多。因为这些人，我学会了如何生活。我学到了真正的勇气。而且，我知道了什么是真正的力量，什么是真正的胆识，因为这些人在向前走。有些人会说：'翻篇吧，别再抱怨，停止哭泣吧。'他们什么也不懂。这些幸存者仍然每天早上起床、洗澡、穿好衣服、出门，像往常一样，承担起这个世界。但与此同时，他们怀着一颗沉重的心，肩负着常人无法想象的重担。你不可能冲个澡就把它洗掉。它不会就这么消失的。"

翻阅受害者-证人小组的档案，通读他们的简报通讯，参加一场支持小组会议，就是面对庞大邪恶的一种体验，面对人暴虐对待自己同类的残忍。但与此同时，也有另一些人在说："我们理解你的痛苦。我们不能让它消失，但至少我们想要回应它。我们想为你做点什么，为正义做点什么。正义是个模糊的概念，很难定义，也很难完全实现，但它是我们构建社会所需一切的基础。如果我们认真思考宪法赋予我们最基本的权利——生命、自由和追求幸福，那么我们必须承认，如果不同时追求正义，这3项权利就不可能实现。"

受害者－证人小组的工作人员与他们服务对象的需求一样多样化，并且随之不断变化。不过，对大多数人来说，问题的核心就在于对正义的追求，不管怎样定义这个词，整个追求过程都十分模糊，而且往往难以捉摸。

"我认为，人们最初以无辜者的身份（即初次成为受害者）接触刑事司法系统时，他们确实有合理的期望，认为正义会得到伸张……可等他们卷入这个繁琐复杂的过程，开始意识到存在这么多的陷阱、这么多的限制条件、这么多的'如果这如果那'假设，就会产生怀疑。他们感到惊恐，觉得遭到了背叛，因为事情进展得不顺利，有时甚至没有正义。"

受害者－证人小组的设立，旨在不惜一切代价，成为受害者和幸存者的朋友，为他们谋取利益。它还有另一项同样重要的职能，是帮助出庭作证的证人做好准备。这是一种非常积极、在全国各地都逐渐上升的发展趋势，如果每个司法管辖区都设立这样高效的小组，我们就心满意足了。在不少地方，为证人做准备工作的大多是地方检察官办公室，但在弗吉尼亚州费尔法克斯县，埃利斯的单位属于警察局。这么做的基本考虑是，受害者协调员可以从第一名警务人员到达现场、侦探到达、询问潜在证人时就参与整个过程。在强奸或谋杀案件中，这通常可以预防或最大限度地减少后续出现严重问题，有助于幸存者的情感健康，可以帮助证人理解司法制度的运作原理，使其无需为可能面对的情况感到害怕。

卡罗尔·埃利斯在这个部门最亲密的伙伴，也是她一生中最好的朋友，是受害者协调员桑德拉·S.维特，大家都叫她桑迪。第一次见面时，从很多方面来看，桑迪和卡罗尔似乎截然不同。她们都是母亲——卡罗尔有一个上大学的儿子，桑迪有两个小女儿和一个儿子。但桑迪是白人，年纪更轻，个头略矮，说话更快、更激烈，公认有些固执己见。她是前空军子弟，高中期间，她的家人派驻在这个地区。

她从费尔法克斯的乔治梅森大学毕业,获得刑事司法学位,打算成为假释官,结果却干上了缉毒局的情报分析工作。她听说了费尔法克斯受害者-证人小组,觉得挺有意思,就报名加入了。

卡罗尔的家庭背景更为传统,父亲是木工,母亲是教师兼阅读专家。她出生在新奥尔良,少时在纽约市住过一段时间,陪伴母亲照顾患有癌症、即将去世的祖母。后来,为了找工作,她的家人搬到了现位于印第安纳州盖瑞市的一个艰苦社区。但她回忆说,在那些日子里,"在美国中部,简直就是电影《天才小麻烦》(*Leave It to Beaver*)的现实翻版"。

她在俄亥俄州中央州立大学主修心理学。"我的硕士学位来自马里兰大学心理学与咨询专业。我始终相信可以帮助别人,改变世界。我总是受这类东西吸引。在我成长的时代和家庭,回馈社会非常重要。我们通过各种途径,比如童子军、主日学校、教堂和民间组织,参与志愿者工作。我的父母也参与此类活动,所以,关心社区、家庭和其他人,对我来说是很自然的事。"

在来弗吉尼亚之前,卡罗尔在芝加哥从事过社会工作,在旧金山做过缓刑监督员,后来到金门镇的马林县做德语教师,并为家庭暴力受害者当志愿者。她的丈夫奎德是一名退休陆军上校,现在自己开公司。卡罗尔有两个兄弟,哥哥曾是一所高中的校长,现为大学教授,弟弟是底特律的电视新闻主持人。

然而,即便卡罗尔和桑迪有过这样的背景,仍然无法为自己将在工作中面对的情况做好准备。

1990年,两人受雇于当时的负责人乔伊斯·威廉姆斯,于同一个月开始工作。这个单位,当时叫作"受害者-证人援助计划",1986年成立,才刚刚起步。县里和警察们认为这听起来是个好主意,但没有人知道该怎么着手。它有一项明确的主要职能是提供陪同出庭服务,为审判期间没办法照顾孩子的母亲托管孩子。

"那时候我们总是尽量简化问题,并没有提供咨询服务,也没有想过我们能做些什么来扩大服务和资源,"卡罗尔回忆说,"我们怎样才能满足这些新发现的令人难以置信的需求?从本质上说,我们就是在当保姆,虽然我们没有资格这么做,也没有托儿服务的执照,但还是这么做了。我们中会有人陪同一位母亲出庭,坐在那里握着她的手,或告诉她庭审概要、接下来的出庭日期,并在整个审判过程中给予支持。我不能把时间都用来做这事儿。这对我来说还不够。所以,我知道必须做出改变。你要评估情况、提供服务,并根据所发现的需求随时调整。你必须跟人们面对面,让他们参与进来。过了一段时间,我们开始改变这个工作单位。"

她们想要说明的第一件事是,这项工作不能用时间来量化。桑迪说:"我们会听到这样的问题:'为什么你们要花整整一个小时跟那个家庭解释我们的部门?'答案是:'因为你必须这么做!'如果有必要,我可能不得不花 20 个小时和他们在一起。卡罗尔教给我了很多东西,怎样与我们正在合作的客户度过有质量的时光,真正投入和理解他们所经历的一切。我不明白,如果不了解受害者的经历,不跟他们多接触,受害者服务项目怎么可能发挥作用。"

我们的研究表明,掠夺性罪犯有一种特殊的触发体验,把他们的痴迷执念从变态幻想转化为现实。反过来说,许多善良的人也能指出一个具体的触发因素,将他们模糊的设想变成具体的现实。对桑迪·维特来说,这一触发因素就是与受害大学新生梅雷迪思·梅格勒的母亲进行接触的过程。

"回头看很难,因为我现在对事情的理解与当时完全不同,"桑迪说,"但是我告诉你,我可以坐在这里,闭上眼睛,回想某些受害者或是我与某些人的讨论,以及我的手足无措感,因为我没有别的东西能够提供给他们。我还记得其中一位是玛丽·爱丽丝·梅格勒女士。玛丽的女儿梅雷迪思就读于弗吉尼亚理工大学时被人谋杀。她失踪了

16个月,直到警方在离学校大约 20 英里的井底发现了她的尸体。凶手名叫约翰·戴维·拉丰,现已被定罪。

"玛丽·爱丽丝每个星期二都会给警探们打电话,接着再给我打电话。她会跟我聊好几个小时。但当时的情况是,我刚挂断她的电话,一秒钟后就有下一个人打来,又是一起谋杀案。这和我刚才的对话非常相似。我陷入了一种固定的套路,在这些日子里,我每天都要和人们打电话——可能每天要接待 3 位客户。他们跟我聊天,是因为他们需要太多东西。我开始意识到,我没有正确地理解谋杀案件遗留下的问题有多么大。所有这些罪案的受害者都有非常具体、非常特殊的反应和需求。在真正能够帮助别人之前,你必须了解每一个人。"1990 年深秋,一场危机向桑迪和卡罗尔袭来。这让她们开启了一段旅程,最终诞生了一个全美范围内的模范受害者援助项目。

"我本应负责凶杀案,卡罗尔负责强奸案和儿童性侵案,"桑迪解释说,"突然间,我们接连遇到连环谋杀案。大概 3 个星期里就发生了 5 起。德斯特妮案就是这时候出现的。"

德斯特妮一案,是一桩宿命[①]的案件。

即便到了今天,围绕受害者－证人小组办公室的言辞,仍有一种奇特而令人不安节奏——就好像它们拥有能力(事实上确实如此),召唤出某种凡人所能达到却又难以置信的恐怖深渊……以及另一些人在日常生活中攀登的英勇高峰。

卡罗尔说:"正是这起案件让我走上了这条路。"

1990 年 9 月 17 日,她和桑迪在受害者－证人小组干了大约 3 个月后,听到了有史以来最可怕的罪行。德斯特妮·安·苏扎,小名迪伊,8 岁,金色头发,可爱极了。她的母亲凯瑟琳(大家都叫她凯

---

① 此处的"Destiny",既是受害者的名字"德斯特妮",也有"宿命"的意思。——译者

蒂）31岁，当时正怀着另一个孩子，却在费尔法克斯县纽因顿森林区居住的联排别墅地下室里发现女儿已被人殴打致死。

事隔7年后，凯蒂和她新一任丈夫史蒂文·汉利坐在相邻的劳登县另一座联排别墅的客厅里，清晰而勇敢地回忆那些可怕的事件。史蒂文是一名海军陆战队士官长，服役28年后退役。客厅的布置本身就如同一幅令人动容的画像：装饰着莎士比亚《人生七阶》(Seven Ages of Man)的彩色玻璃板、德加芭蕾舞小女孩雕像的复制品，还有玩具：小熊维尼和巴尼，一辆带辅助轮的自行车。小熊属于2岁的凯西，自行车属于6岁的泰勒，泰勒是在他姐姐死后几个月出生的。楼梯上方的墙上，挂着迪伊和凯蒂（漂亮的孩子和她美丽的母亲）的大幅肖像照。

凯蒂·苏扎是一名单身母亲，与德斯特妮的父亲离婚了。她当时是TRW公司的收购分析师，现在仍在那里工作。德斯特妮是个很有责任心的小姑娘，当时刚上三年级，她既关心照顾母亲，也需要母亲的关心照顾。放学后，她回到家，自己开门进去，上厕所，接着马上就给上班的凯蒂打电话报平安。9月17日下午，凯蒂没有接到这通电话。凯蒂打电话回家，但没有人接听。隔了一段时间，她又打了电话，还是没有回音。

"我找到老板说：'有些地方不对劲。我得马上回家。'"

"嗯，去吧，"他回答。

"于是我回到家，以为自己打开了门，要不就是它没有上锁——我拿不太准。我上了楼，因为听到电视开着。我看到她的书包在那儿，但钥匙没有照老样子挂在书包上。我仿佛看见她开始做作业。她脱下了校服挂在了壁橱门的外面。接着，我走进自己的卧室，注意到床头柜上有一个抽屉开着，五斗橱里也有一个抽屉开着，私人物件七零八落地挂在上面、散在地上。"

凯蒂回到楼下，打电话给学校秘书辛达·罗伯茨，问德斯特妮是不是错过了校车。

"我正和辛达说着话，突然从左肩朝后看去，一道光从地下室射出来。我说：'辛达，我一会儿再打给你。'我走下楼梯，转过拐角往下看。她就躺在那儿。我是说，我几乎没法过去。"

地下室摆着一张沙发、一把双人情侣座、一台电视机和两张梳妆台，凯蒂的妹妹丽贝卡·霍尔（又名贝基）和她的男朋友罗伯·米勒不久前一直住在那里。凯蒂此时失魂落魄，没有注意到镶板破了，灯也碎了，地板和家具上都是血。她的动作似乎是在慢镜头里。

德斯特妮穿着T恤、短裤和网球鞋。她侧身躺着，面向梳妆台。

"我把她翻过身来。她的头发乱糟糟的，我看到她的左眼青一块紫一块，还凸出来了。血从她嘴里渗出来。我拍打她的脸颊两侧，大声喊叫，'德斯特妮，醒一醒，醒一醒！'"

但是什么也没发生。凯蒂跑上楼打了急救电话。对方一边派遣救援人员，一边指导凯蒂给孩子做心肺复苏。

"我跑下楼，掰开她的嘴。她的牙齿上有一个浑圆的洞。我开始做心肺复苏，但不知道自己做得对不对。我只听到她腹部的咕咕声。我把她的T恤掀起来，想看看吹气时她的胸部是否挺起。我发现她的皮肤下全是褐色斑点，意识到她有内部出血。"

急救队赶到，他们冲下地下室的楼梯，把德斯特妮抬到方便进行治疗的地方。他们给她插上静脉注射管和呼吸设备。当他们把她带到前院草坪，搭乘直升机将她送到费尔法克斯医院时，凯蒂甚至没有意识到自己嘴里有德斯特妮的血，是她努力为女儿注入呼吸时留下的。

"我只是不停地说，你知道，我希望她能醒过来。等她醒过来，我们会查出是谁干的，我会处理的。"

但德斯特妮再也没有苏醒。

"我很遗憾地要告诉你这个不幸的消息……"医生沮丧地说。

"我们走进这个房间，它就像一间观察室——有一张小桌子、一盏灯和一张靠墙的床。一名警察在门口站岗。他们把一块布盖至她的脖子，她的手放在布上，被用塑料袋包裹着。他们不让我靠太近。我觉得自己已经身处殡仪馆。没有人会让我单独与她相处。"

震惊中，凯蒂任由混乱和悲伤的洪流裹挟着自己。

"一些工作上的朋友让我必须搬去和他们住，不让我一个人在家。他们接管了我的生活，让我住在他们那里，帮我安排葬礼。还有其他同事过来帮我挑选衣服和其他东西。"

但还没等离开医院，一记更大的打击降临在她身上。

侦探们把她叫到一边询问。出于凯蒂起初无法理解的原因，他们似乎都把地下室视为谋杀地点。

"德斯特妮为什么会去地下室？"其中一名侦探问道。

"她不会去的，"凯蒂说，"她讨厌地下室。"

不仅如此，地下室的门一直锁着，德斯特妮自己是没法进去的，因为门把手坏了。但调查人员仍然一直围着地下室问个不停。

"我说：'看，你们知道是怎么回事吗？几个星期前，我妹妹贝基和她男朋友住在那里。这就是地下室的唯一意义。你们到底想要说什么？'"

那天晚上，警察打电话到凯蒂的朋友家，说他们已经在附近的一家麦当劳餐厅逮捕了贝基的男朋友、刚在那儿开始工作的罗伯·米勒，并将以谋杀德斯特妮的罪名起诉他。

凯蒂简直不敢相信。在那段关系中，占主导地位的是贝基。凯蒂认为罗伯太懦弱了，无法想象他会伤害任何人。她甚至不得不调解罗伯和贝基之间突然发生的争执，因为他似乎没有能力跟与自己的同龄人对抗。

但凶案组警探威廉·"比尔"·维丁知道这起案件的候选嫌疑人非常有限。"我们迅速展开了凶杀案调查。"维丁解释说，"我们尽量收窄范围。在这起案件里，凶手不像是个陌生人，而应该是她认识的人。接着你会问,'那么是谁呢?'不是凯蒂。是凯蒂的妹妹吗?有可能,但我们不这么认为,因为它过于暴力,有太多肢体上的接触。所以接下来就到了罗伯。"

"谋杀案分为特定的类型,受害者死亡的方式也一样,它们会给你线索,"维丁说,"这种类型的凶杀,一开始就是过度杀害。非常残酷,女孩被杀了,而且全身每一个部位都被砸碎了。要么是因为她说了些什么,要么是有别的原因,总之,凶手凶性大发。"

"那天晚上,他失魂落魄。他看起来有点困惑,好像脑子里想着很多事。但他没有喝醉,也没有服用任何麻醉药之类的东西。你可以看出他很紧张,有意在隐瞒着什么。他起初说什么都不知道,但等我们向他施压,我想他的口气就松了下来。他可以说这是一场意外,如果我们相信他的话,就不会有那么多麻烦了。"

不久之后,维丁和同事托马斯·莱昂斯就拿到了供词。罗伯回到家里,显然和德斯特妮发生了争执。他说她对他"耍小聪明",还跟他顶嘴。他捡起一只木制首饰盒打了她。他害怕她告诉自己的母亲,所以必须想办法让她保持沉默。

"我打了她之后,"米勒告诉侦探,"总得做点什么。"

但用这只盒子打了她,就会造成这么严重的伤害吗?这个故事肯定有更多隐情。"这就是我想要弄明白的,"维丁说,"他为什么要这么做?她跟他顶嘴,也许他扇了她一巴掌,甚至又扇了她一巴掌。但还不止于此,这才是我们想要从他口里挖出来的事情。"

在德斯特妮的葬礼后几天,桑迪·维特开始给凯蒂·苏扎打电话,尽力提供所需的服务或安慰。她每天会打好几次电话,但从来没有得到任何回应,也许是因为凯蒂仍跟她的朋友们在一起。卡罗尔·埃利斯试了试,电话碰巧接通了。

卡罗尔做了自我介绍,她说:"我很抱歉听到这个令人不安的消息,您的女儿受害了,我为你感到非常难过。我是警察局受害者–

证人小组的,我们的职责是为你提供支持服务。如果可以的话,我希望能过来和您谈谈。"

凯蒂同意了,并约卡罗尔在邻县的一个朋友家见面,那里离费尔法克斯市的警察局很近。

"我看到凯蒂的时候,她漂亮极了,像个名模。"卡罗尔回忆道。"她长着一对深绿色的眼睛,满头金发,很有运动员的气质。她当时一个人在家,还怀着4个月的身孕,肚里孩子的父亲是个她已经不再联系的男人。我走进屋,她便向我张开了胳膊,我相信,在那个瞬间,我真正走进了这一行,再也没有回头路,因为她让我感受到了她的痛苦。那痛苦明显可见,飘荡在整个房间。你甚至能看到它、闻到它、感觉到它、品尝到它。痛苦就在那里,死亡就在那里。她不停地哭着。等她缓下来,我们坐到一起。她的悲恸是那么强烈,你无法不为之动容。她不需要再多说些什么。那就好像'欢迎来到我的世界',而我别无选择,只能成为她世界的一部分。"

直到现在,卡罗尔回忆与凯蒂的第一次见面,眼泪仍会情不自禁地涌上眼眶。"我所有显得专业的保留态度和客套都没了,消失了。因为我的工作是提供专业服务,而面对一个女儿被打死的人,你会说什么、做什么、怎么做?一个小女孩,才8岁,被殴打致死。这样的事情,你如何才能理解和共情?"

凯蒂告诉卡罗尔,她想看看德斯特妮的犯罪现场和尸检照片,想看看医学报告,了解到底发生了什么事。卡罗尔决定满足她的要求,但好心提醒她,看到那些材料可能会让她更难过。

"她对我说:'我想看到一切,那是我的女儿。不会再有更糟糕的事情了。最糟糕的事情已经发生过了。'"

"我记得她告诉我,葬礼的前几天,她去了停尸房,坚持要看孩子的尸体。她细细查看了小女孩身上的每一寸,因为那是她的孩子,因为她想看看,想知道她受过些什么样的伤,伤在哪里。直到今天,我都记得那个场面，就像耶稣即将下葬，马利亚为他包扎伤口，取下伤口上的刺。在我的脑海里，仍然能看到凯蒂如同圣母般，在这个私密的时刻，用眼睛抚摸着孩子的伤口。"

殡仪馆是当地一家信誉良好的老字号，位于城里的主干道。他们强烈反对凯蒂的要求，还想说服她放弃，理由是他们刚刚收到尸体，没有时间准备。凯蒂朋友的丈夫理查德也劝她不要这么做。

"别告诉我什么能做、什么不能做。"凯蒂叫道，"我想看到她。把她带出来。"

于是，他们把尸体从冷藏库中推了出来，只盖了一张床单，便送到凯蒂的查看室。

"我想看看她到底遭遇了些什么，"凯蒂说。

殡仪馆负责人站在她身边，理查德站在她后面，以备不时之需。凯蒂开始一寸一寸地查看孩子的身体。

"我们从头看到脚趾。殡仪馆负责人告诉我有个发夹卡在她头骨里。他给我看她的耳朵、牙齿、嘴巴和所有的瘀伤。我看着她的指甲。他怕我看到什么，不想让我把床单掀开。我说，我不在乎会看到什么，我必须知道。

"于是，我掀开床单。等我弯腰看到她的足弓时，大吃一惊。我对自己说，天哪，他怎么连她的足弓都能打肿？她穿着运动鞋呢。他到底做了些什么？我惊呆了。"

比尔·维丁从他自己的角度证实了凯蒂那天所看到和感受到的一切。"在法医鉴定室，我们搞不清楚她头上那堆密密麻麻的点状痕迹是什么。结果是她戴着的塑料发夹被蛮力砸进了她的头骨，留下了凹痕。"

"在犯罪现场，电灯开关所在的墙上有一块被打破了，打得凹陷下去。上面有一道小小的黄色痕迹。一开始我们不知道这个黄色痕迹是怎么来的。德斯特妮那时正在做作业，她把黄色的2号铅笔别在耳朵后面。他把她举起来,朝墙上摔。她的头撞到墙上,所以黄色的2号铅笔在石膏板上留下了凹痕。这是我们拼凑还原出来的情况。"

"你要如何向陪审团或法官概括他的暴行?"维丁发问,"当凯蒂回到家,发现女儿躺在地上,你如何用语言来概括她的情绪?这些都是我实际看到的东西。我闭上眼睛都能看到,它给我留下的印象太深了。"

凯蒂在殡仪馆的那个房间里,陪着德斯特妮的尸体待了大约45分钟,试图理解,试着把小女孩带回自己身边。

几天后,卡罗尔坐在她身边,任由她一根接一根地抽烟,一瓶接一瓶地喝可乐。

"她非常、非常坚持,"凯蒂说,"如果没有她,我今天恐怕就不在这里了。"

一开始,卡罗尔只是听着,后来,她问凯蒂想要什么。在讲述去殡仪馆的事情之后,凯蒂说自己想看看尸检报告,和急诊医生谈一谈,一步一步地了解到底发生了什么,哪怕每一步都很痛苦。孩子喊过她吗?她中途恢复过意识吗?她到底死在什么地方——地下室还是急诊室,还是在两者之间的路上?每一点细微的差别,凡是有可能掌握信息和线索的人,她都迫切地渴望从对方那里多了解一些内情。

"你真的想这么做?"卡罗尔平静地问。

凯蒂心意已决。于是,卡罗尔促成了这一切。她打电话给法医,不出所料,后者表示怀疑。"她是铁了心的,"卡罗尔解释说,"她想要这样处理信息。这对她会有所帮助。"

凯蒂回忆说,最终的询问过程对医生的情绪影响可能比对她还大。"我很震惊。对我来说,基本上,这就好像我在跟另一个人打交道。这就是我熬过难关的方式。"

要做的事情很多,却没什么现成的方法可以去做。"我找到卡罗尔说:'我没有地方可以去了。我找不到专业人士告诉我该如何应对,

Obsession

没人能帮助幸存者度过最难受的日子,没人来帮助那些受伤或遇害的人的兄弟姐妹和孩子。'"

所以卡罗尔·埃利斯成了这样的专业人士。

接下来的几个月里,凯蒂和卡罗尔经常见面。"不管是白天还是晚上,我随时都可以给她打电话。"凯蒂说,"我们一起梳理,走过了整个体系。她了解了我的想法,知道我需要靠什么来熬过去。她现在也体验了其他幸存者的需求,知道每个人都不一样。我现在接触到正经历这种痛苦的新朋友时,会对他们说,无论他们的感受是什么,都是正当的,都必须面对。"

凯蒂异常震惊地发现许多受害者都曾意识到的一点:她在这个体系中几乎没有任何官方地位。"我打电话给检察官,问他什么时候想和我谈谈。他说:'我们为什么要谈?这是本州诉罗伯·米勒案。'如果能重新来过,我想我会自己聘请律师,保障德斯特妮的利益,维护这个体系的完整。"

卡罗尔承认自己也受到驱使:"我把情绪带到了自己家里,我让所有家人都卷了进来。那时我儿子正在上高中。我睡不着觉,我的丈夫克劳德也对我正在经历的事情变得十分警觉。我一直在想,'如果我不在那里提供帮助、做点什么,还有谁来这么做呢?'她有我的呼机号码,也有我家的电话号码。只要她打来电话,我就到她身边去。她那时候抽烟,现在也抽,我们对警车内抽烟有严格的规定。但我允许她在车里抽烟,因为在我看来,只要能让你度过漫漫长夜,干什么都行。如果抽烟能给你带来某种安慰和解脱,那就抽吧。"

卡罗尔最关心的事情之一是保证凯蒂得到适当的医疗护理。当时凯蒂已经怀孕4个月了,卡罗尔开始担心,那么多的香烟,再加上可乐里的咖啡因,凯蒂会睡不着、吃不好、体重也无法保持。随着两人关系的发展,卡罗尔陪着凯蒂去看各种医生,接受心理咨询和法律面谈,也更加大胆地劝说凯蒂要照顾好自己。凯蒂说,那年有两件事救了她的命，挡下了她冲动的自毁行为。其一是，她知道如果她毁了自己，会害死肚里还未出生的孩子；另一个就是卡罗尔对她生活的干预，她明白这两件事是分不开的。

"我知道，要是女儿走的时候我没有怀孕，我可能每天晚上都泡在酒吧里。我可能最终会醉倒溺死在阴沟里，要不就是自寻短见。我知道那就是我会做的事。"

凭着对自己在做什么残留的最后一丝清醒意识，她最终救了自己一命。"比起自己的健康和安全，我更害怕的是，如果我自杀了，跟罗伯·米勒又有什么区别呢？我会害死自己的孩子，老天有眼，它会看不起我的。"

"我们在各种事情上来回较劲。"卡罗尔承认，"在那些日子里，她是我经手案件里的头等大事。所以无论我在干什么，只要凯蒂打电话来，就会放下一切，因为我相信她需要我的保护和服务。"

卡罗尔花了好多个小时，听凯蒂讲起德斯特妮，讲她做母亲的快乐，以及她对德斯特妮患有学习障碍所感到的沮丧。德斯特妮很聪明，但学习障碍让她难于阅读和写作。"德斯特妮"（宿命）这个名字，不是凯蒂随便挑的，也不是碰巧遇上的。她之前有过9次流产，在这个小宝贝幸存下来后，凯蒂认为这是老天的礼物。她来到这世上的原因，凯蒂现在才明白。直到今天，凯蒂也对跟女儿共度的8年依然感恩不已。

卡罗尔帮助凯蒂解决了一块心病。此前凯蒂深感自责，认为在孩子最需要她的时候，她没有在身边。这是暴力犯罪受害者父母的普遍反应。"我应该在那儿的，"凯蒂一直说，"她经历那些痛苦的时候，我却没有在场保护她，这让我感到非常难受。如果当时我回家了，那至少他也得躺进停尸房，因为谁也阻止不了我！"

整个过程中，卡罗尔不得不控制自己面对如此惨剧的反应。"这是桑迪和我的另一个关键点，我们总是避免说'我明白''我知道'。

因为除非你亲身经历过，否则不可能真正知道或理解，但我感受到一部分。那就是杀人案的后果，与对待其他任何死亡经历的反应都非常、非常不同。它事发突然，令人震惊。它不是必然事件，也没人招惹它来。它不公平，就好像无处可去、无处藏身。这是她生命中一种非常重要状态的结束。这种状态就是稳定，正常，或者随你怎么说。但我知道她的生活跟从前再也不一样。我非常确定这一点，因为我就坐在她身边。"

很难想象会有比这更悲伤、更痛苦的场景了。德斯特妮一名同学的母亲说："德斯特妮做了一个孩子被教导必须做的每一件事。她不让陌生人进门。她一放学就回了家。这种情况太糟糕了，你几乎没法向孩子解释。他们不明白这样的事怎么会发生在自己的同学身上。"

凯蒂给卡罗尔看了德斯特妮躺在棺材里的照片，它们最终成了受害者重点陈述内容的一部分。凯蒂不顾反对，坚持在葬礼上让棺材敞开，只是把尸体摆放得看不见大部分损伤。她告诉卡罗尔，她和德斯特妮所在学校的校长讨论过，是否准许或是鼓励她的同学们参加葬礼。凯蒂坚定地表达了她的观点：像成年人一样，孩子们有自己哀悼和消化悲伤的方式，因此，凡是想来的人都欢迎，而那些对此感到不舒服的人，也应该获准以自己的方式告别。对那些希望参加葬礼的孩子，她请对方的家长让他们来到棺材跟前，但她首先向他们解释，德斯特妮的样子可能和他们上次见到她时不太一样：她的脸会胖一点，一只眼睛周围和胳膊上有青一块紫一块的痕迹；如果他们想摸摸她，那也可以，但他们应该摸摸她的脸颊，因为凯蒂知道，他们会觉得这里跟平常最像。如果他们想给她带什么东西，德斯特妮也会非常喜欢。等棺材最终永久封存起来的时候，里面已经装满了礼物和纪念品。"它们都塞在她周围，"凯蒂回忆道，"于是唯一还露在外面的就剩下她的脸了。"

她回忆道："我记得德斯特妮总是来找我说，'妈妈，某某人在捉弄我'，或者'他掀我的背心'，或者'他扯我的头发'，或者这个、那个、各种事情。我会说：'孩子，那是因为你很漂亮，他们喜欢你。这只是一年级或二年级小学生向你表达的方式。他们甚至不知道自己喜欢你。'当我在葬礼上看到那些小男孩哭得稀里哗啦的时候，我对孩子说：'我早就告诉过你，我跟你说过这些小男孩很喜欢你。你现在相信我了吗？'"

校长罗伯特·霍尔德鲍姆和学校反应敏锐，留给人深刻的印象。他们为学生和家长安排了咨询。对当地的家长来说，这是一个痛苦的时期。再加上这里前不久才发生了 10 岁的罗茜·戈登遇害案和 5 岁的梅丽莎·布兰南失踪案（我的小组正在为之工作），人们尚未从中恢复过来。为纪念德斯特妮，同学们坚持将她的书桌保留到该学年结束。

卡罗尔和桑迪致力于确保体系内部有一个所有受害者都可求助的地方，无论是什么时候，无论为了什么事。"有的受害者，我们可能只通了 5 分钟电话，"桑迪说，"另一些，我们可能会花上成百上千个小时。这非常复杂，在筹措资金的时候，我们会很努力地向那些不理解的人解释，说向受害者提供援助是一个非常漫长、复杂的过程。对这个行业的'成功'，或者发生这样的惨剧过后怎样才算心理健康和稳定，你真的没法给出一个令人满意的定义。

"我们的目标是让人们稳定下来，让他们进入一个新的正常运转的状态，并且试图向他们解释整个过程。他们再也不是从前的自己了。而得以做到这一点，部分在于帮助他们应对发生在自己身上的事情。关键是你不能放弃。只要有需要，你就继续和他们在一起。"

当然，这绝不是一个简单的过程，对凯蒂来说同样如此。"从第一天起，凯蒂·苏扎的生活就谈不上简单。现在更加不是。她的生活一直很复杂，而且，这些复杂的事情通常可以追溯回她的童年。许多往日的包袱浮出了水面。"

一旦凯蒂超越了最初想要知道真相的层面,克服了内心的愧疚感,接下来还有一项艰巨的任务,那就是从这场悲剧中解脱出来。这也意味着,她要面对自己痛苦的过去,以及她与家人之间关系所带来的全部压力。这项任务可以轻而易举地摧毁一个软弱或者意志力没那么坚决的人。

凯蒂在宾夕法尼亚州兰开斯特长大。"我们一直搬来搬去,不停地换地方。我母亲是个酒鬼,时常进出精神病院,还试图自杀。所以我们总是带着行李箱四处流浪,从奶奶家搬到姥姥家,又搬到姑姑家、婶婶家。我从来没有归属感。我来自一个屡遭性虐待、身体虐待和精神虐待的家庭。"

凯蒂的父亲第一次离开时,她大约 6 岁,尽管在母亲住院期间,父亲偶尔会回来。她说,她和哥哥从来没有跟父亲住在一起过,但妹妹贝基似乎一直是他的最爱。凯蒂读 9 年级时,告诉父亲自己想离开。他让她随便去吧。虽说母亲对中间的孩子有所忽视,老二凯蒂还是努力维持着家庭的正常运转,确保哥哥妹妹有吃有穿。她从 8 个街区外的杂货店拎着沉重的采购袋回家,做饭、打扫卫生、洗衣服。16 岁时,她再也受不了了,离开了家。此时,比她大两岁的泰德已经被一个寄养家庭收养了。

她最终跟姨妈,也就是她母亲的妹妹住在一起,这是她生命中第一次感到正常,有了归属感。在姨妈家,她迎来了人生中第一个生日庆祝会。高中毕业后,她加入了空军,先是做维修分析师,后来成为合同方面的专家。她总共服役 10 年半。驻扎海外期间,她跟一个男人结了婚,但很快再次陷入了情感忽视的泥潭,她脆弱的自尊和自信不断受到撕扯。

对于这种情况,我们总会一遍又一遍地问:为什么一个女人会反反复复地经历同样的困境?毕竟,她很聪明,很有魅力,有一份稳定的工作,前途无量。凯蒂的回答既现实又有见地:

"这是一些发生在你身上而你却不自知的事情。你就像一块磁铁,走进一家酒吧时背上背着一块大招牌,上面写着:我是受害者。我的意思是,我就是会吸引到那种折磨自己的男人。可以说,我的前夫长得很帅。他掌控局面。他对我的占有欲很强,你瞧,在我成长的过程中,没有其他人是这样的,也没有人为我打过架。我错误地接受了错误的东西。"

最终,凯蒂决定离开这段婚姻。他们本来住在加利福尼亚,后来她带着女儿搬到了纽约州北部,和前夫尽可能离得远些。之后,她搬到了弗吉尼亚。

不幸的是,不是人人都有凯蒂·苏扎那样的勇气。

唯一一件让她的生活充实、带给她意义和方向的事,就是成为母亲。德斯特妮是个可爱的宝宝。出生后没几个月,德斯特妮的父亲基本上就不在了,所以只有她们母女两个相依为命。她俩做什么都在一起——滑冰、轮滑、露营。她们在华盛顿中心体育馆的停车场宿营过夜,只为买到珍妮特·杰克逊演唱会的好座位。德斯特妮还小的时候,无论去哪里工作,凯蒂都会带着她。她不喜欢把孩子交给保姆,她觉得,如果有些地方不能带着孩子去,那她自己也不必去了。这是凯蒂一生中第一次感受到无条件的爱。

凯蒂办完离婚手续时,德斯特妮才两岁。孩子知道后,走到她身后,拍着她的背说:"别担心,妈妈,会没事的。我会照顾你。"凯蒂听到这话,心都要碎了。这就好像这个小女孩变成了她,拼命地想把全家团结在一起,照顾其他每个人。

德斯特妮崇拜凯蒂的哥哥泰德。她们一到他家,女儿就和他一起跑到楼上的电脑室。凯蒂并没有阻止这种亲密关系,但这让她非常紧张。她记得小时候,哥哥曾骚扰过自己。因此,每当孩子和泰德叔叔在一起,凯蒂都会紧张地睁大眼睛、竖起耳朵,观察任何不好的迹象。到离开的时候,她会详细地询问孩子有没有发生什么事。德斯特妮大感困惑。最后，凯蒂告诉了她实情。据她所知，泰德和女儿之间没发生过什么事。但由于她自己的背景，凯蒂总是对德斯特妮，还有其他在男人身边的年幼孩子感到紧张和谨慎。

"我对她很严格，不允许她独自在家附近跑来跑去，因为我总是担心发生在我身上的一些事情可能会发生在她身上。我控制欲很强，她长大后，我也曾试着向她解释这是为什么。"

1990年5月一个星期五的凌晨，泰德在和妻子通电话。泰德有吸毒和酗酒史，他的婚姻也出现了问题。妻子听到一声震耳欲聋的枪声。但这一枪，泰德没打中自己。于是他又试了一次，这一回成功了。就在一个星期前，他还曾试图服药自杀，未果，醒过来之后大感沮丧。

他本该在自杀的那天去看望凯蒂，把事情理清楚。凯蒂也曾吸过毒，现在她已经戒掉了，她希望帮助哥哥。凯蒂不忍心告诉德斯特妮，她深爱的泰德叔叔自己结束了自己的生命，便只说他死了。女儿坚持要参加葬礼，抱着叔叔的头痛哭不已。

与此同时，凯蒂的妹妹贝基·霍尔住在宾夕法尼亚州。她已从海军退役，生了一个孩子，靠福利金生活。凯蒂一辈子大部分时间都在努力保护贝基，她觉得至今也不能停下来。事实上，当兄妹三人年纪还小的时候，碰到家里情况糟糕，不管是她还是泰德都会试图让贝基离开家，以免她知道发生了些什么事。现在，贝基又怀上了一个女儿，凯蒂想让妹妹不再依靠社会救济，于是便邀请贝基和孩子一起来弗吉尼亚暂住，在她们重新站稳脚跟之前提供帮助。

凯蒂也从自己的经验和关系中知道，贝基很容易会跟不合适的人交往。她已经结过两次婚，她遇到的不少男人都有过前科。用凯蒂的话说："隔了一阵，我开始问她：'你到底在干嘛？在监狱外面等着这些家伙被假释吗？'她笑了，因为的确如此，她跟劫匪甚至制造炸弹的人都在一起过。她还跟摩托党混过，她结交的人糟糕透顶。"

这已经是凯蒂第二次收容贝基,在跟母亲谈过之后,凯蒂开始担心贝基的情绪状态。

贝基带着孩子搬到凯蒂和德斯特妮家大约两个半月后,接到了来自宾夕法尼亚州的男友罗伯·米勒的电话。他告诉她,他在当地遇到了麻烦,再也无法忍受,必须离开城里一段时间,休息一下。贝基一边听,一边向姐姐重复了这些抱怨。

凯蒂对她说:"你怎么就像是在等我拿主意似的?"

贝基回答说:"嗯,是的。他就在电话那边。"凯蒂曾见过高高瘦瘦、一头金发的米勒几次,他对她总是彬彬有礼,甚至称她为"女士"。在她的印象中,罗伯比贝基交往过的其他男性要好一些。凯蒂说,好吧,他可以搬过来。"因为贝基要我做的事,我大多都顺了她的心意。"

贝基和罗伯住进了凯蒂在纽因顿镇租下的联排别墅地下室里。当时是夏天。贝基有工作,罗伯没有。于是凯蒂问罗伯,秋天开学之前,能不能在白天照顾德斯特妮。礼貌而安静的罗伯说没问题。与此同时,凯蒂为妹妹的女儿斯蒂芬妮找了日托。

这样的安排似乎行得通。罗伯白天带德斯特妮去游泳池之类的地方,他们成了好朋友。凯蒂其实还为罗伯感到挺抱歉,她认为贝基对待他的方式很恶劣。而且,凯蒂以为他是因为这个才酗酒的。

在他理应照顾孩子期间,凯蒂有数次回家都发现地板上有酒瓶打碎的痕迹,罗伯正在打扫,解释说是自己或者德斯特妮弄翻的。这种情况发生了好几次,凯蒂意识到这是罗伯在掩饰,他实际上是在一瓶接一瓶地喝酒。后来,罗伯变得更加明目张胆。有几次她回到家,发现罗伯醉倒在一旁,德斯特妮只能自己照顾自己。凯蒂把他喝酒的原因归结为贝基惹得他很生气。她试着和妹妹谈了好几次,但贝基并不肯听。

我们在《黑暗之旅》中曾讨论过,我们必须教育孩子,无论他多

Obsession

大年纪，都要有能力"剖析"成年人的行为，这样他们自己就能知道什么人可以信任、什么人不可以；在迷路或需要任何帮助的时候，该听谁的话、该依靠谁。如果一个孩子自信地掌握了这些技能，也知道父母和其他家人都支持、理解自己，那么他成为受害者的可能性就小得多。

凯蒂当时察觉到，主要的冲突发生在她和妹妹之间。如果两人在饭桌上产生了争执，贝基就会带着女儿斯蒂芬妮离开。贝基会借她的车，凯蒂也会让她借，但会提醒说："用就用吧，但是德斯特妮要去练芭蕾舞。"或者，"她要练体操。如果你上班需用车，能帮忙顺便送她去吗？"凯蒂后来发现，贝基并不总是捎带上德斯特妮。

最终，凯蒂开始察觉，贝基是觉得自己从姐姐那儿获得的爱和关怀被德斯特妮夺走了。在贝基看来，凯蒂对女儿的爱意味着姐姐抛弃了她，这种抛弃类似凯蒂十多岁时离家加入空军，不再照顾自己。

"我们住在联排别墅的时候，有一次，我妹妹下楼来，很不高兴。我说：'你怎么啦？'"

"她回答说：'你好好管管你女儿。我真是受够了她做的事。'"

"我说：'你在说什么？'"

"她说：'好吧，过来。'她带着我去了浴室。她刚洗完澡，指给我看镜子上写着的'我恨你，贝基'几个字。显然，我妹妹不知道德斯特妮几乎不会写字，而且她写的字总是正反甚至上下颠倒。所以，我一看镜子上的字样是正常书写的，便笑了起来。她说：'有什么好笑的？'"

"德斯特妮一直陪在我身边，我告诉贝基：'你在诬陷我女儿。如果你站在旁边看着我打她，肯定会乐坏的。'"

"当然，瞧瞧她都干了些什么……"贝基说。

"我说：'只不过，有一件事你不知道。'"接着我告诉了她实情：德斯特妮有学习障碍。

"贝基说：'那你就是在说我瞎说喽？'"

"我说：'没错。'于是事情恶化了。"

紧张气氛不断升级。最终，两姐妹之间再次爆发了一场小争吵，贝基觉得自己受够了，并宣布她和斯蒂芬妮、罗伯要搬走。

罗伯虽然表示自己对现在的状况很满意，但凯蒂觉得在这段关系中是贝基占主导地位。他们去找隔壁的邻居，告诉对方凯蒂把他们赶了出去。邻居（凯蒂现在虽已搬走，仍然跟她是好朋友）好心地答应暂时收留贝基和罗伯。接下来的几天里，罗伯会经常回到凯蒂家拿取各种物品。凯蒂告诉他，需要什么就拿什么。过了几天，他们又搬了家，这次搬到了两英里外贝基老板的房子里。

1990年9月17日早上，凯蒂醒来时感到胃部剧烈痉挛，她认为这是怀孕的原因。电话铃响时她正在浴室。德斯特妮接了电话，告诉妈妈是罗伯打来的。

"告诉他我正在浴室，"她回答，"他10分钟后再打来好吗？"他说可以。

一个小时过去了。她得冲个澡，以免上班迟到。果不其然，罗伯又趁着这时回了电话。德斯特妮跑进浴室，隔着浴帘对凯蒂说："妈妈，罗伯又来电话了。他说你不能再躲着他了，要不然他会让你付出代价。"

这是怎么回事？凯蒂不太明白，他以前从来没有这样对她说过话。他没法与成年人对峙，更何况他们两人从未有过分歧。在某种程度上，碰到跟她妹妹发生冲突的情况，他们俩还是情感上的盟友呢。凯蒂没弄懂。

那天早晨，就是凯蒂对德斯特妮最后的记忆了。

"我在打理头发，她也做着同样的事。我告诉她，说她特别漂亮，会让学校里所有的小男孩都眼红，她咯咯笑起来。我吻了她一下，她下了楼，我说：'别忘了背上书包。'她说：'不会的。'我说：'我爱你。'她说:'我也爱你,妈妈。'之后就走了。"

"那是我最深的一段记忆:我们一起打理头发,咯咯的笑声……那不是一个糟糕或者匆匆忙忙的早晨。那是一个挺美好的早晨。"

德斯特妮死后几个小时,警察告诉她罗伯就是凶手,凯蒂仍处在震惊之中。她的第一反应是难以置信。比尔·维丁探长此时也兼任县儿童保护机构的调查社工,他前来拜访她。他敏锐而坚定地追问她,要她讲一讲罗伯和贝基之间的关系。

"你到底想说什么?"她想知道。

维丁解释说:"我们已经掌握了一些情况。罗伯有点问题。他和女朋友的关系有点滑稽,不怎么好。这给我们提供了一些关于他性格的线索。"

在供词中,米勒告诉警方,德斯特妮在房子里发现了他,威胁要告诉她妈妈。他不能让这种事发生。他承认,趁她走开时,他拿起一个很重的首饰盒,砸了她的头部。维丁问他是不是曾对德斯特妮动手动脚。如果德斯特妮是在威胁说要把他的骚扰或者不当行为告诉妈妈,那这就是他勃然大怒杀死这孩子的原因。

"我们向他提出这样的可能性,罗伯变得非常激动和不安,甚至可以说非常生气,"维丁回忆说,"我说:'罗伯,我认为你性骚扰了她,那天她打算告诉妈妈。'他猛地跳起来,离开椅子,焦躁得不肯坐下,也不让我们继续这样戳他。"他否认了这一指控。

后来,凯蒂在打扫地下室时,发现双人椅和沙发的缝隙里塞着淫秽书籍。她给维丁打了电话,后者过来把它们取走了。

从凶杀案发生那天到葬礼这段时间,贝基没有和凯蒂联系过。

尽管她们之间关系紧张,但凯蒂很难相信妹妹竟然和自己这样疏离,不愿给予支持。"她居然这样对我,我那么关心她,她却完全不像是我的妹妹。"

贝基搬回了宾夕法尼亚州，父亲照顾了她的需求。后来，凯蒂问他为什么没有以同样的方式向自己施以援手，父亲说："你不需要我。你很坚强。她需要我，因为她总是比较弱。"

"我说：'好吧，即使是那些头脑清晰的人也需要爱，需要亲人在他们身边。'"

凯蒂的母亲是在德斯特妮惨剧发生后两年去世的。一天晚上，她因肺炎去了医院，第二天早上就孤零零地离世了。"我妈妈和我不是很亲近，"凯蒂说，"我经常问自己，如果我们在街上相遇，她会成为我的朋友吗？但我发过誓，如果她病了，或者活不下去了，我一定要收留她、照料她。我对母亲并没有仇恨，可也没有感情。我感觉很糟糕，因为我可以走过去拥抱亲吻我姨妈，而我可怜的母亲只能杵在那里，我对此感到很内疚，但就是没法对她做同样的事。不过，如果我知道她病了，可能会去看望她。可惜没人告诉过我。"

凯蒂一直和母亲保持一定的联系，直到后者去世，但她和父亲之间就做不到这样。"他为贝基感到难过，因为她现在必须独自抚养女儿。他特意对我说了这话，我说：'好吧，她的女儿至少还活着，要她养。'

"事实上，我家的惨剧发生没几天，他就对我说，必须把这件事抛在脑后，继续生活。直到今天，他仍然不能理解为什么我的情绪会起伏不定。

"我和父亲见了几面，我对自己说：'我不再是这个家庭的一员了。'于是，我跟那边断绝了联系，除了姨妈，就是我15岁时收留我的那一位。直到今天，我父亲还不明白……他从来没明白过，也可能永远不会明白。"

德斯特妮葬礼后不到一个月，贝基就向凯蒂提起诉讼，要求赔偿罗伯·米勒的财产，她声称这些财产的价值约为7000美元。在这份长达两页的"未经许可被扣押在凯瑟琳·苏扎家中的个人财物"清单

Obsession

中，赫然列着一个"手工首饰盒"，价值20美元。

凯蒂又惊又怒，提起了反诉，称贝基和罗伯使用她的信用卡和支票簿，给她留下了1.7万美元的债务。最终，她不得不申请破产。

"我父亲说：'你怎么能对你妹妹这样做？'"

对凯蒂的起诉遭到驳回。

凯蒂搬家时，拒绝把自己的新地址告诉父亲或贝基。

她最后一次见到贝基是在她们的母亲去世时。"她表现得好像我上个星期才见过她似的。她和另一个有前科的人在一起，两人还同居了。"

葬礼结束后，贝基和凯蒂不得不回到家里处理母亲的遗物。"我唯一想要的，"凯蒂回忆道，"就是我妈妈的书，这样我就能知道她是什么样的人。因为根据人们读的东西，你能大致了解她的一些事情。"

其余的东西，她只留下了几样。"她（凯蒂母亲）的圣牌，因为她戒酒后皈依了天主教，改变了她的生活，我知道这对她非常重要。从厨房里，我还拿了她的砧板，还有那口她过去经常拿来打我们的平底锅。"

我们问她，这是不是因为它象征着最终的控制，不再允许别人打或虐待她。

凯蒂想了一会儿，然后笑着摇了摇头。"不，其实只是因为那些年来我用它做了很多顿饭。"

在临近罗伯·米勒的审判期间，卡罗尔·埃利斯和整个受害者-证人小组一直支持凯蒂。由于受害者的年龄和纯真以及犯罪的极端残忍性，这起案件备受关注。这种事情不应该发生在宁静、以高端社区为主的弗吉尼亚州费尔法克斯县。地区检察官罗伯特·霍兰表示，这是他担任检察官25年来见过的对儿童最残忍的袭击案件。

然而，在审判开始前的1991年2月，罗伯·米勒认罪了。卡罗尔、桑迪和凯蒂对此提出了几种猜测，大多数都与试图避免死刑有关。

在某种意义上，凯蒂和卡罗尔松了一口气。但另一方面，他们也觉得德斯特妮被剥夺了让杀害她的凶手付出最终代价的机会。而且，不经过审判，凯蒂就无法得到最重要的答案，获得自我解脱。

弗吉尼亚州是允许受害者或幸存者在判决前向法院提交影响陈述书的州之一。我认为这是受害者权利领域向前迈进的关键一步。辩方可以穷尽所能，提出想得到的每一个减轻罪责的因素，从儿童注意力缺乏症到被定罪的凶手虽然做了那件令人遗憾的事情却是一个多么出色的成年人。理所当然的，真正无辜的一方有权告诉法庭，此人的所作所为意味着什么。

卡罗尔·埃利斯和凯蒂花了大量时间，努力撰写了一份恰当的受害者影响陈述书。卡罗尔来到凯蒂家，费了很大工夫把文件整理好。她对那段时间最深刻的一段记忆是，凯蒂给她看了葬礼前德斯特妮躺在棺材里的照片。

两人谈到，在经历了多次流产的痛苦和失望之后，凯蒂和这个独生女儿之间的关系。凯蒂此时住回了自己的房子，就是卡罗尔第一次去那里。

"房子很干净，"她回忆道，"一个明亮宽敞的地方，一个单亲妈妈和她8岁的小女儿本来住在那里。凯蒂那时候是个会给孩子买奇妙东西的妈妈，当然，她现在也是：很好的衣服、很好的玩具，而且很多。一切都保持得很完美。在这个看起来很愉快的地方，她的女儿在地下室被杀害了。她把我带到楼下，掀开地毯让我看血迹。这对我来说是一次全新的体验。因为她，我想变得坚强起来，我不想冒犯她——无论她想给我看什么，我都要保持专注。我正是那么做的。"

隔了颇久，卡罗尔才意识到凯蒂当时的情绪状况有多严重。

"有一天她给我打电话，说她不知道该怎么办。她从未处于不知道该怎么办的境地。她总是能完全控制自己该做什么、怎么做。我认为她对我说出这样的话，对她来说是很重要的：能够向别人承认事实，同时不受对方的谴责或利用。"

德斯特妮的父亲当时住在加州，也提交了自己的受害者影响陈述书。最令人感动的是，德斯特妮在纽因顿森林小学的同学们也发来了独立的陈述书。校长认为，在这种特殊的情况下，学校应该做点什么，便与卡罗尔和凯蒂商榷促成了此事。孩子们沉浸在悲伤之中，让他们像其他受害者一样获得发言权，拿出决心，获得解脱，这才是公平的。

在弗吉尼亚州，受害者影响陈述书是以书面形式提交的。对有些人和有些情况，这么做是合适的，但我更希望受害者或幸存者有机会在公开法庭上站起来亲自陈述，充分展现出情感分量。不管怎么说，凯蒂拿出了一份写了好几页的铿锵有力的陈述，记录了她的丧女之痛和她生活的改变。她附上了两张照片：一张是德斯特妮生前充满活力、欢笑着的样子；另一张是德斯特妮躺在棺材里的样子。至少，在卡罗尔看来，它显现出了强有力的效果。凯蒂想要传达的信息主旨是"为什么？"，凶手为什么要杀害她？她到底做了什么激怒了凶手？卡罗尔认为，凯蒂向法院提出了一个无法回避的问题。

费尔法克斯县巡回法院法官约翰娜·菲茨帕特里克以一级谋杀罪判处罗伯·米勒终身监禁。按照当时弗吉尼亚州的法律，他13年后（也就是2003年7月7日）方可申请假释。这一判决超过了建议标准的最高60年刑期（在现实的执行中，真正服刑的日子还要少得多）。辩方称米勒当时喝醉了酒，降低了自控能力，要求从轻处罚。法官驳回了这一请求。即便德斯特妮跟他"顶嘴"（我不这么认为），一个77公斤的男人，克制力到底要低到什么程度，才会去打碎一个8岁女孩的头骨，导致她的肺和肝脏破裂，还猛踩她的背，试图踩断她的脊椎？请你告诉我，不管他的动机为何，不管他在监狱里表现如何,你愿不愿意这个人接近你的孩子。我可以告诉你,我不愿意。

卡罗尔和凯蒂都在法庭上,她们看到菲茨帕特里克法官引用了凯蒂动人而有力的陈述书,接着转向被告,说这位母亲想知道原因。法官直接问被告是否对此有什么回应。他没有。

现在,跟进罗伯(他已经从弗吉尼亚州的监狱转移到宾夕法尼亚州的监狱)并随时向凯蒂通报他的假释进展,成为受害者-证人小组的部分责任。凯蒂和卡罗尔会竭尽所能保证他再也不能随心所欲地伤害其他无辜的孩子。

我希望有更多的法官、心理健康专业人士和假释委员会能像凯蒂一样清醒。我希望他们不要受到罪犯"在狱中表现良好"等因素动摇,这一点,跟先前犯罪的细节比起来,根本不足以充当未来暴力行为的指标。我们在本书和之前的作品中都曾指出,这种人里有不少在规定严格、限制性强的监狱环境中表现得相当好,可一旦获释,立刻就会恢复到之前的状态。对像罗伯·米勒这样的凶手,我个人的倾向是把他们稳稳当当地放到地下 6 英尺去。除此之外,在他们年老体弱得没法再伤害他人之前,让这样的家伙再有机会走上街头是不可想象的,切莫冒险。

斯坦顿·萨梅洛医生在这个问题上的现实态度,我非常认同。他明确表示,除非罪犯真心承认并相信自己的思维方式有问题,否则他不可能改过自新。

我常说,每一起暴力犯罪都会带来很多受害者。卡罗尔·埃利斯认为,这就像一块石头扔进水里,泛起阵阵涟漪,最终影响整个社区。在德斯特妮·苏扎一案中,有一名受害者在她死亡时甚至还尚未出生,却承受了由此带来的巨大影响。在罗伯·米勒承认杀害德斯特妮几天后,泰勒出生了。可这对凯蒂来说成了一件充满压力的事情,她沮丧地发现,自己和泰勒之间没有强烈的情感联系。

Obsession

"就好像我是一个小女孩,有一个洋娃娃陪着我8年了。但这个洋娃娃丢失了,他们就给我换了一个。这就是他出生时我的感受。他们第一次把他带到我身边,放到我怀里,我感觉他就像个外星人。我说:'快把他拿开。'

"我无法和他建立起联结。大概有一年半或两年的时间,我只照顾他的生理和医疗需求,但在情感上跟他很疏离。"

尽管如此,凯蒂还是很客观地承认,如果生的是个女孩,情况会更糟。这会成为一个天大的笑话,用一个孩子取代另一个。凯蒂努力克服这个新生儿带来的问题。她坦言,照料孩子的需求,让她意识到自己必须活下去,继续运转,不屈服于绝望。

熬过了那几个月的痛苦之后,凯蒂意识到泰勒可以带来自从那个可怕的下午以来她一直没有过的东西:快乐。

1991年9月17日,凶杀案发生一年后,凯蒂回到纽因顿森林小学参加德斯特妮的悼念活动。凯蒂怀里抱着6个月大、笑嘻嘻的泰勒。同学们献上了一块铭牌,还放飞了许多氢气球,上面写着老师和学生们送上的思念和祝愿。

凯蒂还写了一首诗,发表在1992年受害者-证人小组通讯简报《分享与关怀》秋季刊上。这首诗简洁地表达了一位母亲的爱与失去,以及我所看到的一切。它的题目就叫作"德斯特妮"("宿命")。

　　我最想你的时候是在深夜
　　我想要你抱紧我
　　我想起你柔嫩的指尖
　　想起你用爱之吻
　　触及我的灵魂

　　我躺在床上

靠着枕头
我转过身开始哭泣
我很想你,你却说了再见
我知道,分开只会让我陷入忧郁
每当闭上眼,我就会想起你

亲爱的,你走后
我日日夜夜都在想你
你永远是我的一部分
我把你永远放在心底

我爱你,直到永远……妈妈

没有一个谋杀案受害者的故事会有大团圆结局。凯蒂知道自己再也回不到从前了。但这个故事,现在至少比几年前看起来幸福一些了。凯蒂再婚了,丈夫敏锐、忠诚而体贴。她有了一个英俊的儿子和另一个可爱的女儿,名叫凯西。

凯蒂最终感觉自己做好了准备,可以坦然面对一段严肃的异性关系。"在很大程度上,这跟自尊有关,"她说,"我从来不会允许自己太过认真,因为我害怕再次回到过去的模式。直到我与自己相处,感到开心、独立,除了我的孩子,我知道自己不再需要任何人、任何东西。在这样的状态下,我感觉到自己的力量,才不会重蹈覆辙。你得先弄清楚自己是谁。"

凯蒂最终弄清了自己是谁。史蒂文·汉利也一样。他兴许比任何人都了解妻子——她的需求、她的长处、她的恐惧。虽然两人结婚时间不长,但已经认识很多年了。两人是在军队认识的,当时凯蒂的叔叔跟史蒂文驻扎在同一个地方。他曾经照料过德斯特妮,他的两个儿子(一个比德斯特妮大两岁,一个小两岁)跟她一起玩耍。小德斯特妮遇害时他正驻扎海外。凯蒂的叔叔打电话把事情告诉了他。

"我第一次见到凯蒂时,"他说,"最打动我的是她的独立。我是说,她不需要任何人,不需要任何东西。她能把一切都安排好。但我们在一起之后,我意识到那是屏蔽他人的一堵墙。墙里面住着一个受伤的孩子,不明白为什么那样的事情会发生。"

史蒂文在第一次婚姻中留下两个十几岁的男孩。当他们像所有普通少年一样互相打打闹闹或是捉弄 6 岁的泰勒时,凯蒂会不知如何处理——因为虽然史蒂文一再宽慰,可自己的经历总让她担心,所有的争吵都会导致严重的暴力和长期的情感伤害。

泰勒在空手道上进步很快,他对此颇感自豪。截至本文撰写时,他已从新手蓝带升了一段,他希望能一直坚持拿到黑带。有一次,他当选了本月最佳学员。回家路上,凯蒂在车里一直夸奖他,说他取得的成绩真棒。但等两人回到家,凯蒂觉得儿子"似乎不太对劲"。

她问:"怎么了,泰勒宝贝?"这时,泰勒崩溃了,放声大哭。

"妈妈,"他说,"我希望德斯特妮也在这儿,我对罗伯做的事情感到太愤怒了,他夺走了我姐姐。"

虽然凯蒂从来没有主动在泰勒面前谈论过德斯特妮,但她总感觉,他从未见过的姐姐的灵魂始终伴随在他身边。泰勒刚会说话,就指着墙上德斯特妮的照片说:"德斯特妮,德斯特妮。"

"我儿子非常非常敏感,总是提起她。"

"宝贝,她在那儿,"凯蒂告诉泰勒,"她会陪你走过你生命中所有重要的时刻,所有悲伤的时刻,直到永远。"不过,她担心,随着泰勒年龄增长,德斯特妮将不再是他的精神伴侣,而是渐渐变淡成一段关于失去的模糊记忆。可没过几天,"泰勒又对我说,'我真希望她能在这儿和我们一起庆祝'"。

凯蒂说，泰勒对他的小妹妹凯西很好，很有爱心。她深信，如果德斯特妮还在的话，对泰勒也会那么好的。

葬礼后的几个月里，凯蒂经常去德斯特妮的墓前探望。一想到小女儿躺在寒冬的地上，她就难受，很想和女儿在一起。她很注意把那儿的草修剪好，地面维护得当。碰到德斯特妮学校朋友来访，她很感动。有时，他们会留下鲜花，甚至留一些万圣节糖果。有个小男孩记得德斯特妮爱收藏石头，为她留下了一块彩色的石头，上面写着"我想你"。

但最近的4年里，凯蒂一直没有重访墓地，尽管她原本打算要这么做，甚至还收拾好了一些她准备带去的东西。她甚至买下了德斯特妮旁边的墓地，这样就可以永远和女儿在一起了。

她说不清自己为什么不能回去，但她认为这是自己逐渐意识到那里并不是跟德斯特妮真正有关的地方。"再说了，基本上，我有什么一定要对她说的话，不等去那儿就已经说了。"

人人都有自己的应对方式。

凯蒂极为英勇地面对着自己的情感挑战，也面对着生活中其他所有逆境。"我有过好日子，也有过坏日子。它会出乎意外地发生，让我感到惊讶；有时，它悄悄地向我袭来，只是我没有意识到。等它发生了，我才想，我早就应该预见到它的。"她说。

或许正因为如此，凯蒂对德斯特妮几乎没有什么具体的记忆，她认为这可能是让自己避免情绪过载的一种方式。她说："她有很多我不知道但希望自己知道的事情。但从另一个角度来说，我也很高兴自己不知道，因为知道了可能会让我更加痛苦。"

她顿了一下，接着说："我真希望能再陪她多待一会儿。"

卡罗尔总是惊讶地发现，尽管凯蒂的性格有些波动，控制欲强，但她很少表现出愤怒，甚至对老天也不咒骂。

凯蒂说："有些人很生气，有很多仇恨，诅咒老天，等等。但我

Obsession 183

对老天有什么生气或怨恨呢？那不是老天的旨意，那是罗伯·米勒干的。"

米勒在狱里把凯蒂列入了访客名单，以为她会想来看他。但凯蒂并无此意。

"如果我真的要和他见面，"她说，"我也想过很多见面的事，但我只有一个问题要问他：'为什么？'"

第八章　为了受害者

"为什么？"在凶杀案幸存者支持小组的聚会上，这是一个人们问了又问的问题。

这是一个从人性和道德的角度近乎无法回答的问题，也是一个内中藏着无数痛苦的问题。如果升华拔高，这个问题也可以变成这样：在梅雷迪思·梅格勒、戴娜·艾尔兰、罗宾·安德森、汤米·纽、罗茜·戈登、劳伦·约翰逊、苏珊娜·柯林斯、德斯特妮·苏扎，或者其他很多很多人（一一列举他们的名字，要用上很多很多页的篇幅）遇害那天，上帝在哪儿。

这个小组里的不同成员可能会给出不同的回答。杰克·柯林斯是一名虔诚的宗教信徒，他勇敢可爱的19岁女儿死于我所见到过的最恐怖、最残忍的杀人犯之手。他会告诉你，上帝赐给人类最重要的礼物是自由意志，一旦给予，就不会拿走。杰克相信，惨剧的发生并非出自上帝的漠视；上帝始终都在，即使是在恐怖的时刻。祂在那里哭泣，为苏珊娜的痛苦备受煎熬。然而祂无法停下那只罪恶的手，也不能挡住那颗子弹。但在那之后，祂永远是我们共情、怜悯和力量的源泉。此后，杰克不知疲倦地参与受害者权利运动，投身司法改革。他会告诉你，虽然有着坚定的信仰，但他和妻子特鲁迪从1985年7月以来的每一天都在为苏珊娜的去世悲痛万分。

卡罗尔·埃利斯会简单地说："我时常对上帝生气，很想和祂谈

Obsession

一谈。因为如果你在跟一位母亲谈话,她 8 岁的孩子因为另一个人的丧心病狂而失去了生命,那么,我需要一个比我能想得出来的更持久、更有意义的答案。"

不过,在我看来,杰克和卡罗尔的信念都是在强调选择的力量。我们可以就自由意志从何而来进行辩论和思考,但我对惯犯的所有研究都得出了同样的结论:自由意志,是犯下——或是不犯——暴力罪行的症结。

费尔法克斯幸存者支持小组是在德斯特妮·苏扎遇害一年后成立的,目的是为幸存者提供一个"安全可靠的地方,让他们自由表达个人感受"。

凯蒂·苏扎是第一批成员之一,一直担任该部门的顾问,帮忙制订长期计划。卡罗尔回忆说:"她有一份很具体的议程,关于她想从小组中得到什么,以应对自己因无法为女儿做任何事情而产生的所有愤怒和内疚感。"

因此,这个小组变成了一段旅程,每个成员都通过这段旅程在彼此真正了解的人的支持和陪伴下寻找个人目标。用卡罗尔的话来说,每个人都认识到,"没有人的苦难比别人更艰难,无论你是失去了孩子、父母、配偶或其他人,情况都一样糟。死亡就是死亡,杀人就是杀人。谁遇害了,我不在乎,也不重要。归根结底,谋杀这件事就不应该发生"。

最初的顾问里还有两位,分别是玛丽·爱丽丝·梅格勒和露西·巴蒂亚。露西的次子(她共育有 5 个孩子)、18 岁的维奈在 1989 年 9 月 9 日自愿加班时被谋杀。杀害他的凶手乔治·威金斯在狱中改名为拉希德·穆罕默德,于 1990 年 3 月被判一级谋杀罪,将面临终身监禁;到 2002 年 7 月,他将有资格申请假释。

卡罗尔回忆道:"我们对这 3 个人说:'听着,我们是陌生土地上的陌生人。我们不知道要对付的是什么。请教导我们。告诉我们,需要知道些什么才能为你们提供帮助。如果退后、关门离开这里,对你最有帮助,我们会这么做的。但现在,请告诉我们需要知道什么才能发挥作用。'她们照做了。这就是为什么我说,关于凶杀的一切,我所知道的都是从凶杀幸存者那里学来的。"

尤其是,她和桑迪了解到,没有一个专门的聚集地可供案件受害者公开地表达自己的感受。精神健康专业人士需要意识到,他们在提供特殊服务方面是有所欠缺的。卡罗尔说:"凶杀是一种受害者不应承受的犯罪类别。"

在当时,大部分有所行动的人都是遇害者家属。罗伯塔·罗珀的女儿斯蒂芬妮遭到残忍杀害,于是罗伯塔在马里兰州带头开展这项工作,并创办了斯蒂芬妮·罗珀基金会。在佛罗里达州,卢拉·雷德蒙也发起了类似的组织,一些颇有成效的团体(如"凶杀遇害儿童家长联合会"等)相继出现。但官方的系统反应普遍缓慢,迟迟未动。

卡罗尔自己的主要目标是给客户带去舒适和宽慰,这些人也成了她的朋友。但她第一个承认,自己很难对暴力犯罪这个话题维持专业的疏离态度。她很清楚,就算暴力犯罪未能摧毁身体,也摧毁了灵魂。在谈及最近遇到的一起案件时,她大声而清晰地表达了自己的愤慨:

"一种典型的情况,"她告诉我们,"前几天的周末,一名46岁的越南妇女遭人强奸。她抚养了两个孩子,有工作,在城里有房子。她是个好公民,过着自己的生活。突然有人半夜闯进她的房子,用刀抵住她的喉咙强奸了她,并强迫她口交。这让我很生气、很抓狂。他没有权利这么做!他怎么敢!她没有邀请他进来,也没有要求或者想这么做。他怎么敢这样对她?从公民的角度,从女性的角度,我非常愤怒。我很生气,我们该怎样处理他这样的人?我们怎样才能抓住他?等我们抓住了他,又能做些什么?你无法想象我们团队曾花了多少时间想办法来对付那些伤害好人的家伙。你的反应一部分是愤怒,一部分是受伤。你受到了深深的伤害,因为别人的伤痛、害怕和脆弱,而且你知道,若不是老天的恩典,你也可能碰到那样的命运。"

但令她最义愤填膺的是杀人,怎么会有怪物觉得单凭自己喜欢,就有权夺走另一个人的生命。

"我们有一起案件,发生在弗吉尼亚大学,一名男子被人杀害。他是个医生,正在研究一种疾病的治疗方法,研究进展很顺利。他想去看比赛还是什么的。当他在学校前面的一家小餐馆吃饭时,来了个家伙,不知是跟室友还是别的什么人闹了别扭,心情不大好,就把医生给杀了。这种侮辱让我无法忍受:一个没用的废物,因为心情不好就杀人!他没有工作,一无所有。但他夺走了一个将对世界上许多人产生重大影响的人的生命!多么荒唐,多么残忍……一个做出了这么大贡献的人,就在一个没用的混混手里丢掉了性命。这个混蛋想要夺走别人的生命,这就是侮辱。他决定要这么做,而且造成了令人无法置信的事实。在这个无用之人的手里离开人世,真是悲惨之极。"

支持互助小组于1991年定期开会,用卡罗尔的话来说,是为了处理"凶杀带来的复杂悲伤"。在场者可以当着其他有类似经历的人发泄、动怒、哭泣或大笑,唯一的限制条件是不得举止粗鲁或故意伤人。

此外,支持小组还邀请到警察、地区检察官、法官甚至辩护律师作为嘉宾,组员们在经历司法流程时少不了要跟这些人打交道。应一些组员的要求,他们甚至还邀请过通灵师。

组员会跟嘉宾进行互动交流。嘉宾介绍自己所做的事情,反过来,他们也会对受害者和幸存者的经历有新的认识和了解。为了获得信任,也为了确保每个人都坦率直接,小组很早就做出规定,会上所说的一切都将严格保密。

从一开始,卡罗尔和桑迪就努力处理小组成员的即时和长期问题——他们的感受如何,他们经历了什么,他们如何应对日常生活?

不过，这样的做法忽略了一点（回想起来也很明显），那就是，这并不是组员们自己的主要关注点。当卡罗尔和桑迪聚焦于他们和他们的需求时，他们的焦点其实是遇害的亲人：遇害者经历了什么、有多害怕、想法和感受是什么。这些就是凯蒂·苏扎教给两人的事情。

"我们意识到，"桑迪承认，"我们所应对的是凶杀案带来的余波。幸存者需要处理事件本身，然后才能融入日后的生活当中。"于是，两人开始面对跟凯蒂同样艰难、残酷的问题。从某种意义上说，这就是我和同事们在构建犯罪心理画像、分析特定犯罪时所运用的受害者学：在现场，受害者和罪犯之间到底发生了什么？不解决这个问题，无论是我们这些分析师，还是幸存者，都无法继续前进。

支持小组在隔周的星期三开会见面。因此，对卡罗尔和桑迪来说，那一周的星期四常常是很糟糕的日子。桑迪解释说："会议会抽光你的精力，而且很多时候，星期三晚上不愿意开口的人，第二天早晨头一件事就是给你打电话。"

不可避免地，压力和痛苦让她们付出了代价。"在我看来，你不大可能生活在这种痛苦当中自己却毫发无损。"桑迪说，"我的应对机制之一是跟丈夫花大量时间互通情况，因为我回家不想跟他说话的样子会把他彻底逼疯。"

桑迪的丈夫保罗一直非常支持她的工作，在照顾孩子方面也很配合她的日程安排。凶杀案支持小组刚成立的时候，两人的女儿艾米丽也正好出生，互助会议又常持续到深夜。桑迪说："等会议结束的时候，最后一个人终于离开，我们都变得迟钝麻木了，需要彼此交谈。于是我们会逐一谈论每起案件，回顾我们能做些什么，彼此抚慰、哭泣。我们真的需要有这样的时间，才能重新恢复力气回到家人面前。"

桑迪补充说："如果你虚情假意、不真诚，他们一秒钟就能闻出来。"

卡罗尔称这是"来自直觉。这就是我对生活和所从事工作的看

Obsession 189

法。如果你的直觉告诉你某件事情,如果你对它有强烈的感受,那么你必须诚实地面对它,对你的感觉有所反应"。

卡罗尔和桑迪为受害者-证人小组的工作起了一个非正式口号,它其实同样适用于这个行业的其他方面:"不容易,不简单,不好玩,不是所有人都适合。"

同样地,身为3个孩子的父亲,我可以根据个人经验告诉你,如果你从事这类工作,那肯定会影响到自己孩子对安全与幸福的感知。桑迪和保罗有两个女儿和一个儿子,女儿分别是5岁和11岁,儿子9岁。"一方面,"她说,"我想让他们拥有学会独立所需的自由。但看到的那些事情,真是把我吓坏了。我认为,随着他们每个人逐渐长大,我所害怕的事情也在不停变化。"

她承认:"这很难,因为我知道我对他们严加控制的程度,远远超过他们朋友的父母。我需要知道他们在哪里、在做什么。当回到家时,我必须集中精力退后一步,做一个普通的母亲,而不是沉浸在工作中的这种角色。"

桑迪尤其感到难受的是回想起金伯利·莫耶一案,那是她早期经手的一起案例,虽然桑迪认为称金伯利"客户和朋友"更加合适。1992年,金·莫耶尚在襁褓中的儿子克里斯托弗被一名托儿所保育员所杀。当时是6月,克里斯托弗本该在10月年满一周岁。事发前一个星期,桑迪才刚刚休完产假,生完第3个孩子。

她回忆道:"卡罗尔和我去莫耶家位于山上的房子看望他们。夫妻俩年纪很轻,跟我和我丈夫相仿。我记得当时我能想到的是,他们每一件事都做对了。他们是专业人士,等到自己有能力为孩子提供最好的生活时才生了孩子。他们搬到这里来,就是为了给孩子更好的生活质量。可突然之间……他们听到了最糟糕的消息。"

"我感觉金几乎要抓着我跪到地上。当时她正在哺乳期,我也是。我想,因为她没了孩子,奶水很快就会干涸。他们在生孩子方面遇到了很多麻烦。他们好不容易有了一个小女孩，没有料到还会有个儿子的降临。我就这样和这位孩子在托儿所遇害的女人在一起。我开始怀疑自己的价值观：天啊，也许我不应该在这里，也许我该回家陪孩子。所有这些事情都开始在我脑海里转动，从专业的角度讲，我认为那就是我的转折点。我认为，要想在情感上继续应对这份工作，就必须真正理解，这既是一份使命，也是一份工作，必须学会回家后就把它关掉。"

通过这种自我反省，桑迪得以在情感上做出长期的承诺。金·莫耶将她的悲痛转化为令人印象深刻的慈善工作，包括儿童权益保护、为受害者争取赔偿开展游说。但和其他人一样，她的痛苦永远无法完全抹去。她以克里斯托弗的名义给编辑写了一封措辞激烈、令人心酸的信，刊登在1992年受害者－证人小组通讯简报《分享与关怀》的秋季刊上。信中从她遇害孩子的角度讲述了本来会发生但现在再也无法发生的事情。毫无疑问，金·莫耶代表了每一位承受丧子之痛的父母。

我想强调一下把受害者－证人部门放到警察局（尤其是刑事调查局）而非地方检察官办公室的重要性，卡罗尔将其称作"在鲸鱼的肚子里"。许多司法辖区都把此类单位放在地方检察官办公室，如果是这样的话，受害者或证人可能要等上好几个星期、几个月甚至等到案件准备好进入审判阶段的时候，才能跟协调员或顾问取得联系。此时，情感创伤可能已经变得很深了，部分原因在于一开始受伤时没人尝试给予治疗。

弗吉尼亚州费尔法克斯县的项目之所以得以如此有效地运转，并应该成为全国其他同类项目的典范，完全在于人与人之间的关系。这就是它的全部意义——警察和支持小组之间的关系，支持小组及其客户之间的关系，小组内部成员之间的关系。

卡罗尔说："如果说我们取得了什么成功，如果说我们的项目有什么新颖之处，那就是 7 年来，我和桑迪在共同工作中建立起来的关系，以及我们对事业的共同承诺。应对凶杀案是发生在我们身上的一件很特别的事，它在我们之间逐渐演变，让我俩携手相连。我们就好像走进了一片黑暗森林，一起摸索着前行。"

受害者支持小组的优势在于能够为每一名幸存者提供所需的个性化服务、关注和支持。不过，小组成立之后，卡罗尔和桑迪很快就发现，有些事情对小组成员来说几乎是共同需求，凯蒂·苏扎的经历和观察结果可以成为这方面的准确指导原则。

他们都想知道怎么回事、什么时候以及为什么。具体来说，他们都想知道自己所爱之人生命中最后那些可怕的瞬间。有时候，这些答案就在眼前，有时却根本没有办法得到。如果是后者，支持小组就必须加以处理。

但在这个过程中，他们也学到了一些深刻的东西。卡罗尔说："从那以后，我逐渐了解到，谋杀案的幸存者比我和大多数人都坚强得多，他们不需要那种窒息般的过度保护。他们需要信息，需要应对这些信息，然后才能继续前进，并在前进的道路上做必须做的事情。"

虽然没有谁的伤痛比别人更痛，但小组会议的讨论中出现过许多细微差别。例如，一个孩子遭人杀害和一个 85 岁的老人遭人杀害，有什么不同吗？这是小组必须解决的一道障碍。他们做到了。

"他们必须这么做，"桑迪评论道，"我的意思是，这也是接受教育的一个环节。你出现在桌边完全是因为发生了这件可怕的事情。但除此之外，不管是你的兄弟、我的父亲或她的女儿遇害，我们都同样伤痛，我们都走在同样的旅途中。"

卡罗尔和桑迪刚组建凶杀案受害者支持小组时，该县的大多数凶杀案都是熟人作案：凶手来自同一家庭或是彼此认识。案件有时是失控的家庭争吵升级，有时则是可怕的悲剧换了一种形式表现出来。桑迪曾处理过一桩案件，凶手是一名柬埔寨难民，女性，嫁给了越南男子。她曾经被关在臭名昭著的柬埔寨政治犯集中营里。她精神不稳定，产生了妄想的错觉，一直有幻听。她勒死了自己的两个孩子（一个2岁，一个4岁），并把尸体藏在壁橱里。后来，她在医院的精神病房上吊自杀。

另一名女性在家门口被已经分居的丈夫捅了13刀。之前她就申请过法院对丈夫的限制令（有关限制令的问题，我们下一章讨论。）

随着时间的推移，虽然熟人和家庭谋杀的比例在该县仍然很高，但卡罗尔和桑迪开始见到很多不同类型的凶杀案，包括特别可怕的陌生人谋杀。随着华盛顿郊区的文化变得更加多样，凶杀案的模式也发生了变化。

不管凶手是熟人、家庭成员还是陌生人，卡罗尔和桑迪（其实也包括整个支持小组的所有"老兵"）经历过的最难受的事情之一，就是每当有新人进来，他们就会又一次看到和感受到强烈的痛苦。

受害者协调员通过自己的经历以及其他专家的作品和研究，意识到幸存者在罪案发生后有若干不同的心理阶段。

第一个阶段叫作冲击阶段，也称为休克、急性或即时阶段。它可能持续数小时、数天甚至数周，在此期间，受害者尚未从事件中恢复过来，感觉麻木或瘫痪，无法作出决定。他/她极度脆弱，容易困惑，可能非常孤独、无助或绝望，似乎不可能应对任何具有挑战性的事情。有些人在这个阶段的感觉表现为退缩或冷漠，有人可能拒绝相信所发生的一切，还有一些人会产生彻头彻尾的恐惧感。这都是可以理解的。

后退阶段会伴随着愤怒、严重抑郁、怨恨，甚至是否认。无关紧要的小小压力，很可能会引发巨大的情绪波动。可能会出现无法控制的哭泣，被拒绝感，身份或自尊的丧失。受害者可能会经历失眠或夜惊，或在两者之间循环。对发生在所爱之人身上的事情，受害者可能会在责怪别人和责备自己之间来回摇摆，也就是说，很可能会背负起毫无根据的愧疚包袱。这时，"为什么"这个重大的问题，有可能会不断侵入受害者每一个清醒的时刻。

桑迪举了一个令人心碎的例子：

"金·莫耶在儿子遇害大约4个月后的一天给我打电话。她把车停在路边，抽泣着，那种哭声我们都很熟悉。我想，在那个地方，人的内心非常愤怒，纠结于自己是要继续活下去，还是干脆一死了之。她对我说：'冲击终于来了。现实最终冲向了我，让我意识到他已经走了。'除了我，她还能给谁打电话说这些话呢？我必须保持通话，理解她，告诉她这不是发疯。"

正因为有了像桑迪·维特这样的人，个人的挣扎和旅程才得以继续。

在应对阶段，受害者－幸存者积累了一些见解，并开始将经历融入日常生活。他意识到自己的生活再也不会跟以前一样，但无论如何都得向前走。气愤、狂怒和恐惧可能还在，但随着时间的推移，它们的强度在减弱，情感能量现在可以引导到其他活动和其他人身上。我发现，对一些最勇敢的幸存者（比如杰克和特鲁迪·柯林斯夫妇，还有凯蒂）来说，遇害的亲人成为他们日常生活中的虚拟存在。他们可以谈起她，思考她的过去以及她对他们的意义，她不再仅仅是不幸的谋杀受害者。凯蒂和儿子泰勒谈论德斯特妮，还说如果德斯特妮能参与泰勒生命中的所有事件，她会多么高兴。杰克和特鲁迪每年都要出去吃饭庆祝苏珊娜的生日。这个最后的阶段，可能需要几年，甚至更长时间才能达到。重要的是，所爱之人永远不会遭他们遗忘，而是以一种更丰富、更充实的方式被铭记下来。

该小组还采纳了另一种来自心理学家威廉·沃登的表达方式，他提出了4个阶段：适应冲击；接受亲人丧生的现实；努力克服或"融入"痛苦，适应一个不再存在亲人的世界；最后，弥合缺失，回归社群。

这里传达了一段艰难但充满希望的信息：你的改变是永远的，但有了爱、帮助和勇气，你有能力应对它，你所爱的人将永远和你在一起，成为你的一部分。

这并不是说前进的道路上不会出现挫折，也不是说你不会回归此前的感受，很可能会。根据自己的经验，我知道有无数次和孩子们一起出去时，比如说，去河边或公园，我会闪回一个与当前所处的环境相似的场景，一具尸体从水里被捞出来或从树下被拖出来的样子。想象一下，对于这些暴力犯罪的受害者家属来说，这种感觉该有多么强烈。这里所说的是创伤后应激障碍，这种医学和心理状况的表现形式，战争时期曾得到过充分的研究。而应对暴力犯罪带来的冲击，同样是一场战争。看到类似的症状出现，我们不应感到惊讶。

"在小组里看着一个新人经历这番折磨，"桑迪说，"我以前听到过类似的故事，知道它会怎么演变，她会变成什么样，我看到她说'这太伤人了！'或者'为什么这么痛？'一类的话，始终是件难受的事情。这几乎成了你必须经历的一种仪式。但是小组会接纳你，帮你渡过难关。"

他们还会分享自己的旅程。

约翰和路易丝·艾尔兰是第一批参加互助小组会议的人，他们至今仍坚持来参加。1968年12月12日，女儿戴娜降临人间的时候，夫妇两人已经步入中年，从军队退役，住在弗吉尼亚州的斯普林菲尔德。他们的长女桑迪已经长大成人了。

戴娜一直都是个美丽、特别的孩子，甜美、温柔、可爱，但独立性很强，必要时能为自己挺身而出。她与约翰和路易丝的关系亲密而温暖，夫妇带着全新的热情和喜悦，投入再次为人父母的生活。戴娜有很多朋友。她喜欢小动物，经常把流浪狗带回家。她放生了自己的宠物仓鼠，因为受不了看到它关在笼子里。长大后在高速公路上看到受伤动物，她会习惯性地停下车来。

无论是在西斯普林菲尔德高中还是在乔治梅森大学，戴娜都是个好学生，也是个颇有天赋的运动员，喜欢足球、徒步旅行、冲浪和潜水。大学毕业，她开始寻找自己的人生事业，知道这将是一场冒险。她和自己仰慕的姐姐一起游历了南太平洋，还在认真考虑加入和平队。认识戴娜的人都说她是个快乐的孩子。

1991年圣诞节假期，戴娜·艾尔兰和父母去夏威夷卡波霍度假，看望姐姐和姐夫。平安夜那天，她在希洛附近的一条乡村小路上骑车，被一辆车里的几个男人瞅中了。他们开车将她撞倒，绑架并强奸了她，完事后把她扔在路边等死。一位路过的司机发现了她，帮她打电话求救。救护车花了很长时间才赶到，戴娜因伤势过重、失血过多而死，年仅23岁。

"约翰和露易丝本来正过着美国梦般的生活，可恶魔突然出现，他们的整个世界都被颠覆了。"桑迪说，事实上，他们是模范公民，经过多年的努力工作，过上了美好的生活。可一转眼，一切都错了。他们心爱的戴娜死了，他们不知道为什么，罪犯也没有被捕。据他们所知，这起案件的调查推进得远远不够。

于是，在快60岁的时候，为了女儿和其他像她一样无辜的人，约翰改变了自己。他成了一名活动家、调查员和游说者。他成了现代版的传教先知，要求真理、荣誉和正义。他有着强烈而鼓舞人心的使命感，自己承担费用多次飞往夏威夷向媒体和警察施压，要求他们采取行动。他获得了法律援助。他对案发的县政府提起诉讼，指控他们玩忽职守，在接到紧急服务电话后没有及时赶到戴娜的身边。他要求见到州长，当面陈述自己的冤屈。桑迪说："他敦促继续调查此案。"

但约翰的工作和热情远不止戴娜案件。他游说夏威夷立法机构，争取受害者权利，提高了整个州的敏感度。他直接或间接负责的事项包括暴力罪犯判决时进行受害者影响陈述，以及在偏远地区（如戴娜遇袭的地方）安装急救电话。在华盛顿，他走上了与同伴杰克·柯林斯相似的道路，去国会山挨家挨户敲门，在国会就受害者权利立法作证，要求发表意见。他传达的信息一以贯之：我们迫切需要改变法律。他为司法部资助的影响陈述项目"受害者的话语权"担任主要顾问。

与此同时，约翰和路易丝还在戴娜的母校乔治梅森大学设立了戴娜·艾尔兰纪念奖学金，为弗吉尼亚和夏威夷凶杀案受害者的子女、配偶或兄弟姐妹提供奖学金。最初，基金来自他们案件的民事诉讼和解款项。约翰本来是热心的高尔夫球手，便举办了一年一度的高尔夫锦标赛，为奖学金筹款。一如杰克和特鲁迪·柯林斯夫妇为外交人员子女设立了苏珊娜·玛丽·柯林斯永久奖学金，约翰和路易丝为戴娜设立的基金也是对这位非凡的年轻女性美好而长久的纪念，获奖者的成就将让戴娜永远闪耀在人们的记忆当中。

在幸存者支持小组中，人们痛快地宣泄自己的真实感受（悲伤、愤怒、为无法结案而产生的沮丧）。就在我们撰写本书的最后一个月，戴娜的案件终于进入起诉流程。我相信如果没有约翰的努力，这件事根本不会发生。虽然受害者本身不应肩负这样的责任，但约翰和路易丝，以及全国各地越来越多的受害者家属所付出的努力和奉献表明了一种全新的积极趋势。受害者要求伸张正义，实际上是在说："我们并不是义务警员，法律并不掌握在我们手里。但我们会监督你、跟随你、帮助你。如果你不把我们的利益放在心上，我们将狠狠咬着你，追究你的责任。"

艾尔兰一家联络其他处境类似的人士，这一举动令人印象极为深刻。桑迪报告说，这些人总是非常团结、互相支持，特别是那些刚刚经历过恐怖事件的"新人"。他们彼此提供建议，彼此陪伴参加审讯和听证会，一同分享宽慰和愤怒的力量。

这是这个小组给我们，也包括卡罗尔和桑迪，印象最深的地方。

Obsession

小组成员富有同情心、有教养、高尚、豁达，也追求实际。他们理解人性的弱点和英雄主义，无论发生了什么，他们都不曾放弃这样的信念：要成就一个文明社会，就必须遵守某些绝不能背离的标准。

小组成员的丧亲之痛涵盖了生命的整个阶段：从莫耶家的婴儿，到 8 岁的凯蒂·苏扎，到 19 岁的柯林斯、二十来岁的艾尔兰，一直到奥黛丽·韦伯的母亲。

1991 年 5 月 27 日，85 岁的劳伦·德克尔·约翰逊在亚特兰大巴克黑德区的家中被刺死。奥黛丽给母亲打了好几个小时电话都找不到人，她开始担心起来，于是联系了母亲的邻居兼密友珍妮特·考克斯，后者又给另一个邻居纳丁·尚克打了电话。珍妮特和纳丁从 20 世纪 30 年代就认识劳伦了。第三位邻居迈克·惠勒和尚克夫人在浴室地板上发现了约翰逊夫人的尸体。在劳伦去世的一年前，她的丈夫约翰·韦斯利·约翰逊因心脏病去世，两人结婚已有 61 年。

警方指控 22 岁的特里·戴尔·雷德谋杀和抢劫罪，他是劳伦雇来整理院子的。6 月初，警方发现了他留在家中花瓶上的指纹以及其他物证。他向亚特兰大警方认罪。随后，他又称自己遭到逼供，辩称无罪。但之后又出现了另一名证人，证实雷德曾在事发当晚向他描述了犯罪过程。

奥黛丽·韦伯和丈夫迪克都跟劳伦非常亲近。她的遇害让两人不知所措。什么样的怪物会朝着一名 85 岁的老妇人连捅 20 刀？

经过一再推迟，审判最终定于 1993 年 3 月进行。处理此案的助理地区检察官向韦伯夫妇保证，这是一起确凿无疑的案件，一定会判决有罪。但事后看来，韦伯夫妇觉得他没有做好充分的准备。

"他的无能令人难以置信，审判结果就是对他的嘲笑，"他们在给朋友的一封公开信中写道。"他准备不充分，却如此傲慢自大，信心满满地认为，无论发生什么事，被告都会被判有罪。"

1993 年 3 月 30 日星期二，富尔顿县陪审团裁定雷德无罪。对韦伯夫妇、考克斯太太和尚克太太，对检察官办公室，对费尔法克斯受害者-证人小组，以及所有密切关注调查、证据和审判的支持小组成员来说，这一判决都令人震惊，而且无法解释，它对受害者（温柔的韦伯老夫人和爱戴她的女儿女婿）造成了再次伤害。本案的陪审团没能交付出一个公平公正的结果。

一名陪审员同意接受采访，并表示有关逼供的问题在无罪释放中发挥了作用。对此，亚特兰大警察局长埃尔德林·贝尔回应说："我很愤怒。据我所知，辩方从未质疑我们凶案调查组的可信度。"

就连雷德的律师罗伯特·麦克斯韦尔也对《亚特兰大宪法报》表示，他对"判决"颇感意外，"因为证据'压倒性地'对被告不利"。

迪克·韦伯给检察官写了一封长达8页的信，表达了他和奥黛丽对判决结果感到的痛苦和愤怒。他列举了自己和妻子为帮助案件进展所做的所有事情，包括注意到在一个不在原位的酒瓶上发现了雷德的指纹，这成为关键证据之一。迪克·韦伯谴责检方在审判过程中采取了错误的战略，疏忽怠慢。

我当时并不在场，所以无法对此作出独立的判断。但我审查了一些证据，无论陪审团是感到困惑还是单纯不想定罪，这似乎确实是一次严重的误判。在约翰逊案判决之前，费尔法克斯受害者-证人小组都没怎么想过要应对司法不公导致的局面。

桑迪说："我们完全惊呆了，我们想，要是不邀请奥黛丽坐下来谈谈，问问她发生这种事有什么感受，那是非常不负责任的。你必须接受这样一个事实：我们的司法体系并不完美。"

尽管韦伯夫妇大感崩溃，痛苦深刻而持久，但两人并未让这件事摧毁自己充实而积极的生活。他们继续参加小组会议，为那些需要他们指导的人提供支持，希望后者从自己的经历中有所学习。奥黛丽的母亲生前是一位专业人士，那时的女性很少有成为专业人士的。她慷慨大方、乐于奉献、充满爱心。奥黛丽和迪克通过像母亲那样行善来表达对她的纪念。

"在这个国家,我们更需要的是,"迪克写道,"清晰地认识到什么是真相,什么是现实。我们越是热爱真相,就越能更好地为被告和受害者带去正义,为整个社会带来安全。"

如果罪犯承认有罪,或是压倒性的证据和敏锐的陪审团迫使他们认罪,另一个问题会出现,那就是宽恕。这个问题在受害者-幸存者群体里反复出现,这是可以理解的。我自己的观点是,在个别情况下,可能会宽恕暴力犯罪者。但我个人很难想象宽恕一名杀人犯。我在《黑暗之旅》中提到,只有被杀害的受害者本人,才能够真正宽恕凶手;而根据犯罪的本质,这样的事是不可能发生的。不过,宽恕是依案件而定、因人而异的。如果宽恕能带来帮助,一些幸存者可能会更好地向前迈进;另一些人则需要看到司法最终公正执行后才会考虑,我对这两种观点秉持同等的尊重态度。

卡罗尔说:"这个小组里有很多人在康复之路上处于不同的位置。对一些人来说,宽恕可能是对的,但对另一些人来说可能不是。"

卡罗尔发起了4项倡议,总结了凶杀互助小组的意义和目标。

"这个小组可以让受害者更安全。我们无法提供绝对的安全,那是一个神话,但我们会尽力让他们更安全。

"我们强调抓住凶手,让他们为自己的行为承担责任。我们帮助小组中的人获得实现这一目标的机会。

"我们致力于为社群中的人提供预防和保护。"小组明确地告知受害者,他们有合法权利知道罪犯何时即将从监狱获释,或者他的刑期及状态有什么其他变化。

"也许最关键的是,我们帮助人们聚到一起,怀念去世的亲人,并以积极和有意义的方式铭记他们。我们会保证受害者不白白死去。我们要共同努力,保证永远记住我们所爱的人,记住发生了什么,记住它是怎么发生的。我们要将这一切铭记下来,缅怀他们。"

实际的提醒是一种方法。有些会谈邀请人们带来属于亲人的东西，聊一聊这些物品。约翰和路易丝·艾尔兰带来了一块印着戴娜小时候手痕的瓷砖。

卡罗尔说："他们拿着它走进来时，我差点以为他们把这里的地砖撬了。"

凯瑟琳·斯宾塞年幼的儿子被人殴打致死，她带来了一口小木箱，里面装着儿子的重要物品。"她翻遍了那口箱子，把所有的东西都拿了出来，"卡罗尔回忆道，"那是他留下的一切了。"

我记得曾去北卡罗来纳州拜访杰克和特鲁迪·柯林斯。特鲁迪拿出了家里所有的遗物——婴儿相册、照片、成绩单和作品。然后她给我们看了一个信封，里面装着苏珊娜的一缕金色胎发，那是特鲁迪第一次为她理发时剪下的。杰克拿出一顶黑白相间的帽子（用军事术语来说就是"盖帽"），苏珊娜曾自豪地身着海军陆战队军服戴着它。这两样东西并列放在一起的画面，永远烙在了我的记忆中。

幸存者小组会议以"感受环节"结束，桑迪要求每个参与者用一个词来描述其感受。你可能会听到悲伤、快乐、受伤、愤怒、应付、不耐烦、困惑和茫然等词语。卡罗尔说："我选择的词语几乎总是'鼓舞'，因为我从这些人的旅程中看到了巨大的鼓舞，以及他们这样做的勇气。我们发现，在几乎总是情绪非常激动和紧张的会议后，这最后一轮有助于人们推开会议室的大门，走入苍茫的夜晚。"

桑迪说："刑事司法系统不是为情感而构建的，它是为法律而设计的。"因此，像受害者-证人小组这样一支以情感为中心的团队，似乎很难与一群强硬的警探相处，实际上也确实如此。

卡罗尔说："执法工作是以男性为主导的行业。做警察，你需要坚强、狂热、富有进取心。这份工作本身的性质对你提出了这样的要求。它非常类似军队，你必须通过特定的门槛，按照特定的方式行事。"

换句话说,受害者－证人小组必须通过努力,为自己在谈判桌上赢得一席之地。

"1990 年,"卡罗尔回忆说,"我们针对特定案件,与特定的侦探合作,碰到了各种情况。我们发现有些人懂得如何利用我们,甚至有效地与我们合作,但另一些人就对我们不屑一顾。"

"桑迪和我各自用自己的方式迎接挑战。我靠的是经验和与人共事的能力。礼貌、谦逊,不冒冒失失地打扰别人。我会打电话说,'我是卡罗尔·埃利斯,我有一桩案子,需要一些信息'或者'我能帮你做些什么?',最终,我赢得了一些人的回应。自此以后,我也改变了不少,在待人接物方面变得更像个警察了。有了这些跟警察打交道的经历,我做事也更有信心。

"从一开始,桑迪的要求就比较苛刻,因为她个性如此。她坚持不懈,有时候这么做效果很好,因为警察看到了她的风格,并认识到他们应该尊重这件事。也有一些人感到受了冒犯。她凭什么这么做?她也太大胆了,她从本来没她位置的地方左冲右突地挤上了桌。"

但渐渐地,随着老一代警察退休,新一代看到了这个单位的能耐,情况出现了转机。

"如果一名强硬的凶案警探把一名平民女性叫到现场,觉得你不会碍事,你能受得了那场面,那么你就算被他们接受了。"卡罗尔说。

费尔法克斯县警察局长 M. 道格拉斯·斯科特直言不讳地说:"不管能不能最终解决一桩罪案,他们与受害者打交道、对其进行宽抚的能力都非常重要。"

他解释说:"我认为,随着时间的推移,执法部门已经认识到,我们必须理解犯罪对受害者的冲击不仅是心理上的影响,执法部门对待受害者的方式也可能极大地影响受害者对案件调查的配合。如果你吹毛求疵、铁石心肠,受害者从一开始就会意识到这一点,故此不愿意配合。

"我认为,直到小组进入警察局的前一刻,都存在着空白,警探们也意识到了这一点。他们积压着大量的案件,精力分散到多个方向上。如果他们愿意,是可以让其他人介入负责一些周边事务的,比如陪同去法庭、为证人准备、更换住处,这些都是传统上执法人员不会或者无法做的事情。该单位成立并开始看到成果后,我们之间的联系就非常紧密,并一直保持至今。"

但为了让这种配合运转起来,人们必须理解:所有人都属于同一团队,要朝着同样的方向努力。我见过太多调查因为双方没有配合好而走向失败。"我们认为自己是该部门的执法人员,"卡罗尔解释说,"成为一名执法人员的重要标准之一在于,你了解警察的经验并尊重他们。除非你之前就有过从警背景,否则你无法立刻理解这些事情,所以我们非常重视职员的成长以及对警察经验的培养。在我看来,警察是一群有奉献精神的人,他们选择做一些特别的事情来维持、保护公众的信任。除非这个单位的新成员能明白警察对自己所做之事的感受有多强烈,否则他们将永远无法适应。他们必须明白,而且这一点非常重要:你必须遵守所有这些准则、法律和协议。我们所做的每件事都必须符合指导方针。"

凶案组探员罗伯特·"鲍勃"·墨菲在调查性犯罪案件时开始与卡罗尔和支持小组合作。他认为他们为受害者和证人站台,在整个司法系统中代表受害者的利益。"他们是为受害者而存在的。当他们开始工作,我们突然发现,在调查案件的时候,可以把受害者托付给他们。"

迪克·克莱恩也来自凶案组,是性犯罪组的另一名资深探员。他补充说:"在他们出现之前,你身为警探必须身兼数职,其中之一就是社会工作者。你要努力让受害者放松下来,向她解释司法系统,让她为即将经历的事情做好准备。很多受害者都以为自己才出虎穴、又入狼窝。受害者支持小组给了我们很大的帮助。"

如果遇到一起重大案件,涉及很多证人,克莱恩会在调查期间借助支持小组的力量组织证人,帮助证人准备证词。像迪克这样的侦探把卡罗尔的团队视为他们调查工作的伙伴。

帮潜在证人做好出庭作证的准备,这是支持小组最重要的一项职能。鲍勃·墨菲说,受害者 – 证人小组基本上已能够从警探手里接管这一职能,让警探有更多时间和检察官合作,准备案件的物证。

凶杀案侦探丹尼斯·哈里斯说:"沟通是关键。受害者想要帮助自己,如果你让他们知道,'没有你我完成不了这桩任务,我需要你的帮助',大多数情况下他们会积极回应。一旦他们理解了为什么事情要按照这种方式进行,他们都愿意提供帮助,并且更加努力地与你合作。"这一点也是卡罗尔反复强调的:受害者需要、有权利获得,并且能够应对案件相关的所有重要信息。

支持小组会派出一名工作人员陪同受害者或幸存者出庭。有时,如果谋杀案件的受害者没有家人或亲密朋友出庭,小组也会到场,确保受害者有人代表。"我记得过去几年,"卡罗尔说,"如果法庭上没有受害者的家人,我或者桑迪就会站上去说,'我们在此代表受害者作证。'没人在乎,也没有家属。我们把这当成一项严肃的使命,参加判决和所有的听证会。"

如果法庭上有幸存者或亲人在场,受害者协调员会为他们充当情感缓冲或保镖的角色,说是"人身保护器"也并无不可。我可以告诉你,有多少次我在法庭上见到被告走进来,他会瞪着受害者及其家人,那眼神里充满了蔑视、愤怒、受伤的无辜,有时甚至是漠不关心,这最糟糕。如果幸存者身边有人给予他力量和支持,很可能会带来很大的不同。

另一种需求甚至更为基本。暴力犯罪意味着要产生一连串新的费用——有些是直接的,有些是间接的。这些费用包括丧葬费用、医疗费用、心理和物理治疗费用，甚至包括去法院的公共汽车或出租车费用，以及听证会或审判期间的儿童保育费用。受害者 – 证人小组不仅可以帮忙支付这些费用，而且还可以协助受害者获得补助金，弥补其可能遭受的较大费用和经济损失。

除了凶案支持小组，桑迪还负责一个更宽泛的犯罪受害者支持小组。该组协助警察局的儿童性罪案部门，帮青少年受害者出庭作证。他们与侦探和检察官密切合作，让孩子和父母对整个过程和可能面临的情况感到舒适。这些问题包括一些基本说明，比如确保孩子明白，受审的是被告而不是他们自己。受害者协调员总是会称赞孩子的勇气，向她保证安全，让她坦率谈论自己的感受和恐惧。

该小组拟定了一份清单，列出孩子们觉得可怕的事项。协调员将和孩子一起填写表格，选择感受程度：非常害怕、有点害怕、一点也不害怕。所涉及的事情包括：进入法庭；穿黑袍的法官；承诺说出实情；见到被告（做错事的人）；坐上证人席；对着麦克风讲话；提及关于身体隐私部位；身边满是大人，自己却是个孩子。一旦协调员确定了恐惧从何而来，就可以在审判之前以及孩子感觉自己再次受系统所伤之前，与儿童证人一起排除恐惧。

下一步是他们拟定出的另一份清单，题为"如果……你会怎么做？"，涉及的事项包括有人提了一个你不理解的问题；你感到愤怒或悲伤，哭了起来；律师们开始互相争论；法庭上有人看起来很刻薄；甚至，你需要上厕所，因为你感觉很恶心。清单中列举了 11 种情况，每一种情况都对应着 3 个答案，协调员将梳理每一个答案，并和孩子讨论哪种回应方式最适合应对相关情况。

这些做法不光带来了更好的证人，从而更好地伸张了正义，而且也极大有助于确保这些无辜的人不再受到进一步伤害，并且实际感觉自己发挥了积极的作用，见证到正义的伸张。

由于近些年来，我们对暴力犯罪已趋于麻木，几乎倾向于低估谋杀或强奸之外任何事情的重要性，除非有一天你亲身经历。这之后，你的观点才会迅速改变，意识到该小组提供支持的价值所在。

"如果你曾被人拿枪顶着脑袋，我会打电话给你，"桑迪说，"我要求和你谈谈，提供我们的服务。第一次，你兴许会对我说：'哦，我很好。非常感谢你的来电。'但如果我深入了解你，在电话里和你通话的时间足够长，就会知道你当时吓得要命。你可能会告诉我，你在想，你再也见不到妻子或孩子了。这会改变一个人。我想让你明白，这就是我们在这里的原因。而且我知道，如果我只是发一封信说'如果您有需要，请联系我们'，这一切是不会发生的。"

事实是，遭遇任何暴力或潜在暴力，都会让我们感到备受侵犯和脆弱。它扭曲了我们对事物自然和逻辑秩序、对基本的公平和善意的感觉。一旦这些基本认识消失，要重新获得对生活的安全感和稳定感就不容易了。

善意的朋友可能会告诉我们自己有多么幸运，"情况可能会更糟"，你可能已经遇害甚或受重伤。但这正是问题的关键所在。一旦我们亲身体验到，置身这种情况下生命是多么变幻莫测，就必定会陷入沉思，想象我们自己与所爱和珍惜的一切是多么脆弱，我们的控制感是多么易碎。这是暴力罪犯从我们手里夺走的众多东西之一。

桑迪谈到和受害者"进入那个瞬间"，她指的是得以理解犯罪对受害者意味着什么。也许这次强奸是她能想象到的、发生在自己身上的最糟糕的事情，相当于死亡，甚至更糟。也可能，她觉得自己能活下来很幸运，她挺过了这场磨难。这两种反应都是完全可以理解的、完全正当的。但不管受害者怎么想，都需要桑迪或她的同事给予不同的回应，而这只能通过"进入那个瞬间"来实现。

就其性质而言，支持小组处理最多的是暴力犯罪造成的影响。但在有一个领域，支持小组在预防其发生方面取得了很大进展，那就是家庭暴力。

卡罗尔说:"在费尔法克斯县,我们很幸运地拥有一项先发制人的政策。警察会逮捕施暴者,把他送进监狱——逮捕家庭暴力事件的主要施暴者不是他们的一种选择,而是一定会做的事情。如有需要,他们还会陪同受害妇女获得紧急保护令。"

"安全屋"是这个项目的核心,是一个为家庭暴力受害者提供24小时紧急庇护的场所,资金来自受害者–证人支持小组获得的一笔赠款。卡罗尔说:"如果我们遇到悲惨的情况,受害的女人无处可去,我们就会带她去'安全屋'。"

而且,这项服务向那些不需要立即寻找别处住所的人伸出援手。该单位的成员全天候提供服务。某些高风险的受害者会获得带有电子发射器的吊坠,以便立即联系警方。维吉尼亚·"珍妮"·斯特鲁克是该小组最初成员之一,负责协调该项目。

还有一个领域,该小组希望实现犯罪预防,而不是仅仅处理其后果,那就是跟踪缠扰。"过去这是一个灰色地带,你不知道如何处理,"卡罗尔评论道,"但在这个办公室,只要受害者意识到有人跟踪缠扰,我们就鼓励他们报案。在构思安全计划、如何避免危险状况方面,我们一直非常支持。我们积极地通过各个地方警察局寻求帮助。基本上,受害者可以直接给我们打电话,或者到我们的办公室说'我需要帮助',我们就会出手。"

对于卡罗尔、桑迪,以及其他工作人员来说,这种积极主动的工作有助于平衡那些他们无法阻止的恐怖案件所导致的情感负担。

"有太多事你无能为力,"桑迪说,"把做不到的事情列出来,比做得到的事多得多。你无法让死者复活。你无法把强奸受害者从前的幸福和安全还给他们。你无法治愈折断或切断的肢体。你无法让被猥亵的孩子恢复纯真。如果你是一名年迈寡居的老妇人,不幸成了入室盗窃案的受害者,我们也无法恢复你在这世界残存的一点点安全感。

这样的事情太多了。我必须再把'进入那个瞬间'的概念拿出来。我能提供什么？我可以提供对他们经历的有限理解。要知道，没有多少人会在你需要的时候走过来对你说，'你随时可以来找我，白天黑夜都可以打电话给我'，而且说到做到。"

该项目受到高度评价，因此卡罗尔和其他人不断受到其他团体，如警察学院和州犯罪委员会的邀请，协助全美各地成立其他受害者－证人项目，并让它们与各自的警察部门建立良好工作关系。

该小组所做的大部分工作或许显得很常规，平平无奇，但我们只要看看那些没有同类项目的司法管辖区，就会发现它实际上有多么重要、多么不寻常。我最近在报纸上读到一篇文章，采访对象是一名谋杀案受害者的母亲。案件发生了好几个月，她始终没有从调查此案的侦探那里收到过任何消息，甚至连她儿子的手表都没能拿回来。她打的所有电话都无人接听。这名女性感到完全被排除在调查和司法程序之外，她的悲痛和焦虑只会不断加剧。她的心灵无法获得安宁，也根本无法开始哪怕只是表面上看起来正常的生活。

巧的是，我在匡蒂科的职业生涯中曾与该警局有过数次合作。那是一座暴力事件频频发生的城市，警察部队虽然优秀也很有责任心，但他们超负荷工作，资金不足，我从联系人那里了解到，他们士气已经不如之前那么高昂，更达不到预期的设想。我绝不是要为这位母亲的遭遇开脱，也不是说我认为这种对待是可以容忍的。但我能理解当事警探手头有太多的案件要处理，他只能把公共外联放到优先度较低的位置。如果这位女士有受害者协调员陪同，与司法系统内部人士见面，必要时进行干预，她就能得到迫切需要的信息和简单的人道主义关怀，整个系统也会因此变得更好，特别是当该案准备进入审判阶段的时候。

归根结底，桑迪说，这份工作是要"赋予受害者力量，让他们活下去"。

卡罗尔经常强调，赋予你力量的方式之一就是铭记，通过纪念受害者，让他们活在你心中。这就是为什么在每年4月份的全国犯罪受害者权益周，该小组都会举行"勇气、希望和追思"烛光悼念活动，逐一念出受害者的名字。活动还会邀请主讲人，让整个社群都来参与。

在1997年4月13日举行的仪式上，杰克·柯林斯谈到了身为幸存者意味着什么以及如何继续生活。两名才华横溢的年轻女子，克里斯蒂·布宗卡拉和艾莎·巴伯，朗诵了她们写的一首充满力量的诗歌《不再沉默》。阿里德·玛莎·巴赞是一名凶案受害者的母亲，她代表全世界承受丧子之痛的父亲和母亲，朗读了自己用西班牙语写的一首诗的英文版本，她称之为"纪念托尼"。

正如卡罗尔所说："真正的疗愈就是你能把这些记忆转移到另一个地方，远离导致亲人离世的肮脏、可怕和痛苦的方式，并处理好他留下的遗产。如此一来，那个人将永远活下去。"

第九章　跟踪缠扰

1970年我加入联邦调查局时，哪怕是犯罪学教科书里也不曾把"跟踪缠扰"单独列成一类。在那些日子里，对这种我们如今视为威胁、超过了"烦人"限度、比起单纯骚扰更具危险性的系列行为，没有一个统一的术语。美国第一部反跟踪缠扰法直到20年后的1990年才颁布。这一具有里程碑意义的立法首先由加州通过，直到最近几年，其他州才陆续通过了自己的法律来应对这一犯罪问题。

该行为的法律定义因州而异，但借用国家刑事司法协会连同国家司法研究所、国家受害者中心及其他组织提出的示范法律中的语言，其基本信息如下：跟踪缠扰者指的是"进行一连串足以使一个理性的人担心自身安全的行为，而且缠扰者有意并确实使受害者产生了恐惧"。

依据跟踪缠扰者的不同，这种行为可能是明显的攻击行为，如绑架、杀死受害者的宠物、写信威胁；也可能是不停地打电话（比如一整天每小时准时打电话）给某人要求约会。关键是这种行为会随着时间的推移反复发生，形成斯坦顿·萨梅洛做过清楚定义的模式，在受害者身上制造恐惧。

这些日子，我们听到过很多惊悚的例子：一名妇女自称是喜剧演员以及《深夜秀》主持人大卫·莱特曼的妻子，趁着莱特曼不在，她和儿子一起住到莱特曼家里，开上了他的保时捷。警方随后将其逮捕。一名男子冲进歌星兼演员麦当娜家的院子,大喊着要"娶了那个婊子,否则就割断她的喉咙",结果被她的保镖开枪打伤。就连"跟踪缠扰"这个词本身也成了我们日常用语里很自然的一部分,人们用它来形容狗仔队对待英国已故王妃戴安娜的方式,把狗仔队无处不在地跟踪她(明显给她造成了精神上的困扰)比作猎人跟踪猎物。

国家司法研究所报告说,在1989年之前的20年里,遭到精神障碍患者袭击的公众人物的数量,与此前175年的数量相当。是因为今天的媒体让名人看起来更容易接近吗?是因为社会流动性更强,交通工具变得更廉价快捷,让痴迷的粉丝更容易接近目标呢?还是仅仅因为对州立医院的资助和去机构化政策,社会上有了更多的精神病患者、更多潜在的跟踪缠扰者走上街头?虽然我不反对这些假设,但在我看来,只要地球上还存在人类,跟踪缠扰行为就会以这样或那样的形式存在。我认为,这种现象并不是我们近年来才看到的,只不过是过去并没有把它们归拢到一个总体的名称下。有了相关的法律,受害者将更容易起诉跟踪缠扰犯,执法部门也将更有效地追踪犯罪行为的发生。

总部位于弗吉尼亚州阿灵顿的国家受害者中心是一家非营利组织,成立于十多年前,旨在倡导保护各类犯罪受害者的权益。该中心致力于推进保护跟踪缠扰受害者的事业,从提供咨询到倡导反跟踪缠扰立法,甚至协助起诉和诉讼。该中心估计,在美国,随时随地都有多达20万人遭到跟踪,每20名女性中就有一名在生命的某个阶段成为跟踪缠扰者的目标。不光只有该组织做出了如此令人咋舌的评估。帕克·迪茨医生可以算当今最杰出的法医精神病学家,曾为我在匡蒂科的小组提供咨询顾问服务。他参与过痴迷粉丝/潜在刺客小约翰·欣克利一案的研究,并公布过自己的研究结果。他认为,美国约有5%的女性可能会在生命的某个阶段成为男性恶意持续关注的受害者。琳达·费尔斯坦并未专门研究过跟踪缠扰问题,但她每年仍会处理大约 10 起此类案件。她怀疑这个数字实际上偏低，因为许多受害者要么太过害怕不敢报案，要么不确定有没有法律可以帮到自己从而选择不报案。

我们大多数人在听到"跟踪"这个词时，联想到的是广为宣传的、牵涉到名人的案件，似乎每天都会冒出新的例子来。但统计数据表明，实际情况远比这更普遍。许多案件涉及普通公民，其中大部分是家庭暴力模式的一部分。很多时候，受害者已经申请了针对跟踪缠扰者的限制令，以保护自己免受孜孜不倦追捕她的男子所害。

也有些受害者是被自己从未有过个人关系甚至见都没见过的人跟踪缠扰。事实上，就在撰写本书期间，我住的地方附近就出现了这样的新闻。

一切都是在当事人毫无察觉中开始的。一位 21 岁主修社会工作专业的大学生在一家大型百货公司做兼职，她对一位同事很有礼貌。受害者描述这名同事是个孤僻的人，在工作中遭到其他人的回避和疏远。但此人从她单纯的善意中读出了远超她本意的东西。他开始给她发电子邮件、赠送礼物，但她从未回应过这些行为。随后，受害者开始在一些意想不到的地方看到他的身影，比如在自己家门外，他在她的车上给她留了一张纸条和一块饼干。这张便条既无浪漫含义，也没有威胁信息，但完全不合时宜。字条中感谢她在工作上对他的支持，似乎暗示她为他多做了些什么事情——或者至少对他说了更多的话。而实际上，她对他和对其他熟人或者陌生人一样，无非友好的客套罢了。

1997 年 7 月，她辞去工作，他追到了她就读的大学。她当时就联系了警方，并提出了骚扰投诉。大约两个星期后的一天早上，他出现在她的家里，拿枪劫持了她。很多邻居都目睹了该女子被一名持枪男子戴上手铐，强行塞进一辆车里。邻居们纷纷拨打 911 报警，对一个安静的中上层社区里发生这样的事情大感震惊。

而在这名男同事居住的社区，人们同样感到震惊：这个在冬天为他们铲雪的本地男孩怎么会做出这样的事情来。一名邻居难以置信地说："前几天我还看到他，看起来开开心心的，还跟我打招呼。"他当然可能挺开心的，因为他正在计划绑架，最终与"真爱"厮守。后来得知，他在受害者报告骚扰前的一个月，便购买了手铐和枪支。

根据法律规定，警方在报案后曾警告嫌疑人可能要面临指控。当时，嫌疑人表示他会离开该女性，至少有一部分警局的成员还记得这句话。在这起一目了然的绑架事件发生后，他们立刻发布了对该男子及其车辆的描述。当地联邦调查局特工也开始了搜索行动。通过追踪受害者在失踪约8小时后给家人打的电话，并利用ATM卡活动信息，执法机构发现两人到了附近的一个州，于是火速在当地发布警报，让所有警员注意那辆车。第二天一大早，警方在一座停车场发现了车，嫌疑人显然是把车停在路边休息的。他们看到他在后座上打盹，而那个女人则被手铐铐在前排副驾驶座位的安全带锁扣上。车门没有锁，警察成功进车，解救了这名女性，未遇抵抗就逮捕了嫌疑人。整个事件从开始算起持续了近19个小时，它的结局比许多人预测的要积极得多。除了一把格洛克手枪外，警方还在嫌疑人身上发现了一把刀。

尽管这名女子没有受到身体上的伤害，并报告说绑架者一边似乎漫无目的地开车，一边试图安慰她，让她放心，说他不会伤害她。但我相信，碰到这种情况，她属于非常幸运的例子。到了某个时刻，这个男人会逐渐清楚，他和她一起生活的幻想（不管他想象的细节是什么）绝不会实现。她非但不会"回心转意爱上他"，还会在受挟持状态下继续心惊胆战。我们曾一次又一次地看到，一旦现实与幻想不符，受害者就会面临最大危险。

幸运的是，警方在她身体受到伤害之前找到了她。由于绑架者越过了州界，现在面临着联邦绑架指控，以及绑架和一级袭击的州指

Obsession

控。单是联邦指控就可能判处他终身监禁。对那些为这个困惑的年轻人感到同情的人来说，这听上去似乎太过严厉。就连受害者的母亲也在接受《华盛顿邮报》采访时表示："他是社会的受害者。我们在讨论一个需要帮助的病态年轻人。他没有得到帮助。现在他可能要在监狱里度过余生了。"但我们已经了解到了一件事，那就是，许多强迫性人格类型的人不会丧失兴趣，而且会对其执念对象构成越来越强的威胁。有些受害者被同一名罪犯跟踪了几十年。跟踪者可能会把注意力转移到新目标身上（这解决了最初受害者的问题，但对新目标来说则意味着恐怖和不确定性），也可能会犹豫不决，但很少会彻底放弃这种执念行为——尤其是当他来到了绑架受害者的地步。基于幻想的行为（无论表现为何种类型的犯罪），往往会不可避免地趋向于升级而非缓和。

即便到了今天，出台了新的法律，公众意识也有所提高，我们仍然难于处理这种犯罪。在很大程度上是因为，这是一种往往要根据罪犯微妙行为来定义的犯罪，而且目击这些行为的又大多只有受害者一人。有时会有明显的警告信号：一连串的威胁信件或电话答录机上的留言；另一些时候，可能没有明显的线索表明发生了犯罪。与其他类型的犯罪不同，在跟踪缠扰案件中，我们不会发现钱包里不见了钱，也不会从被盗汽车的方向盘上发现指纹，而且犯罪现场也没有尸体（在结果没那么糟糕的案件中）。缠扰者选择的武器并非通常看来具有威胁性的东西，比如只是电话铃经常响起，或是礼物放在门阶或办公桌上。但我们马上会看到，这些可能只是未来更可怕时刻使用传统武器（枪支、刀具等）的前奏。

对跟踪缠扰的受害者来说，尤其令人恐惧和困惑的是，她经常比周围的人（有时包括执法机关）早很久就意识到有些事情不对劲。戴维·比蒂是一名法律经验丰富的律师，同时也是国家受害者中心的代理执行主任。他指出，尽管跟踪缠扰的法律定义各州并不相同，但在受害者的经历中始终存在一个共同点,那就是"跟踪缠扰行为始于法律定义生效之前……也就是说,虽然尚未达到法律定义的水平,你的行为仍属于骚扰和威胁"。有一个秘密的仰慕者或者别的什么人给你留礼物,这有什么不好的呢?你真能指望警察把一束玫瑰花和一封情书当成威胁吗?

就像熟人强奸一样,跟踪缠扰也令人不安,因为我们偏向于相信自己可以从人群中识别出危险之人:我们认得出谁是坏人,只要避开就安全了。但从性掠夺者的性质及其取得成功的角度来看,他们通常看起来跟我们一样,长得并不像食人魔。更遗憾的是,从某些方面来说,对跟踪缠扰者构建犯罪心理画像,比给强奸犯或杀人犯做分析更难。他们可能来自任何背景、任何行业,他们的行为可能会从看似"正常"迅速升级到致命的程度。大多数跟踪缠扰犯是男性,大多数案件(根据国家受害者中心的数据是75%到80%)是男性罪犯跟踪缠扰女性受害者。大多数跟踪缠扰者都处在20岁到40岁、50岁的年龄阶段,智商高于平均水平。不足为奇,他们是典型的独行者,在社交上大多很孤僻。他们跟电视机(为其幻想生活提供了丰富的资源)的关系可能比跟其他人的关系更密切。有些人从未有过亲密的个人关系,从未发生过性行为,短期内也没有发生这两件事的可能性。

然而,通用的特征要素到此为止,你可以看出,它的限制条件不足,也没有启发性的描述。很难给跟踪缠扰者归纳行为特征的部分原因在于,这仍然是一个刚界定出来的犯罪类别,还有很多研究有待完成。这也是因为跟踪缠扰者的涵盖面确实很广,从临床精神病患者到完全正常、成功且受人尊敬的社会成员。和其他犯罪一样,他们对受害者的选择(从根本不知道他们存在的名人到从前的情人),以及他们所做的不同类型的跟踪缠扰行为,为我们提供了线索,让我们知道在特定的案件中要面对的是哪种类型的人。尽管跟踪缠扰者表现出的具体行为和特征差异很大,但我们不妨先把他们分为两大类:一种是

"爱情痴迷型跟踪缠扰者",其受害者是他们并不真正认识的人;还有一种是"单纯痴迷型跟踪缠扰者",他们把注意力集中在自己认识的人或者以前可能与之有过关系的人,而非彻底的陌生人身上。由于单纯痴迷型跟踪缠扰与家庭暴力问题密切相关,我们将在下一章单独讨论。

大多数人一听到"跟踪缠扰者"这个词就会想到爱情痴迷类型,因为他们的案件经常得到激烈夸张的新闻报道。这类人对名人产生了痴迷,也可能对普通人产生迷恋,比如银行的出纳员、有好感的女服务员、同事,或者只是在购物中心走过时冲着他们微笑的路人。关键是受害者和跟踪缠扰者没有真正的关系,他们可能只是泛泛之交,也可能根本没见过面。一如电影明星或流行歌手没有做任何事情邀请这个人进入自己的私人生活,成为爱情痴迷型跟踪缠扰者的目标,你所做的仅仅是在错误的时间出现在了错误的地点。

由于"必须"在工作中维持投入状态,我会尽量不去对我所爱之人的安全产生执念。我必须告诉你,跟踪缠扰是一种令我深感不安的威胁。我们从小就会告诫孩子们,要提防变态和各种各样的陌生人。但我得承认,就算我的孩子如今已经成年,可要保护她们免遭痴迷缠扰仍然很难,甚至也很难向她们解释。我的两个女儿如今都是青年女性,年纪足够大,也有足够好的判断力,我不必担心她们会和一个不认识的男人上一辆车,或者把自己置于其他明显很危险的情况。但我还是忍不住会提醒她们,不必随时都表现得热情友好:在超市排队时,不要跟你身后的那个男人说话;不要对去洗手间路上碰到的男人面带微笑地说"打扰了,借过";你也许就这样成了他这辈子唯一给过他关注的女性。一次不合时宜的微笑,兴许足以让对方围绕你建立一个完整的幻想世界。因为对于这种类型的罪犯来说,这些(甚至更少)接触足够了。帕克·迪茨医生描述了他处理的第一起此种性质的案件:"一名男子对为自己端上咖啡的女服务员发动了一场跟踪活动……显然,这种事情你没法防范。"

也许更令人不寒而栗的是，这些罪犯中有些人无能之至，甚至会把幻想建立在孩子身上。我见过这样的案例：一个十几岁或 20 岁出头的年轻男子盯上了所住街区的一个小女孩，自己开车停在一旁看她等校车，在她骑自行车时走近和她搭讪，给她留纸条，甚至发现她跟小男孩说话就辱骂她。即便是成年女性也很难应对被人跟踪缠扰的紧张和恐惧，对孩子来说就更加具有摧毁性了。她不仅不明白为什么这种事情会发生在自己身上，而且可能会忘记"坏人"找上来以前那种不用生活在恐惧中的状态。

与其他类型的犯罪一样，我认为一切取决于动机，或者，用戴维·比蒂的说法，取决于他们神经线路哪儿出了问题。不同跟踪缠扰者的行为也有所不同。我们在强奸犯分类中看到过，专家们给不同类型的罪犯起的名字不一样，但都倾向于把他们分成相同的通用分组，并都与动机和行为挂钩。

行为反映个性。

加文·德·贝克在洛杉矶地区创办了自己的安保公司，他是威胁评估和跟踪方面的一位顶尖专家，经常在调查支持组跟我们合作。他不仅拥有丰富的客户经验，还做了详尽的研究来支持自己的说法。他开发了厉害的计算机模型来评估各种威胁情况的严重性和危险性。对追逐名人的各类跟踪缠扰者，加文把动机作为划分方式之一。

"寻求依恋者"的动机来自渴望与所跟踪的对象建立关系；"寻求身份者"渴望自己出名，通过自己的行为获得认可；"被拒升级"跟踪者是"寻求依恋"类型的恶化，跟踪者要么是为了报复拒绝自己的名人，要么是为了改变明星对自己的看法。这些类型比其他类型更为危险，有更大可能伤害或杀死自己的猎物。最后，"妄想型"跟踪者认为有一种力量（有时是上帝）在指引自己完成某项任务。这一类人最难治疗，也最不可预测。

帕克·迪茨同样描述了所谓爱情痴迷型跟踪缠扰者的不同类型。

他表示，痴迷于自己不认识的人（包括名人）的跟踪缠扰者，不光有真正的妄想症，也有对一个永远不会对自己产生兴趣的爱慕对象（一个完全无法得到的人）的病态依赖。

妄想型跟踪缠扰者占了追求富人和名人的大多数（估计高达90%），但在所有跟踪缠扰案件中，他们又仅占少数（在1/5到1/4之间）。这对有一天可能被跟踪缠扰的普通公民来说是个好消息，但对名人来说是个坏消息，因为这一类的人极难预测，并且十分危险。他们通常患有某种精神障碍，如精神分裂症、偏执狂和/或色情狂，后者是一种精神疾病，跟踪缠扰者真的相信他痴迷的对象会回报他的欲望，于是想要追求这段关系。因为患有精神疾病，他们难以治疗或康复。想想大卫·莱特曼的跟踪缠扰狂：在她看来，她是他的妻子，有充分的理由搬进他的家、开他的车。

社交能力不足，在现实世界中往往无法建立个人关系，于是许多跟踪缠扰者围绕爱慕对象创造出幻想生活。他们把它编成剧本，并期望另一个人（对方兴许完全不知道跟踪者的存在，直到有了某种形式的接触）采取相应的行动。

那些没有妄想症的爱情痴迷型跟踪缠扰者同样充满了幻想。对一个相信某名女性是自己宿命之爱的男人来说，他们两人是一体的，没有彼此就不完整，这种幻想关系对他的自我意识至关重要。他可能没有太多展示自我形象的途径，特别是如果他在生活中缺乏其他人际关系，邻居会形容他是个孤僻的人、失败者，似乎没有任何朋友，那么他将会在与这名女性（他的受害者）的关系上投入大量精力。他可能要花几年时间才能充分证明他对她的爱，赢得她的芳心（或是将她磨垮），但总有一天，他有信心，她会很高兴他一直在努力。他不会把女方的拒绝视为自己应该离开的信号，而认为这是自己必须再加紧努力的标志。

在某种程度上，这种信念是受到他从电影和电视中得到的信息支持的。想想所有这样的电影：小伙子遇见姑娘，追求姑娘，姑娘拒绝他，他坚持不懈并最终取得胜利，并且据说他们从此过上了幸福的生活。在某种程度上，这种跟踪缠扰行为是社会的一种犯罪症状：这个社会没有意识到，女性说"不"的时候，她的意思就是"不"。

很多时候，跟踪缠扰者没有从受害者那里得到他想要的东西，危险便发展起来。如果他对梦想中的关系感到绝望，如果他的钟情对象没有积极回应，犯罪者可能会转而采取恐吓和威胁行为来获取他所期待的反应。如果还是做不到，他可能会诉诸暴力。

就像前文所述跟踪缠扰同事的男子一样，受害者超乎寻常的形象可能是跟踪缠扰者自身不足的投射，也可能是受害者的名声所致。在某些案例中，尽管缠扰者渴望与受害者建立关系，但其动力更多地来自受害者的名声，以及缠扰者自身生活缺乏意义和重要性。加文·德·贝克观察到，我们看到很多人试图通过公开的暴力行为来证明自己的爱。当所有其他方法都不能给他们带来期待的关系和身份时，手枪肯定能做到。这就是大多数早期公众人物遭跟踪缠扰案件（比如名人的狂热粉丝、政治刺客等）背后的动机。

通常，现代意义上的连环谋杀案始于伦敦的"开膛手杰克"（尽管我和很多同事都认为可以追溯到更早以前）。历史上第一起有记录的名人跟踪枪击案来自鲁思·斯坦哈根，她是芝加哥小熊棒球队球员埃迪·维特库斯的狂热粉丝。1949年，她在厄齐沃特海滩酒店的房间里向维特库斯开了枪（电影《天生好手》的部分场景就是基于这段历史）。和其他名人的粉丝一样，斯坦哈根为她的痴迷投入了巨大的精力，收集纪念品、去看选手的比赛、出于尊重维特库斯的传统而学习立陶宛语，甚至有时在自己的餐桌上为他保留位置。然而，在开枪射击他之后（好在维特库斯活了下来并最终康复），她因为没有得到关注而感到沮丧。她等着人们向她招手。相反，她悲伤地描述说："似乎没有人想要我。我可以直接走出那个地方，没有人会来追我。"

在经历了所有的期待，以及最终与维特库斯面对面的兴奋之后，她并没有如愿以偿地提升自己的地位和重要性，反倒凸显了自身的渺小。

在维特库斯谋杀未遂案发生后的几年里，政治暗杀事件比刺杀名人发生得更频繁，跟踪缠扰行为仍很常见。

我花了很多时间采访和研究刺杀者（以及试图行刺的人），包括西尔汉·西尔汉、詹姆斯·厄尔·雷和阿瑟·布雷默，后者在马里兰州一次政治集会上，从一座停车场枪击亚拉巴马州州长、时为总统候选人的乔治·华莱士。起初，我犯了一个错误，把刺杀者比作连环杀手。但就连刺杀者们自己也否认了这样的比喻。不过我发现，刺杀者的性格和名人跟踪狂很相似。他们都是偏执狂，缺乏对他人的信任。由于本性多疑，跟他们进行访谈很困难。我在采访布雷默时会尽量避免与之保持目光接触，因为我能感觉到这让他不舒服。他们通常是孤僻的人，在他人面前无法放松，也不擅长社交。然而，和许多名人跟踪狂一样，他们固然无法或不愿通过正常对话进行交流，却与自己保持着持续的内心对话，还常煞费苦心地写日记，描述自己的想法和幻想。在跟踪并刺杀名人或政治家之后，我们往往会发现，罪犯有一本厚厚的日记（有时甚至会随身携带），一篇又一篇地写下跟袭击有关的事情：找理由、计划、幻想。就好像他们在给自己设定犯罪程序，好鼓起勇气采取前所未有的行动。

阿瑟·布雷默一直在写这样的日记，其中的内容突出强调了他对自己无关紧要、无能的强烈感觉，这是大多数行刺者和跟踪狂的主要动机。在筹划暗杀的过程中，罪犯想象着这一重大事件将彻底证明他的价值，证明他可以做些事情，成为一号人物。这件事为他提供了生命中从未有过的身份和目标。刺客们的焦点总是放在按照自己的幻想行动之后人们会如何看待自己上面，从来不制订逃跑计划，我们由此可见其绝望。许多人，比如鲁思·斯坦哈根，都希望在犯罪现场被捕并得到认可。布雷默是另一个例子。他花时间选择目标并计划攻击后，从未计划过逃跑路线。他只需要证明自己这个无关紧要的小人物竟能靠到足够近的距离，干掉像乔治·华莱士这样的大人物。如果不能走上这条路为自己赢得人生的意义，他在日记中写下了另一个幻想：抢劫银行后，警察追捕他，他跑上桥，不等他们扑上来，他就从桥上一跃而下，同时朝自己的头部开枪。他人格障碍的关键在于，不能只是吃下毒药，等待别人发现他的尸体，或者到树林的某个地方开枪自杀。他需要一个结局来吸引人们对他的注意，就像全国对华莱士的关注一样。对布雷默来说，这甚至无关政治意识形态。在跟踪华莱士之前，他曾跟踪过理查德·尼克松和其他国家级政治人物。他得出的结论是，这样的挑战太可怕了。具有讽刺意味的是，布雷默的一些黑人狱友因为他袭击华莱士而极为尊重他，华莱士当时仍然支持种族隔离主义。但事实上，布雷默之所以选择华莱士作为目标，仅仅是因为他没有足够的刺杀技能，无法攻击任何政治地位更高的人。

名人跟踪狂和刺杀者的另一个共同特征是他们对自己的事业并不忠诚。我知道这听起来有点矛盾，因为有些人会花数年时间收集选定目标的情报和纪念品，但我们已经从布雷默身上看到，强迫行为和计划中的最终事件，往往比他们与特定人物或政治意识形态的关系重要得多。大卫·莱特曼的跟踪狂玛格丽特·雷最近显然把注意力转移到了前宇航员斯托里·马斯格雷夫身上。在马斯格雷夫家外被捕后，她说自己正爱着他。

1980 年，马克·大卫·查普曼在前披头士乐队成员约翰·列侬所住纽约公寓的街道上枪杀了他的偶像。疯狂粉丝跟踪缠扰名人的问题重新进入公众视野。像斯坦哈根和布雷默一样，查普曼在犯罪后没想过逃跑，因为他同样需要通过谋杀其目标来获得身份。与其他两人不同的地方在于，查普曼无意寻求公众对他成就的认可，而是在表演他对列侬虚幻崇拜的最后一步。在查普曼看来，他对列侬之爱的最终表达就是杀死对方，将卑微的自己永远与艺术家联系到一起。查普曼收集了约翰·列侬的所有音乐，甚至亦步亦趋地与亚裔女性建立关系，以效法列侬与小野洋子的婚姻。第二个动机更容易理解，那就是查普曼对他所仰慕者的极度嫉妒。可以说，如果他无法享受到这种充斥着名声、财富、才华和奉承的生活，就要保证列侬也不能。对他来说，让这位超级巨星死掉，是确保他的生命永远与他所崇拜之人联系到一起的最后也最好的方式。

就在约翰·列侬遇害3个月后，小约翰·欣克利在时任总统罗纳德·里根结束午餐演讲离开华盛顿特区希尔顿酒店时，试图将其暗杀。欣克利的案子很有趣，因为它既显示了色情狂爱情痴迷型跟踪缠扰者的不可预测性，同时也说明了当时没有人真正知道如何应对这类罪犯。

欣克利此前痴迷过电影明星朱迪·福斯特。我是在为电影《沉默的羔羊》做顾问时认识福斯特的。她是一个很有天赋的聪明女性，无论是身为演员还是作为个人，我都非常尊重她。她在有史以来最令人震惊、最具潜在灾难性的跟踪事件中成为无辜的受害者，我对此深表同情。

欣克利第一次联系朱迪·福斯特时，她（或是她的公关人员）只是表现得很友好，就像对待任何写信的人一样，没有意识到这个热情的粉丝正走上暴力行为的轨道。等她就读耶鲁大学后，欣克利弄到了她宿舍的电话号码。他打电话给她，福斯特也像对待任何称赞自己的粉丝那样热情，绝对没有鼓励他发展两人私下关系的意思。

很遗憾，到了今天，事态已经发展到了令人担忧的地步，包括加文·德·贝克在内的许多跟踪和威胁评估专家都强烈建议名人不要与粉丝接触，也不要给粉丝寄他们很想要的签名照片。由于实际上可能给名人造成伤害的粉丝只是极少数，这当然有损绝大多数真诚的崇拜者的利益。但再这么做的风险实在太大了。有时候，公众人物不得不以他人的名义登记财产，以免无关人等追踪到自己的住所。

小约翰·欣克利写信给朱迪·福斯特："你会为我感到骄傲的，朱迪。数百万美国人会爱上我。"说白了，为了打动一个对他不感兴趣、事实上只是偶然意识到他存在的姑娘，他愿意冷酷无情地夺走美国总统的生命，以及碰巧出现在附近的任何人的生命，并有可能改变历史。

尽管刺杀里根总统以失败告终，但欣克利至少实现了一部分目标：把他的名字与朱迪·福斯特联系到一起。即使无法拥有她，这个无名之辈至少可以因此获得些许风光。

据报道，欣克利在看了福斯特在电影《出租车司机》中的表演后就迷上了她。另一位女演员也曾因为出现在一部电影中而不幸唤起了另一个精神错乱者同样强烈的情感。虽然还不是一个家喻户晓的名字，但27岁的特蕾莎·萨尔达娜已经出演过几部电影，包括1982年初与罗伯特·德尼罗合作的《愤怒的公牛》。

那年3月15日上午，萨尔达娜走出自己位于西好莱坞的公寓，打开车门，一名中年男子走近她。他说了一句"抱歉"以吸引其注意，接着问她是不是特蕾莎·萨尔达娜。她刚回答"是"，他便拿出一把猎刀，对她反复多次砍击，用力大到连刀都弄弯了。碰巧在附近的快递员杰夫·芬恩听到了受害者的尖叫声，立即跑过去帮忙，并设法从袭击者手中夺过了刀。医护人员迅速将这位年轻女演员送往西达赛奈医疗中心，为她进行心肺手术，并输了26品脱的血。她的心脏一度停止跳动。刺杀者差一点就完成了他所谓的"神圣使命"。

警方逮捕并审问了亚瑟·杰克逊，此人40多岁，是个来自苏格兰的流浪汉。他们从他放在旅行背包里的日记中了解了更多关于他及其罪行的情况。跟阿瑟·布雷默一样，杰克逊的日记让我们很好地了解了一个专注的跟踪狂的想法，痴迷执念已成为他生命的全部目标。

从对其背景的调查及他自己的记录中可以看出，他有着令人不安的行为史。他的父亲酗酒，母亲据说患有精神分裂症。17岁时，他第一次在家乡苏格兰因精神崩溃而住院，可能是由于他在书中描写的一连串暗恋中最近的一次未能得到回应引发的。在精神病院住了一年之后，他的脚步踏上了多个国家和大陆，在伦敦、多伦多和纽约做过底层工作，直到20世纪50年代中期加入美国军队。在那里，他爱上了另一名士兵，但仍然是单恋。和在故乡一样，他又一次精神崩溃，军队把他送到华盛顿特区的沃尔特·里德医院进行治疗。他21岁的生日那天是个周末，院方给他放了假。他前往纽约，试图用安眠药自杀。

1961年，杰克逊已经从军队退伍。他从单恋认识的人过渡到把所有的情感投入到从未见过的名人身上，生活在幻想之中。那一年，他因威胁总统约翰·F.肯尼迪而遭美国特勤局逮捕，被遣返回苏格兰。在家乡，他时而和母亲住在一起，时而靠救济金四处游荡，把大部分时间和金钱花在看电影上。正是在这一时期，特蕾莎·萨尔达娜出现在电影《一亲芳泽》和《反抗》中，后者显然激发了杰克逊对她的痴迷。根据杰克逊的日记，观看电影中特别暴力的部分时，他回想起1956年自杀未遂后在急诊室看到的类似血腥的现实场景。他把观看暴力镜头获得的兴奋感移情到了萨尔达娜身上，并写道，通过"将她送入永恒"，他希望赢得她的爱。这种新的关注比他之前的任何一段"关系"都更能带来情感上的满足，也正是在这个阶段，他真正成了一名跟踪缠扰者。

对大多数跟踪狂来说，追捕猎物成了一份全职工作，为以前几乎没有意义的生活带来了意义。亚瑟·杰克逊也不例外。这个男人连底层工作都无法维持太久，他一生中大部分时间都在漫无目的地游荡，这时却突然有了使命和目标，他将全力以赴，奔向千里之外——只为了追求一个他从未见过的女人。1982年，他非法重新进入美国，并开始尝试与他的目标和潜在受害者取得联系。他从纽约开始。他伪装成拥有优质剧本的经纪人（兼制片人、摄影师、导演助理和公关），试图通过她的亲戚和同事来接近这位女演员。等到在纽约的早期尝试失败后,他前往了洛杉矶。他并不气馁。回到纽约后,他听说萨尔达娜住在好莱坞,于是便跳上长途汽车,再次穿越美国。

当意识到自己无法靠近时,杰克逊变得更"足智多谋"。他在好莱坞雇了一位私家侦探帮他找到了萨尔达娜的地址。好在他在获取武器时不怎么成功。杰克逊最初想用枪射杀萨尔达娜,认为用这种方式结束她的生命比砍死更"人道"。在横跨全美的旅行中,他数次试图买枪,但由于没有合法的身份证明(比如美国驾照),他无法如愿。萨尔达娜受伤严重,但如果杰克逊是在近距离连开 10 枪的话,故事的结局就完全不同了。

就在凶案发生两个星期后,萨尔达娜出现在法庭的预审听证会上。她被人推着进入房间,打着绷带,指证了杰克逊。杰克逊获判谋杀未遂和造成重大人身伤害罪,被判处 12 年徒刑(这是当时能判的最高刑罚)。在加利福尼亚服刑后,他被引渡回英国,在那里,他因涉嫌 1966 年的一起银行抢劫谋杀案而遭通缉。截至本书撰写时,该案仍在审理之中。

袭击发生时,特蕾莎·萨尔达娜的才华正逐渐获得认可,事业也在蓬勃发展,但她肯定不是电影或电视界最受欢迎或最知名的女演员。在亚瑟·杰克逊出现在她公寓之前,她从未见过他。她之所以成为他危险执念的焦点,似乎是因为当他准备把自己的精力和身份投入到另一个更成功的人的生活中时,她的形象出现在他面前。由于电影、电视、音乐甚至体育明星都以在公众面前展示自己为生,他们似乎成了迷失的灵魂附着其情感的现成靶子。

事实上,还有许多爱情痴迷型跟踪缠扰案件牵涉的是普通人,包括一起导致加州最大规模集体杀戮的案件,这引起全美对此问题以及职场骚扰和暴力的关注。

1984 年,劳拉·布莱克 22 岁,是 ESL 公司的一名新员工。当时，她认识了在这家国防承包商另一个部门工作的计算机技术员理查德·韦德·法利。布莱克身材娇小、深色头发，漂亮又聪明，在 ESL 工作期间还在攻读高等学位。她也是个运动健将，在体操上得过奖，是公司垒球队的队员。两人相识是因为法利去拜访布莱克部门的一名同事。三人一起出去吃了午饭。对布莱克来说，这只不过意味着又多认识了一个同事，但对法利来说，此事显然有着更重要的意义。这顿午餐当然不是约会（每个人都各自掏了自己的饭钱），劳拉·布莱克不可能知道，多年以后，法利会在作证时说："我瞬间爱上了她。"

他开始经常出现在她的办公桌前，邀请她参加各种约会活动，从音乐会到喜剧表演，甚至拖拉机比赛。她对他不感兴趣，如她所说："这让我感觉很不舒服。我不喜欢在工作中处理这种情况。"她试图礼貌地表达，自己只是把法利当作"工作上的朋友"，仅此而已。尽管如此，法利还是坚持不懈，非要送一些不太适合送给办公室熟人的奇怪礼物给她，比如心形镜子、电动铲子。

两人认识大约一个月后，法利向布莱克索要其家庭住址和电话号码，但布莱克拒绝了。法利变得越来越固执，而她也越来越担心他不必要的关注。双方的挫败感都在增加。

为了说明这些案件有多难对付、应该怎样应对法利这类人，专门研究跟踪缠扰罪犯的专家提供过不同的建议，我们将在下一章详细介绍。劳拉·布莱克希望礼貌、诚实和坚定地拒绝法利的浪漫追求，缓和这种不舒服的局面。不幸的是，法利不是个讲道理的人。

国家受害者中心曾概述过大多数这种跟踪缠扰者所遵循的行为模式，法利的行为与之非常吻合，令人不寒而栗。根据他们的模型，许多跟踪缠扰者先会试图用礼物、情书、鲜花等来打动爱慕对象。在这个阶段，跟踪缠扰者固执地认为，只要向他追求的人展示有多爱她，就足以赢得她的好感。在罪犯与受害者从前有过个人关系的案件中，这就是罪犯的动机。而在家庭暴力案件中,这类人的希望在于重建之前的关系。无论是哪种情况,当罪犯意识到礼物和邀请不起作用,往往会诉诸恐吓手段,侵入受害者的生活。他们可能会表现出占有欲,嫉妒受害者的其他爱情或私人关系,无论这种反应是否站得住脚。通过罪犯直接或间接的言语和行为表达,骚扰升级为威胁。如果威胁也不起作用(其他方法也都不起作用),跟踪缠扰者便可能升级到暴力阶段。他可能会因为绝望,产生杀人(和/或自杀)倾向,愿意尝试任何事情来证明自己的爱并引起受害者的关注,也可能出于愤怒和嫉妒,认为"如果我得不到她,其他任何人也不能"。

虽然可以预见,总有一定数量的跟踪缠扰者会遵循上述模式,以暴力告终,但没有人能准确地判断一名特定的罪犯会做些什么、什么时候做。有些人升级到威胁后可能会后退,重新开始送鲜花和情书。也有些人会在几天内跳过所有阶段,直接升级到暴力甚至致命的行为。一些人可能需要几年的时间才会展现出暴力。还有一些人可能会威胁,甚至跟受害者对峙,接着后退,停止自己令人不安的行为长达数年,却又在受害者最意想不到的时候故技重施。专家们对如何对待跟踪狂的建议可能存在分歧,但每个人都同意的一点是,每一起案件都必须认真对待,因为它们都不可预测,也都是独特的。

劳拉·布莱克不可能知道情况会变得有多严重。在外人眼里,在法利威胁她之前,他的行为说不定还显得很甜蜜,虽说有点古怪。这种犯罪最阴险的一个地方就在于,在早期阶段,只有受害者才能察觉跟踪缠扰者的行为有多么不合适,而其他人(我担心,就连执法部门的一些人也不例外)对受害者的惊恐也许会感到困惑。

"他这么在乎你,你应该感到高兴才对呀,"人们会这样说,认为这个男人只是神魂颠倒了,他要么会放弃,要么最终会赢得她的爱。看到理查德·法利连续7个星期每周一为劳拉·布莱克烤制蓝莓面包,涂满黄油后放在她桌上,布莱克身边的人大概就是这么想的。然而，对布莱克而言，这些面包暗示法利有点不对劲。他的行为实际上是自恋和自我感动，与慷慨和关心大相径庭。他清楚地表明，他不在乎她想要什么，他的意志会占上风。对法利来说，追求布莱克是一场权力斗争，既然他已经投入了这么多的情感能量，就根本无法承受失败。

起初，许多人，说不定包括受害者在内，都认为他只是个可怜可悲的家伙。在这一点上，他符合包括强奸犯和杀人犯等其他类型罪犯的典型特征，他们从操纵、支配和控制另一个人的过程中获得满足。法利选择了一个比自己小 14 岁的人作为目标，这也很能说明问题。这是罪犯的常见做法，他们对比自己小的受害者感到更自在，更能控制局面。许多连环杀手在犯罪的早期都会选择年轻受害者，因为同龄人让他们感到无法控制。

布莱克明确向法利表示，对他没有特别的感情。她拒绝约会，拒绝透露自己的电话号码和地址，甚至绝望地告诉他，"就算他是地球上最后一个男人"，她也不会跟他约会。而法利则变得越来越难缠，他甚至辩解说："我有权约她出去……如果她没有友好地表示拒绝，我觉得我有权打扰她。"他的确是这么做的。每当布莱克周末或晚上独自加班，法利就会出现在她的办公室。像亚瑟·杰克逊一样，他是在履行使命，为此他想方设法，用尽心机。在与布莱克见面几个星期后，他对 ESL 人事办公室的同事撒谎，说他想给她一个生日惊喜。同事从电脑里调出了布莱克的文件，法利趁机偷看了屏幕，记下了她的地址。他破坏了布莱克的办公桌，复制了她的钥匙。听说她圣诞节要回家探望父母，他又告诉公司保安自己丢了办公桌钥匙，留下的却是布莱克的办公桌号码，从而获取了进入权限。他翻遍了她留下的东西，找到了她父母的地址和住处，给她寄去了一封长达 8 页、写得密密麻麻的信——日后，布莱克还将收到他的近 200 封同类信件。

所有这些努力是为了达到两个目的。首先，这跟强奸犯爱做的事情一样：强奸犯会趁女性不在家的时候闯入，偷走她们的内裤，从而有了实在的东西可供建立幻想，接着才真正攻击受害者；法利也是在激发他对劳拉·布莱克的幻想。当然，她不会选择和他产生任何关系，但他正在收集情报，收集她真实个人生活的细节和片段。一如跟踪明星的缠扰者会煞费苦心地收集爱慕对象参演过的每一部电影的视频、剪下杂志和报纸上的文章做成剪贴簿，法利也正在建立让自己感觉更接近布莱克的物品和信息清单。他抄下了和她交往的男性的车牌号，记下了有关她的其他细节，在脑海中创造出了亲密的错觉。在持续缠扰布莱克多年以后，这种错觉甚至让他觉得，他们应该去找婚姻咨询师帮忙。

他说，"我们像一对老夫老妻一样吵架"，这揭示了他的幻想在多大程度上重新定义了他们的互动，使他填补上布莱克在自己想象里两人关系中所扮演的角色。不过，法利的错觉还没达到前文提到的欣克利的程度。欣克利善于从朱迪·福斯特的每一个动作中寻找秘密信息。1980年，他写信给她说："你今天没穿格子裙……你没有权利以这种方式破坏我们的关系。"法利完全是在玩跟踪者心理游戏，他相信自己可以赢得劳拉·布莱克的注意，从而为自己的行为找借口。他不一定要她做妻子或女朋友，但他想知道自己可以拥有她，从而证明自己不是她和其他许多人眼里的那种失败者。

通过情报收集和其他跟踪行为，法利还控制了布莱克的隐私，剥夺了她的基本权利。这里面有着他的第二部分动机。他收集到的每一条信息，对她生活每一次本可以阻止的侵扰，让他重新确立起对局面的掌控感。她不想和他在一起，但他却想方设法确保让她日夜都会想到自己。无论她去哪里，他都阴魂不散。

1985年，法利透露了自己对布莱克的控制需求。当时，布莱克已从坚决拒绝他的求爱，转变为彻底地忽视他，这让法利感到沮丧。他写道："我一周见你6次，没有给你太多的自由，所以我想这样做或许更好。我想见你的时候打电话给你,剩下的时间都是你的。但你似乎不领情,看来,我要考虑改变规则了。"

就像其他罪犯会寻找合理化的方法,把自己的行为归咎于受害者一样,法利也试图让自己的行为显得正当起来,同时暗示会加大骚扰力度。他要让她相信,他曾试图迁就,但她把事情弄得很困难:虽然说,身处正常、健康关系中的成年人会有倾向(自然也有权利)为伴侣设定这样的"规则",但法利这么做却是建立在扭曲的幻想之上的。

对他来说,仅仅观察她或了解她的个人细节还不够,他要确保布莱克知道他在监视自己。他加入了她的健身房,拍下了她做有氧运动的照片(甚至在他的一封信中,还画了一幅她穿着紧身衣的画)。他到公司的垒球比赛上看她打球,比赛结束后混进大伙吃披萨的庆祝活动。他经常在深夜给她家里打电话,如果打不通,就直接开车过去。

尽管如此,有时他也会暂时退缩一段时间,仿佛这样做可能会在恐吓失败后发挥作用。然而,过不了多久,他又会继续跟踪。无奈之下,布莱克向 ESL 公司的人力资源部寻求帮助。公司方面明确地通知法利,如果他想保住自己的工作,就必须离她远点,并接受心理咨询。

我们经常发现,受害者向权威寻求干预,会出现以下两种情况之一:他们的处境要么有所改善,要么继续恶化。我知道这句话听起来像是两头下注,但可悲的事实在于,实际情况正是如此。一如其行为的所有其他方面,跟踪缠扰者对受害者向权威求助这一做法的反应也不可预测。琳达·费尔斯坦和戴维·比蒂都观察到,有时候,劝说跟踪缠扰者放弃是有可能的——尽管两人也都补充到,这必须发生在跟踪缠扰行为产生的早期阶段。

费尔斯坦指出:"就我所见,有些跟踪缠扰者有家庭、有工作,而且没有犯罪记录,他们第一次与执法部门接触后意识到自己可能会失去一切,于是会做出适当的反应,停止自己的行为。"当然,我们总是想知道,这种强迫型人格的"停手",会不会只是有了个新的受害者而已?不过,确实有一部分跟踪缠扰罪犯会改变行为方式——同样,这取决于他们生活中还有多少其他事情要处理,他们对触犯法律的后果认识得有多深,以及他们最初的行为动机是什么。如果他们有精神疾病,或是因为单纯的喜欢而去跟踪缠扰他人(就像连环强奸犯享受打压和控制受害者一样),想阻遏他们没那么容易。

在某些情况下,受害者采取行动惩罚犯罪者(或者只是切断双方的接触机会,比如受害者请求法院或警方对跟踪缠扰者发出限制令),会让事情变得更糟糕。比蒂指出,在许多跟踪缠扰者的心目中,他们并没有做错任何事。

"令人惊讶的是,"比蒂说,"当被拖进监狱时,你会听到他们说:'我从没对她做过什么。我只是爱她。'如果一名罪犯认为自己没有做错什么,他就会认为权威的介入是对他施加的不公,并且认为这是受害者以及整个社会通过刑事司法系统骚扰他的新花样。"

就布莱克一案而言,向 ESL 管理层寻求支持,对她有一定的帮助,法利的骚扰被记录在案,但这似乎也让他的行为升级了。就在布莱克举报法利之后不久,法利在布莱克的公寓外与她对峙,并首次提到了自己在收集枪支。他告诉她,他能熟练地使用武器。布莱克问他是否打算杀了自己,他亲口(也在另一封信中)回答说,他并无此意。但他警告说,威胁要搞掉他的饭碗提升了这一风险:"看来得摘下小手套,干点粗活了。"

他还写道:"要是我杀了你,你就没机会对你做的这些事后悔了……在什么都不做和让警察或别人杀了我这两种极端之间,有一整套的选择,一种比一种更糟糕。"

很明显,他接受的治疗不起作用。"一旦我遭到解雇,"法利写道,"你就再也不能控制我了……我会在压力下崩溃,失去理智,摧毁我

Obsession

所经之路上的一切……即使你不崩溃,也再不能像现在这样轻松地和男人玩了。我会赢的。"

即使声称自己的行为是出于无回报的爱情,但在写给布莱克的操纵性信件里,他情不自禁地透露出了所有这些支配和控制的重要主题。他也无法在 ESL 的工作人员面前掩饰自己的痴迷执念。他还提醒他们,他有枪,可以"把别人和我一起带走"。

在同事无意中介绍两人相识的两年后,ESL 公司以骚扰和工作表现不佳为由解雇了法利。与此同时,据布莱克说,公司也告诉她应该离开一段时间。

我们都知道,失去工作和失去妻子或女友,是暴力罪犯生活中诱发压力的两大根源。而且,我们一次次地看到,在跟一个本来就存在性格问题的人打交道时,拆毁他生命中为数不多的几根支柱,会把他推向崩溃的边缘。被禁止在工作中接近布莱克(甚至被禁止进入公司停车场)之后,法利感觉对布莱克失去了控制,他的行为变得更具威胁性。虽然和布莱克从未建立过真正的交往关系,但在他看来,他同时面临着失去工作和女朋友的危险。在找到另一份工作之前,他继续跟踪她,整天全职尾随她,出现在她的家门口,艰苦地试上几个小时,想破解密码,打开她的车库。他试图让她公寓的经理把隔壁的房子租给他。布莱克得知这一消息后赶紧搬走了(在这场磨难中,她曾多次这么做)。但是,不知怎么回事,法利总能再次找到她。

他继续用信件来表达情绪,从爱意到威胁,并试图操纵她的思想(哪怕不能进入她的生活)。在一封信里,他安排了一次约会,并以她没有回应为借口,穿着要出门的衣服出现在她家。如果她不去,他就将之视为她玩弄他感情的证据。布莱克发现自己陷入了进退两难的境地。如果她打电话拒绝约会,在他看来,这就找到了和她说话的办法,她知道法利会把这理解为鼓励。但如果她不联系他,他就会在她家门口等着。

他设定了另一个不可能的场景。失业后,法利告诉布莱克,他快没钱了,并概述了他的打算:"要么找份工作,要么我和你住在一起,没别的方法可选了。"幸好,在这场危机到来之前,他在自己的领域找到了另一份工作。

到 1987 年至 1988 年的冬天,也就是布莱克经受磨难的第三年,她变得越来越紧张,并从法利那里收到越来越多的信号。他丢了一份工作,房子的按揭断了,还受到美国国税局的调查,欠了大约 4 万美元的税款和罚款。"事态会升级,很快……发生这些破事……都是因为你把我的严肃认真当成一个笑话,拒绝倾听和理解。"他继续把责任推到受害者身上:他们决裂都是她的错,是她逼他这么做的。

讽刺的是,法利把自己的行为归咎于布莱克,而她却花了相当多的时间,努力不让事态升级。公司提醒她,和法利的情况可能会让她失去在军工企业工作的政府安全许可。法利对她发出直接的威胁,设法悄悄进入她的生活,逼她搬家,影响她的人际关系,改变她个人生活的方方面面。这些都给她带来了压力,但这还不够。现在,法利还间接危及了她的工作。布莱克考虑过申请限制令,但正如她所说,"我担心限制令非但无法保护我,反而会激怒他。"然而,1988 年初,法利在她的汽车挡风玻璃上留下了一只信封,里面有一张便签和一把他偷偷复制的她家钥匙。

留钥匙给她,只是法利声张自己支配地位的另一种方式,就仿佛在说,"我没有用它,但我可以用,并且现在仍然可以用。"我和这种控制型的人打过很多交道,所以我知道,当她意识到他可以进入她的房子而她自己甚至不知情,这会产生多大的恐惧。他一定想象到了她打开信封时脸上的表情——他甚至可能在远处偷看着这一幕。正如对强奸犯来说,强奸案中的性侵犯部分远不如计划、幻想、对受害者进行身体和情感控制来得令人满足。对法利来说,闯入劳拉·布莱克的家并杀死她,也远不如向她灌输恐惧和幻想更让他着迷。像他这样的家伙，活着就是为了狩猎、为了权力斗争。

但法利打出这张牌，也逼得布莱克采取了法律行动。1988年2月2日，她向刑事司法系统求助，声称自己"已经走投无路"，并恳求说："我需要法庭的帮助和适当的警力配合，把这个男人从我的生活中赶出去。"

她获得了临时限制令，禁止法利威胁、跟踪、监视或打电话给她。他不得靠近她的家、办公室、垒球练习和比赛场地，以及有氧运动课的100米以内。永久限制令的听证会定于2月17日举行。

劳拉·布莱克成年后的大部分时间都在试图摆脱理查德·韦德·法利。但从法利的角度来看，这次法律行动是压垮他的最后一根稻草。2月9日，他花了600美元买了一把12口径半自动猎枪和大量弹药。家里还有其他武器。他在购买枪支的安全检查过程中没有遇到任何麻烦，因为他有以前工作时获得的联邦调查局许可，限制令根本没有出现——在当时的加州，除非违反了限制令，否则不会出现限制令的记录。

第二天，法利给布莱克的律师送去了一个信封。在信中，他声称自己有和布莱克交往的证据，包括晚餐约会的收据、据说是她给他的车库门遥控器以及电话录音。作为进一步的证据，他声称自己知道布莱克秘密藏匿可卡因的地方，并描述了他们一起外出的次数。但这些并没有让布莱克的律师感到信服。

显然，所有这些都是完全虚假的。但这里还有很重要的一点。就让我们假设法利的说法有一半是胡扯，另一半是真的——他真的和布莱克约会过。让我们进一步假设他有证据证明双方交往过。作为一名前联邦调查局特工，我知道没有任何法律、法规或者宪法里的条款，仅仅因为两人曾经交往过，就允许某人跟踪缠扰另一个人，长期对后者进行恐吓。我们将在下一章探讨这类跟踪缠扰的行为，但法利的主张背后所运用的推理，与其他罪犯用来为熟人强奸辩护的错误逻辑是一样的。在人际关系中,违反法律、剥夺别人尊严、伤害其身体,都是不可接受的行为——永远不可接受。并非所有强奸案件都完全相同,所有的跟踪缠扰行为也是如此,但它们都是针对受害者的犯罪行为,这些受害者不应受到这样可怕的对待,这与自作自受毫无关系。

随着听证会的临近,法利准备好展开一项新的使命:要么说服劳拉·布莱克放弃法庭诉讼,要么当着她的面自杀。"我只是觉得,她必须看到她对我所做的一切的最终后果……不仅仅是从书面上读到。"法利后来说。他租了一辆房车,里面装满了枪支弹药,还有摄影设备——大概是想到万一能够引诱她与他一同来此,方便拍摄下整个过程。

那天早上,他按惯例开始了自己的一天:洗澡、刮胡子、穿衣,在当地的汉堡连锁店停下来吃早餐。但接下来,他就开始为战斗做准备。他回到家,留下遗嘱和遗言,以防说服布莱克放弃永久限制令的计划失败。那天下午,他打扮得像电影《第一滴血》里的"兰博"(只是笨手笨脚的),开着房车(里面装了将近45公斤的武器弹药)来到ESL公司,打算等布莱克下班。快到下午3点时,穿着迷彩服、武装背心、头上扎着发带的法利等得不耐烦了。他把弹夹塞进背心,刀别在腰带上,左轮手枪插进枪套。几分钟后,他走出房车,身上携带着7件武器,包括猎枪、左轮手枪、两把半自动手枪和一支步枪。在为狩猎做最后的准备时,他拿起一副耳塞和一双皮手套。

他穿过停车场进入大楼,首先遇到了46岁的拉里·凯恩,他是个数据处理专家,跟法利认识。法利用猎枪朝他开枪,打死了他。法利还向另一名雇员兰德尔·海明威开了枪,但没打中,于是转而向另一间办公室射击,杀死了23岁、刚结婚的韦恩·"巴迪"·威廉姆斯。法利一边靠近布莱克的办公室,一边大开杀戒。他在通往2楼的楼梯上杀死了第三名受害者,在到达布莱克的办公室之前,又开枪射击了5个人(其中3人伤重不治)。尽管法利自称是想让布莱克见证

Obsession 235

自己的自杀，但他一看到她，立刻开了火。他第一枪没打中她，第二枪击中了她的肩膀，把她打晕了。几秒钟后，她醒过来，看见自己流了许多血，于是一边尖叫一边使劲用脚将办公室的门关上。他没有强行闯入，于是布莱克拨打了报警电话。但她听到的是电话忙音。接着她听到他的枪声在大厅里飘得远了些，便溜出办公室逃跑了。

此时，整层楼一片混乱，鲜血满地，硝烟弥漫。法利穿过大楼，朝着从前的同事们和电脑开火。布莱克发现自己的同事兼朋友、27岁的格伦达·莫里茨中枪躺在地板上奄奄一息。49岁的软件工程师海伦·兰帕特也倒在血泊里，脸朝下躺着。在接下来的半个小时里，布莱克和同事们惊恐地藏在一起，并尝试给自己拳头大小的伤口止血。血液在她的肺部发出汩汩的声音，与此同时，警方的谈判代表试图说服法利放下武器。他让法利替自己的母亲想一想。

"她会很难过的。"法利说，母亲是这世上唯一爱他的人了。

布莱克正为了自己的生命而战，藏起来的同事们为她的伤口垫纸巾，以减缓失血。法利则对警方强调，他"从未想过要伤害她"，声称"她只需要跟我一起出去就好"。他不断从一个房间转移到另一个房间，这样特警队就无法锁定他的位置。后来布莱克听到他在隔壁房间打电话，于是决定逃跑。她设法穿过大厅，走下楼梯，来到街上。在外等候的救护车把她送到医院。除了肩膀的重伤，她的肺部受创，手臂也骨折了。

枪击事件开始5个多小时后，法利威胁要自杀，接着点了一份三明治和百事可乐当晚餐。之后，这个折磨布莱克多年的家伙宣布投降。截至此时，已有7人死亡，另有4人受伤。他投降时宣称："我就是那个开枪打人的家伙。"但即便如此，他仍试图为自己的行为推卸部分责任。他说："告诉劳拉·布莱克，这都是为了她。"第二天，也就是原定听证会的那天，圣何塞的法院专员批准了针对法利的永久限制令。

对劳拉·布莱克来说，这场噩梦仍未结束。遭到袭击后，她住院19天，接受了4次手术来重建和修复破碎的肩膀。从那以后，她至少又做了3次手术，有可能永远无法完全恢复肩膀和手臂的活动能力与肌肉控制能力。就算她能忘记这整整4年的折磨，持续不断的疼痛和身上的伤疤（包括腿上、臀部和腹部的一些皮肤移植）无疑都会提醒她。

而且，法利在狱中还继续给她写信。在一封信中，他告诉布莱克，最终是她赢了。不过，我怀疑布莱克不会对此感到有多兴奋，因为她从未同意过他的"战争条款"。

案件上庭审判的时候，布莱克和法利都上了证人席，并待了很长时间。布莱克始终未曾看向折磨自己的人。法庭要求她指认罪犯，她只是朝他的方向扫了一眼，而法利却用现在时谈及两人之间的关系。在场的人说，看到布莱克出现，法利惊呆了，在她作证时还做起了笔记。他的律师辩称，谋杀并非出于预谋，法利不应被判故意谋杀罪。法利在证词中试图将自己跟这场杀戮撇清关系。他说："我记得枪响了一两次……一定是我开的枪。没有其他人拿着枪。"他还描述了在劳拉·布莱克办公室里的情景——他没有按计划开枪自杀，而是向她开枪。按照法利的说法，布莱克刚抬起头想看看是谁进了自己办公室，她是面带微笑的，"但微笑转瞬即逝……她一看到我，笑容就消失了"。

似乎是为了解释他为什么开枪射击她，法利又一次用布莱克对自己的影响来解释。法利作证说，她那一刻的微笑"让我错愕，然后枪就响了"。就像写给她的信一样，他又有意识地省略了重点：枪声响起不是因为她的微笑，而是因为他故意花了几百美元购买弹药和新枪，租了一辆车，盛装打扮地开车去了她的工作地点。所有这些都是为了迎接那一刻——有意识地、故意地扣动扳机。

检察官希望判决法利有罪并处死刑。警方谈判代表鲁本·格里哈尔瓦中尉被传唤作证。他向陪审团回忆，法利说他不再开枪射击是因为他觉得"不再有趣"。中尉报告说，即使他不再向前同事们开枪，也表示自己还不想太快投降，因为他想"沾沾自喜一段时间"。从格里哈尔瓦的证词和法利自己的证词中，陪审员们充分地认识了这个人令人不寒而栗的性格。法利清楚地说出了自己将近4年恐怖主宰的条件："如果能让劳拉做我女朋友，甚至做我妻子，我就赢了……如果她永远摆脱掉我，她就赢了。"

陪审团于1991年10月21日做出裁决。理查德·法利被判犯有7项一级谋杀罪。尽管法利此前曾在一封信中承诺，"我会在去毒气室的路上对着镜头微笑"，但11月1日，陪审团建议将他判处死刑时候，他并没有笑。加州法律规定，此类案件将自动提起上诉，到目前为止，劳拉·布莱克和法利暴行的所有幸存者仍在等待最终的正义到来。

我知道会有人说："这个可怜的人！他的精神显然非常不稳定。我们应该帮助他，而不是惩罚他。"对这样的"好心人"，我想说的是，这个可怜的精神不稳定的人，竟然能够在ESL这样的大公司找到一份全职工作，被解雇后还能在自己的领域找到另一份工作。后来，在跟踪劳拉·布莱克且在新公司程序设计部门工作的同时，这个迫切需要帮助和同情的可怜人，竟然还能在圣何塞州立大学上课。他还遇到了另一个女人（她对他跟踪布莱克的行为一无所知）并订了婚。正如他在写给布莱克的一封信中说："我真的没有疯，我只是在算计。如果被逼得无法忍受，我可能会吓到我们俩。"一些跟踪缠扰者（其中有些是色情狂）的确患有精神疾病，那是另一回事。但更多人，比如理查德·法利，是操纵人心的高手。他们利用我们的同情心，让我们最初无法意识到他们危险的行为不仅仅是单纯而可怜的单相思，接着又试图利用我们的同情心逃避对其精心策划的罪行的惩罚。

理查德·韦德·法利和亚瑟·杰克逊的案件，充分说明务必赶在暴力犯罪发生前评估其危险性，这一点非常重要。显然，相比法利，杰克逊有更严重的人格缺陷（可能还有精神疾病）。法利哪怕社交上不算成功，但至少能够（在表面上）保持一个自给自足、职业成功的男性形象；相比之下，杰克逊过分异常和不稳定，他唯一成功的事情就是跟踪特蕾莎·萨尔达娜（幸运的是，他未能完成杀死她的最终目标）。但他们对所选目标的执迷是相似的，而且都在实施犯罪行为之前很久就发出了警告信号。

行为反映个性，这两名男子以不同的方式揭示了他们的暴力潜质和与自身个性的一致性。杰克逊的迹象更为普遍，这与他的不稳定关系也更大。不过，我相信，如果你看到一个人把自己的身份完全包裹在他人的生活之中（记住，杰克逊从上小学时直到试图杀死特蕾莎·萨尔达娜的那一天，一直沉迷于无望的关系），而且没有什么可失去的，那么他就有可能做出不可预测的行为。杰克逊曾多次精神崩溃，试图自杀，还威胁过美国总统。我觉得把他送出国是个好主意。只不过，很遗憾，美国没有适当的制度让特勤局将他移交给本国的执法机关，对其行为进行合理监督。

虽然理查德·法利没有像杰克逊那样麻烦重重的历史，但他的信件和行动中仍表现出了迹象。他还固执己见，让自己从前正常运转的生活滑出轨道。他在失去工作之前就受到警告，但仍然坚持跟踪缠扰行为，哪怕他知道自己的职位、家庭、财务状况和声誉都岌岌可危。一个男人，行为本已不够稳定，那么剥夺他生活中其余剩下的正常元素，会给出更多的愤怒来激励他，让他有更多的时间去幻想，这就必然会通往灾难。更不幸的是，一个犯下谋杀罪的人，并不见得需要长长的暴力犯罪记录做铺垫。每个杀人者都是从幻想和动机开始的，阅读这些迹象，你通常能看到两者的身影。

法利追踪劳拉·布莱克时，加州的反跟踪缠扰法尚未正式通过。

但这个案子很好地说明，为什么戴维·比蒂认为与跟踪缠扰相关的行为需要列为重罪。如他所说，从布莱克的案子中可以明显看出，跟踪缠扰"是一个罕见的预防机会，潜在凶手举起手来说，等着吧，我要杀人了。我已经上路了"。

比蒂问道："阻止其他类型的谋杀是多么难啊，几乎不可能。"但是，他断言："跟踪缠扰为干预提供了机会，因为它在很多情况下都似乎必然会升级为暴力和谋杀。"

当时的法律没有足够有效和明确的条款可以确定法利的身份并阻止他。我们无法预测他会杀死哪7个人，一如我们无法预测小约翰·欣克利对朱迪·福斯特的迷恋竟然会让白宫新闻秘书詹姆斯·布雷迪付出余生的代价[①]，但有迹象表明，如果没有人出手干预上述两起案件，必将有人付出高昂的代价。因为这种疏忽而丧生的人已经足够多，我们现在只能寄望于把这些人识别出来，在他们"第一次举手"的时候，就把他们关进监狱。

法利和杰克逊还可以让我们对每起跟踪案件的独特之处有所了解。杰克逊太无能了，他甚至无法完成跟踪特蕾莎·萨尔达娜的任何中间阶段：他一发现她在哪里，就出手要杀她。从某些方面看，他很像"小径杀手"戴维·卡彭特。此人不善社交、说话结巴，我对他进行过犯罪行为分析和追捕。在被捕之前，他在旧金山北部的公园里至少谋杀了8个人。卡彭特闪电式的攻击方式暴露了他极度无能的个性，因为攻击过快，受害者没时间做出反应，就跟杰克逊突如其来地狠命拿刀劈砍萨尔达娜一样。

法利在某些方面更像罗尼·谢尔顿，有着类似的不安全感和傲慢。法利从前的一名同学形容他"是个无名之辈"、一个"窝囊废"，

[①] 在1981年罗纳德·里根总统遇刺案中，布雷迪是遭到枪击的4人之一。他头部严重受伤，尽管最终活了下来，但口齿不清、部分瘫痪，必须使用轮椅。——译者

这样的形象想必会让法利感到沮丧。不过，他的一名前室友则形容他自大，"执着于永远保持正确，有男子气概"。为了弥补自己的不安全感，谢尔顿沉迷于勾引女人，煞费苦心地打扮自己，追求有男人味的兴趣爱好，参与斗殴，收集警用装备，而法利则加入了海军。在那里，法利因枪法出众、品行良好受到认可。显然，从军经历也让他收获良多，因为多年后，他提到部队训练让他成为"精英社会"的一员，并透露自己参与的秘密监视行动磨炼了他日后用来跟踪和收集劳拉·布莱克信息的技能。法利认为，这种"精英"身份让他变得特别，可以做别人禁止做的事情。我访谈过的许多连环罪犯都表达过类似好坏参半的感觉：一半是不可战胜感，一半是缺乏安全感。

过去（甚至，在某种程度上如今也一样），跟踪缠扰者很容易偶尔产生不可战胜的感觉。除非他们对受害者做了明显危险的行为，否则在许多州他们不会遭到起诉。虽然各地都有针对骚扰等轻罪的法律法规，但就算有人写信发誓要杀了你，也没法把这个人从街头带走来消除威胁。这时，得再次发生一起悲剧案件，这种情况才逐渐有所改变。

通常而言，每当有名人发生了什么事，随之而来的曝光报道便会引起公众对此的高度关注。1989年的丽贝卡·谢弗谋杀案逼得我们以全新的眼光看待跟踪缠扰行为。它迫使娱乐行业认识到任何人都可能成为受害者，并向执法部门展示了此类罪犯分子是多么危险。

丽贝卡·谢弗在俄勒冈州波特兰市长大，父母分别是作家和心理学家。她是家里的独生女，曾就读于林肯高中，成绩优秀，外貌出众，有一双棕色的大眼睛，笑起来温暖友好，还有一对酒窝，充满天真无邪的魅力。谢弗十几岁时首次尝试模特工作，成功参演了广告，并在电视电影中担任配角。她搬到了纽约，在模特界从业人士的眼中，她是个"乖孩子"，尽管年轻，但对待工作的态度非常认真专业。她的生活方式就像她在《十七岁》杂志封面上展现出来的形象一样清新利落。

谢弗真正的职业目标是表演。她全身心地投入到表演课程中，开启了艰难的演艺生涯——"甚至一度因为付不起电话费而失去了电话服务"。在一部热门肥皂剧中扮演固定角色后，她很快得到了电视情景喜剧《我的妹妹萨姆》的试镜机会。她得到了这个角色，并与帕姆·道伯合作，在 1986 年至 1988 年期间扮演道伯的妹妹。1989 年夏天，她还出演了喜剧故事片《比弗利山庄阶级斗争场面》，并且刚刚完成了一部由戴安·坎农执导的电影。她和弗朗西斯·福特·科波拉约好了见面，讨论出演《教父 3》的可能性。当时她才 21 岁，前途无限光明。

1989 年 7 月 18 日早晨，也就是她为祖父 71 岁生日举办庆生会的第二天，谢弗心情挺好。不到 1 个小时后，她将与著名导演科波拉会面，讨论可能出演的下一个角色。大约 10 点 15 分，有人按了她公寓的门铃。对讲机坏了，于是谢弗出去看是谁来了——她还穿着浴袍。一名年轻的白人男子站在那里等着她。此人有一头深色的浓密头发，包里藏着一支 0.357 口径的马格南手枪。兴许，她根本没机会注意他要干什么，那个男人就拔出枪，近距离朝她的胸口开了火。她尖叫着倒地，他迅速沿街小跑着消失了。她的一个邻居跑过去帮助她，却感受不到她的脉搏。她被送往西达赛奈医疗中心（7 年前特蕾莎·萨尔达娜也是在这里急救的），半小时后宣布死亡。凶手仍然逍遥法外，她的邻居、家人、朋友、演员同行和粉丝们都大为震惊。

邻居们报告说，案发前几小时曾看到一名陌生人在附近闲逛，带着一个包裹。那名身穿黄色衬衫的年轻人曾走近一些路人，给他们看了谢弗的一张宣传照，并问他们认不认识谢弗、她住在哪里。至少有一名女性注意到了他，因为那天早上她两次碰到他，想知道他在那里做什么。另一个人无意中听到他问停在谢弗住处前的出租车司机，那栋建筑是住房还是公寓楼。根据对不明嫌犯的所有描述和他的行为，以及调查人员评估认为杀害谢弗的可能是她不认识的人，初步结论是凶手是一个精神错乱的粉丝。

这些怀疑在第二天得到了证实。经若干司法管辖区的警察合作，人们锁定并逮捕了一名嫌疑人：19岁的罗伯特·约翰·巴尔多，亚利桑那州图森市一名失业的前快餐店清洁工。巴尔多一个住在田纳西州的朋友向洛杉矶警方报告说，他曾谈及谢弗。这名朋友说，巴尔多给这位年轻的女演员写了一封情书，还威胁过她。枪击事件发生后的第二天早上，图森警方接到报告称，一名男子在一处交通要道的十字路口举止怪异。警察们赶到现场，拘捕了巴尔多，并把他的照片传真发给洛杉矶警察局。谢弗的几个邻居肯定地认出此人就是他们看到的在她公寓外面走来走去的那个年轻人。巴尔多被控谋杀谢弗。

虽然警方找到了杀害丽贝卡·谢弗的凶手，但为什么会发生这样的事情仍然是个谜。巴尔多过往的历史麻烦重重，但没有犯过罪，也并不暴力，当然没有迹象表明他有一天会杀人。除非，你知道要找的是什么。回想起来，我们可以说的确有一些预警信号。但一如跟踪缠扰在当时是一种很少有人报道也很少有人了解的犯罪行为，那些有可能出手保护丽贝卡·谢弗的人并不认识能预见罗伯特·约翰·巴尔多潜在危险性的人（前者能保护谢弗不必与粉丝有可怕的接触，后者则从巴尔多成长过程中看到了令人不安的行为模式）。

罗伯特·约翰·巴尔多家里一共有7个孩子，他是年纪最小的一个。他父亲是一名空军士官，在横田空军基地与一名旅居日本的韩国女子结婚。和许多军人家庭一样，巴尔多一家经常搬家，直到罗伯特13岁时才最终在图森安定下来。几个月后，巴尔多开始卷入麻烦。那一年，他从母亲那里偷了140美元，跳上一辆公共汽车去缅因州寻找萨曼莎·史密斯，这个年轻女孩因为给苏联前总统米哈伊尔·戈尔巴乔夫的信而引起了国际关注。巴尔多给史密斯写了信，史密斯也回了信，这显然足以让他踏上穿越全国的旅程。然而，他还没找到史密斯，青少年管理机构就先找到了他。在被遣返回家之前，他作出了自残行为，用一支笔扎了自己。

虽然巴尔多的初中成绩是全优，但他的行为却越来越令人不安。即使在那时，他就是个内向的人，并开始给老师写信，有时一天不止一封。他在信中以詹姆斯·邦德、肮脏哈里·卡拉汉（电影《肮脏哈里》中的角色）等人物签名，表明他已经飘离现实世界，在幻想世界中扎根。他会写到死亡——自杀或老师和其他人遭到谋杀。根据至少一份公开的报告，老师们试图说服他的父母为他寻求精神干预。但父母只是送他去帕洛维德医院接受了一个星期的咨询，没有重视老师们的建议。他的问题没有得到重视。

帕克·迪茨和另一位精神病学家约翰·斯塔伯格医生研究了巴尔多的案例后指出，家庭背景很可能是导致他不稳定、反社会行为的一个因素。虽然我不敢轻易断言，说酗酒的父亲和／或偏执的母亲会导致孩子成为跟踪缠扰和杀人犯，但巴尔多令人不安的背景跟我们研究过的许多罪犯相一致。根据一份报告，巴尔多填写了学校官员寄给他父母的表格，并借此机会寻求帮助："这个家简直就是地狱……我再也受不了了。请帮忙。快些来。"巴尔多在案发后向精神病医生表示，他的一个哥哥对他进行了身体虐待，据称强迫他喝尿并行窃。无论巴尔多问题的根源来自哪里，最起码，他的父母似乎一直在否认儿子问题的严重性。

到了高中，他的行为非常令人恐慌，一位老师甚至形容他是"一颗定时炸弹，即将爆炸"。尽管成绩仍然优秀，但他给一位老师写了一封长达 10 页的信，威胁要自杀。临时安置的寄养家庭将他送回了亲生父母身边。1985 年夏天，他住院治疗，被诊断为"严重情感障碍"，形容其家庭"病态和功能失调"。但总的来说，医院认为他是个好病人，对身体和心理治疗都很热情，在某种程度上是其他年轻病人的榜样。他劝阻他们使用非法药物。看起来，他正取得进展，但一个月后，他的父母就把他带回了家。仅仅几个星期后，他彻底离开了高中。

到了这个阶段，他的幻想生活变得越来越重要。他作为跟踪缠扰者（以及最终的行凶者）的生涯逐渐形成。在学校里，他固然遭到社交排斥，但至少有优秀的成绩来支撑自尊心。失去了这个，所有的不安全和失能感足以让他不堪重负。这个聪明到能直接拿到全优成绩的年轻人成了快餐店的清洁工，每天早上5点前离开父母家，步行3公里去上班。没在打扫快餐店的时候，他就睡觉、弹吉他，或者沉浸在电视和广播的另类现实中。

1986年，他认识了丽贝卡·谢弗。此时，这个不善交际的16岁男孩从未有过约会，更没有女朋友或是发生过性关系。对像巴尔多这样的人来说，谢弗代表了一种理想：漂亮、年轻、天真无邪，完全没有威胁。巴尔多在《我的妹妹萨姆》中看到她，后来说："她在我的生命中出现得正是时候。"他开始给她写信。在一封信中，他写下自己对友谊和精神的看法，谢弗回了信，称赞他的信写得特别好，非常"真诚"，并落款"爱你的丽贝卡"。这件事之于巴尔多的意义，一如理查德·法利在另一位同事在场的情况下与劳拉·布莱克共进午餐。在巴尔多的脑海里，他在电视上看到她时所感受到的连接感，因为这一次的信件往来更加牢固了。这是他第一次和一名女性有这样的联系。

巴尔多一直痴迷于谢弗，但1988年有一段时间，他把注意力转移到了其他著名的年轻明星身上，包括歌手蒂芙尼和黛比·吉布森，这两人也都具有谢弗所体现的青春纯真和稚嫩女性气质。1989年，巴尔多在《比弗利山庄阶级斗争场面》中看到谢弗在卧室里的激情戏。他的痴迷本已渐渐消退，但此时，关注（以及愤怒）又重新转到了谢弗身上。对谢弗来说，这无非职业生涯里所扮演的又一个角色；而对巴尔多来说，它意味着她变成了"另一个好莱坞婊子"（巴尔多

Obsession

的原话)。

和特蕾莎·萨尔达娜和劳拉·布莱克一样,丽贝卡·谢弗是一个低风险的受害者。虽然已经成名,但她在一个相对安全的普通社区过着低调的生活。据朋友和同事说,她很受欢迎,才华也受到尊重。她在剧集里的搭档帕姆·道伯非常喜欢她。她的离世让道伯伤心欲绝。至少,在巴尔多杀害她之前,她没有仇人。谢弗只看过巴尔多早期作为粉丝的来信。她的经纪人和工作室的员工筛选过信件,扔掉了恐吓信,以免让这位年轻的女演员担心。她对巴尔多的痴迷毫不知情。在到谢弗家开枪之前,巴尔多曾试图去她在华纳兄弟公司录制节目的地方找到她。第一次,他带着一只大号毛绒泰迪熊和一封给她的信,但保安将他拒之门外。第二次,因为认为谢弗的态度越来越傲慢,他愤怒地带了一把刀。根据报道,这一次,保安主任开车把巴尔多送回酒店,告诉他该回亚利桑那州了。

巴尔多的书信和拜访记录向谢弗身边的人传递了一个明确的信息:他迫切希望与谢弗取得联系。我相信,如果同样的事情发生在今天,会有一个在威胁评估方面有扎实背景的人来分析情况。如果谢弗是加文·德·贝克的客户,贝克一定会这么做。也许这样一位专家能够预料到谢弗的名字经常出现在巴尔多的日记中。他是这样写的:"我觉得我想成名,给她留下深刻的印象。"我相信,这样的专家应该知道巴尔多收集了大量有关谢弗的纪念品,包括录像带和更多写给这位女演员的信件。也许,专家会读到巴尔多的信并发出警告,尽管这个粉丝的能力不足无法适应社会且无法正常生活,但他的聪明机智足以证明他的危险性。

事实上,巴尔多最终找到谢弗的技能,也正是来自他在学校里获得好成绩的本事。他研究了亚瑟·杰克逊如何接近受害者,并在谋杀发生前一个月雇佣了私家侦探。这名侦探只花了4美元就从加州机动车辆管理局得到了谢弗的地址,但巴尔多拿到这些信息的代价是

250美元。而这笔钱，最终买到了丽贝卡·谢弗宝贵的生命。

和杰克逊一样，巴尔多在杀死谢弗这桩使命上投入的智慧和专注度，超过了他生命中的其他任何事情。在亚利桑那州，你必须年满21岁才能购买枪支，所以巴尔多让一个哥哥给他买了一把。他想确保自己的尝试不会失败，所以他买了空心子弹，一旦击中目标就会自动膨胀扩张。

1991年，玛西娅·克拉克是洛杉矶县的副地方检察官（现以担任辛普森一案的首席检察官而闻名），负责处理对巴尔多的起诉。辩护律师斯蒂芬·加林多放弃了陪审团审判，消除了他被判死刑的可能性。辩方并不否认巴尔多扣动了扳机，但辩称巴尔多精神失常。据我所知，这是我非常尊敬的帕克·迪茨唯一一次在谋杀案中为精神错乱的裁决作证。他知道，我在这件事上不认同他的观点。加文·德·贝克与检方合作，详细说明了导致痴迷执念和犯罪的计划、组织和思考。

加文在他写的一本好书《恐惧的礼物》（*The Gift of Fear*）中明确指出，在跟踪缠扰人格的背景下，乍看起来疯狂、非理性和病态的行为，实际上是相当理性的。"刺杀者，"他写道，"并不害怕进监狱——他们只害怕失败，巴尔多也不例外。"巴尔多研究了其他的刺杀者，研究了他的目标对象，制订了计划，拿到了枪，写好了袭击后会被发现的信。但和敢死队队员一样，他只是个快餐店的清洁工，直到他纵身一跃杀死某个名人。与成名相关的一切都在峡谷的另一边等着他，用他自己的话来说，他最终将"与名流平起平坐"。

法官迪诺·富尔戈尼裁定罗伯特·约翰·巴尔多一级谋杀罪成立，判处他终身监禁，不得假释。我希望这一判决不折不扣地加以执行，因为他深思熟虑地杀死了丽贝卡·谢弗。他目前在瓦卡维尔的加州州立监狱服刑，前面章节提到的连环杀手埃德蒙·肯珀也关押在此。

罗伯特·约翰·巴尔多是一个困惑、混乱和抑郁的人吗？是的。是艰难的成长环境伤害了他吗？可能。那么，我是否认为，是这些因素迫使他恶毒地夺走丽贝卡·谢弗的生命，或者可以为他的行为充当辩解呢？绝对不。是他主动选择要这样做的。他幻想，他计划，他提前几个月做好准备，接着加以实施。杀害谢弗的那天，他其实曾两次按响她的门铃。第一次，谢弗来到门口，他们简短地交谈了一会儿，其间他递给她一张纸条。她对他说"保重"，接着关上了门。

他和他的偶像见了面。他本可以就此离开，让一切止步于此。但恰恰相反，他去吃了早餐，掉头又回来杀死了她。巴尔多后来总结了自己的性格缺陷："我没有疯……只是情绪化。"根据一份报告，他在监狱里能够客观地回顾自己的生活，并承认辍学是一个错误，那时他完全与现实生活隔绝，待在家里退缩到电影和电视的世界里。真正的妄想症患者没法像这样意识到自己退却到了幻想之中。检察官玛西娅·克拉克认为他是个骗子，不值得同情。我不得不同意她的观点，我也同意加文的评价，即他的动机主要是为了出名，为了引起人们对他的注意。从这个角度来看，他吻合刺杀者的模板。

20世纪80年代中期，帕克·迪茨研究并总结了刺杀者常表现出的行为指标清单，其中包括某种精神障碍、调查对象、写日记、存有武器、与公众人物不适宜交流、自恋和浮夸、随意出行、认同此前的刺杀者、规避安全措施、反复接近一个或多个公众人物。我们看到，帕克描述的这种刺杀者行为，放到跟踪缠扰者身上也同样适用。

加文·德·贝克的研究表明，名人或公众人物是否会受到跟踪缠扰／刺杀者的威胁，最重要的一个指标是他所谓的"能力信念"——人对自己能否完成使命的信心。这似乎就是布雷默把注意力从理查德·尼克松转移到乔治·华莱士身上的原因。他不相信自己能杀死尼克松，但相信自己能杀死华莱士。

在杀死谢弗之前，罗伯特·巴尔多写信给姐姐："我对无法企及的人物有一种执念……我必须清除自己无法获得的东西。"一如马克·大卫·查普曼对约翰·列侬的执念，我相信，这些言论同样适用于谢弗在生活中所取得的成功和重要性。对巴尔多来说，这名女演员是不可能成为自己女朋友的。又一次，我们探讨的是一个微不足道的小人物（在本例中，他显然没有发挥出自己的智力潜能，并为此感到沮丧），他只能通过夺走名人的性命来获得认可。

丽贝卡·谢弗遇害案不光对好莱坞社群产生了深远影响，放到更大的范围内，它也对美国的刑事司法系统产生了重大影响。在这起案件中，一个有着大好前途的善良姑娘被无端杀害，这引发了愤怒和关注，带来了积极的变化。1990年，加州成为第一个通过专门反跟踪缠扰立法的州，为全国类似立法树立了榜样。谢弗遇害几个月后，一个由名人经纪人组成的团体"经纪人大会"约见了安全领域的专家和洛杉矶警察局的官员。会议的目的是强调经纪人对客户安全的担忧，并讨论可供选择的方案。这是警察局成立专门部门处理此类骚扰案件的第一步。洛杉矶警察局威胁管理小组于1990年7月开始运作，是美国首个此类小组。

谢弗的死还带来了其他后果。罗伯特·巴尔多能够（通过中间人）从加州车管所"买到"谢弗的地址，使得该机构提高了公众获取其记录的门槛限制。整个行业也更重视帕克·迪茨和加文·德·贝克等专家的建议。

即便有了反跟踪缠扰立法和对危险的更多关注，我们仍然有很长的路要走。德·贝克估计，像麦当娜这样的国际大明星可能有超过10亿人认识，而媒体大肆报道明星个人生活的每一个细节，就连我们这些并不痴迷的人也很容易觉得自己"认识"她和其他同类地位的人。

在保护超级名人和让粉丝能接触超级明星的形象之间，宣传机器走着微妙的钢丝。今天，即使在萨尔达娜被袭、谢弗遇害，以及大量的威胁和受挫尝试之后，娱乐业的许多人似乎仍然不愿意采取谨慎一些的做法。

纽约地区名人众多，琳达·费尔斯坦自然看到过爱情痴迷型跟踪缠扰案件。"许多公众人物都会碰到这样的问题，但常有人劝他们不要让罪犯被捕，"她说，"这对他们的形象不利。小报会大肆渲染，显得他们像是在刻薄对待一个精神有问题的人一样。"但除非把法律武器用起来，否则它无法保护任何人。

特蕾莎·萨尔达娜没有得到新近法律的保护。她很幸运地在袭击中幸存下来，但亚瑟·杰克逊也碰上了走运的时机。在他因袭击萨尔达娜一案被判有罪时，最高刑罚仅为 12 年。加州的量刑准则在那以后才有所变化。如果他今天犯下了同样的罪行，最高刑罚将是终身监禁。但这一修订不具有追溯效力。

官方自然明白杰克逊是个足够危险的人物，他服刑 12 年都不得假释。关押在瓦卡维尔时，他说如果再遇到萨尔达娜，他会"走到街道另一边"。他承认"由于某些非同寻常的巧合，一个来自波多黎各的准变性人狱友迷上了我……他隐隐约约有点像萨尔达娜女士"。杰克逊还向监狱官员和狱友们明确表示，他对萨尔达娜的痴迷绝没有成为过去，他表示希望有一天能"完成自己的使命"。

杰克逊甚至给其他人写信提及此事，其中包括《杰拉尔多·里维拉脱口秀》节目的前制片人。这封信写于 1988 年，杰克逊详细描述了自己的暗杀计划，并警告说"警察或联邦调查局对萨尔达娜的保护阻止不了暗杀小分队"。一年后，在与《苏格兰每日纪事报》驻洛杉矶记者的电话交谈中，他再次表达了杀死萨尔达娜的意图。

杰克逊对受害者的执念即便在他被定罪并入狱之后也毫无减缓，这令人遗憾，但不足为奇。约翰·莱恩中尉自洛杉矶警察局建立威胁管理部门后就担任负责人，他说："这些都是非常长期的案件……（跟踪缠扰者）可以将注意力集中在一个人身上一年甚至几年。不管受害者是名人还是隔壁的女邻居，都无法幸免。"

戴维·比蒂讲述过一起令人心碎的案件，一名受害者遭同一名男子跟踪超过 20 年。他从未在某一天突然决定放过她，也没遭到逮捕被关起来。他只是正常死亡了。活得比跟踪犯更久，是受害者得以解脱的唯一方法。只可惜，不是每一个遭到跟踪缠扰的受害者都有这样的好运气。

我经常沮丧地发现，监狱精神科医生在受控环境（犯人组织得当，而且安全用药）中观察罪犯的行为，认为这些人表现良好，应该再给他们一次机会。就杰克逊的例子而言，我很高兴地报告，对他进行评估的官员认识到了这名患者真正的危险性。1988 年，阿塔斯卡德罗州立医院临床医疗主任戈登·W. 格里特医生进行了一轮精神评估后，认为杰克逊是一个"非常危险的人"。瓦卡维尔监狱的首席精神科医生米纳克什说："他表现得很好，但他疯了。我对释放他感到不稳妥，因为他仍然有精神病，仍然是个偏执狂。"

考虑到所有这些威胁行为，外加专家做出的评估意见，他仍然对特蕾莎·萨尔达娜（可能还有其他人）构成危险，必须得继续关在监狱里，对吗？实际上，尽管人们认为相关情况足以引发司法回应，但杰克逊最终从加州监狱系统中重获自由的权利，自他判刑之日起就是板上钉钉的。一旦服完 12 年刑期，他就可获得释放。事实上，由于"表现良好"，他 1990 年 3 月（即初始刑期的一半）便获得了假释。1989 年，萨尔达娜接受采访，称因担心杰克逊会获得假释而感到沮丧和震惊。她说："如果他把食物扔到墙上或者对警卫说脏话，那将被视为不良行为。但威胁特蕾莎·萨尔达娜或英国女王，反而不算回事。"人们可能会认为，他的威胁行为导致狱方取消了提前假释，但实际上是因为他做了打破窗户、不服从命令等其他行为。这些违规行为导致他的刑期增加了 270 天，最终因为他从狱中寄出的 16 封威胁信件，才再次受到指控。

我们稍后会看到，现在有了应对这一问题的法律，这在很大程度上要归功于一个来自堪萨斯州的家庭。他们的女儿遭到一名假释罪犯的残忍杀害，为此这家人英勇地领导了要求修订法律的运动。

截至此刻，杰克逊被继续关押在监狱里，不是因为他具有威胁性，而是因为在他在服刑期间写信给伦敦警方承认自己参与了1966年的一起银行抢劫案，其中一人被杀、两人受伤。在对比指纹和调查案件后，苏格兰场的官员们掌握了足够的信息，发布了对杰克逊的逮捕令。按照1996年6月英美引渡法律的规定，61岁的他获释后被移交给苏格兰场的官员，送到英国准备接受指控。

我们每个人都可能成为跟踪缠扰者的目标。我们从像亚瑟·杰克逊这样的罪犯身上看到，一旦他们开始了追求，就不会轻易放弃。如果我们要防止更多的人成为这些疯子的受害者，就必须真正认识到问题的严重性，对执法机关及被跟踪人士的朋友、家人、邻居、同事和雇主之间的努力与合作加以协调，同时还需要关押这些人的监狱提高警惕。

如果我们都保持关注、齐心协力，或许可以完成一些有价值的事情，让良好的结果保持得更为长久。

第十章　如果我得不到你，别人也休想

加利福尼亚州不仅率先启动了美国现行的反跟踪缠扰立法，还在1991年最先逮捕了根据这一新法定罪的罪犯。此案并不涉及知名人士，而是跟家庭暴力相关，实际上更能代表大多数情况。

1991年5月，洛杉矶谢尔曼奥克斯区的警察指控一名男子跟踪缠扰其前女友。双方曾约会过几年，女方试图和男方分手，但后者不接受。他开始打电话骚扰她，毁坏她的汽车，甚至绑架她的狗。这名女子申请了限制令，并向警方提交了针对前男友的13项指控。他最后打电话给她，直接威胁说他"准备采取强硬手段……你将是下一个被摧毁的人"。

将这名男子拘留后，警方在他公寓的床下发现了一把0.357口径的马格南手枪（罗伯特·约翰·巴尔多就是用同一款手枪击中丽贝卡·谢弗心脏的）。根据新的反跟踪缠扰法，该男子获判1年监禁，外加6个月的康复治疗。对一个有威胁行为记录又存在明显伤害女性意图的人，这种长度的刑期管用吗？我认为不够。但这是新法律通过后第一次实施逮捕和定罪，显然是朝着正确的方向迈出了一步。

尽管一说起跟踪缠扰，人们首先想到的可能是明显精神失衡的"爱情痴迷型"跟踪狂，但国家受害者中心认为，高达80%的跟踪缠扰案件涉及女性被熟人侵犯，这叫作"单纯痴迷型"跟踪缠扰。在这类犯罪中，罪犯和受害者在犯罪行为开始之前建立过关系。这类混迹

在人群里的人，比如某个嫉妒心过强的前夫，跟亚瑟·杰克逊同样令人恐惧和难以预料，而且更为阴险。他会一边恐吓已经分居的妻子，一边在工作、教会和社交生活中保持表面形象。一想到我女儿可能会遇到理查德·法利那样的人，我就觉得很可怕。但同样令人烦扰的是，女儿可能会跟"错误"的男人约会几次，然后就发现几乎再也没法把他从自己的生活中赶出去。

单纯痴迷型的跟踪缠扰者不仅代表了大多数跟踪案件，而且最危险，有时甚至是致命的。爱情痴迷型罪犯里的确有一定比例的人会追踪执念对象，试图对其进行身体伤害，但许多人的神智过于错乱，无法发起或成功实施此种行为。大多数人都不是专业罪犯。反过来说，单纯痴迷型跟踪缠扰者可能有着长期的虐待和／或暴力行为史，尽管可能不曾留下犯罪记录。

就像罗尼·谢尔顿常年偷窥却逍遥法外一样。我们已经看到，在每一起提交起诉的连环强奸案背后，都可能藏着数量惊人但没有报案的较轻甚至同等的犯罪行为。同样，许多单纯痴迷型跟踪缠扰者的行为在实施跟踪之前就进行过大量的情感甚至身体上的虐待，而他们从未因此受到指控或惩罚。有时，这是因为罪行轻微，受害者更多地想要摆脱这种关系，而不是采取法律行动。也有时，受虐待的妻子可能因为太害怕而不敢向警方报告丈夫反复的暴力行为，直到有一天，她的邻居或孩子打电话报警。

单纯痴迷型跟踪缠扰与家庭暴力息息相关，实际上，两者不可分割——是同一种控制、支配行为模式的不同延伸。然而，一如爱情痴迷型跟踪缠扰者，罪犯的情感依赖发展为全面痴迷，既有可能要用几年时间，也可能只需要几个星期，甚至短短数次见面。而且，危险会迅速升级。

如果受害者和跟踪者之间存在过长期关系，犯罪者的虐待行为史让他在跟踪缠扰方面变得威胁性更强。较之爱情痴迷型跟踪者，他更了解受害者，他知道该触动哪些敏感点，他知道受害者的弱点。更可怕、更危险的是，他们过去的关系给了他所需的信息数据。他已经知道她的生活习惯、日程安排、存钱地点、她的医生是谁，以及紧急情况下她会依赖谁、躲到什么地方去。

在这些家伙开始跟踪缠扰受害者之前，会有一些警告信号，但不幸的是，受害者要直到跟对方建立了一定的关系之后才能发现这些信号。这就是为什么自我保护意识原本足够强的聪明女性也会陷入这种情况。这些罪犯并不是站在房间里就能一眼看出的坏人。相反，许多人起初颇有魅力，给人留下了良好的第一印象。跟其他类型的性掠夺者一样，他们很擅长隐藏自己的本来面目。

在与女友的关系中（该女友后来出庭指证了他），罗尼·谢尔顿表现出了许多标志着单纯痴迷型跟踪者的家庭暴力行为。与其他只看到了他可怕一面的强奸受害者不同，她曾见过他向新征服对象施展魅力时所表现出来的风度。一开始，他看起来很有礼貌、很绅士。在这方面，他是一个典型的家庭暴力施暴者。直到两人关系的后期，他的控制欲、嫉妒心和缺乏安全感的一面才开始显现。一如许多同类罪犯（包括那些仍在跟踪缠扰受害者的家暴者），他似乎不相信正常的社会规则适用于自己。为了得到想要的东西，他可以毫不顾忌地撒谎、欺骗或违法。谢尔顿身上体现的其他典型特征包括缺乏良知、没有同情心、对他人（包括他虐待的伴侣和强奸的女性）漠不关心，还有各类用于控制女友和欺骗他人的操纵行为。

人们往往误以为，这类跟踪缠扰者（以及一般的家暴施虐者）大多受教育程度低、失业或从事卑微的工作、生活接近贫困水平。但事实上，这是一种人人都有可能成为罪犯或者受害者的犯罪——它无关种族、社会经济背景，甚至无关性别。根据一项评估，在因虐待妻子或女友而接受心理咨询的男性中，大约 1/3 的人拥有体面的职业，如企业高管、医生甚至牧师，通常在社区中享有较高地位。

富豪和名人的世界里也充斥着这样的例子。在 O. J. 辛普森一案中，有证据表明他对前妻妮可进行了身体虐待，并且存在单纯痴迷型跟踪缠扰行为，曾打断她和其他男人的约会，据说甚至还曾在她家（也就是她遇害的地方）外面的阴影里偷窥她的性行为。

另一起让人惊讶得张大嘴巴的案件涉及一名备受尊敬的刑事司法界人士，你显然料不到他会做出这样的行为。前纽约州上诉法院首席法官索尔·沃特勒因骚扰与他有过婚外情的一名女性（他妻子的表妹）而入狱。

无论是跟踪分居妻子的成功商人，还是对初恋女友无法放手的高中少年（这种情况我们见到的越来越多），对单纯痴迷型跟踪缠扰者来说，这种犯罪行为都源自一种控制和支配受害者以提升自尊的需求。一如爱情痴迷型跟踪狂一样，他们也承受着极度的不安全感，并通常无法像其他人那样发展并维持个人及爱情关系。有些人可能存在心理问题，但大多数人的症结在于人格障碍，具体表现为不当行为和社交技能缺陷。他们在日常生活中经常感到无力，再加上无能，使其在与受害者的关系中投入了大量的情感和自我价值。跟踪缠扰不过是嫉妒、偏执的丈夫或情人想要支配伴侣的一种表现。

从某种意义上说，两类跟踪缠扰者都活在幻想关系的世界里。因为尽管单纯痴迷型跟踪缠扰者与其受害者有着真实的关系，但他真正痴迷的是从这段关系中所获得的权力感，而不是女性本身。

在对这类跟踪者进行心理画像时，对不安全感和无能自卑感寻找补偿是一个值得注意的主要特征。《心理神探》和《黑暗之旅》的一些读者观察到，似乎我们描述的所有罪犯都存在这个问题，只是情况略有不同。有时，不安全感会让他们看起来很自大、行为出格，比如罗尼·谢尔顿。也有时候，这种情绪会让他们不知所措，他们觉得唯一的发泄方式就是实施凶残的闪电式攻击，比如亚瑟·杰克逊。众多罪犯都存在这一普遍特征，让它成了一个关键观察点。毫无疑问，不是所有缺乏安全感的男人都会成为连环杀手、强奸犯或跟踪狂,但它是一个重要因素,并且通常可以视为我们收到的第一个警告信号。在美国,大约12%的夫妇之间会发生一些至少涉及"野蛮"暴力形式的事件,比如打耳光或推搡;每年大约有1500名妇女被丈夫或情人杀害。既然如此,任何线索都值得留心。

在这一特定的犯罪类别中,这一点尤其真实正确,因为家暴施虐者(包括那些跟踪缠扰伴侣的人)往往会以微妙的方式暴露出人格缺陷,并不会当即引得警铃大作。日后的受害者最初可能完全不知道自己招惹上了什么人。施虐者有可能精于操纵、行为阴险、十分狡猾,她说不定根本没有察觉出到底发生了什么,就陷入了一段有着潜在危险的关系。

在身体和/或情感虐待开始之前,施虐者可能首先表现出关心和在意,但很快就会暴露真正的占有欲和嫉妒心。他试图控制伴侣或女友生活的方方面面,从为她挑选衣服到试图限制她离开的时间。施虐的丈夫或男友可能会羞辱女方,批评她的外表,贬低她作为家庭主妇、母亲、学生、成功的专业人士(也就是她在两人关系之外扮演的任何能带给她自我价值感的角色)的技能。如果能让她失去平衡,他的优势就更大,玩心理战正是他达到这一目的的方式。

情绪切换是他玩得最娴熟的把戏:前一刻温柔又充满爱意,下一刻就变得愤怒暴力,他的伴侣永远不知道自己在和什么人打交道。她害怕和厌恶他行为的一方面,但又喜欢他的另一面,他的关注让她获得成长的滋养。

为了加强对伴侣的控制,施虐者会试图让受害者在经济上依赖自己。如果牵扯到孩子,这会让他更容易控制住她,因为女方可能会觉得离开他就无法养活自己和孩子。她兴许还担心如果自己离开,他会得到孩子的监护权,甚至直接绑架孩子,她将再也无法见到孩子,无法保护孩子不受他的伤害。我们还碰到过这样的案件:惊恐的母亲逃到社区避难所，她丈夫起诉要求获得探视权，于是法院强迫女方透露自己的位置。也就是说，施虐者/跟踪狂利用本应保护受害者的司法系统，进一步地控制受害者，在她逃离后继续干涉她的生活。从这一角度思考就很容易理解，为什么有些女性由于缺乏财力进行这场似乎没完没了的法律战争，于是要么自我放弃，回去面对更多虐待；要么绝望地藏起来，放弃工作、家人和朋友。

随着虐待关系的持续，施暴者对女方的朋友和家人越来越挑剔、越来越嫉妒，严格控制她离开他身边的时间。她可能会觉得为了去见别人而跟他发生争执不值得，如果他殴打自己，伤痕会很明显。她也会因为感到丢脸而不去见朋友。有些情况下，施虐者强迫受害者记录一天中的每一分钟，核对汽车的里程，盘点钱包里的零钱——事无巨细地管理受害者生活的每个方面，彻底地消耗对方。

在这些案例中，跟踪缠扰和监视活动成为家庭施虐者日常生活的一部分，他对伴侣的控制和支配，很像理查德·法利跟踪缠扰劳拉·布莱克。在施虐方看来，这是一场他迫切希望获胜的意志之战。正如法利在给布莱克的信中提及自己的沮丧（以及他的爱），这些施虐者很可能意识到了自己的愤怒，哪怕他们无法承认自己的无能。像法利一样，他们不会承认自己依赖这种关系的真正原因（甚至不承认自己处于依赖的位置），而是把自己的行为归咎于受害者。他们可能会把自己的控制需求视为做个"好"丈夫的责任，或是他们的权利。在男人的头脑中，暴力的发生不是因为他本人无法应对情绪、缺乏自控，而是因为受害者做错了事情从而激怒了他。

这里有一个可怕的例子：沃斯堡的一名男子当着自己两个孩子（分别是12岁和16岁）的面，用刀捅死了妻子，还对她说："这是你自找的。"他的理由是她和孩子们不等他来就开始吃饭了。

先别急着喊"这家伙疯了！"，请各位读者注意，此人在联邦航空管理局担任计算机专家这一重要职位。这大概不是他第一次攻击妻子，我敢肯定这也不是他唯一一次为自己的行为找借口。

为此，加文·德·贝克写道："为什么我们对每两三年才发生一次的跟踪缠扰者袭击名人的事件那么热衷，而对说不定每两小时就发生一次的女性遭跟踪虐待成性的丈夫或男友杀害漠然视之呢？为什么美国有成千上万的自杀预防中心，却没有一个凶杀预防中心呢？"

当一名女性逃离这样的关系，施虐者可能会把自己随后的跟踪缠扰行为合理化，不是为了赢回她的心（通常是先尝试用他当初赢得她的那种迷人方式，送花、送糖果等，类似理查德·法利给劳拉·布莱克留下礼物），只是因为她"不公平地"离开他而进行惩罚。在他看来，她是自己的妻子，那就最好老老实实地表现得像个附属品。

我们曾在《黑暗之旅》中讲述过加拿大安大略省性虐狂杀手保罗·贝尔纳多的案件，他就是这样对待妻子卡拉·霍莫尔卡的。她必须做所有家务，在性和其他方面都顺从他，只要他觉得她该挨打，她就得服从。更恶劣的是，他希望她成为强奸和谋杀的同伙，甚至参与导致她妹妹塔米丧命的罪行。卡拉成了他的财产。想想看，如果施虐者想要让受害者比自己更卑微，而他又是一个完全无能的人，那么受害者就必须扮演一个次等人的角色，从妻子变成财产。

对想要离开这样一个男性的女性来说，施虐者所有的人格缺陷和病态结合到一起，情况会变得非常危险。他淹没在自己的无能和无力当中，此时他的情绪还包括因女方拒绝他、试图夺回控制力而导致的愤怒，对自身遭到抛弃的恐惧，以及复仇的冲动。他可能即将失去生活中唯一能让自己感到强大和掌控的东西，面对这样的前景，施虐者变得绝望。于是，我们一定会听到以下这句话的各种变体："如果我得不到你，别人也休想。"

统计数据显示，在这种情况下，最危险的时刻是受虐待的一方试图离开这段关系的时候——不管他们是一起经历了20年的婚姻，还是只谈了两个月的恋爱。根据美国联邦调查局1990年《统一犯罪报告》(*Uniform Crime Reports*)估计,当年 30% 的女性凶杀案受害者是被亲密伴侣所杀。考虑到这一点,再加上那些试图离开施虐者的家暴受害者被配偶/伴侣杀害的风险更大,你就能明白,为什么及早发现这些潜在的危险人物无比关键。

跟爱情痴迷型跟踪缠扰者一样,此类人大多遵循一种基本的模式或循环。和其他类型的罪犯一样,如果我们知道该朝着什么地方观察,就能预测他们对潜在受害者的威胁程度。但坏消息是,一如没有人能预测爱情痴迷型跟踪者会在什么时候进入周期中的哪个阶段,他在每个阶段会表现出什么行为,要预测单纯痴迷型跟踪者在特定时候会做什么也很困难。在许多惨剧案例中,受害者遇害之后,总会有朋友、家人、邻居、同事告诉调查人员:"我就知道他总有一天会杀了她。"据报道,妮可·布朗·辛普森曾预言,自己会死在占有欲始终很强的前夫辛普森手里。

随着公众对家庭暴力和跟踪缠扰的意识日益增强,也因为我们有了更好的法律和更现实的量刑指南来应对这些罪行,我希望,我们能在受害者遇害之前采取更多行动。

我们可以预测,单纯痴迷型跟踪者的基本行为模式与爱情痴迷型跟踪者相同,在早期他试图用鲜花和魅力来赢得受害者的好感。下一个阶段是威吓,让人想起嫉妒、过度占有和不当行为,而这些都是导致受害者结束这段关系的原因。

和爱情痴迷型跟踪者一样,如果单纯痴迷型跟踪者认为受害者不愿意给自己所需的东西,他会感到越来越沮丧,骚扰和威胁的力度就越来越大,并保持他一贯的虐待行为。

戴维·比蒂说:"唯一发生改变的是,罪犯不再能够那么容易地追击、殴打她了。他不能随意穿过房间施展暴力行为,于是想出新的策略来干这些事。"罪犯的动机和行为仍和从前一样,只是具体的策略将有所不同。

如果受害者试图在这个阶段永久地从生活中摆脱他,那么他可能会放手一搏,通过暴力重申他对两人关系的控制。劳拉·布莱克申请对理查德·法利的永久限制令就是这样一条导火索。想想你读到过的所有相关案例:由于受到虐待的妻子试图搬出去,或得到法院限制令要求丈夫远离自己和孩子,一段不幸的婚姻最终以谋杀-自杀告终。

单纯痴迷型跟踪缠扰并不只发生在那些长期遭受情感和／或身体虐待的人身上。有时候,受害者明明看到了警告信号,及早意识到危险并采取行动,但仍然有可能无法自救,以悲剧收场。

1982年,22岁的多米妮克·邓恩似乎拥有一切。她是作家兼制片人多米尼克·邓恩和艾伦·格里芬·邓恩(人称"莱妮")的女儿,也是作家琼·狄迪恩和约翰·格雷戈里·邓恩的侄女。她的家庭背景充满了关爱和支持,还有很好的人脉关系。年轻的邓恩漂亮、聪明、有才华,这个年龄刚好可以在美艳和少女气质之间切换自如,已经在电视上出演了不少角色。那一年,她参演了电影《吵闹鬼》,完全有理由相信自己的演艺事业正在起飞。

只可惜,她的个人生活却背道而驰。大约一年前,她遇到了比自己大5岁的约翰·托马斯·斯威尼,洛杉矶一家名为"乐美颂"的时尚餐厅的大厨。斯威尼比邓恩高整整一个头,体格健壮、相貌英俊,从表面上看两人很般配。两人都有天赋、雄心勃勃,而且有不少共同的兴趣爱好。没过多久,他们就住到了一起。

起初,斯威尼看起来像是个一心一意的男朋友,会去上多米妮克的表演课,出现在她拍摄的现场。他们甚至去看了同一位心理咨询师。但很明显,他的行为是出于嫉妒和强烈的占有欲。他们会争吵,令多米妮克感到窒息。斯威尼越来越担心自己会失去她。她有不少成熟老练的朋友,这让斯威尼感觉到威胁。而且,尽管邓恩从未有过出轨行为,他仍然嫉妒任何可能跟她拍爱情戏的男人。据报道,斯威尼还毫无根据地指责邓恩堕胎。

和大多数正常的聪明人一样,多米妮克大概尝试过跟斯威尼"讲道理"。但跟一个嫉妒心太强、陷入不安全感的爱人"讲道理"根本就做不到。这段关系变成了一场战斗:她试图挣脱束缚,而斯威尼企图获得更大的控制权。

邓恩的哥哥亚历克斯讲述了发生在一家餐厅里的一幕。当时,斯威尼去上洗手间,一个看过电影《吵闹鬼》的男影迷喝得有点醉,走近她的桌子。斯威尼回来之后见到那个男人跟邓恩说话,当即勃然大怒,一脚将影迷踢飞,还猛烈地推搡他。

她写了一封绝望的信,表达了自己对这种情况的深刻洞察,但显然并没有寄给他:"你并不爱我。你只是对我有了执念。你以为你爱的那个人,根本不是我,只是你在脑海中虚构出来的人……每当你想象的我褪色消失,必须面对真正的我的时候,我们便会争吵。"她还写道,她害怕他。

到 1982 年 8 月,他表现出动手的倾向,据说有一次用力抓她的头发,甚至拔掉了一大把。她哭着逃回了娘家,他尾随前往,邓恩太太威胁说要打电话报警。

然而,正如虐待关系中经常出现的模式,没隔几天,斯威尼就又用他最迷人的行为重新打动了多米妮克。这个聪明而宽容的年轻姑娘没有经历过这样的事情,她不知道,绝不能和这样的男人"重归旧好"。他迟早会显出原形,再次表现出嫉妒、占有欲、愤怒和暴力行为。约翰·斯威尼也不例外。

几个星期后,他们又吵了起来,他开始掐她的脖子。幸运的是,一个朋友当时和他们住在一起,听到打斗声后打断了袭击。多米妮克从浴室窗户逃了出来,斯威尼紧追不舍,跳上她的车,想拦住她。但她成功逃脱,发誓一切就此结束。躲藏了几天之后,她找人让斯威尼搬出了她的家,换了锁。她给了他"最后一次机会",他却搞砸了。

这里跑个题,提前说两句这件事令人心酸而又充满讽刺的结局。

葬礼结束几天后，多米妮克的父亲多米尼克看到了电视剧《山街蓝调》(Hill Street Blues)里的一集，多米妮克在其中客串了一个角色。制片人专门用这一集对她表示纪念。剧中，她扮演的是一个受虐待的少女。然而，观众不知道的是，她脖子上的伤痕是真的，不是化妆效果，那正是约翰·斯威尼留下的。

斯威尼并不打算就此罢手。1982年10月30日晚上8点半左右，他让接线员打断了多米妮克和一个朋友之间的电话交谈。不久之后，他出现在她家前门。起初，她留着门锁的防盗链，隔着门缝跟他说话。但那天晚上她并不是一个人——另一位名叫戴维·帕克的年轻演员正和她一起排练，这可能使她感到足够安全，于是最终打开了门，走出去和斯威尼说话。

帕克从屋子里面听到外面传来争吵声、尖叫声，还有一种把他吓坏了的噪音。他报了警，但电话那头说打错了警察局，那里不在他们的管辖范围之内。接着他又打电话给一个朋友，说如果自己出了什么事，就叫警察去找约翰·斯威尼。帕克从房子里出逃，碰到了斯威尼，后者让他报警。

警方赶到时，斯威尼告诉他们自己杀了多米妮克并试图自杀，还说自己服用了过量药物。然而，没有迹象表明他服用过任何药物。

多米妮克·邓恩被送往医院，医生勉强让她的心脏恢复了跳动，但只能靠机器维持生命。5天后，家人意识到她的大脑再没有任何运转的迹象，只能痛苦地同意医生拔掉她的生命维持设备。他们捐赠了她的心脏和肾脏。

警察逮捕斯威尼时，发现他甚为懊悔——但并不是因为杀死了自己的女朋友。我观察到，许多罪犯被捕后都会感到懊悔，但仅仅是因为自己被抓了。他们发出的哀叹不是为了受害者，而是为了自己。斯威尼甚至向逮捕他的一名警官表达了这种担忧："我搞砸了。真不敢相信我竟然做了一件会让自己永远蹲监狱的事情……我没想到我掐她有那么用力。"

如果说，我们还算有一点理由相信斯威尼对杀害多米妮克·邓恩感到懊悔，那么他向审讯人员以及后来向法庭讲述的故事，就全无可信之处。在审判中，斯威尼声称，他和邓恩在去她家的几天前就和好了，甚至谈到了结婚。没有证据能证明他的说法。他对门廊处所发生事情的描述，与罗伯特·钱伯斯讲述的珍妮弗·莱文之死相似，存在逻辑上的漏洞。斯威尼试图指责受害者，声称多米妮克当天晚上告诉他，她对结婚和组建家庭的事情一直在说谎，一切只是在误导他。

对多米妮克这些所谓的说谎和欺骗行为，斯威尼的反应是："我一下就爆炸了，朝她扑了过去。"据斯威尼说，他不记得接下来发生了什么。过了一阵，他才意识到他压在邓恩身上，手扼住她的脖子。当发现她没有了呼吸，他说他试着把她抱起来，让她站起来活动活动，但她根本站不起来，于是他试着做心肺复苏，直到两人都吐了出来。他走进屋，吞了两瓶药准备自杀，还把她的舌头从喉咙上拉开（大概是为了保持气管畅通），之后躺到她身边。

我首先要说，这绝对是一派胡言。正如琳达·费尔斯坦在钱伯斯致莱文死亡案中指出，把人勒死要用很长时间。受害者在死前好一会儿便会停止反抗，所以斯威尼有足够的时间意识到自己在做什么并把她松开。前来评估此案的3名专家表示，他完全有时间松开手让邓恩恢复神志。验尸官作证说，勒死邓恩用了4到6分钟。在法庭上，检察官史蒂夫·巴肖普举起手表，让它足足走了4分钟，好让陪审团感受到这到底有多久，以及如果斯威尼真想松手，他有多少机会。

斯威尼声称自己不记得关于攻击瞬间的事情了，这与他对警方的说法不符，只是一种被告经常援引的辩护策略。他说："我没想到我掐她有那么用力，我只是一直勒着她。"这表明他至少清楚自己在做什么。

在审判之前，调查人员发现他在1977年至1980年间曾与另一名女子有过同样的关系，只不过这名女性比多米妮克·邓恩运气好，她活着逃走了。约翰·斯威尼是一个典型的虐待成性的人。正如爱情痴迷型跟踪者会坚持其执念行为，但可能会找到另一个人来投射执念，家暴者和单纯痴型跟踪者也常在其他关系中表现出相同的模式。斯威尼的第一位受害者是个秘书，她告诉控方，他殴打自己不下10次，致使她两次住院，其中一次让她的肺部塌陷、耳膜穿孔。巴肖普试图让这名女性的证词作为证据提交给法庭，但法庭为斯威尼指派的辩护律师迈克尔·阿德尔森成功地让伯顿·卡茨法官将之排除在外，理由是偏见多于证明。法官还以同样的理由裁定，多米妮克母亲的证词（即斯威尼殴打邓恩，令后者逃回了家）也不能作为证据。此外，多米妮克在生命最后5个星期向朋友和演员同事所说的关于她害怕斯威尼的话也不能作为证据，因为这属于道听途说。

换句话说，凡是能说明斯威尼是一个习惯性危险施虐狂、受害者有理由担心自己生命安危的事实，都将导致陪审团产生偏见。最叫我震惊也最令人费解的是，卡茨法官在裁决中同意了辩方的主张，仅考虑二级谋杀或过失杀人的指控。这实际上就等于在说，从法律的角度讲，在约翰·斯威尼掐死多米妮克·邓恩的那4到6分钟里，他没有杀害她的意图！

审判结束后，邓恩的父亲多米尼克在《大都会》杂志上写道："接受审判的总是谋杀案的受害者。约翰·斯威尼声称自己爱过多米妮克，他辩称那是冲动犯罪，在法庭上诽谤她，一如勒死她一般恶毒和残酷。我们痛苦地听着他在阿德尔森引导下玷污多米妮克的名声。他暴力的过去是个人隐私，神圣不可侵犯；而她的名声，却可以任由那个杀害她的男人用毫无根据的指控加以践踏和踢打。"

陪审团听到的辩护是，杀人行为发生在多米妮克承认自己说谎后的"怒火中烧"瞬间。换句话说，把谋杀归咎到了受害者头上。在结案陈词中，迈克尔·阿德尔森一直称他的当事人"平常是个通情达理的人"。他这么说到底是什么意思呢？斯威尼是个正常的好人，除了他暴怒殴打或勒死女人的时候？

陪审团从未得知斯威尼在另一段关系中的暴力行为模式，他们僵持了8天，才最终认定他犯有过失杀人罪。

这一判决引发了公愤的风暴，在此期间，卡茨法官（在整个审判过程中，他的判决常常偏袒被告方，令控方颇感惊愕）显然认为自己最好是赶紧游到对岸去。

因此，在宣判时，虽然辩方试图请求相当于缓刑的宽大处理，但卡茨法官（他此前曾称赞陪审团"很好地履行了司法职责"）不同意。这一次，他严厉地批评了陪审团及其裁决，说："我真是无法理解。"我怀疑邓恩夫妇也无法理解这对自己女儿的性命意味着什么。

"这是一起非常纯粹的谋杀案。"卡茨虔诚地说道，并判处了过失杀人罪名下最高可允许的6年半刑期。相比而言，如果罪名是二级谋杀，至少要判15年；如果是一级谋杀罪，则可判处终身监禁。这就是法律认为这种情况下一条无辜的生命价值几何。

这一判决意味着斯威尼的刑期不会超过两年半，因为他已经关押的时间将折算在内，如果表现良好，还可得到更多减刑。他服刑的地方是加州安全级别最低的惩教所。

检察官史蒂夫·巴肖普评论说："他很快就会出来给某人做一顿美味的晚餐，之后再杀一个人。"

陪审员们则目瞪口呆。陪审团主席说，卡茨的批评是卑鄙的攻击，如果他们能听取所有的证据，肯定会判定斯威尼犯有谋杀罪。他说，他觉得正义没有得到伸张。

我担心，在这类案件中，正义往往都得不到伸张。

当多米妮克·邓恩看到斯威尼暴力的一面，并意识到他不会改变时，她感到非常害怕，结束了两人的关系。她是在斯威尼和前受害者分手一年后认识他的。在一个更完美的世界里，约翰·斯威尼会因为对前任的所作所为蹲监狱，根本没机会遇到多米妮克，更没有机会杀害她。

等服完卡茨法官强制执行的刑期后，约翰·斯威尼便会从监狱获释，还可以换一个名字重新生活、从头来过。而多米妮克·邓恩却再也不能复活了。

在那个致命的夜晚，当斯威尼来到她的住处，她并没有担心自己的生命安全，否则她不可能出去跟他说话。她没有做错什么。在自我保护这方面，她压根不知道，除了和他分手、把他赶出自己的房子、换锁之外，还有什么需要做的。

她那可悲的天真，敌不过他不顾一切的狡诈。显然，她不想再和他有任何关系，但她过去是爱过这个男人的。他很有技巧，也很善于利用她的同情心和脆弱，而她实在没有太多经验对付他这样的人。于是，她打开了门。在走到门廊上的时候，她兴许只是在尝试许多受害者做过的事情：磋商。和其他人一样，邓恩可能希望尽快让他离开，别再招惹麻烦。她没有意识到，不能和那种人讲道理，至少在那个阶段不行。

在上一章，我们谈到有些爱情痴迷型跟踪缠扰者可以用理性劝说。一些还跟现实有关联的人，在初期听说会遭到刑事指控、有可能入狱或受到其他惩罚，再加上生活中其他的潜在损失——工作、家庭、人际关系，就可能停止其跟踪缠扰行为。遗憾的是，对大多数单纯痴迷型跟踪缠扰者来说，并不存在这样的条件。首先，在真的惹出大祸之前，他们的虐待行为长期无人干涉，就连警察的干预也不见得能威慑到他们。即便受到过惩罚，通常也不足以让他们改变行为方式。家庭暴力犯罪至今仍是典型的轻罪，所以施暴者知道，就算自己没能脱身，也不会被判重刑。如果受害者让执法部门介入到这件事情当中（在罪犯眼里，那是她的问题，绝对不是自己的问题），只会让他更加愤怒。她不但不顺从、不忠诚，现在还拿法律来搞他，给他添

Obsession   267

了更多的麻烦。

到女方要离开施虐者的时候，两人通常已经经历了不止一次追求、恐吓和暴力的循环。好像他们各自的角色都编成了程序，固定了下来。而这也是为什么一旦受害者打破这种模式，施虐者会感到大受威胁的部分原因。他不喜欢她改变规则（定规矩的人是他），也不喜欢她所做出的那些改变。这是双重威胁。约翰·斯威尼很生气，因为他不能在这段关系中控制多米妮克。但更让他脆弱的自尊心受损的是，她成了结束这段关系的人。无论她说什么或做什么，他都无法接受他们分手的条件。

加文·德·贝克评论说，试图与一个陷入妄想的爱情痴迷型名人跟踪狂讲道理是徒劳的："我的基本理念是，不跟脑子不正常的人对话……一个男人离开妻子，偷了一辆车，开了5000公里，就因为他从老天爷那里收到了一段指示，说他应该跟一位著名歌手产生关系。他没有任何东西好失去的。你认为他会因为有人告诉他'你得离她远点'就结束他的旅行吗？"

我觉得同样的理论也适用于在生活中虐待女性的男人。这就是斯坦顿·萨梅洛所说的行为模式，也是我在监狱里访谈的每一个罪犯在行为和性格中所表现出的潜在不安全感。不管是一个喜欢虐待和强奸儿童的施虐型连环杀手，还是一个在女性身上发泄问题的家暴惯犯，他之所以做了这些事，因为这就是他的本性，而且你不可能劝阻他。相反，如果你是他的受害者，只要让他接近你，就给了他一次胜利的机会：他重新获得了一定程度的控制。

多米妮克·邓恩走出家门的时候，虽说肯定不曾意识到，但她削弱了自己的地位，增强了斯威尼的地位。哪怕只是一点点的退让，她也在不经意间强化了他的看法：为什么他需要她。跟他谈判完全起到了跟她想要的背道而驰的效果。

为理解这种局面的复杂性，请先站到她的角度想一想。有人来找你，你走出去告诉他，说你再也不想见到他，你绝没有欲拒还迎、说反话鼓励他的意思。你无非出于礼貌，尽量不想伤害对方。就跟劳拉·布莱克最初坚持只想跟理查德·法利做朋友一样。

但要了解连环施虐狂／跟踪缠扰者，你必须站到他的立场上思考。从他的角度来看，他知道你不想和他在一起，但你还是出去了。他得以让你按他的想法做事。所以你的话无法把他拒之门外。加文和戴维·比蒂都指出，他看到的是黄灯，而不是红灯。等他最终意识到你真的指的是"红灯"时，他唯一能做的就是发出最后通牒——在多米妮克·邓恩一案中，那就是死亡。

对这种罪犯，请记住，他的"单纯痴迷"和唯一目的就是让受害者回到他自己的生活中。当他意识到做不到时，就会切换到备用方案，很可能包括同归于尽。杀死女方成为最终的控制和打压行为。一如刺杀者，许多施虐狂会写日记，写下自己的计划，记录受害者的行动。

比蒂描述过一段频频出现的文本："我真是等不及想看到被枪指着脸时她会是个什么表情。如果她认为她赢了，我会证明她错了。"如果想要的局面离得越来越远，他们就会投入控制受害者生死的幻想。

事实上，如果罪犯的身份与受害者紧密相连，除了杀死她之外无法占有她，那么等真的杀死女方，他的情感也无处安放，因此谋杀后自杀的概率很高。我和跟踪缠扰受害者维权运动的倡导者都认为，这只是我们必须将跟踪缠扰定为重罪并设定长久刑期的原因之一。如果有人想杀死受害者和自杀，光是坐牢的风险并不足以阻拦他。因此，我们需要尽早抓住这些人，而且必须把他们关押很长一段时间。这意味着，从受害者到执法人员，再到检察官和法官，所有相关方都需要真正审视这些罪犯，认识到危险，并尽早对其采取行动。

理想状态下，潜在受害者应该在意识到可能会出问题的时候就切

Obsession

断与潜在跟踪缠扰者的联系。加文·德·贝克在这方面有着丰富的经验，他建议向对方明确表示，你不希望与他（或她）建立关系，并坚信这种感觉日后不会改变；你打算另找他人，并认为他也该这么做。

接下来就是坚持到底。如果某人给你打了40次电话，而你在第41次电话响起时让了步，想着要"消除误会"或者"温和地让他消停下来"，那么对他来说，这就意味着打41次电话无非与你交谈一次所需要的代价，而这个执念成痴的人很乐意付出这样的代价。

站到罪犯的立场很难，而要是这个人仅仅是针对你的跟踪者，那就更难了。至少，我在分析犯罪现场的时候，尽管这么做兴许会在情绪上很痛苦，但我仍然能够维持一定程度的客观性。反过来说，如果犯罪发生在我家里，是正在进行的恐怖活动的一部分，那么对罪犯行为保持中立态度就会更有压力也更困难。而普通的跟踪缠扰受害者并没有行为分析的背景来帮自己预判对手的心理状态。

对受害者来说，跟踪缠扰是一种非常难对付的犯罪行为，因为它持续时间长，而且不可预测。想象一下，连续20年（哪怕只是20天），每天醒来，你的头一个念头就是"今天他会抓到我吗？"，要不就是"今天他会杀掉我的孩子吗？"。无论走到哪里，你都会环顾四周，担心看到他。就算他没有站在你家窗外，窥视你给孩子们做午餐，你也知道他一定在某个地方。每当电话响起，你都知道是谁打来的。邮件本应只有账单和广告，但偶尔会夹一张你以为他不在身边时拍下的照片。兴许，你最近申请了限制令，警察威胁要逮捕他，所以他最近没什么动静。但这并不能保证他不会一直盯着你，等着你放松警惕。从数据上看，绝大多数情况下，他都会重新出现在你身边。

受害者因为这些经历，遭受了各种各样的问题，包括抑郁、焦虑发作以及因长期的愤怒、压力、恐惧和无助感引起的身体疾病。他们反复做噩梦，甚至出现创伤后应激障碍。就像一些强奸受害者会患上强奸创伤综合征一样，跟踪缠扰的受害者遭受了不可预测、多次发生又针对个人的恐怖行为，有可能一辈子都陷入紧张压力状态，产生心理创伤。

对本已受到惊吓、感到困惑的跟踪受害者来说，还要面对一件更糟糕的事情。他们去寻求如何应对跟踪缠扰的建议，指导的结果取决于是向哪位专家征求的意见。某位专家推崇的最佳方式，换一个人可能认为是个可怕的错误。如果不了解斯威尼暴力的过去，有些人可能会建议多米妮克·邓恩尝试用理性的方式谈判，协商条件让斯威尼离开她。这样，他就不会因为她而招惹上警察的麻烦，害他丢掉工作，恼羞成怒。

这并不仅仅适用于那些不愿意放弃所谓爱慕对象的跟踪缠扰者。一名女性（男性也有可能）说不定会被一个对她怀有其他怨恨的人跟踪缠扰。可能是个店主，犯罪者认为自己在店里上了当、受了骗。也可能是医生或律师，罪犯觉得自己没有获得预期的结果。有可能是任何事情。哪怕完全无辜，人也很可能惹到这些祸事。

只有一点是人人都同意的：每一起跟踪缠扰案件都有所不同，应根据当事罪犯的具体细节来设计应对策略。国家受害者中心的专家们很好地总结了跟踪受害者可以采取的一般性应对步骤，不过他们仍然强调让专家立即介入的重要性。专家可以根据具体情况协助制定合适的方法。

对任何跟踪缠扰的受害者来说，第一步应该是联系当地专家，因为跟踪法因州而异，有些行为在一个司法管辖区可以逮捕处理，换个地方可能就不受法律约束。在某些情况下（特别是如果跟踪缠扰行为跨越多个司法管辖区，或是威胁电话从一个州打到另一个州），可以依据跟踪缠扰和/或反恐法提起联邦指控。如果只靠自己应付，受害者可能根本不知道报案或者提交投诉的流程。

跟踪狂可以把跟踪缠扰视为自己的工作，但大多数受害者都没有足够的财力或意愿投入全部的时间和精力去立案、举报、起诉跟踪者。而有人可以帮忙处理这些事情，还有其他的资源，比如庇护所和／或咨询小组。

除了倡导宣传，国家受害者中心还向包括跟踪缠扰在内的各类犯罪的受害者提供转介服务。他们欢迎任何想知道该向何处求助的人打来电话。就算你只是想知道某人令人不安的行为是否属于跟踪缠扰，他们也可以回答你的问题。国家受害者中心的免费电话是1-800-FYI-CALL。

戴维·比蒂、加文·德·贝克和其他许多专家都提出过警告，我们务必牢记：如果你认为自己碰到了麻烦，那很可能事实的确如此。

这并不意味着你在工作中一碰到陌生人搭讪就感到恐慌，但你必须留心比蒂所说的"触发点"，那就是劳拉·布莱克收到法利手制面包时产生的感觉。比蒂警告说："如果觉得自己受到了不怀好意的关注，让你感到非常不舒服，甚至让你认为危及自身安全，那就是采取行动的时候了。"

别觉得自己是多虑了，不要有一天回头看时才意识到自己当时是对的，奇怪的事情正在发生：日后的跟踪缠扰者到处打电话，跟同事和朋友聊天，问一些不恰当的问题，收集信息。

在许多案例中，早期干预是关键。比蒂指出："在跟踪缠扰案件早期阶段的主动干涉要比到最后阶段的效果好得多。等到有人公然用暴力威胁时，你的选择就非常有限了。"到那时，他补充说，最好的办法可能只有提出起诉，把罪犯关起来。但很有可能，等他到出狱的时候，会因为蹲了监狱或受到其他惩罚而更加愤怒。

反跟踪缠扰群体广泛提供的技巧包括：使用邮政信箱作为收发邮件的地址；有选择性地提供你的电话号码和地址；告知机构和旁人不得向任何人提供你的信息；在你的住宅旁张贴"不得擅入"的标识牌；向电话公司举报威胁电话，要求追踪这些号码，如有可能，使用来电显示；向联邦调查局报告威胁邮件。这些群体还建议，如果可以证明对方是用你的社会安全号码来寻找或骚扰跟踪你，可以联系社会保障办公室，要求更改号码。如果必须搬家，他们建议你一定不要留下跟踪者能找到的"纸上痕迹"，包括带走你的病历（以及你孩子的学校信息及病历）；不要在邮局留下转寄地址；亲自找房东索要押金（以免使用邮寄或汇款转账方式）或放弃押金。

专家们还认为，如果你遭人跟踪缠扰，需要把一切都记录下来。这就是说，保留跟踪缠扰者发来的所有信件、录下对方声音的所有通话记录、对方给你留下的物品等等。你还应该使用日志，记录下跟踪缠扰者出现的日期、时间和地点，以及他做了什么、说了什么、穿什么衣服、开什么车、车牌号码和其他目击他出现的人的名字。如果你可以在不让自己陷入危险的情况下拍下跟踪者的照片，也会很有帮助，因为这么做不仅可以说明他在特定时间的位置，还可以让你的邻居、同事和其他人知道要注意这个家伙。记录至关重要，因为长期压力的副产物之一就是记忆力受损，而且跟踪缠扰通常将持续很长时间。一如强奸案的受害者无法记起发生的所有事情，只能零零碎碎地回忆细节，如果日后受害者的说法有所改变，那么可能会遭到误解甚至被控说谎。把发生过的每件事都记录下来，有助于避免这种情况的发生。

很遗憾，反跟踪缠扰法仍然属于相对较新的法律，国家受害者中心提供的文献指出，受害者也许首先必须向警方证明"合理根据"，才能把跟踪缠扰者送上法庭。当然，如果你遭到跟踪缠扰，别因为没有证据就不报警，而一旦掌握了证据，切莫把它们扔掉。

什么时候、怎样寻求执法机构的帮助，是反跟踪缠扰专家群体中争论最大的一个领域。他们关于限制令是否有效、采取这种方式会给受害者带来多大风险的争论，体现了试图应用一般规则所面临的困难。专家和受害者都讽刺地指出，在紧急情况下，一纸禁令无法起到防弹盾牌的作用，劳拉·布莱克一案就是限制令失败的例子（有一些家暴受害者丧命时钱包里还带着一份限制令副本）。

与此同时，戴维·比蒂认为："保护令有几个方面的价值。它们不是保护，它们阻止不了罪犯。事实上，在某些情况下，它可能反而让罪犯变本加厉。但它们确实有着其他的作用，其中最重要的一点是，它们触发了刑事司法程序。它让整个司法机构注意到了事情的发生，至少某个地方的法官已经看到了这个问题，并表示：'是的，这里存在一起合理的投诉。'"

我在调查支持部门的同事吉姆·怀特也是跟踪缠扰问题的顶尖专家。他说："临时限制令本质上并非解决方案，而是调动刑事司法系统的途径。"

比蒂补充说："这可能是受害者能得到的最重要的东西，因为他们面临的最大挑战通常就是让系统有所回应。"

加文·德·贝克持相反的观点，尤其是对名人跟踪狂，他建议采取观望和等待的策略，而不是"调动并激怒"。德·贝克警告说："过早和跟踪者对峙，会让情况恶化，并可能加速他的暴力倾向。"

还有一些人，包括许多执法人员，不认同这种看法。他们认为对跟踪缠扰者发起行动，能够在情况失控之前吓跑一部分人。

在我看来，所有这些方法都有价值，但要看跟踪缠扰者属于什么类型。正如在谋杀案中针对特定不明嫌犯量身定制预防技巧，我一定会考虑跟踪缠扰者的动机，以及他或她可能表现出的精神疾病迹象。和其他类型的案件一样，时机至关重要。在一个时间点上绝佳的回应，换到另一个时间点却可能触发暴力行为。

我也同意戴维·比蒂的评估："执法机关/司法制度对跟踪缠扰的反应与受害者个人做出的反应之间存在一点重要的区别。"一如罪犯心理画像，我们必须同时站到罪犯和受害者的立场上，在规划犯罪行为以何种方式结束时考虑到双方的具体情况。

很可悲，在公共教育方面仍有大量工作要做。我们需要支持受跟踪缠扰（不管是爱情痴迷型还是单纯痴迷型）折磨的受害者，在许多情况下，这意味着首先要认识到犯罪行为。在男方试图通过再次追求受害者，送她鲜花和礼物来重新获得控制权的阶段，除非局外人将这种行为视为有可能危及性命的完整拼图的一部分，否则就会觉得女方对男方的态度苛刻。正如法利送给劳拉·布莱克的礼物看起来显得多么温馨，前男友的情书和糖果说不定说明这个可怜的家伙仍然深爱着当事女性。只有受害者才知道男方有多强的控制欲、多么令人毛骨悚然，因为她了解背景，并且经受过被他打压支配的恶劣行为。

任何女性或男性，都不应该受到配偶或伴侣的殴打，也没有人应该受到情感虐待。每当我听说遭到殴打的受害者向家人或朋友求助，后者却回答"一定是你把他气疯了"，都会感到非常震惊和困惑。我知道说这些话的人不知道内情，但无法接受的是，这也能算借口？任何暴力的受害者都不应该接受。这一点再怎么强调也不为过：你绝对不应该受到像虐待那样的待遇，你不应该过那样生活。如果你在当地找不到帮助（一般而言，在电话黄页最前面的"紧急援助""社区服务"栏里会列出家暴庇护所或强奸危机救援），请致电国家受害者中心。在设有类似弗吉尼亚州费尔法克斯县的受害者－证人小组的社区，打电话给他们。他们知道你应该做什么，或者应该去哪里。

有人指责遭虐待的受害者不该跟那种男人扯上关系，对此我也有不同意见。这么说是非常不公平的，尤其是很多时候，罪犯在他的最初追求阶段是很有迷惑性的。此外，受害者在施虐者手中受到最恶劣的对待，恰恰是因为她们不愿意忍受威胁和／或暴力行为。

在所有这些案例中，受害者需要来自身边人的支持。质疑她的判断，只会强化犯罪者的立场，因为这会让受害者自我怀疑。我们不怪入室盗窃的受害者没有整天待在家里保护自己的财产免遭损失。那么，我们为什么要对跟踪缠扰或强奸的受害者提出异议呢？

遭遇任何形式的跟踪缠扰，都是一段压力重重、令人难以承受的经历。就算你觉得自己能处理好，也不妨考虑加入一个支持小组。我发现，这进一步证明了犯罪幸存者的勇气。很多时候，受害者没有从所在社区、执法机构和刑事司法系统那里得到所需的支持和理解，但她没有放弃，而是和其他碰到过类似情况的人组建支持团体。特蕾莎·萨尔达娜发起了受害者协会。另一位幸存者简·麦卡利斯特成立了公民反跟踪缠扰组织。试着上网找一找有关跟踪缠扰的资源和信息，你能找到一些出乎意料的好东西。

但我知道，我们还有很长的路要走。国家受害者中心的《跟踪缠扰受害者帮助指南》列出了可以采取的实际步骤，尝试让当事人将犯罪者隔离开。但这份文件，以及你从其他受害者团体那里获得的类似清单，读起来令人感到沮丧，你会发现它们都涉及受害者采取或计划的行动，都是在被动做出反应。

由于跟踪缠扰者很擅长游走在法律边缘，有时恫吓受害者多年都不曾违反法律（甚至连新法律也无法约束）遭到逮捕，故此，受害者要想改善自己的处境，就必须改变自己的行为。对方才是做错事的人，而她却因此受到惩罚。她不得不把自己的家变成监狱，把门加固，换更坚固的锁，在室外加装更多照明装置，减少院子里的灌木，甚至还要养一条看门狗。如果她怀疑安全系统有漏洞，就需要换锁，修改甚至删除登记过的电话号码。她丧失了个人隐私，尽量不再单独旅行，还得把跟踪缠扰者及其驾驶汽车的照片或文字描述提供给同事、邻居、家人和亲密朋友，请大家帮忙提防。她放弃了慢跑一类的户外活动，还得多花很多时间和精力选择不同路线上下班、去食品店甚至去教堂。

而且，她成了一个可能会不顾一切四处举债来保持安全的人，即便觉得自己可能再也不会真正感到安全。就算跟踪缠扰她的人死了，他也从她手里偷走了时间，不可挽回地改变了她看待世界的方式。她能够重新回归正常状态，但一如其他犯罪幸存者，犯罪行为本身已经过去了，她却并没有得到巨大的解脱或平静。有时，受害者会购买枪支并学习如何使用。

我认为上述任何一种事态进展都令人作呕。一想到一位对社会有贡献的正派人士每时每刻都要付出如此高昂的情感、身体及经济代价，而另一个堕落无能的失败者却得以实现幻想，建立自己软弱、毫无价值的自我，我就感到愤怒。我想起了特鲁迪·柯林斯，她的女儿苏珊娜·玛丽·柯林斯聪明美丽，19岁时死于谋杀。这位母亲愤怒地质问，让这么多好人成为受害者，作为一个社会，我们能不能意识到自己到底失去了什么。

戴维·比蒂举起手里的国家受害者中心的《帮助指南》，直截了当地说："这里写的每一件事，都在某种程度上限制了你身为公民的自由。基本上，因为制度不能有效地作出反应，保证你的安全，你放弃了自己所拥有的每一项权利。"

他指出，公平而言，我们甚至无法保证美国总统的安全——为了他的安全，我们每年花费数百万美元。但是，当威胁已经发出，一个人表现出潜在的危险行为模式，我们应该能够做得更多来确保被关起来剥夺自由的是跟踪缠扰罪犯，而不是受害者。

这些案件必须成为我们所有人的长鸣警钟。如果我们要去追究社会服务和刑事司法系统的人过去未能关注罗尼·谢尔顿、约瑟夫·汤普森一类危险人物的责任，那么我们自己也必须承担责任，并在第一次警铃响起的时候就把人群中的危险分子找出来。我希望，提高人们的安全意识、加强教育能有所帮助。我能理解民警的挫败感，他们多次前往同一户家庭调查夫妻纠纷，女方却拒绝提出指控。但我认为，我们必须审视为什么会发生这种情况，而不仅仅只是埋怨受害者，怒其不争。在很多情况下，家暴或单纯痴迷缠扰行为的受害者回到施虐

Obsession 277

者身边，是因为她害怕无论自己藏到哪儿，对方都能找到。我们没能让她相信，我们有能力保证她的安全。

我一直记得戴维·比蒂一针见血的评论：跟踪缠扰是我们所知唯一一种未来的凶手提前向警察自报身份的犯罪行为。

这不仅是一个机会，也是一种绝不能忽视的责任。

第十一章 "水牛"比尔及其他

毫无疑问，如果说有谁曾将匡蒂科联邦调查学院在行为科学的实践公之于众，让它进入了公众的想象，那么这个人一定是托马斯·哈里斯，畅销小说（而且全都翻拍成了电影）《黑色星期日》(*Black Sunday*)、《红龙》(*Red Dragon*) 和《沉默的羔羊》(*The Silence of the Lambs*) 的作者。它们完全融为社会集体心理的一部分，我甚至最近在一个电视谈话节目中被人叫做"《沉默的羔羊》那家伙"。直到今天，我几乎每个星期都会收到来自全国各地的信件，询问如何成为一名犯罪心理画像师，加入调查支持小组（此前，我一直领导这个小组直到退休）。

哈里斯绝对成功地捕捉到了我们工作时那种令人精神紧张的阴暗压抑氛围。更何况，直到最近，也就是我退休一年多后，这个小组仍在地下近20米的一间狭小办公室里工作，让一切变得更加阴暗、更加压抑。他还表现出了我们尝试识别并追捕的最终无法解释的邪恶感觉，主要是通过小说中几个令人难忘的反派角色，如"食人魔"汉尼拔医生、法兰西斯·多拉海德、杀手"牙仙"，还有詹姆斯·甘布，也就是"水牛"比尔。

幸运的是，我们还没有在现实生活中遇到过像精神病学家汉尼拔·莱克特医生那样心理扭曲而聪明机智的人。读过这本书前面内容的读者知道，我在职业生涯中遇到过许多精神科医生，我有时会说他们"扭曲",主要是因为他们在评估罪犯的危险性和"改邪归正"潜力时不愿正视罪行本身。值得庆幸的是,在我的经历中,他们没有一个人跑出去模仿在押罪犯的行为。事实上,虽然我们确实碰到过医生杀死妻子或女朋友的情况(通常而言相当容易抓捕,因为他们在犯罪方面并不像自认为的那样老练),但就我所知,没有精神病学家或其他医生是连环杀手。没有什么能阻止一个人成为这样或那样的性掠夺罪犯,但我们的研究表明,连环杀手虽然通常很聪明,可在个人成就方面往往无能且表现不佳。大多数医生也不需要以这种方式寻求满足感。

虽然现实生活中似乎没有汉尼拔·莱克特,但在某种程度上,"水牛"比尔那样的人是有一些的。在写《红龙》之前,托马斯·哈里斯到匡蒂科来拜访我们。他去上课,和许多特工交谈,很认真地听取我们对他说的话。"水牛"比尔这个令人厌恶的可怕角色(在手臂上打石膏假装受伤,引诱女性进入他的控制,把她们关在地下室的坑里,剥她们的皮,为自己缝制一套女人"外衣"),融合了我们研究过的3个真实性掠夺杀手的特点、个性、作案手法和作案特征。哈里斯在匡蒂科了解情况时,我们向他介绍了其中两人。第三人出现在小说《红龙》出版好几年以后,哈里斯当时正在写《沉默的羔羊》。由于这3人中的每一个都代表了一种不同类型的性掠夺者,每一个都表现出与另外两人不同的高明作案手段,并且每个人都从不同的方面引发了关于以杀戮为乐趣的人是"邪恶"还是"病态"的争论。因此我们有必要看看这3名罪犯,他们共同为哈里斯笔下"水牛"比尔一角提供了灵感。

爱德华·盖恩(下文简称埃德)于1906年8月8日出生在威斯康星州的拉克罗斯,一辈子都住在这里。他的父亲乔治常年酗酒,断断续续地当过木匠、制革工和农民。埃德年纪还小的时候,全家人搬到普兰菲尔德农村社区附近的一座农场,试图在自己的土地上谋生。

很明显，双亲里占主导地位的是埃德的母亲奥古斯塔，她似乎对宗教和道德有着强烈的信念，对男性整体以及他们可能招惹的麻烦也有着同样强烈的看法。她狂热地向埃德和比他大5岁的哥哥亨利灌输这些主张，要求他们避免所有罪恶，其中最重要的就是切不可发生婚外性行为，尽管埃德后来回忆说，她似乎对手淫的问题宽容一些。不管怎么说，她的信息传达得很到位，埃德和亨利都没有结婚、没有性生活，也没有远离家门。埃德后来告诉州里的一位精神病学家，说他母亲曾对他说："如果一个女人好到值得你跟她发生关系，那就值得你跟她结婚。"

埃德八年级毕业后就离开了学校，但他仍然狂热地喜欢阅读。他从来没有一份固定的工作，除了在家庭农场上干活之外，他还会在普兰菲尔德社区照顾孩子，做一些零工。由于他沉默寡言、不谙世故，所以经常被人占便宜，骗取报酬。

到埃德30多岁的时候，家人在5年里相继去世，他彻底成了孤家寡人。1940年，65岁的乔治死于心脏病。1944年，亨利试着清理一些土地，却不料被一场沼泽大火烧死。一年后，奥古斯塔第二次中风，也去世了。虽然母亲一直很固执、很霸道，但埃德非常依恋她。失去母亲以后，他显然非常迷茫。他把母亲的卧室和客厅用木板封起来，像博物馆一样保存成她还在世的样子。事实证明，这并不是埃德·盖恩唯一保存下来的东西。

直到1957年11月16日下午晚些时候，没有人对这个安静、谦逊的男子多加关注。他独自住在一栋白色木板房子里，周围是一座已经不再经营的农场。那天是一个清爽晴朗的星期六，也是猎鹿季节的第一天，社区里总计642名成年和青少年男性，不少人（甚至大多数）都利用这一天去休息打猎了，弗兰克·沃登也不例外。他家在社区主街开着一间五金店，他的母亲、58岁的寡妇伯尼斯·沃登暂时替儿子代管店铺——每当弗兰克有事外出，她就会这么做。

Obsession 281

弗兰克下午5点左右打猎回来，发现店门锁上了，屋里一片漆黑。他很惊讶，四处打听，加油站的一个人告诉他那天大部分时间店里都是那样。他打开店门进去查看，发现屋里空无一人，但地板上有一摊血，一条血迹一直延伸到后门。外面，商店的卡车不见了。弗兰克立即打电话给警长阿特·施雷，说担心母亲出事了。

施雷和他的副手阿米·弗里茨赶忙前去调查，并召集位于麦迪逊县州犯罪实验室的人员以及其他值班警官和执法人员加入。众人到达后，询问弗兰克有没有怀疑对象。

"埃德·盖恩。"他回答。

他们问他为什么，弗兰克说，埃德·盖恩一直在叫他妈妈一起去滑旱冰。此外，前一天，盖恩来店里询问防冻液的价格，还问弗兰克今天会不会去打猎。弗兰克回答说当然会去，而且要出去一整天。警官们查看伯尼斯·沃登当天的销售凭条，其中一张是防冻液的。这条微弱的线索是对爱德华·盖恩不利的唯一证据，但最终足以确认嫌疑人的身份。

调查人员去敲门时，盖恩不在家。但在与房子相连的一座木头棚子里，他们（由于没有电，只好借助手电筒的光）看到了美国执法史上最可怕、最震撼的一幕，它彻底颠覆了20世纪50年代的这个美国中部农业社区。在棚屋里，他们发现了沃登夫人的尸体：没有头，倒挂着，脚踝绑在木头横梁上，从阴道到胸骨都被切割开来，如同一头刚处理好、即将剥皮的鹿。

众人一阵恶心，强行冲进了隔壁的房子，结果更加震惊。室内一片凌乱，堆满垃圾。埃德的床柱上固定着人类的头骨。伯尼斯·沃登的心脏摊在炉子上的平底锅里。他们在角落里的一口粗麻袋里找到了她的头，闭着眼睛平静得像是在睡觉，一柄钩子从她耳窝里直直穿过，可以将其挂起来。她的其他内脏器官被装在另一口箱子里。

格林莱克县治安部门的劳埃德·肖福斯特队长这样记录道：

我产生了一种之前从未有过的感觉，因为从未见过像这样的东西。太可怕了。我们找到了头骨和面部。从头骨上剥离下来的头部皮肤部分装在塑料袋里保存着。这样的头骨有好几颗。有几个这样的头骨。我们发现了一个装有女性器官的盒子，我注意到其中一个小盒子是镀金的，上面系着一条丝带，我想那是一条红丝带。我们找到了腿骨，还发现座椅是人皮制成的，做工粗糙，向外的部分很光滑，如果你看背面，会看到一层层的脂肪组织，手艺不怎么样。

有一把用骨头做的刀柄，一只人皮灯罩。还有一名女人的上半身，从肩膀截到腰部，胸部和其他部位都鞣制处理过。它很硬，你可以把它立起来，所有的东西都附着在上面。

这还没完。屋里还有用人头骨做成的碗，用拉伸的人皮做成的垃圾桶，用女性乳头做成的腰带。

他们还发现了另一个女人的"面具"，她的脸和头发都完全鞣制过。阿米·弗里茨注意到厨房门后还有一只纸袋。他打开它，用手电筒朝里面照了照。前治安官（他是来给弗兰克帮忙的）利昂·"斯佩克斯"·莫蒂喘着气说："天哪，这是玛丽·霍根啊。"

玛丽·霍根是3年前的1954年12月8日在她当时经营的小酒馆附近失踪的。和伯尼斯·沃登谋杀案一样，酒馆的地板上也有一摊血。和沃登夫人一样，玛丽·霍根也是50多岁。

警长施雷找到了盖恩，逮捕了他，在审讯期间对他大打出手，好几次把嫌疑人抓起来朝墙上撞。盖恩招认了两起谋杀案，说她们是被射杀而死的，但并不承认调查人员认为可能与之相关的另外3起未破获的死亡案件。他承认前往3处墓园（普兰菲尔德、斯普林特兰德、汉考克）盗过墓，盗走了至少15具新近埋葬的尸体（均为女性）的全部或部分。他说，自己在生活中认识她们中的一些人。不过，他应

Obsession

该还杀过其他人,因为从他的房子里找到的两副保存完好的女性性器官(阴道),与最近有尸体下葬的任何墓地的记录都不相符。他对这些谋杀事件本身已记不清楚了,称自己当时处在"恍惚"状态。但他承认,沃登夫人和玛丽·霍根两人让他想起了自己的母亲。

对这个离奇的掠食者来说,这一点正是关键所在。他不是性虐狂。他杀人不是为了纯粹的快感。他不是在寻求权力或操纵,尽管他承认打开坟墓让自己感到兴奋刺激。他所做的,似乎是在用东挪西凑来的人体零件"再造"母亲。他可以把这些零件穿在身上,努力"成为"奥古斯塔。盖恩告诉另一位前警长丹·蔡斯,说他曾沐浴在深夜的月光下,穿上自己制作的带有乳房的女性躯干。后来盗墓不足以提供所需要的"原材料",他就开始杀人了。

一位名叫沃明顿的精神科医生负责对他进行评估。医生写道:"动机难以捉摸和不确定,但有几个因素值得考虑:敌意、性欲以及对母亲替代品的渴望。这种替代品可以是某种形式的复制品,也可以是能够无限期保存的身体。"

沃明顿还指出:"自从母亲去世后,他一直有一种不真实的感觉。"盖恩说,母亲去世一年后,他还听到她对自己说了好几次话。

在接受其他精神科医生心理检查的时候,盖恩态度温和。这些医生很快得出结论,他患有严重的精神病,可能是精神分裂症。伯尼斯·沃登遇害后不到一个星期,他被送进了沃潘的中央州立医院,关押在精神病罪犯的病房里。在那里,他过起了波澜不惊的平静生活,总是礼貌友善、行为举止端正、不招惹麻烦。

但没过多久,他的故事就激发了大众的想象力。媒体称他"普兰菲尔德屠夫"。他用来盗墓的那辆车被送上了拍卖台,在整个中西部的县集市和嘉年华会上展出。小说家罗伯特·布洛克写了一部惊悚小说,讲述了一个安静谦逊的男人保存了他已故的强势母亲的遗体,还扮演起她的人格角色,杀死了一个威胁要插足其中的女人。他给自己的书起了个简单的名字——《惊魂记》(*Psycho*)。随后，由阿尔弗雷德·希区柯克执导、安东尼·博金斯和珍妮特·利主演的同名电影，迅速成为该类型片的经典。

送入中央州立医院10年后，精神科医生宣布，盖恩的神志已足够清醒，可以因谋杀伯尼斯·沃登而接受审判。经控方和辩方一致同意，放弃陪审团审判，选择由法官罗伯特·H. 戈尔马做出裁决。听取了所有证据后，法官格尔玛得出结论，尽管这起谋杀是故意的（盖恩声称当时正在商店里看一把霰弹枪，在装填子弹时意外走火），但被告在法律上是精神失常的。

这一裁决，我并不反对。虽然对于不少多次犯罪的连环杀手，我都不相信他们在法律意义上精神错乱，但盖恩肯定是。精神错乱还有另一个例子，来自加州萨克拉门托的年轻人理查德·特伦顿·蔡斯，20世纪70年代末的杀人狂。他杀人是因为他认为自己需要别人的血液来防止内脏变成粉末（他之前曾试过注射兔子血，但发现效果不够）。和蔡斯一样，埃德·盖恩是真疯，是一个真正的精神病患者。我相信，他犯罪是精神错乱的直接结果。

1968年审判后，盖恩被送回中央州立医院。1984年，他在加利福尼亚州门多塔精神健康研究所老年病房自然死亡。

我年轻时在密尔沃基外勤办公室工作，出第二次任务时对埃德·盖恩的案子产生了兴趣。特别探员杰里·索斯沃斯曾独立涉猎过犯罪心理画像，但他没有分配到资源，也没有做过研究来支持所得的结论。那是在20世纪70年代初，前联邦调查局长J. 埃德加·胡佛的阴影尚未散去。胡佛认为犯罪心理画像和其他行为学研究跟施展巫术没什么两样。

但我看到了杰里在做的事情，并迷上了它。这与我自己早期的犯罪心理画像工作相吻合，当时我工作的主要内容是询问银行抢劫犯和其他重罪犯为什么犯罪、如何选择特定目标、当时在想什么等等。盖恩似乎是最奇特的性掠夺者案例。于是,我在业余时间去了麦迪逊州检察长办公室,请求解封犯罪现场的照片和其他记录以便执法部门研究。我的请求成功了,在调到匡蒂科之后,我们开始教授盖恩案例。我没能如愿亲自采访盖恩,但确实与当时监督他的精神科医生进行了详细的交谈。

在研究这样的案件时,我们要做的一件事就是尝试弄清楚,当一个不明嫌犯出现在我们面前,应当如何分析。在盖恩的例子中,我认为两起谋杀的现场(霍根和沃登)能说明很多关于罪犯的信息。这两起案件都移走了尸体,但不明嫌犯并未尝试清理血迹或隐瞒犯罪行为。既然从血量来看,死者很可能当场死亡,他为什么要把尸体移走?通常而言,移走尸体是为了避免被人发现。但既然不明嫌犯显然并非出于此种动机,那肯定还有其他原因。随着开始了解嫌犯挪走尸体(以免遭发现)的其他动机,我们很快进入混乱、变态和异常行为者的领域。

1976年,我在联邦调查局国家学院的特别报告中第一次向来自全国各地的执法人员介绍盖恩案。虽然我看过很多更恶劣的犯罪现场(以受害者纯粹的痛苦程度而论),但盖恩案里赤身裸体、人脸面具和其他身体部位的照片,着实令人毛骨悚然。

我怀疑,正是此案为托马斯·哈里斯带去了灵感,让他围绕一个性取向暧昧、痴迷于用真实女性的零散肢体制作套装的隐士,塑造出了自己的掠夺者角色。

虽然我承认,根据任何合理的定义,爱德华·盖恩在法律意义上是个疯子,但这种情况很罕见。比如对"水牛"比尔的第二个人物原型西奥多·罗伯特·邦迪,就无法做出这种让步推断了。到1989年1月24日,泰德·邦迪在斯塔克的佛罗里达州立监狱坐上电椅被执行死刑。执法机关已将他与美国各地发生的30多起年轻女性谋杀案联系起来。

乍看上去，泰德·邦迪几乎是个样板，是美国中产阶级成功和幸福的典型代言人。他样貌英俊，相当聪明。他与女性似乎很容易相处，能够展现魅力，了解并欣赏生活中美好的事物，还积极参与政治，曾就读于法学院。犯罪作家、前警官安·鲁尔还曾在西雅图强奸危机中心与他共事。

但在这层外壳之下，隐藏着一个黑暗、令人困扰的生物。1946年11月24日，泰德·邦迪出生于佛蒙特州伯灵顿市"伊丽莎白隆德未婚母亲之家"，当时他的母亲露易丝·考威尔仅21岁。她离开位于费城的家来到这里，是为了避免非婚生育的丑闻。露易丝和她的父母（萨姆和埃莉诺·考威尔）考虑过把孩子送给别人领养，但后来一致决定，让考威尔夫妇对外放话说男孩是自己收养的，露易丝就成了他的姐姐。虽然小泰德显然知道家庭情况并不是表面看起来的那样，但他很崇拜他的父亲/祖父萨姆。萨姆是一名园艺师，很多人都记得他脾气暴躁、偏执、残忍，不能容忍别人的弱点和不足。

虽然在家庭照片里，泰德身边有三轮车、红色马车、雪橇和雪人，也曾在海滩上堆沙堡、修剪圣诞树，典型的美国中产阶级田园诗模样，但有一些警告迹象表明这个孩子不太对劲。露易丝的妹妹茱莉娅在15岁时，不止一次醒来发现3岁的侄子把厨房刀具放在她的床旁边。她说，泰德"只是站在那里咧嘴笑"。

次年，同样是为了避免泰德长大后的丑闻，露易丝带着他从费城搬到了华盛顿州的塔科马。在那里，她找到了一份秘书工作，并遇见了一位名叫约翰·卡尔佩珀·邦迪的厨师。1951年，两人结婚，泰德的姓氏由此而来。

泰德长成了一个英俊的年轻人，参加了童子军，在学校表现出色。不过，有几次露易丝和约翰收到老师的留言，说这个男孩脾气暴躁。露易丝可能以为这只是孩子继承了她父亲的脾气，并未有所干预。她大概不知道，泰德上高中的时候，曾偷偷地透过窗户看女性脱衣服。他还会偷走昂贵的衣服和其他物品，并告诉母亲这些东西是他全职工作的百货公司送给他的。根据所有的证据来看，泰德清楚地意识到，家庭负担不起他向往的生活方式，而偷窃是一条简单有效的获取途径。这个习惯，他保持了一辈子。

很明显，并不是每个难以控制自己脾气的小男孩长大后都会成为杀人犯——即使是那些通过偷偷摸摸地看女人脱衣服、反复偷窃来获得快感的男孩也不会。这些行动本身并没有显著意义。但你会注意到，我们从这里开始看到一种模式，它将导向一个不确定的未来。

我们不知道反社会行为的源头究竟在哪里，但诸如斯坦顿·萨梅洛等儿童发育专家观察到的，你可以从一个人很小的时候就看出端倪。"我不认为一个人会有天一醒来就说'哎呀，我要做个罪犯'。"他说，"这并不是简单意义上的选择。但这的确是一种选择，因为这个世界向任何孩子都展现了许多选择，你应该做什么、不应该做什么、能做什么、可能做什么——所有这些，都从很小的时候开始。孩子们会根据他们内化了什么、留意到什么、听取了什么来做出选择。"

成长环境或养育方式是泰德变成这样的原因吗？我经常说，根据对连环杀手的研究，他们都来自这样或那样不健全或功能失调的家庭，许多人受到身体和/或性虐待。就泰德·邦迪而言，虽然没有证据表明他受到过身体虐待，但他的童年确实不正常，生活混乱，甚至改了名字。我们还知道，这一家人对这个男孩及其出身存在明显的矛盾情绪，其他家庭成员（比如一些堂表兄弟）经常拿他的私生子身份招惹他。加上泰德对买不起的物品非常渴望，在个性和能力上无法与他人感同身受，再加上家人从未对此出手干预，于是发展为一个相当危险的角色。

事情的过程正是如此。1965年，他高中毕业，获得了普吉特海湾大学的奖学金，随后转学到华盛顿大学。他爱上了斯坦福大学一个有钱的女学生，两人分手后他陷入了抑郁，开始忽视学业，没多久就从大学退学了。他无法忍受这种被拒绝的感觉，便开始按照他认为会吸引这类富有而美丽的女孩的形象重新塑造自己，一如埃德·盖恩试图按母亲的形象重新塑造自己一样。这就是泰德·邦迪在性掠夺犯罪上"卓有成效"的一个原因：他可以把自己变成他需要的任何样子。

他开始积极参与州共和党的政治活动。他建立起人脉。有一次，他抓到一名抢钱包的人；还有一次，他救助了一名溺水的小孩。从表面上看，他是个模范公民。跟他共事过的安·鲁尔也认为，他在强奸危机中心的热线工作确实帮助了人们，拯救了生命。经过几次失误之后，他终于在1972年大学毕业，申请进入了犹他大学法学院就读。但在那里上第一堂课的时候，他就已经成了一名杀人犯。1974年1月31日，21岁的琳达·安·希利，一名有着长长金发的迷人年轻女子，从她居住的华盛顿大学附近的地下室公寓里消失了。床单上到处是血，衣柜里挂着一件血迹斑斑的睡衣。几个星期前，就在几个街区外，18岁的苏珊·克拉克遭到袭击、殴打和性折磨，躺在血泊之中。昏迷了好几个月后，克拉克最终苏醒过来。

1974年3月12日，一名19岁的女大学生在前往华盛顿州奥林匹亚市参加爵士音乐会的途中失踪。4月12日，另一名年轻女子失踪。5月6日，又有一名失踪。6月1日，有人失踪，此前路人目击到该女子与一名身份不明的男子离开西雅图的一家酒馆。10天后，西雅图一名女大学生离开了她男友的公寓，却再也没能回到自己所住的女生联谊会宿舍。

尽管没有发现尸体，但警方将这些失踪案件视为谋杀。此外，这里面看得出一种模式。所有受害者外表上都是大学年龄的白人女性，都很漂亮、身材好、一头顺滑的长发从中间分开。

到了7月14日，又有两名年轻女性——珍妮丝·奥特和丹尼斯·纳斯伦德，都符合漂亮、长发的特征——在州立公园萨马米什湖岸边的野餐聚会上消失。最终,警方找到了另一位拥有漂亮长发的年轻姑娘贾尼斯·格雷厄姆提供的线索。前两名女性失踪后,警察询问格雷厄姆,她说自己遇到过一个 20 岁出头到 25 岁左右的英俊小伙,自我介绍叫泰德。他很有礼貌、挺迷人,穿着牛仔裤和白 T 恤。但最令人难忘的是他手臂上打着石膏,用吊带吊着。

他说他打壁球时伤了胳膊,需要有人帮忙把帆船抬上车。他很友好,很健谈,所以格雷厄姆认为帮他一把也无妨。但当他们走到停车场,来到泰德的大众甲壳虫跟前,却并没有帆船的影子。泰德解释说,帆船在他父母家的山上,他请她上车,一同开车过去取。在那一刻,她犹豫了一下。毫无疑问,这片刻的犹豫救了她的命。她说自己要迟到了,得赶过去见丈夫和家人了。泰德笑着说没关系。几分钟后,她再次从人群中发现了泰德,他又带着另一个年轻女子向停车场走去。

对他来说,石膏实际上是一种成功而有效的作案手法。手臂上的石膏,加上他能说会道,会让年轻漂亮的姑娘们相信他"没有危险"。他会借口自己受了伤无法搬运重物,需要有人帮忙,让她们陪他到附近的车上。人们大多乐于助人,邦迪利用了这种本能。等这个女人进入他的控制范围,而且没别人看见的时候,石膏就变成了武器。他会拿它猛烈地敲击她,使她失去抵抗能力。等姑娘坐进他大众甲壳虫的副驾驶座上(不管是出于自愿还是被迫),她会意识到门把手是拆掉的,她没有退路。在托马斯·哈里斯笔下,"水牛"比尔就是利用这一多用途的石膏来控制目标女性受害者的。

警方对符合格雷厄姆描述的"泰德"展开了大范围搜索。泰德·邦迪符合相应特征。但是,这位已经被法学院录取、干净利落、大有可为的共和党积极分子,似乎不可能是凶手。于是,在众多嫌疑人中,他很快被排除在外。

9月,有猎手在靠近湖边的地方,发现了埋在浅坑里的 3 具腐烂女性尸体。牙齿记录显示其中两人分别是珍妮丝·奥特和丹尼斯·纳斯伦德。第二个月，又发现了两具遇难者的遗体。其中之一是华盛顿州温哥华失踪的一名女性，另一人身份不明。

同月，16 岁的高中啦啦队队长南希·威尔科克斯在犹他州盐湖城失踪。随后，在这个大致区域内，又有几人失踪。一名叫作卡罗尔·达朗奇的高挑漂亮女子设法从邦迪的大众汽车里成功跳出来。邦迪在一家购物中心的停车场绑架了她。他假扮成便衣警察，给她戴上了手铐。他把她关在车里时威胁说，如果再不停止尖叫，就把她的"脑袋打爆"。就在同一天晚上，盐湖城维蒙高中的黛布拉·肯特离开学校的演出现场，此后再也没有出现过。

次年 1 月，杀人现场转移到了科罗拉多州。卡琳·坎贝尔在斯诺马斯村失踪。下一个月发现了她遭到殴打和侵犯的尸体。3 月，朱莉·坎宁安在滑雪胜地韦尔失踪。一个月后梅兰妮·库利在内德兰，7 月谢丽·罗伯逊在戈尔登相继失踪。两具尸体都被找到，库利的头骨被敲碎，牛仔裤扯到脚踝的位置；而罗伯逊则是从一口废弃的矿井里找到的。

前一个星期，泰德·邦迪的行迹开始暴露。他在盐湖城因涉嫌入室盗窃而被捕，这是他一贯以来的老活计，也是他的主要收入和物资来源。逮捕他的原因是鲁莽驾驶，搜查他的车时发现了一副手铐和一个连裤袜改造的面具。地图和汽油收据显示，他曾去过斯诺马斯和韦尔。警方的调查将他与卡罗尔·达朗奇的案件联系在一起，并叫她前去辨认嫌犯。她认出了邦迪。他被判犯有绑架未遂罪，然后因谋杀卡琳·坎贝尔而被引渡到科罗拉多州。邦迪并没有表现出害怕或沮丧的样子，反而因为与执法机构斗智斗勇而显得面上有光。他被关押在阿斯彭皮特金县法院的老监狱里一段时间，随后转移到格伦伍德斯普林斯附近更现代化的加菲尔德县监狱。关押期间，他宣称想为自己准备辩护，于是获准进入皮特金法院的法律图书馆。1977 年 6 月 7 日，趁着审判休庭期间，邦迪溜到二楼的图书馆，爬出窗户逃跑了。

8天后，警方在路上截获了他，并采用更严密的安保措施将他送回监狱。但到了接下来的12月，他的谋杀审判即将到来时，他再次逃脱，这一回是用钢锯在牢房的天花板上锯出了个方形的洞，偷偷从警卫室上方爬出去，偷了一辆车钥匙忘记拔出的车，一路飞驰。等这辆车开到抛锚，他搭上一辆公共汽车前往丹佛，又从丹佛跳上飞机到了芝加哥。随后，他乘火车前往密歇根州安娜堡，还抓紧时间在当地一家小酒馆里看了电视上的玫瑰碗美国大学橄榄球赛事。随后，因为厌倦了寒冷，他偷了一辆车，开到亚特兰大；随后又弃车，搭上公共汽车前往佛罗里达。在那里，他的大胆逃亡并未见诸报端。

有一份报告称，邦迪关押在科罗拉多州时，有一天他随口问一名狱警，已定罪的杀人犯，在哪些州执行死刑的可能性最大。狱警告诉他，得克萨斯州或者佛罗里达州可能性最大。所以，有些人把他前往佛罗里达的决定解释为一心求死，内心渴望被抓住。我不同意这种看法。我没见过几个痴迷型掠夺者是真心想被抓住的。这样的人的确有，但很少。比如芝加哥的威廉·黑伦斯，用受害者的口红在一处犯罪现场的墙上潦草写道："在我杀更多人之前抓住我。"还有圣克鲁斯的埃德·肯珀，他杀死母亲后从科罗拉多州的一个电话亭打电话给警察，让他们来抓他。但在这两个例子里，罪犯会毫无疑义地直接表明自己的态度。

在我看来，与狱警的这段对话交流，表明了邦迪极度自大。他不仅需要操纵、支配和控制受害者，还妄图掌控整个体制。如果到了一个会执行死刑的州还能继续作案，那么他会认为自己是一个超越法律的超人。当然，我们必须将这一点与邦迪在正常人际关系上根深蒂固的无能联系起来，正是这种无能促使邦迪最初行凶杀人。

萨梅洛医生说："心理健康领域经常出现这样的情况，当事人会把注意力集中在他们所谓的低自尊或无能感上。但这就好比说，如果你有一枚硬币,哪一面更重要呢,正面还是反面?它们都是硬币的组成部分。而罪犯之所以会出现问题,关键在于他对自己产生了不切实际的看法,一方面认为自己是无与伦比的头号人物,另一方面又觉得自己一无是处。他在这两种看法之间摇摆不定。"

泰德在塔拉哈西市佛罗里达州立大学附近租了一间房。在这里,他又能轻松找到自己偏爱的目标受害者了:留着直长发的漂亮苗条姑娘。从连环罪犯的犯罪行为来看,这本身就很有意义。即使在离家数千公里的地方,他仍然停留在自己的舒适区——跟他从前一样,在大学校园里作案。

1978年1月14日星期六的深夜,他身穿黑衣,头戴一顶深蓝色针织帽,手持一根木棒,偷偷溜进了素以住有校园里最可爱姑娘而闻名的奇欧米茄(Chi Omega)姐妹会宿舍。等15分钟后他离开时,有两名女孩已死在床上,仪式性地被覆盖着毯子,第三个女孩则受了重伤,3人都遭到他棍棒的殴打、牙齿的撕咬、侵犯和残害。

但这一晚的惨剧还没结束。在奇欧米茄姐妹会宿舍的几个街区之外,邦迪闯入了一间公寓,袭击了另一名漂亮的年轻女子,令她鲜血淋漓地躺在床上,头骨有5处骨折。她奇迹般地活了下来,但一只耳朵失聪,平衡能力永久性受损,再也无法追求成为一名专业舞者的梦想。

几天后,在与一些邻居讨论可怕的奇欧米茄惨案时,邦迪漫不经心地声称,他觉得犯任何罪行都可以逃脱,包括谋杀。

但到了这个时候,邦迪最终表现出一种许多连环杀手在犯罪末期的样子。他变得衣衫褴褛、行容邋遢,其他人注意到他讲话含糊不清。他不再打扮得像过去那样光鲜时髦。他没有工作,没有付房租,但用偷来的信用卡付了很多杂费。

就连他犯罪的方式也发生了变化。早期的谋杀和谋杀未遂都表现出一种猎捕、控制的兴奋,以及让受害者活下去并尽可能长时间地施

Obsession

加折磨的倾向。而塔拉哈西的这些凶杀案，从头到尾都采用了闪电式风格。到了这个时候，痴迷执念"退化"成了一种"杀戮年轻女性"的单纯需求。不管是否意识到了这一点，泰德的游戏都进入了尾声。

他对最后一名受害者的选择，也展现出心理上的彻底"退化"。我还想要加上"道德退化"这一点——如果说邦迪在道德层面上还能进一步往下坠的话。

2月6日，泰德开着一辆偷来的道奇货车，向杰克逊维尔出发。一路上，他用偷来的信用卡支付开销，每天早上离开汽车旅馆时都不付款。2月9日，就读于莱克城初中的漂亮黑发小女孩、12岁的小金伯利·利奇被人看见在学校操场上跟一名陌生人说话，那人示意她走向一辆白色的面包车。直到4月的头一个星期，人们才在萨旺尼河州立公园附近一座废弃的猪舍里找到了她的尸体。她脖子被割断了。虽说已经有8个星期暴露在外，法医仍然能清楚地看到孩子的骨盆部位受到严重创伤。尸体的位置表明她像猪一样遭到屠宰，这就意味着凶手并非出于偶然选择了这一地点。

在杀死小金伯利的同一天，邦迪就回到了塔拉哈西。次日，他登上了联邦调查局的十大通缉犯名单，罪名是谋杀和跨州逃亡。他在一家高档餐厅约会时被警察带走问话，但在警察回到巡逻车去查询车牌时，邦迪突然挣脱逃跑了。此后他再也没碰到过执法人员的纠缠，可能认为自己已有了无敌金身。2月12日，他决定离开城里。他偷了一辆橙色的大众甲壳虫——这是他感觉最舒服、最顺手的车型——向西驶出了这座城市。

在一家已停业餐馆的后巷，警察终于再次抓住了他。彭萨科拉市警官戴维·李看到一辆车从一个关着门的地方出来，有几分奇怪，便打开警灯，让对方靠边停下。但随后，大众汽车加速逃离。李用无线电报告了车牌，显示该车为失窃车辆。他追赶那辆汽车，开了一两公里后将之逼停。他拔出枪，命令司机下车，脸朝下趴在人行道上。

变态杀手

邦迪试图反抗，随后发生扭打。李开了一枪警告，但邦迪爬起来企图逃跑。最终，李还是给他戴上了手铐，但并没有意识到这是个重要通缉犯。直到第二天，联邦调查局才通知彭萨科拉警局，让他们务必扣住西奥多·邦迪。

从这时起，他开始谈判。他并未承认任何罪行，还试图继续进行操纵、支配和控制，暗示他可以帮忙解决全国各地的许多未决案件，以换取特殊待遇。警官们认为这意味着不追求死刑，并把他送到某家舒适的精神病院。为了证明他是出于善意，其中一名侦探建议邦迪说出他对金伯利·利奇的尸体做了些什么，好让她的家人得到一些心灵上的安抚。

考虑片刻之后，邦迪拒绝了，他说："我就是你们见过最冷血无情的混蛋。"在这一点上，他的自我评价并不太离谱。

警方掌握了一些相当可信的证据，包括奇欧米茄惨案中受害者臀部上的咬痕与邦迪的牙印完全吻合。在审判中，未能成为律师的法学院学生邦迪坚持要给自己当律师，因为他在逃跑前一直在准备去科罗拉多。他得到了公共辩护人迈克尔·密涅瓦的"协助"，此人很有才华、口碑颇佳。

回到法庭上，邦迪重现风采、魅力四射。由于媒体对审判大加报道，他吸引了越来越多的"迷妹"。这种现象并不罕见，类似女性爱上了监狱里的杀人犯。但我总是对这种事感到惊奇，并且相当厌恶。

审判进行期间，一贯善于操纵的邦迪表示，如果能免于死刑，他准备承认对奇欧米茄宿舍和金伯利·利奇犯下的罪行。但傲慢自大的邦迪与密涅瓦发生了分歧，并要求将后者解职。控方现在不想冒险，因为一旦接受被告在没有律师参与下给出的供词，日后可能会招来上诉，于是停止了讨价还价。

就这样，邦迪作出了最终决定他命运的选择。1979 年 7 月 23 日，经过 6 个小时的审议，陪审团认定西奥多·罗伯特·邦迪一级谋

Obsession

杀罪成立，在奇欧米茄宿舍里杀害了玛格丽特·鲍曼和丽莎·利维。法官爱德华·考特判处他电椅死刑。次年，邦迪因谋杀金伯利·利奇被判有罪，再次被判处死刑。在后一场审判过程中，他甚至设法与现任女朋友卡罗尔·安·布恩结了婚，后者最终为他在蹲监狱期间生下一个女儿。

在斯塔克的佛罗里达州立监狱死囚区，邦迪成了名人。人人都想"研究"他，看看这样一个英俊聪明的年轻人何以成为如此堕落的杀手。从这个角度看，他很像托马斯·哈里斯笔下的汉尼拔·莱克特，一个聪明而邪恶的精神病学家杀人狂，知识分子们纷纷写信给他希望采访。到最后，随着通过上诉拖延的几年时间渐渐流逝，邦迪开始试图用未知尸体和未决案件的信息来换取更多时间。

邦迪答应见面的人中有我在调查支援组的同事比尔·哈格迈尔特工。邦迪向比尔描述了他的作案手法和当时的想法。一如我们的怀疑，性行为甚至谋杀都是附带品，更重要的是狩猎的刺激，以及决定这些无辜女性生死的权力感。他甚至证实，在华盛顿州的萨马米什湖绑架珍妮丝·奥特和丹尼斯·纳斯伦德时，他曾努力让她们活得久一点，还让其中一个亲眼看着他杀死另一个。这可以被认为是堕落的性虐待狂的典型行为。

身为这类人的典型，邦迪唯一为自己感到悲伤和懊悔的是，尽管搞了很多的操纵和法律上的把戏，他依然将为犯下的罪行偿命。他恳求比尔·哈格迈尔和鲍勃·凯普博士的介入。鲍勃·凯普博士是来自华盛顿的一位颇受尊敬的刑事调查员，我曾与他一起研究过绿河谋杀案。邦迪不顾一切地想给自己争取时间，提出与鲍勃合作，帮助解决案件。直到被处决的前一天，比尔·哈格迈尔都跟邦迪待在一起。

邦迪向比尔解释了一个简单而又无法被理解的事实：他杀害美丽的年轻女性是因为想这么做，因为乐在其中，这带给他满足感。

在职业生涯中，我用了大量时间努力追捕类似泰德·邦迪这样的人。在斯塔克两千伏电椅的帮助下，他终于下了地狱，我没法说自己感到很痛快，但必须承认，这的确带来了一定的满足感。1989年1月24日早晨，我听说了邦迪已遭处决的消息（这时他已经蹲了10多年监狱）。我第一次感到宽慰：他再也没法杀人了。

20世纪40年代末50年代初，加里·迈克尔·海德尼克在俄亥俄州克利夫兰东湖郊区长大，在他的性格形成时期，有两件事特别值得注意。

首先，他的家庭功能极度失调。父亲迈克尔·海德尼克是一名工具模具制造商，为人冷漠，对加里及其弟弟（不到两年后出生）特里施以身体和精神上的虐待。加里回忆说，如果他尿床，父亲会把床单挂在窗外，好让全世界都知道他的"罪行"。加里称，如果迈克尔觉得儿子需要被严厉惩罚，就会抓住他的脚踝把他倒挂在窗外离地面人行道6米高的地方。加里的母亲艾伦是一名专业美容师，嗜好喝酒，1946年以"严重失职"为由与迈克尔离婚，当时加里刚刚两岁多一点，特里尚在襁褓之中。此后，她又结了3次婚，后于1970年自杀。她的最后两任丈夫都是黑人，再加上加里对父亲的仇恨，或许可以部分解释为什么成年后的加里更喜欢结交黑人而非白人。离婚后，加里和特里跟母亲住在一起，但没过几年，长期酗酒的母亲只能把兄弟俩送回他们讨厌的父亲身边。

海德尼克小时候另一个值得注意的方面是他对军事和商业的双重关注。他喜欢当童子军，喜欢穿制服，梦想着去西点军校，成为一名军官。他还梦想成为一名百万富商，并热衷于阅读报纸的财经版块。

加里十分聪明。埃德·盖恩的智商是99，仅达正常水平。泰德·邦迪通常被认为是连环杀手里相当狡猾和老练的人，智商是120。加里·海德尼克的智商是130，在成年后接受的一次测试中，他甚至达到了惊人的148！他在弗吉尼亚州斯丹顿军事学院表现出色，但在大三结束时辍了学。他回到克利夫兰，在那里的一所陆军学校试了试，但一个月后就失去了兴趣，于是直接参了军。那是1961年，他对离开并不感到遗憾。

他在得克萨斯州山姆·休斯敦堡接受医护兵训练，而后被派往西德。突如其来的调派让他无法收回借给其他士兵的大约5000美元高利贷（这是他金融生涯的开始）。他对钱再也不敢掉以轻心。到达德国后，加里参加了高中同等水平考试，考分在最靠前的4%。

但他也存在身体和情绪问题。他头痛、晕眩、视力模糊、常犯恶心。他还抱怨出现幻觉。几个月后，他回到了宾夕法尼亚州的一家军事医院。1963年1月，他被诊断出患有分裂型人格障碍，便荣誉退伍。他原本10%的残疾评级最终提高到100%，这意味着他将在余生中每月获得一笔可观的津贴。

他在费城报名参加了一门实用护理课程，一年后毕业，开始在费城综合医院实习。他存下了足够的军队津贴，在宾夕法尼亚大学附近的雪松大道上买了一栋三层楼的房子。秉承典型的节俭作风，他自己住了一层，把另外两层出租。但与此同时，海德尼克的生活开始变得更加令人不安。

首先，他多次进出精神病院。他的问题从来没有得到过明确诊断，尽管"精神分裂"和"精神分裂症"这两个词不断出现。医生给他开了各种药物，包括抗精神病药物氯丙嗪和三氟拉嗪。他几乎只与智力障碍或智力低下的女性交往，通常是黑人或西班牙裔。他从各类机构和看护所（其中最著名的是针对智力低下人士的埃尔温研究所）把她们"接"出去。打着带她们出去玩的幌子，海德尼克通常会带她们回家发生性关系。

1971年，在一次心血来潮驾车横穿美国前往加州的旅行后，加里声称自己得到了"神谕"。他回到费城在自己的房子里建立了"上帝事工联合教会"（United Church of the Ministries of God），房子的前院成了堆满需要修理的船只和汽车的垃圾场。他写了一份章程，自封为"主教"，并从国税局获得了合法申报身份。他从埃尔温研究所的智障人士和附近的流浪汉中吸引了人数不多但忠诚的会众。他一直住在这栋房子里，但1976年秋天，他与房客发生了争执，带着步枪和手枪住进了地下室。一名房客试图从窗户爬进去接近他，加里朝他开枪，造成对方脸上受了轻伤。故意伤害罪虽然最终撤销，但加里已经受够了。他卖掉了房子，搬了出去，在费城北部买了另一处房子。雪松大道旧房子的新主人查看房屋状况时，不仅发现了成堆的垃圾和大量的捆绑色情作品，还看到地下室的混凝土上凿了一个近一米深的洞。

加里以"教会"的名义在美林证券开了一个投资账户。这本质上是逃税举动，因为"教会"就是他自己。多年来，他在这个账户里存入大约3.5万美元。到1987年初他因谋杀被捕时，该账户价值超过57.7万美元。凭借精明投资的部分所得，"教会"购买了几辆华丽的凯迪拉克和一辆劳斯莱斯。他找了一个不识字的智障女性安吉内特·戴维森，两人于1978年3月育有一女，但这个孩子最终交给了另一家人抚养。

次年5月，加里和安吉内特开车到哈里斯堡附近的锡林斯格罗夫中心，去看望她智力更加低下的34岁姐姐阿尔伯塔。后者从14岁起就住在这里。他们本打算只带她出来一天，但最终却把她带回了位于马歇尔街的房子，并且坚决否认带走了她，直到当局带着搜查令发现她蜷缩在地下室的一间储藏室里。海德尼克被逮捕，并被控强奸、绑架、危害他人安全、非法拘禁等罪名。

提交给法官小查尔斯·P.米拉奇的精神病学报告很好地总结了海德尼克的精神状态（他放弃了陪审团审判）：

"他看起来是一个极度缺乏安全感和混乱困惑的人。记录显示他长期患有严重的精神疾病。他的性心理也不成熟。他似乎很容易受到他认为在智力或情感上与他平等的女性的威胁。(他)不能容忍批评。加里需要持续地得到接纳和自我肯定,以确信自己是一个有思想、有价值的人。"

法官认定海德尼克有罪,法庭指定的调查员约瑟夫·托宾撰写的判前悔过书中给出了一些更具洞察和先见之明的评估:

"海德尼克似乎很有操控欲,而且他显然缺乏判断力。他给我留下的印象是,自视甚高,认为自己比别人优越,但又很明显必须与那些低于自己水平的人打交道,以强化这一认知……我认为……他不仅对自己构成威胁,而且可能对其他社区成员构成更大的威胁,尤其是那些他认为软弱、有依赖性的人。不幸的是,在我看来,就近期而言,他不会显著改变其异常行为模式。"

米拉奇法官对这份报告非常重视,并尽了最大的努力,判海德尼克在州监狱关押4到7年。海德尼克服刑了4年零4个月,其间因企图自杀而住院治疗3次(分别是药物过量、一氧化碳中毒、咀嚼并吞咽灯泡碎片)。1983年4月,他获得假释。出狱第二年,他搬到了位于北马歇尔街3520号的一座房子。

以这个街区的标准来看,这座新房子相当扎眼,在一条以联排住宅为主的街上,它是唯一一栋独栋房屋。这对他的"教会"来说,是个很好的环境。在这段时间里,他没有固定的女朋友,但跟邻居的一名白人女性有过一段短暂的关系。她生了一个儿子,他曾称他为"小加里"。

第二年,加里决定结婚,并有了找一个亚洲新娘的想法,因为他认为亚洲女性在丈夫面前应该知道自己的位置。所以他通过菲律宾的一家公司"邮购"了一名新娘。1985年10月3日,他在马里兰州埃尔克顿市和几天前刚从马尼拉飞来的漂亮姑娘、22岁的贝蒂·迪斯托结了婚。

新婚一个星期后,有一天贝蒂回到家,发现加里和3名黑人女性赤身裸体地躺在床上。他试图向正直而不乏天真的贝蒂解释，在美国，这样的事情是正常的。但是贝蒂并没有那么天真。虽然在受到死亡威胁后，贝蒂暂时留了下来，但在与费城菲律宾社群的其他成员接触后，她最终鼓起勇气离开了。加里被指控袭击和强奸配偶，但贝蒂没有出席初审听证会，指控被撤销了。次年9月，贝蒂生下了加里的儿子，并给他取名为杰西·约翰。她给加里寄了一张明信片告诉他这个消息。

至此，海德尼克不再满足于仅仅做自己"教会"的主教。他还想自设"后宫"，成为主人。他认为10个妻子和10个孩子会是个好的开始。1986年感恩节那天，加里开始实施这一计划。当晚，兼职妓女约瑟芬娜·里维拉（有一半黑人血统、一半波多黎各血统的26岁迷人女性）答应以20美元的价格跟他回家。加里把她带到自己的卧室，将她掐晕后赤身裸体地用铁链锁在地下室。

这个地下室的关键特点是加里在地板上挖了一个坑，和雪松大道那座房子里挖的坑很像，但更宽更深——大到足足可以容纳好几个人。加里就把她关在这个冰冷肮脏的地方。他每天强奸她，给她吃糟糕的东西，用木棍殴打她以维持纪律。

不到一个星期后，海德尼克抓住了他的第二名俘虏，一个有轻度智障的25岁黑人女性桑德拉·林赛，他是通过西里尔·布朗认识她的。布朗是加里在附近结识的一个智障黑人男子，加里经常让他做一些零工。就在圣诞节前，他搭讪了一个名叫丽莎·托马斯的19岁女孩，她同意和他一起去麦当劳，接着去西尔斯百货，加里说会给她买新衣服。她也被关进了地窖，跟另外两人一起。

1987年元旦，海德尼克搭讪了另一名黑人女性、23岁的黛博拉·约翰逊·达德利。结果，她是最难对付的。她不断违抗他，挑战他的权威，质疑他监禁和强奸她及其他人的行为。于是，加里冷静地推断，她需要比其他人更多的惩罚。她经常遭到殴打，要么被关在地板上的坑里，并用加重的盖子扣住；要么手腕被戴上手铐，吊在天花板横梁上。其他人不守规矩，也会受到类似的惩罚。他继续强奸所有人，定期检查是否有人出现怀孕的迹象，暗示他的"造人"工厂取得初步成功。

偶尔会有人到门口来找他的某个"俘虏"。当然，他会说自己没有看到过她们，但为了确保没人听到她们的尖叫声，他习惯性地让收音机一直开着。被拘禁的女性除了遭受强奸、折磨且濒临饿死之外，还必须适应持续不断的噪音。狗粮已经成为她们的主要口粮。海德尼克还会挑拨她们的关系，让她们彼此争斗，逼其中一人出卖其他人，便于施以惩罚。如果被询问的女性不愿说别人的坏话，她自己就会受到惩罚。

在此期间发生了一件有趣的支线事件。贝蒂要求加里支付抚养费，把他告上了法庭。和邦迪一样，海德尼克对自己的优越性和能力有足够的信心，他要击败法律制度，自己当律师。他彻底绕晕了家庭法院法官小斯蒂芬·E.莱文，瞒天过海地把大部分财产隐藏在"教会"里。

1987年1月18日，海德尼克搭讪了一名年轻但颇有街头智慧的妓女、18岁的杰奎琳·阿斯金斯。他把她带回家，按照一贯的做法，把她拖到地下室，用铁链锁起来。为了让她明白不合作会有什么后果，他用一根塑料棒抽打她的臀部，在上楼前用铁链锁住她的脚踝。

2月7日，加里·海德尼克的手正式沾上了血腥。他为了惩罚桑德拉·林赛的"不当行为"，用手铐锁住她的手腕，把她吊在顶梁上好几天。她一直在干呕和发烧，但加里认为这都是因为她拒绝吃东西。他确信她已经怀有身孕（并没有），只是叛逆地不吃东西，这意味着惩罚必须继续下去。为维持其他人的纪律，他不能输掉这场与她的意志之战。

他解开她的手铐，命令她站起来。她倒在他脚下，他却认为她是在假装，于是把她踢进了坑里。几分钟后，他回来把她拖出来，她已经没有了脉搏。在那一刻，他意识到她已经死了，便把她扛在肩上背上了楼，想办法处理她的尸体。最后，他用电锯将她大卸八块，碾碎了喂给狗和剩下的俘虏吃，并将剩余部分放进了冰箱。邻居们投诉海德尼克的房子里传出了难闻的恶臭，一名新手警官来到门口，海德尼克谎称自己把晚餐烧糊了，说他不是个好厨子。对这名警官来说，这样的解释显然足够了。

海德尼克不喜欢楼下关着的女人们听到他在楼上走来走去的声音。如果她们知道他进出的时间，计划逃跑就会更容易。他认为，最简单的办法就是让她们听不见动静。于是，他把她们绑起来，用强力胶带绑住头部，拿着螺丝刀伸进她们的耳朵捅破耳膜。这时，他觉得约瑟芬娜·里维拉比其他人更信得过，便让她免去了这次的折磨。

但黛博拉·达德利仍然是个麻烦。加里确信她领导谋划反抗他的计划。为了吓唬她，他把她拖上楼，给她看锅里桑德拉·林赛的头颅和烤盘里的肋骨。这招只管用了几天，后来她又恢复了原来的样子。加里意识到，没有什么能替代体罚。

只不过这一次，除了频繁的殴打之外，他又想出了一手新招。他发现，用一根普通的电线，把末端的保护塑料外层剥去，露出裸露的金属丝，便可产生痛苦的电击。他只需要把它插到墙上的插座里，用另一端去碰拴着女人们的金属链条。3月18日，他又对这项技术加以改进。他认为，除了里维拉，其他女人都需要严厉惩罚。他把她们逼进坑里，用水管往坑里注满水。他把电线放进水里，插上插头。女人们痛苦地尖叫。电线直接碰到了达德利的链子上，她当场便被电死。

海德尼克没有表现出任何悔意，但知道自己又惹出麻烦了。他为自己和里维拉写了一份供词，逼她签字。这是他的保险手段。他以为，如果她出卖了他，也会牵连到自己身上。他还告诉她："如果被人逮到,我会做出发疯的样子……我已经学会这么做来继续领取政府津贴。"

达德利的尸体存放在冰箱里两天后,他和里维拉把它扔进了新泽西州卡姆登附近的沃顿州立森林保护区里。海德尼克意识到自己可以信任里维拉这个俘虏,便开始给她更多的自由,甚至带她去喜欢的当地快餐店吃饭。在一次外出途中,他结识了里维拉认识的另一名妓女阿格尼斯·亚当斯。她成了"后宫"的最新成员。

次日,里维拉说服海德尼克说她必须回去看看家人,告诉他们她一切都好。他最终同意了,并警告她,如果试图逃跑,他会杀死其他人。一如泰德·邦迪在犯罪生涯的尾声那样,海德尼克开始变得粗心马虎。

里维拉直接去找了自己的前男友文森特·纳尔逊,他简直不敢相信她变得如此憔悴羸弱,也无法领悟她讲述的关于强奸、折磨和囚禁的叫人难以置信的故事。起初,他打算去北马歇尔街看个究竟,如果她说的是真的,他会亲自对付海德尼克。不过走到半路,他决定报警。

几分钟后,**警官戴维·萨维奇和约翰·坎农**赶到了海德尼克的房子。他们不敢相信自己眼前所见到的情形。他们解救了俘虏,确保现场安全,然后立刻动身去抓捕海德尼克,并在几个街区外找到了他。海德尼克以为他们是为了孩子的抚养费而来,但看到警官们拿枪指着自己之后,他意识到情况要严重得多。

在监狱,海德尼克试图在淋浴间上吊自杀,但被狱警及时发现。这似乎是他疯狂的又一个例子,但实际上考虑到事件背景,这其实是理性的行为。我经常看到性掠夺者在突然失去控制,面临其他囚犯要以其人之道反治其人之身的时候,试图结束自己的生命。

海德尼克的代理律师小查尔斯·佩鲁托很聪明,知道不可能获得无罪判决,因为目击证人(即被俘女性)有好几个,还有腐烂的尸体和其他物证。媒体已经疯狂地报道了这个邪恶的天才和自封的上帝仆人把性奴们关在地下牢笼的事情，唯一的问题是他能否让陪审团接受精神错乱或心智失常的辩护理由，从而让海德尼克免上电椅。

我所在的部门被叫去和控方磋商策略，看看如何应对可能出现的精神错乱辩护。我和罗恩·沃克前往费城。罗恩目前是丹佛分局的小分队主管，也是我带去西雅图调查绿河案的两名特工之一。

在我看来，海德尼克无疑患有精神疾病，可能还相当严重。但与理查德·特伦顿·蔡斯或爱德华·盖恩的案例不同，我没有看到他有妄想症的证据。他的动机对我们其他人来说可能无法理解，但很明显，他能够区分对错，没有谁逼着他绑架、强奸和折磨女性。事实上，他筹划绑架行动和采取的手段（大声播放收音机、安装遮光窗帘、修建厚厚的混凝土墙）都显示出了计划性和组织性，这并非即兴的"疯狂"之举。他选择这么做是因为他想这么做。

再一次，我们可以借鉴斯坦顿·萨梅洛的看法："一个人杀了一群人，把他们的尸体切碎、吃他们的肉，你当然可以说'天哪，这是不正常的'。的确如此。但你必须接着追问，这人的思维是否存在目的？有没有筹谋策划？有没有意识在进行控制？能不能分辨是非？所有问题的答案都将是肯定的。"

"有时候，人们为此种罪行感到震惊。他们说：'一定是有病。'是的，罪行令人发指，是病态，但这种行为并不是精神疾病的产物。这些人清楚地知道是非。事实上，他们比许多普通人更了解法律。但他们有一种诡异的能力，如同你可以关掉电灯开关，他们也可以把良知关掉，为所欲为，确信自己这一次一定能逃脱惩罚，同时又保持足够的恐惧感，以便随时提防周围的警察。犯罪是他们生活中不可缺少的氧气。有一个人曾对我说过：'拿走了我的犯罪行为，你就拿走了我的世界。'"

加里·海德尼克进行这些堕落行为的整个时期，一直在美林银行积攒着储蓄。审判过程中，他的经纪人罗伯特·柯克帕特里克出庭作证，我们明显可以看出，海德尼克是一个机智精明的投资者。我知道一些精神科医生会说，一个人可以在这个领域保持理性和运作，而在另一个领域神志不清。但我认为这种说法听起来很空洞。加里·海德尼克在钱方面没问题，只是对绑架和折磨女性存在认知盲点？对不起，我不买这个账。

我甚至会说，如果跟邦迪这样的罪犯进行比较，海德尼克的罪行更复杂，他的受害者更难于逃脱，这需要罪犯有更高明的技巧和计划。和芝加哥连环杀手约翰·韦恩·盖西一样，这家伙直接在自己家里杀人。而和盖西不同的地方是，海德尼克让俘虏们活着，同时继续做着他的"正常"生意。这并不容易做到，我不相信一个纯粹的疯子能长时间地这么做。

审判期间，法官林恩·亚伯拉罕向陪审团明确表示，精神疾病本身并不意味着某人在法律上精神失常，辩方必须对这一点加以证明。

至于陪审团，他们认为他并没有精神失常。经过商榷，他们一致裁定一级谋杀罪名成立。在随后的刑罚阶段，他们一致裁定加里·海德尼克应该用生命来偿还其罪行。

20 世纪 90 年代初，我和联邦调查局的同事贾德·雷在哥伦比亚广播公司《60 分钟》节目中采访了狱中的海德尼克。我告诉摄制组，根据经验，我们将不得不浪费五六个小时听他胡扯，之后才有可能找到真正有意义的素材。首先，贾德和我要向海德尼克证明，他唬不了我们。

他很热诚，但眼睛里流露出一种很奇怪的神情。他跟其他囚犯是隔离关押的，以免后者对他做出不利的行为。此前已发生过几次袭击，我敢肯定，这进一步加剧了海德尼克早就患上的妄想症。起初，他否认一切，说他甚至在自己牢房的马桶里测试过电线，根本不能像控方说的那样电死黛博拉·达德利。

贾德问他:"你没有虐待这些女性吗?"

没有,海德尼克坚称,他们在那里举办过生日和圣诞聚会,他给她们送过礼物、吃过中餐和其他美食。他甚至为她们准备了一台收音机。

贾德提醒他收音机是为了掩盖受害女性的尖叫声,加里矢口否认。他不能否认自己把这些女性关在地下室,但他否认虐待她们。我们拿出一些确凿的殴打行为让他看,他却说,这是为了这些女人好,你必须惩罚她们,就像一个孩子跑进车流时,你可能会扇他一巴掌。他描述了自己要让"小加里"遍布世界的计划。非常畸形,但他说得很清楚。

贾德和我对看了一眼,是时候加大攻势了。我凑近加里说:"你的背景有些疑点。跟我说说你和你母亲的关系吧。"

就在这个时间点上,海德尼克抓狂了。摄制组的人惊讶得几乎想从房间里跑出去。记者莱斯利·斯塔尔和制片人从另一个房间的监视器上观看着,简直不敢相信。

我继续向他施压。他僵硬地站了起来,似乎是想离开,麦克风拉扯着他的衬衫。我介绍了我们所做的研究,跟他说研究表明大多数像他这样的罪犯都碰到过虐待问题,或其他与母亲有关的悲惨事件。

他开始哭,像个婴儿一样抽泣。我自己推论,只要母亲还活着,总有那么一星半点的希望,母亲总有一天会接受和爱上这个罪人。这就是为什么他们中的许多人,比如埃德·肯珀,把其他女人当作替代品加以攻击,而不是他认为应该对自己的痛苦负责的那个女人。可一旦这个女人死了,希望便以这种独特的方式宣告结束。等肯珀终于鼓起勇气杀死自己的母亲,他便失去了所有的希望,他已经没有活下去的理由了。也许这就是他自首的原因。出于同样的原因,尽管海德尼克举止怪异,但直到母亲自杀后,他才陷入了不可逆转的麻烦。实际

Obsession 307

上，在随后的一年，他便创立了自己的"教会"。

就我们目前所做的研究和掌握的知识来看，真的无法从任何权威的角度解释爱德华·盖恩、西奥多·邦迪或加里·海德尼克的行为。他们为什么会从这种行为中找到如此之高的满足感，以至于任其取代并颠覆了他们生活中其他的一切，我不确定我们以后能不能找到解释。

我唯一知道的是，到目前为止，我们没有任何有效的办法来阻止他们，或是用伤害更少、更良性的东西来取代这种特殊的执念痴迷。但在找到解决办法之前，我们需要继续研究他们并寻找答案——不是为了帮助他们，而是因为我们必须更快、更有效地阻止他们。

第十二章　为斯蒂芬妮疾呼

堪萨斯州利伍德市的施密特一家可以被认为是"美式样板家庭"。但1993年7月2日下午晚些时候，他们的世界发生了天翻地覆的变化。

基恩·施密特来自该州中部的霍伊辛顿，位于阿肯色河转向处以北大约10公里的大本德市，那里既是堪萨斯州的中心，也是美国的中心。玛格丽特·路易斯·多莫伊斯——大家都叫她佩吉——来自堪萨斯东南部沙努特市。这座城市的名字来自土木工程师和航空先驱奥克塔夫·沙努特，他在堪萨斯城建造了第一座横跨密苏里河的桥梁，日后还影响了莱特兄弟对飞行的理解。1963年，基恩和佩吉在位于堪萨斯城正南方、距离沙努特市大约1小时车程的匹兹堡州立大学相遇。1966年两人结婚。基恩大学毕业后在密苏里州当了一名实习教师，同时抽空到国民警卫队服役，随后回到堪萨斯州继续新闻和英语教学生涯。后来他离开了教学岗位，到托皮卡以制作年鉴和班级戒指等纪念品而闻名的贾斯汀公司工作，担任摄影师和出版顾问。

他们的第一个孩子于1973年7月4日出生，取名斯蒂芬妮·蕾妮。"在斯蒂芬妮刚出生的三四年里，我让她相信所有的花火都是为她而绽放的。"基恩回忆道。两年后，也就是1975年10月9日，他们的第二个女儿珍妮弗·安妮出生了。两个女孩都很漂亮，长得像是小天使——斯蒂芬妮有着浓密紧致的金色卷发，珍妮弗则留着细密的金色直发。斯蒂芬妮出生最初 3 个月里患有腹绞痛,几乎让父母一直睡不好觉。在整个成长过程中,这是她给两人带来的最大麻烦。

在期待第一个孩子的降生时,基恩坚定地希望是个男孩,佩吉希望他能够如愿。但等到斯蒂芬妮出生,基恩承认:"她立刻偷走了我的心,所以,到珍妮弗快出生时,我们希望的是再生一个女孩。"

佩吉补充说:"男孩很好,只不过,女孩更特别一些。"

几乎从出生的那一刻起,珍妮弗就把姐姐视为人生中的榜样,而斯蒂芬妮也尽了最大努力去承担这一责任。基恩和佩吉把珍妮弗从医院带回家后,斯蒂芬妮就把自己的尿布递给妈妈说:"把这些给妹妹。"

佩吉回忆说:"这孩子帮了大忙。她会给珍妮弗喂吃的。她很有母性。"

说到珍妮弗,她吃婴儿食品的时间不长,因为想跟斯蒂芬妮一样。不过,她听从斯蒂芬妮的建议时也是有底线的。她举了个例子:"我妈妈会在厨房的桌子上喷一大堆剃须膏,我们拿它玩了起来。斯蒂芬妮尝了尝,还想让我也试试。"珍妮弗到哪里都跟着斯蒂芬妮,两个小女孩形影不离。珍妮弗回忆起斯蒂芬妮去幼儿园的那一天:"3 年来,她一直是我的好伙伴。突然有一天,一辆大巴车把她接走了。我不明白。幼儿园只有半天,我妈妈说她很快就会回来。但是没有她,我感到很孤独。我一直坐在前廊等她回来。"

随着两人的成长,珍妮弗既崇拜姐姐,又暗暗跟姐姐较着劲。无论是游泳、体操、弹钢琴,还是学骑自行车,每当因为年龄更小一些而没法做得像斯蒂芬妮一样好时,她常常感到沮丧。

最终,两人逐渐显现出了性格上的差异。她们仍然很亲密,对彼此全心全意,但斯蒂芬妮变成了一个更外向、更注重集体的人。无论走到哪里、在做什么,她总是尝试领导和组织。珍妮弗更敏感、更内省,喜欢一个人做事情:读书、写作、做饭。但是,如果斯蒂芬妮尝试了某件事，而且很擅长，不管是智力方面的还是运动方面的（斯蒂芬妮既是优等生，又是优秀的运动员），珍妮弗也一定会去试试看。斯蒂芬妮是一流的游泳选手，珍妮弗却有点怕水。但当斯蒂芬妮赢回奖杯时，珍妮弗也会去争取拿奖杯。她倒不是嫉妒姐姐的天分，只不过她太崇拜斯蒂芬妮了，在某种程度上也想"像斯蒂芬妮那样"。

"斯蒂芬妮赢得了学校的拼写比赛，"基恩说，"好在珍妮弗也赢得了数学竞赛，真是谢天谢地。要不然，我们就得给珍妮弗去买个奖杯了！"

虽然珍妮弗是两个孩子里更严肃认真的那个，但斯蒂芬妮也会自省。她从小时候起就写日记，把内心深处的感受和信念记下来。她10岁时曾这样写过："我有3个愿望：1. 更瘦一点；2. 留一头长直发；3. 能认识瑞奇·斯克路德（当时的一名童星）。"

虽然斯蒂芬妮最终变成了一个苗条漂亮的姑娘，但愿望2和愿望3没有实现。青少年偶像斯克路德没能进入她的少女时代，她的头发也一直紧密而卷曲。托皮卡的理发师珍妮丝·舒茨还记得："斯蒂芬妮太可爱了，她一直想留长发。每当来找我理发时，她都会爬到椅子上，用可爱的声音说：'请把我的头发剪长一点。'"

身为父母，基恩和佩吉全心全意地照顾女儿们。基恩是一位颇有成就的专业摄影师，他几乎把家庭生活的方方面面都保留在了胶片里：有去拜访祖父母的，有家人和朋友们的，还有连续3年去迪士尼游玩的。

离开贾斯汀纪念品公司后，基恩在不同的领域工作过，充分利用了他外向、富有活力的个性和天生的销售技巧。有段时间他在托皮卡从事房地产销售。后来他所在的公司一分为二，他选择了与瑞麦地产（RE/MAX）合作的那一家，搬到了堪萨斯城区，在利伍德的高档郊区买了一栋房子。这时候，斯蒂芬妮读八年级，珍妮弗在五年级。两个女孩发现适应搬家很困难，一方面要在学校结交新朋友，另一方面又搬进了一个更富裕、更物质的环境,这是她们俩都没有准备好的。对斯蒂芬妮来说就更加困难,因为她是个需要合群的人。珍妮弗更喜欢一个人待着,适应起来稍微轻松一些。尽管环境富裕,但两个女孩都在当地的连锁杂货店做兼职。斯蒂芬妮毕业后在盖璞(Gap)做售货员。她喜欢这份工作,因为能和很多人打交道;能买打折服装也是一个很大的诱因。

基恩在瑞麦地产全职工作了大约3年,其间他和佩吉一直在设计自己和其他中介使用的销售宣传材料。因为设计方面的需求越来越大,基恩离开了房地产行业,和佩吉创办了一家蓬勃发展的广告和推广咨询公司。两个漂亮的金发女孩偶尔也会为父母做零售和房地产单页广告的模特。他们给公司起名为"多莫伊斯制作公司",用的是佩吉的娘家姓氏。

随着女孩们的成长,父母认为自己的教育既不算过分严厉,也不算过于放纵。珍妮弗同意这一点。他们家的管教方法无关惩罚或限制。相反,一如珍妮弗的回忆,在父母当中,是父亲不断地挑战她和姐姐的信念体系,让她们清楚地表达自己为什么要这么做、为什么会那么想,只要她们能让自己的行为或想法听起来合乎逻辑和情理,那就行。如果两个女孩做不到,她们通常自己也会调整。就算有时候父母需要对她们管教,她们也都认为父母是愿意倾听的,只要是合理的诉求,他们做决定时都会考虑在内。

斯蒂芬妮15岁那年有一天晚上,基恩和佩吉带着几个朋友回到家,发现她正和男友一起走出车库。基恩勃然大怒。家里有规矩,父母不在时,姑娘们不能单独和男孩待在一起。回想起来,基恩认为他当时可能很担心自己给朋友留下不太好的印象。但等他发完火,斯蒂芬妮反驳说,他和妈妈总是强调信任。她做过什么违背这种信任的事吗?"嗯,并没有。"基恩承认。那他现在为什么不相信她呢?基恩让步了。

事实上，最终发挥了最佳效果的诉求，与纪律全无关系，而是基于基恩对家庭秩序和安宁的看法。举个例子，两个女孩曾想养一只狗。"我不喜欢狗，"基恩解释说，"尤其是卖房地产的时候。我见识过它们对房屋价值做了些什么损害。"

"我们不停地找各种借口，"佩吉补充说，"我们给她们买了不少毛绒玩具，但过了一段时间就糊弄不了她们了。"

经过几次失败的尝试，他们最终选择了一只白色的雌性小比熊犬，当时正好赶上珍妮弗的7岁生日。小狗起名为桑迪，很快成为这个家庭不可或缺的一员。

在这两个女孩中，斯蒂芬妮更外向，爱搞恶作剧。基恩和佩吉喜欢和女孩们玩一个游戏：他们在衣服上做一项小小的改动，比如在外套背后夹一枚衣夹，看看女孩们要花多长时间才能发现。有一天，斯蒂芬妮从学校回到家，告诉基恩必须给校长打电话。基恩问她怎么了。

"嗯，"她解释说，"我们今天来了一名代课老师，我在她的裙子后面别了枚衣夹，因为我觉得这会很好玩。"

"我打电话给校长，我有点发毛，他怎么会为衣夹这样的蠢东西肝火大动呢？"基恩说，"结果他告诉我，衣夹上还夹着一张标签，上面写着：'我是个笨蛋。'于是我看着斯蒂芬妮说：'原来是你少说了一半情况，是不是？'"

这是斯蒂芬妮性格的一个关键部分，每当她策划了一起恶作剧，就总会守在现场等着看笑话，这意味着她很容易被抓住。

等斯蒂芬妮和珍妮弗相继到了都想独霸电话的年龄，她们开始经常吵架。基恩和佩吉开通了第二条电话线，告诉两个女孩这条线路属于她们，让她们自行安排时间表。就像施密特家的大部分其他问题，最初的争论和口角让位于理性。

基恩和佩吉跟孩子们相处的基本理念是互相体谅，如果双方都努

Obsession

力理解和欣赏对方的立场，事情就会得到最好的解决。例如，在音乐方面，基恩是一个传统的摇滚迷，珍妮弗喜欢重金属，而斯蒂芬妮喜欢更柔和、更浪漫的音乐和西部乡村音乐。最初，这3种截然不同的口味之间并没有太多的交集。所以每当基恩和两个女儿中的一个在车里的时候，他都会听她选的歌，讨论她喜欢什么，接着听他最喜欢的一首，然后再反过来。渐渐地，他们三人都开始欣赏彼此的偏好。

总而言之，基恩说："斯蒂芬妮真是太棒了。她很有趣。我从来没感受过这么多无条件的爱。"施密特一家养育方法的最终成功，体现在斯蒂芬妮的一篇文章中：

"我希望有一天能像爸爸妈妈一样。我对结婚很憧憬，想在30岁之前生2到4个孩子。不过，生孩子之前，我也想和丈夫一起过几年二人世界。我希望自己组建的家庭关系紧密、互相关心、充满爱，就像我家现在这样。"

珍妮弗一直以来更注重事业，所以斯蒂芬妮说自己要替妹妹生孩子。尽管珍妮弗母性本能没那么强，但她清楚地表达了父母带给自己的直接影响："诚实、信任和良好的幽默感，大概是父母灌输给我们最重要的三件事。这似乎非常自然。"

随着两姐妹升入高中和初中，斯蒂芬妮和珍妮弗对男孩的品位也反映了她们不同的性格。"我喜欢扎着长头发弹吉他的男孩，"珍妮弗说，"她喜欢留着平头、扔橄榄球的小伙子。但她总是和我带回家的男伴相处得很好，我也总是和她的男朋友相处融洽。"

基本上其他所有的东西，两人都会分享。她们互相穿对方的衣服，虽然说斯蒂芬妮喜欢名牌，而珍妮弗的衣橱相比之下就比较普通了；因此珍妮弗会省钱，而斯蒂芬妮花钱快。斯蒂芬妮决定教珍妮弗"怎样购物'血拼'"，这样她就有了一个现成的同伴，参加自己这辈子最喜欢的"活动"之一。

珍妮弗的陪伴对斯蒂芬妮来说很重要。她们分享朋友、去游泳、看电影、吃午饭、购物。珍妮弗回忆说："她高中毕业那天，带我出去玩，而不是和她的朋友出去玩。那真是太棒了。"

似乎人人都喜欢斯蒂芬妮·施密特。她在蓝谷北部高中的朋友希瑟·哈斯说："她差不多就是我们小团体的核心。她是一个非常外向、善于交际的人。"

斯蒂芬妮在高中时学习不算特别努力，她太喜欢社交和组织工作了。她宣称自己想去位于劳伦斯市的堪萨斯大学，但基恩担心这所大学对她来说要求过高，并且她之所以选择那里，也只是因为有很多朋友都会去。不过，基恩说不管她做什么决定都会支持，只是请她考虑一到两所要求稍低的学校。出于种种显而易见的原因，他明智地避免提及自己的母校。

但匹兹堡州立大学确实是一个明显的优选项，距离也比较近（大约两小时车程），斯蒂芬妮和她的好朋友香农·马什决定去看看。结果两人对这所学校一见钟情，决定就选这儿了。

真的到了匹兹堡州立大学就读后，她们也表现出了喜欢。斯蒂芬妮汇报说，人人看起来都友好真诚。这是一个全新的开始，她喜欢有能力重塑自己变成任何样子的感觉。她还享受着西格玛奇兄弟会的优待，因为她的父亲是一位杰出校友，也是兄弟会的前任主席。

读完大一，斯蒂芬妮决定留下来过暑假，参加暑期学校。她和另一个女孩搬出了宿舍，自己租了公寓。像往常一样，她每天给父母或妹妹打两三次电话。

1992年12月，斯蒂芬妮找到了第一份校外工作，在一家名为汉密尔顿的餐馆当服务员。这是一个家庭自营的小地方，男女服务员都穿着浆过的白衬衫和白围裙。餐馆在市中心，百老汇大街从校园出来的另一头。这里离她的公寓不算近，但那时她已经在父母的帮助下买了一辆亮晶晶的1989年版蓝绿色本田汽车，她为此感到非常自豪。

斯蒂芬妮喜欢汉密尔顿餐馆的原因，跟她高中喜欢在连锁超市打工的原因一样：可以和人们互动。和她一起在餐馆工作的斯泰西·佩恩说："她很难被打倒。她是个快活的人，什么事都爱开玩笑。"

第二年3月，佩吉和基恩来餐馆看她，并在那里吃了午饭。3名店东之一的汤姆·汉密尔顿告诉他们，他非常满意他们的女儿在这里工作。

那天晚上，基恩问斯蒂芬妮是否喜欢餐馆里的其他人。她告诉他每个人都很好。接着她补充道："有一个人，我们都为他感到遗憾。他年纪比我们都大，还坐过牢。"

"因为什么进去的呢？"基恩问。

"好像是酒吧打架什么的，"斯蒂芬妮解释说，"但他人很好。他没有对任何女孩出手，或者做其他事情。"这人的名字叫唐·吉迪恩。他31岁，正在假释之中，一直跟母亲住在一起。后来，汤姆·汉密尔顿给了他一个地方，住在餐馆楼上。他一开始是洗碗工，再升级到擦桌子，接着在厨房帮忙做沙拉，等等。汉密尔顿认为他是个好员工，值得信赖。与大多数大学期间兼职的女服务员不同，唐是全职的，而且似乎很喜欢这份工作。

1993年夏天，读完大二后斯蒂芬妮决定修一门科学课程，同时继续在餐馆工作。但在暑期学校开始之前，她的喉咙痛得很厉害，几乎肿了起来，只好让朋友带她去急诊室打了一针。等到感染痊愈，她已经错过了前4天的课程，来不及赶上了。于是，在回家过父亲节的时候，基恩和佩吉建议她休息一下——既然没法上课，干脆就在家里过暑假吧。但她真的很想回餐馆去。

她仍然感觉不舒服，但心里有压力，觉得自己应该去当班。有一天，汤姆·汉密尔顿因为她打翻了什么东西——不是肉汁就是酸奶油——吼了她几句。她抗议说，自己已经尽了最大努力，但身体感觉不太舒服。汉密尔顿回答说："好吧，那你为什么不回家呢！"斯蒂芬妮认为这意味着自己被解雇了。一位朋友充当调停人，说服汤姆对她说清楚，他并没有解雇她。但这次遭遇给她留下了不好的印象。当得知尽管每隔一个周末都当班，但生日那天仍然没法调休放假后，她决定离开，回家过完这个夏天。斯蒂芬妮只要下定了决心，就绝不再更改。但汤姆不想失去她，并向她保证，就算离开了，如果哪天还愿意回来，她的工作仍然留着。于是，她收拾好东西，告诉父母自己星期五，也就是7月2日，会开车回家。在这之前一天，她要跟马特·柴克约会，他们已经交往了两个月。上个周末，他们参加了学校里西格玛奇兄弟会的独木舟旅行，玩得很开心。佩吉打算7月4日星期日给女儿举办20岁生日聚会。

斯蒂芬妮在餐馆里的几个朋友，包括斯泰西·佩恩的两个室友斯隆妮·凯尔和梅根·尤因都想在星期三提前为她庆祝生日。她们出去吃了晚饭，饭后斯蒂芬妮回到公寓。她在10点半左右给父母打了电话，说正准备和几个女性朋友去当地的酒吧。她的喉咙又开始不太舒服，并坦言自己其实不太想出去，但又不想让其他姑娘失望。

大约15分钟后，她们接到她，带她去了弗朗特纳克县一个叫"私贩酒吧和烧烤店"的地方，跟其他朋友和同事会合。弗朗特纳克县的北面毗邻匹兹堡。19岁的斯泰西和另一个比她小一岁的朋友一起来了，那天晚上酒吧不让18岁的孩子进，于是她们俩和唐·吉迪恩一起离开去了另一家酒吧，一直待到半夜，接着把唐带回了"私贩酒吧"，他的卡车停在那儿。事有凑巧，"私贩酒吧"就在警察局街对面，这是斯蒂芬妮应该注意到的，她曾因为喉咙越来越痛而中途离开，去买了一些止痛片。唐回到酒吧，斯蒂芬妮说自己不舒服想回家，于是唐提出开车送她。

星期四，佩吉、基恩和珍妮弗一直没有接到斯蒂芬妮的来电。虽然她会定期打电话，但家人并没有过度担心。他们知道她正忙着准备离开，知道她要去看医生检查喉咙，而且毫无疑问，她正赶着为那天晚上的约会做准备。应该还好吧。他们知道她第二天会回家，因为这星期早些时候，她和珍妮弗已经约好星期五晚上一起去看电影。珍妮弗结识了一个在德国做交换生的男朋友，她本来计划和对方父母一起去佛罗里达见他，所以会错过斯蒂芬妮星期日的生日聚会。

星期五早上，想到女儿马上就要回家，佩吉很兴奋。她对基恩说："我们给斯蒂芬妮打个电话吧。"

基恩回答说："不，让她多睡一会儿吧。"

当天晚些时候，他们确实打了电话，但没有人接，于是他们在她的答录机上留下了大量语音。当时的天气预报说即将出现一场大风暴，佩吉担心斯蒂芬妮开车回家时会正好遇上。

到了下午3点钟，斯蒂芬妮还没有回家，家人也没有收到她的消息，于是非常担心她在路上出了车祸。珍妮弗联系到在匹兹堡杂货店的马特，问他前一天晚上跟斯蒂芬妮玩到多晚，还问他知不知道斯蒂芬妮什么时候开车回家的。

马特一听这话，声音立刻变得不安起来——斯蒂芬妮昨晚没有出来跟他约会。他打了一遍又一遍的电话，以为她只是忘了这件事，而且第二天就回了家。于是，他打电话到汉密尔顿餐馆，和斯泰西通了话。"斯蒂芬妮在哪儿呀？"他问。

"她回爸妈家了，"斯泰西回答，因为斯蒂芬妮是这么对她说的。但等马特前往查看，发现她的车还停在公寓外，他也开始担心起来。他正要打电话给施密特夫妇，问他们斯蒂芬妮在哪里。

基恩拿过电话对马特说："马上报警。"接着，佩吉打电话到汉密尔顿餐馆。他们终于拼凑出来星期三晚上斯蒂芬妮和朋友们去了"私贩酒吧"。还有人回忆起来，斯蒂芬妮觉得不太舒服，但和她一起来的女孩们想留下继续玩，所以她搭了一个男人的车——可能是唐·吉迪恩。那天晚上他在"私贩酒吧"，有传言说他对其中一个女孩产生了好感。听到斯蒂芬妮失踪的消息，大家都很惊讶。他们都以为，那天晚上之后，斯蒂芬妮就要回父母家，整个夏天都不会再见到她，所以谁也没多想。

这时斯泰西开始担心了。

唐·吉迪恩星期四早上出现在餐馆,看上去疲惫不堪,胡子也没刮。他们问他知不知道斯蒂芬妮发生了什么事,因为他们认为他是最后一个看到斯蒂芬妮的人。他承认,他的确和她一起离开了"私贩酒吧",但到了外面的停车场,她和另一个他不认识的朋友上了车。那是他最后一次见到她。

施密特夫妇最亲密的朋友,也是他们婚礼的伴郎,罗恩·塞格里,是匹兹堡的一名医生。他总是很照顾斯蒂芬妮,星期四她本该去找他看病。基恩和佩吉打电话到他的诊所,接着他跟一名警察和一名锁匠一起去了斯蒂芬妮的公寓。他们没有发现挣扎的痕迹,但也没有找到斯蒂芬妮的去向。她的钱包在公寓。只有钥匙和身份证不见了——她大概是带着这两样东西去了酒吧。

他们给当地所有医院的急诊室打了电话,没有一个地方见过她。警方已经确信,斯蒂芬妮不是那种一声不吭就跑掉的人。"我们会展开全面搜查,"一名侦探告诉基恩。他们请他提供一张清晰照片。搜寻工作在该州大部分地区展开了。连在最偏远的农村地区,也通知了堪萨斯州野生动物和公园的警官留心关注。

星期五晚上,施密特一家无人入眠。星期六一大早,他们必须就珍妮弗的事情集体作出决定:她还去佛罗里达吗?珍妮弗想留在父母身边,帮助他们渡过难关,但佩吉鼓励她离开:"我这么做是因为不知道接下来会发生什么,也不知道这件事会持续多久。我想,对珍妮弗来说,也许远离这一切会更好,因为我太了解她了。"

珍妮弗陷入两难。"斯蒂芬妮和我总是互相照顾。我不知道离开会是件好事,还是会让我的父母失望,又或者我是不是没有照顾好斯蒂芬妮。这真是一个艰难的决定。"

一家人商量好,一旦情况有变,珍妮弗可以立刻飞回来。于是她终于决定还是去佛罗里达。在那期间，她一直吃不好、睡不香。她一心想给斯蒂芬妮找一件漂亮的生日礼物，每天都在找，但心里又总是隐约感觉，可能再也见不到姐姐了。

埃里克·里滕豪斯在匹兹堡见过斯蒂芬妮，但在之前就认识她的父亲，因为埃里克也是西格玛奇兄弟会的会员，而基恩是该分会的一位杰出校友。埃里克和斯蒂芬妮曾一起出去过，不仅如此，他们还是亲密的朋友。当母亲打电话告诉他斯蒂芬妮失踪的消息时，他正在利伍德附近欧弗兰帕克的一家舍温·威廉斯专业油漆店工作。

他立刻感到有些不对劲。他太了解斯蒂芬妮了，根本不相信她去什么地方之前会不告诉家人，这完全不符合她的性格。

谣言几乎立刻就传开了：斯蒂芬妮所住公寓楼里有一些租客组织了一支乐队，里面牵涉毒品。他们想带她一起去度周末，可能是去奥沙克。还有人在星期四午夜时分看到一个像斯蒂芬妮的年轻女子走在校园附近的一条路上。基恩核查了斯蒂芬妮的银行账户，只有一笔20美元的例行取款，没有可疑活动。

"我想，当时我们心里最坏的情况就是斯蒂芬妮需要在医院待一段时间，"基恩说，"我们从来没有想过比这更糟糕的事情。那根本不可能。"他和佩吉寄了一张斯蒂芬妮最近的广告照片，由堪萨斯公路巡警开车送到匹兹堡，刊登在报纸上。

一支危机应对小组前往蓝谷北部高中，负责帮助那里的学生和斯蒂芬妮的朋友。负责这项工作的校方心理学家保罗·钦说："他们过去曾在彼此之间感到安全。他们成长得很快。这件事不啻于美好和纯真的丧失。"

"我只剩下祈祷了。"斯蒂芬妮之前的好朋友香农·马什说。与此同时，最后一个见过斯蒂芬妮的人，也就是唐·吉迪恩，向汤姆·汉密尔顿打听怎样租到一辆车之后，突然离开了城里。他是重要证人，警察开始找他。星期一是国庆法定假日，所以他们必须等到星期二才能知道，他有没有按照规定联络自己的假释官、是否违反假释条件。

7月4日星期日是斯蒂芬妮的20岁生日，她失踪的消息见诸报端。媒体敦促任何知情人联系匹兹堡警方或施密特夫妇。对基恩和佩吉来说，这是痛苦煎熬的一天。他们在独立日庆祝活动和烟花表演中分发寻人启事。这次搜寻很快成为媒体关注的焦点，施密特家也成了人满为患的指挥中心。所有朋友和邻居都加入进来帮忙。很快，成千上万的卡片和信件涌了进来。斯蒂芬妮的朋友们打来电话，上门慰问，这让基恩和佩吉非常感动和安慰。基恩·福克斯是媒体顾问，也曾是电视体育节目解说员、《堪萨斯城星报》撰稿人，他实际上接管了整场行动。他的女儿克里斯蒂是斯蒂芬妮的好朋友。香农·马什组织在匹兹堡周围发放寻人启事。

星期二，唐·吉迪恩没有向假释官报到，施密特夫妇从担任联络人的利伍德当地警方探员克雷格·希尔那里了解到了他真实的前科记录——和他在餐馆告诉女孩们的完全不是一回事，不是什么参与酒吧打架。他是一名性犯罪者，1983年在堪萨斯州帕森斯拿着一柄直刃剃刀，抵着一名女大学生的喉咙强奸了她，还威胁说如果反抗就杀了她。前一年的11月，他从监狱提前假释；一个月后，在汉密尔顿餐馆开业时，得到了那份工作。汤姆·汉密尔顿报告说，吉迪恩在就业申请表"是否犯过罪"一项里填的是"否"。

基恩要求警察检查吉迪恩的公寓，但警方表示还没有合理的理由申请搜查令。基恩愤怒地反驳道："如果我女儿在里面，我可不想她只是因为你们没有搜查令而死去。一定有办法让你们进去的。"房东汤姆·汉密尔顿让警察进去了，但什么也没找到。由于没有人真正看见斯蒂芬妮在"私贩酒吧"外面上了唐的卡车，他们还抱着希望，也许真的像他说的那样，斯蒂芬妮没有上车。

星期二，吉迪恩给他母亲雪莉打了一通对方付费的电话。她直截了当地问他："唐尼，你到底做了什么？你把那女孩杀了吗？"

"什么女孩？"他问。

"那个叫斯蒂芬妮·施密特的女孩。"

"我没杀过任何人。"

雪莉说，吉迪恩好像很惊讶警察正在找自己。她报了警，警方最终追踪到电话位于加利福尼亚州克雷森特城一家西夫韦连锁店，靠近俄勒冈州边境。他的那辆皮卡车在俄勒冈州库斯贝被人发现，在拨打这通电话的位置以北约160公里处。后来人们才知道，吉迪恩曾前往加拿大边境，但因为之前在美国有重罪前科，于阿尔伯塔省库茨口岸遭海关当局拒绝入境。

在斯蒂芬妮和唐两人都行迹不明期间，另一件既可怕又令人不安的事情浮出水面。堪萨斯州克劳福德县一名50岁出头的女性告诉警方，自己曾在4月份遭吉迪恩强奸。事情发生在两人约会结束后，他开车送她回家的路上。她因为害怕而没有报告这件事，但她觉得这件事可能跟现在发生的事情有关系。她对未能及时报警表示非常后悔，因为这可能导致了吉迪恩有机会再次伸出犯罪的魔爪。

基恩和佩吉准备了一张"失踪"海报，广为散发。海报上面有斯蒂芬妮和身高1米77、体重72公斤的吉迪恩的照片。他还不是正式的嫌疑人，只是因为违反假释规定遭到通缉，警方需要他协助调查斯蒂芬妮失踪案件。斯蒂芬妮失踪当晚的3名同伴告诉报社记者，她们无法相信唐会跟她的失踪有关。她们说，唐对待她们就像个大哥哥。

"唐到过我们家，帮了很多忙，"斯隆妮·凯尔说，"他什么也没做过。他从未说过什么过头的话会让我们相信他可能搅到这种事情里。"

基恩·施密特告诉记者，就算真的是吉迪恩绑架了他女儿，听说这人前一次犯罪后把受害者活着放了出来，这让他稍感宽慰。

唐的妹妹香农·吉迪恩告诉美联社，一开始家里有人担心哥哥与斯蒂芬妮的失踪有关，但她觉得从逻辑上讲，哥哥不会这么做。"我

变态杀手

承认，我们都在想是不是发生了什么坏事。但他知道，出狱是他的第二次机会，他很幸运能获得第二次机会，所以他不能搞砸呀。他正在工作，做个好公民。"记者又提到，唐向母亲否认杀害了斯蒂芬妮。香农说："我知道他有过去，但我相信他。"

大量朋友和同事努力让斯蒂芬妮的案件出现在约翰·沃尔什的全国性电视节目《全美通缉令》上。拉里·库卡蒂帮了大忙，他是基恩大学时代在西格玛奇兄弟会的校友，现在是广告公司的客户经理。他联系了制片人兰斯·赫夫林。7月16日星期五，该节目播出了斯蒂芬妮和朋友福克斯一家夏天划船的短视频，同时对基恩和佩吉做了采访，他们表示对女儿仍然活着抱有信心。

第二天，唐纳德·雷·吉迪恩从佛罗里达州奥蒙德海滩一家旅馆的电话亭打电话给该州沃卢西亚县治安官，向警方自首。（讽刺的是，珍妮弗此时就在不到8公里远的地方。）他什么也没承认，只是告诉他们："我就是你们要找的人。"他在电话里告诉他妹妹，离开匹兹堡只是因为他"想休个小假"。匹兹堡首席侦探肯·奥伦德和堪萨斯州调查局的工作人员驱车前往佛罗里达州。吉迪恩放弃引渡，和他们一起回到堪萨斯。

在肖尼县监狱，他开始与侦探交谈。州检察长鲍勃·斯蒂芬是基恩在托皮卡西格玛奇兄弟会里的朋友（基恩在那里曾创办过一个校友团体）。他亲自打电话给基恩，含着泪说："这个狗娘养的终于承认了，事情不妙。警察正在来找你谈话的路上。"

当地警察、联邦调查局和堪萨斯调查局的人都来到了基恩家。警察局长史蒂夫·考克斯要求其他人离开客厅到地下室等着，接着和基恩、佩吉、珍妮弗坐了下来。探员克雷格·希尔守着地下室的门，确保他们不受打扰。

考克斯局长告诉他们，吉迪恩已承认杀害了斯蒂芬妮，他画了一张藏尸的地图，但他们找不到，所以要带着吉迪恩一起过来找。警方需要斯蒂芬妮的牙科记录。

供词是对堪萨斯调查局探员斯科特·提塞林克和联邦调查局探员迈克尔·纳皮尔做出的。我认识纳皮尔,他是个超级棒的人,目前回到了匡蒂科工作。吉迪恩向探员供述,他提出送斯蒂芬妮回家,她也愉快地上了他的卡车。他开车经过了通往她家的道路,但他攥着她的手,让她没法跳下车。他开车把她带到一个围着树林的地方,在那里性侵了她:用手勒着她,把胸罩绑在她脖子上,这一切发生在离开酒吧的一个小时内。他说自己经常勃然大怒,根据提塞林克和纳皮尔的报告,"当愤怒袭来,就好像掌握了一股'纯粹的力量'"。

他声称,强奸发生后,他牵着斯蒂芬妮的手把她拉出了卡车,塞给她一把螺丝刀,让她用这个武器杀了他。他说,她做不到,所以他不得不杀了她。这里我想解释一下,对掠夺性谋杀的供词来说,这种文过饰非的说法并不罕见——凶手事后试图为自己开脱罪责,但是说法缺乏可信度。斯蒂芬妮·施密特一案的受害者特征告诉我们,如果真有这样的机会,她不会接受他的提议去杀他,但一定会拼命逃跑。

在入狱后的一通对话中,他也向母亲承认了自己的罪行。他说在性侵后杀死了斯蒂芬妮,因为他不想回监狱。他还承认了4月份对克劳福德县那名女性的强奸案。

尽管已经做了最坏的打算,但对施密特一家来说,这些话令人头晕目眩,显得很不真实。克雷格走到他们面前,提到了"被害子女家长"这家组织。这是基恩和佩吉第一次听说该组织。"你们会熬过去的。"克雷格说。

消息公布后,房子里又开始挤满了人。约翰逊县受害者权利协调员、与地区检察官办公室合作的利宁·艾伦过来提供帮助。

斯泰西·佩恩几乎不敢相信这个消息。"我觉得很恶心。不久前他还在我的宿舍过夜。梅根和我都在。他睡在我们的地板上。我把他看作大哥哥。"

当她想起 6 月 30 日发生的事情，记忆变得更加令人不寒而栗。"我和朋友去把唐带回'私贩酒吧'时，他非常固执。他说，带她回家，我们再出去。但她因为什么事不高兴，所以我没有同意。但我回想了一下，要是我把她送回家，接着又和他出去了，我会落得跟斯蒂芬妮一样的下场吗？我妈妈现在想起那件事还会哭，那份危险是多么近啊。"

埃里克·里滕豪斯悲恸万分，不仅因为朋友的死讯得以证实，还因为如果他当时知道更多的信息，本可以阻止这一切。他会更专心地照顾斯蒂芬妮。"我会更加保护她。我会对她说：'别跟他有任何接触。如果你需要搭车，或者别的什么事，打电话给我，无论白天还是晚上，打电话给兄弟会的任何人。我们会帮你。'我真希望我能提前知道。"

媒体的报道涵盖了所有敏感的部分。有一篇文章把施密特夫妇失去女儿和吉迪恩家失去儿子相提并论，这让基恩大为光火。另一方面，有一位刚刚失去父亲的地方电视台记者过来，单纯为了表达哀悼慰问之情。她和基恩、佩吉坐在斯蒂芬妮的房间里流泪。

7 月 27 日，按照吉迪恩前一天晚上的说明，调查人员来到位于匹兹堡西南约 16 公里的韦尔镇附近切罗基县一片环绕着树林的田野。50 名警察对该地区进行了搜索，下午 4 点左右，他们在一丛高高的杂草中发现了斯蒂芬妮的尸体，由于几个星期来一直暴露在外已经腐烂。不到一个小时，施密特一家就听说了这个消息。由于斯蒂芬妮的尸体状况，基恩、佩吉和珍妮弗再也没有机会见她最后一面。

唐纳德·雷·吉迪恩被控一级谋杀罪、严重绑架罪和严重强奸罪，并从肖尼县转移到匹兹堡附近的克劳福德县监狱。

最初，当局告诉施密特夫妇，他们不能安排斯蒂芬妮的葬礼，因为尸体是物证。等法医报告完成后，他们才终于松口。

斯蒂芬妮·蕾妮·施密特在离 20 岁生日仅有 3 天时离开了这个

世界，1993年8月2日在复活公墓下葬。基恩和佩吉之所以选择这里，是因为斯蒂芬妮在西格玛奇兄弟会曾有一位密友自杀后葬在此地。他的死，是该群体首次经历同龄人的告别。没过多久，斯蒂芬妮成了第二个离开的人。追悼会在欧弗兰帕克的教堂举行，参加者超过800人。斯蒂芬妮的朋友之一、音乐家保罗·克拉克演唱了他为她写的一首歌，名为《倒下的树》。前往墓地的队伍绵延近两公里。

斯蒂芬妮失踪后的这可怕的几个星期里，基恩和佩吉的生活天翻地覆，而且还将发生更大的变化：痛苦、壮烈而英勇。我怀疑基恩和佩吉会耸耸肩说，他们只是在做自己认为必须做的事，为了斯蒂芬妮和其他像她一样的人。倘若没有亲身经历过这一切的人贬低他们的使命或成就，我会严正抗议。只有真正有过类似遭遇的人才明白我在说什么。

基恩说："我们的生活，原本惬意而安宁，但如今要全面公开，而且财务上压力重重。这并不适合我们。想到斯蒂芬妮，我们才有了方向的指导。总得有人去做这些事。现在还没有足够多的人站出来发声。"

葬礼后的第二天，他们便公开现身，在电台上提出了一个关键的问题：为什么这个暴力成性的犯人会从监狱里被放出来？

事实是，唐纳德·吉迪恩此前的20年徒刑服满10年后获释，这是一种强制性的规定，跟他出狱后有多大可能伤害其他人没有关系。它只与监狱里的"良好表现"有关。施密特夫妇不明白为什么会允许发生这种事情。他们找到了州惩教局，对方告诉他们无权获得这一信息，实际上相当于是在说："如果你想知道什么，那就去告我们。"

"他们毫无同情心。"佩吉说。

他们的朋友、房地产经纪人吉姆·布劳福斯找上门来，说有一群议员、律师和商界领袖组成一支专注于性暴力罪犯的"特别行动组"，问他们想不想参与。夫妇俩异口同声地说："当然要！"这支小组就叫"斯蒂芬妮·施密特专责小组",它的初始目标是看看能不能调整部分法律,减少其他孩子碰到这种悲剧的概率。除了布劳福斯,小组的核心成员还包括约翰逊县地方检察官保罗·莫尼森、州参议员鲍勃·凡克伦和州众议员加里·霍尔马克。

基恩和佩吉已经意识到,他们扛起的这项新工作将成为自己终生的承诺,而且他们也希望实现一些更长久的东西。"最初我感到很震惊的是,"基恩解释说,"斯蒂芬妮年满18岁,所以没有类似国家失踪和受剥削儿童保护中心一类的组织可提供帮助。"于是,他们创办了基金会,取名为"为斯蒂芬妮疾呼"。他们将主要关注大学校园,提高人们对性侵罪犯的认识,增强个人安全意识。

1993年10月6日,在切罗基县地方法院法官戴维·F.布鲁斯特面前,尽管律师正式提出了反对意见,但唐·吉迪恩还是承认了4项重罪指控。他面无表情地逐一承认了有预谋的一级谋杀、严重绑架、强奸和严重性侵的指控。基恩、佩吉和斯蒂芬妮的大约60个朋友也在法庭上,大多数人都戴着"为斯蒂芬妮疾呼"的胸针。听着检察官约翰·博克讲述6月30日和7月1日的事件,他们无声地哭泣。博克说谋杀的动机是想要掩盖强奸的事实。布鲁斯特法官接着问吉迪恩是否对供词有修改。吉迪恩只是耸耸肩,摇了摇头。博克说,他希望对被告处以最高量刑,保证他再也不会出去捕猎他人。他说,如果堪萨斯州有死刑,他一定会要求判处被告死刑。

离开法庭时,基恩对记者说:"这是我有生以来第一次觉得自己站在邪恶之人面前。这家伙毫无悔意。他是个恶棍,无论走到哪里,他都会给他人留下累累伤痕。"

量刑听证会定于11月18日举行。尽管被告已经认罪,博克还是传唤了证人,提供了斯蒂芬妮遭到强奸和谋杀的生动细节,以争取最长的刑期。

基恩、佩吉和珍妮弗逐一向布鲁斯特法官致辞。基恩想播放一段他剪辑的斯蒂芬妮动人生活片段的视频,借此说明他们失去了些什么。但法庭告诉他,此举可能被视为诱导偏见,让被告找到借口上诉。

斯蒂芬妮出事前,珍妮弗想成为一名作家。令人难过的是,她的极度敏感和口才首次得以与公众分享的场合,竟然是在这里。但她传达了强有力的信息,在法庭上勇敢地将目光锁定在吉迪恩身上,不让他逃脱她的谴责,仿佛是在要求所有暴力侵犯者都必须为自己的所作所为承担责任。吉迪恩转开了视线。他再一次证明了自己是个懦夫,在这场意志的较量中,他无法战胜这名18岁的年轻姑娘。

"尊敬的法官大人。"珍妮弗开口道:

"斯蒂芬妮不仅是我的姐姐,也是我最好的朋友。她一直站在我身边,一直陪着我、保护我,尽一切可能帮助我。我真希望自己能在7月1日那个可怕的夜晚陪在她身边。我真希望自己能保护她。所以今天,在法庭上,我想借此机会,为我的姐姐做点什么。

"我曾多次坐下来,思考今天要说些什么。但我一直无法相信这一切。我不愿相信再也见不到姐姐了。我不愿相信她已经死了。我更不愿相信我们的司法制度也死了。

"很难说出我到底想要什么,因为我非常困惑。我困惑是因为,不明白为什么姐姐会被残忍地杀害,不明白一个人怎么会以如此可怕的方式伤害另一个人。

"最重要的是,我不明白为什么会发生这样的事,我知道我们的司法系统本可以从一开始就阻止。这头怪兽已经进了监狱,为什么明知他是社会危险分子,还要把他放出来呢?"

"从发现斯蒂芬妮失踪那天晚上起,我一直抱着最后一丝希望:她会没事的、会回家的。时间流逝,斯蒂芬妮还没回家。我还是抱着最后一丁点希望,但我失望了,找到斯蒂芬妮的时候,她已经死了。

"从那以后,我一次次地失望,再也没有想要追寻的梦想了。我本来梦想着有一天能成为斯蒂芬妮的伴娘和她孩子们的姨妈。斯蒂芬妮再也看不到我高中毕业,再也无法陪在我身边伴我完成大学学业了。我再也不能深夜打电话给姐姐,向她寻求建议,或者只是听她冲着我笑一笑,让我感觉好一点。

"这头可怕的怪兽夺走了斯蒂芬妮的生命,也夺走了我的!他毁掉了我们的未来和信仰。正义辜负了斯蒂芬妮和我,最重要的是,我们对司法制度的信任也被辜负了。"

"爸爸总是告诉我们,政府的存在是为了保护无辜者。然而,这套所谓的司法制度却更关心那些不道德的卑鄙小人的福祉,比如杀害我姐姐的那个人!

"法官大人,我请求您再给予我最后一线希望。请帮助我恢复自己的信念。请让这个懦夫再也接触不到下一个斯蒂芬妮。请不要再让我失望。"

她发言时,法庭上鸦雀无声。

布鲁斯特法官接受了这些信息,做出判决,以谋杀罪判处吉迪恩终身监禁,并必须服满 40 年刑期后方可申请假释。他又根据其他指控,加上了 716 个月(也就是将近 60 年)的刑期。所有这些要连续执行,也就是说,这名 31 岁的凶手必须服刑 88 年,才能再次走上街头。

"法官已经竭尽所能了。"约翰·博克赞许地说。斯蒂芬妮遇害一年后,堪萨斯州立法机构通过了一项新的死刑法规。

1995 年 3 月,吉迪恩的律师向堪萨斯州最高法院提出上诉,声称法官可能受到"受害者家属煽动性言论"的影响,对他的判决过于严厉。这是司法制度不公平系统的又一个例子。它力争彻底抹掉无辜受害者的人格特征,同时给有罪的凶手无数次机会来展示他总体上是个正派人。但最高法院基于正义和常识,在 4 月驳回了吉迪恩的全部 13 项上诉。当地《托皮卡资本报》的社论赞同法院的裁决,称吉迪恩是"最适合严格服刑40年的代表人物"。

佩吉和基恩不再是富裕的中西部商业人士，他们成了活动家。"我们本来一直在美国各地从事广告工作，"基恩说，"销售各种定制纪念品，圆珠笔、明信片、冰箱贴等等。我们的客户大多是房地产中介、学校和银行。我们一年做两次业务分析。公司超出预期，经营状况真的很好。但那是在6月30日之前。我们一得知斯蒂芬妮失踪，就对生意踩下了急刹车，没有减速，直接停了下来。我们所有的努力都放到寻找她上了。"

他们再也没有回到原来的生活轨道。他们靠积蓄生活，只开展足够维持生活的业务量，转而致力于唤醒人们面对未知性侵罪犯的警惕、修改法律、更好地保护无辜者。

基恩说："我认为斯蒂芬妮下落不明的那27天对我们的影响很大。她有那么多的朋友，不断地让我们想起她。还有珍妮弗的朋友们，也同样提醒我们要为珍妮弗做些什么。等我们发现自己对斯蒂芬妮的事情已经无能为力了，我们知道，一定要做点什么来阻止这种恐怖的事情。这就是我们的全部目标。"

"为斯蒂芬妮疾呼"特别工作组全速运转起来。到当年12月，他们共起草了5项关于性罪犯的法律提案。在这个过程中，他们意识到，要达到目的，无论是在州还是在国家层面，都必须积极地投身政治活动，而这是违反美国国税局关于非营利组织的规定的。于是，他们成立了独立的斯蒂芬妮·施密特基金会。"为斯蒂芬妮疾呼"不再是非营利组织，而是他们有意成立的校园分会的名称。他们的座右铭是：改变法律、态度和生活。

基恩经常出庭作证，试图让特别工作组的法案获得通过。他和佩吉决心继续为斯蒂芬妮疾呼。他回忆说，有一次，他出席堪萨斯州立法机构委员会的听证会，"一名议员不断地提到我们必须'小步小步'地尝试。我非常生气。后来，莫瑞·波维奇的节目联系我们，我说，好吧，那就给他们看看什么叫'小步子'，让他们知道我们是认真的"。

佩吉、基恩和珍妮弗于 1994 年 2 月 15 日出现在这档全国性的电视节目上。和他们一起登台的还有杰克和特鲁迪·柯林斯夫妇，他们已经成为全国受害者权利运动受人尊重的倡导者，斯坦顿·萨梅诺也参与其中。杀人犯吉迪恩的母亲雪莉和她女儿香农参加了节目。那是一次令人难忘的相遇。节目播出之前，波维奇在监狱里采访了唐。他态度敷衍地承认对谋杀负有责任，但没有证据显示他带有什么真正的情感。像许多这类罪犯一样，他展示出来的唯一真正情感都是关于自己的，以及他碰到了一个没人愿意解决的"问题"。

"你感到后悔吗？"波维奇问他。

"无可奉告。"吉迪恩说。

"什么？"波维奇追问，"你怎么能说无可奉告呢？"

"因为我被判了 99 年半。我的意思是，我是否感到后悔有任何意义吗？我被判了 99 年半呀。"

他讲述了自己坎坷的生活，从十几岁青少年时代开始，就一而再、再而三地面对法律的制裁，被关在监狱里。他似乎把自己犯罪一生的责任推到了方方面面，绝口不谈自己所做的选择。萨梅诺医生听了波维奇对吉迪恩的采访节选，评论说，杀害斯蒂芬妮的凶手表现出最常见于此类人格特质的三个特点：

"第一，唯我独尊意识。你想要什么就拿什么，不顾后果。第二，是这些人没有伤害他人的概念。事实上，他们认为自己被抓住了，自己才是受害者，还会为此责怪受害者。第三，他们都知道自己会遭遇些什么。他们能分辨是非。"

"犯罪是一种选择，"萨梅诺向摄制组和全国观众解释说，"这个人和其他同类人，在事后被追究责任的时候，把责任推到所有其他事情和其他人身上。这个人指责司法制度。但是你知道吗，除了联邦赤字，他们把所有的东西都说成是导致犯罪行为的罪魁祸首。这些人是什么样的人，他们的动机是什么，这与他们事后告诉别人的截然不同。"

讽刺的是，吉迪恩的妹妹香农表达了我们很多人似乎都有的感觉：

"你永远不会想到这会发生在你身上……但它确实会。我哥哥不能参加我的毕业典礼，我的婚礼——我的任何事情。"

的确如此。但正如基恩指出："可被判了死刑的却是斯蒂芬妮。每个州都有死刑，而它掌握在犯罪分子手里。"

到1994年4月，堪萨斯州立法机构通过了施密特特别工作组提出的5项拟议法律中的4项，统称为《斯蒂芬妮·施密特性暴力掠夺者法案》。唯一未获通过的一项是：雇主必须通报求职者此前的性犯罪记录。这批法案的关键之处在于做出规定，对心理学家认定的性掠夺罪犯，在服刑期满后，如仍被视为危险时可被民事强制收容于精神病院。获得假释的性罪犯必须登记。初次犯罪者必须登记10年，再犯者必须终身登记。此登记信息属于公开信息，媒体可以对外发布。在求职申请中谎报之前的性罪行将成为重罪而非轻罪。对大多数性掠夺罪犯，将采用更长的服刑标准。

在施密特夫妇及其同事们努力通过这项立法的同时，他们也不得不就自己案件的细节问题，面对同一州政府旗下的一家机构。唐·吉迪恩把斯蒂芬妮的死归咎于她自己，这已经够恶心了。但施密特夫妇发现堪萨斯州惩教局也试图玩弄同样的把戏，这让他们怒不可遏。1994年12月，他们为官方给出的回答感到沮丧，并且觉得同样的事情可能会发生在另一名年轻女子身上，于是对堪萨斯州惩教局和吉迪恩的假释官罗伯特·施尔克提起了民事诉讼。施密特夫妇的朋友兼邻居吉姆·阿德勒是堪萨斯城的一名律师，他同意代理他们的官司。吉姆认识斯蒂芬妮很多年了，她和妹妹珍妮弗以前都为阿德勒家照顾过孩子。

这起诉讼触及了问题的核心：在服刑期满之前，危险人员是否经常会提前获释出狱？如果是这样，谁对他们负责？如何确保公众安全？

法庭文件显示，施尔克知道司法部的政策，如果假释官确定某一特定人群（如同一公司的员工）存在风险，他必须发出通知。施尔克表示，汉密尔顿餐馆的女服务员有危险，但他没有通知她们。为什么？因为他觉得告知餐馆方面，会让吉迪恩丢了工作。

等吉迪恩已经在汉密尔顿餐馆工作了几个月，并且有了良好的记录，施尔克承认不再担心对方的工作了，但他仍然没有通知餐馆。

在为这起官司自我辩护时，惩教局表示，过去50年来，美国的惩教政策已经从惩戒转向了改造，身边的人都知道出狱人员的犯罪记录将严重妨碍此人的改造。但这难道不会严重妨碍他所接触的无辜人民的安全吗？

有趣的是，阿德勒指出，堪萨斯州在这起诉讼中的立场似乎不同于它在备受关注的性犯罪登记案（已提交给堪萨斯州最高法院）和性暴力掠夺者案（已提交给美国最高法院）中所采取的立场。在后两起案件中，州政府辩称（并得到法院的支持），公众有权知道也需要知道定过罪的性罪犯是否出现在附近，以及性罪犯通常不会在监狱中改过自新。

而在这起诉讼中，州政府似乎将斯蒂芬妮的死归咎于施密特夫妇。州政府的理论似乎是，既然他们知道吉迪恩曾因殴打他人而入狱，就应该采取预防措施，也许应该不准斯蒂芬妮在汉密尔顿餐馆工作。但是施密特夫妇有限的信息，跟州政府所知道的如何相提并论呢？惩教部门不应该是研究犯罪行为的专家吗？

值得指出的是，也应该把雇佣年轻女大学生的餐馆视为吉迪恩偏爱的受害者聚集地。如果他在就业申请上如实填写自己的情况，或

Obsession 333

者如果罗伯特·施尔克提醒了汉密尔顿先生，后者是否还会雇佣吉迪恩，我们可以打个问号。还可以肯定的是，在吉迪恩开始工作并成为餐馆的全职正式员工之后，倘若汤姆·汉密尔顿得知了他之前的情况，从而对令人不安的行为保持警惕或是单独通知其他员工，至少能提升其他员工的安全性。

当然，人们可以提出一个古老的论点，即未来的暴力行为很难预测。实际上，已经有人把这一点拿了出来。请看1995年4月27日陈述期间发生的如下对话：

阿德勒：在1993年6月，你会希望自己20岁的女儿在不知道吉迪恩先生是强奸犯的情况下，和他一起在餐馆工作吗？

施尔克：不。

阿德勒：但你听凭斯蒂芬妮·施密特处于那种境地，对吗，先生？

施尔克：是的。

阿德勒：你为什么不希望自己20岁的女儿在1993年6月和他一起在餐馆工作呢？

丽莎·门多萨（施尔克和惩教局的律师）：反对。要求证人进行推测。对方律师假设未纳入证据的事实。

施尔克：如果可以的话，我不希望我20岁的女儿在任何地方接近这样的人。

假释官没有把吉迪恩的背景告知汉密尔顿。法庭文件显示，有种种迹象表明吉迪恩是一颗活的定时炸弹。吉迪恩的母亲还报告说，家人都害怕他，不愿意与他同住，而且吉迪恩还有其他问题——在酒吧打架、把一个女人的钱包扔下楼梯、掌掴一名女性、坚持要另一名女性给他口交。

如果天真善良的斯蒂芬妮知道身边有个同事是蹲过大牢的性暴力掠夺前科犯，她还会继续在汉密尔顿餐馆工作吗？我不知道答案，我想她的父母也不知道。

但那天晚上她会和他一起上卡车吗？绝对不可能。

施密特夫妇提交的民事诉讼仍在审理中。到目前为止，被告已提出动议，要求简易判决，但遭法院驳回。施密特夫妇声称惩教局行为鲁莽、震撼良心，将控告理由提升为实质性违反正当程序。该案件的这一部分已遭驳回。双方都提出了上诉，并且意识到不管自己怎么做，这起案件都将再次上诉。堪萨斯州上诉法院将此案直接转交给堪萨斯州最高法院，目前正在等待裁决。斯坦顿·萨梅诺将以专家证人身份为施密特夫妇作证。汉密尔顿餐馆已停止营业。

此类案件很难胜诉，因为法院认为，就算假释官的行为完全无能和不负责任，获释罪犯所犯罪行的受害者也没有权利提出索赔，除非假释官没有遵守所在部门的政策，并且有某个特定的群体（比如同事）应该很容易地获得通知。但施密特夫妇认为，在本案中，上述两个条件都满足。

为了说明为什么相较于一般人，一个特定群体的成员受伤时会提出索赔，可以看看律师阿德勒在一份简报中使用的以下类比。如果一个小男孩患了水痘，要通知所有可能在杂货店、购物中心或其他地方与他接触过的公众是不可能的。然而，家长应该通知孩子所在的托儿所或学校，因为那里的孩子是风险较大的特定群体，也可以很容易被通知到。

通过这起案件，施密特夫妇希望再次制定新法，以防止类似的悲剧发生。他们还希望让州惩教部门负责任地遵照执行现行政策。本案中，堪萨斯州惩教局显然已经确定，罪犯的权利与公共安全两相权衡，如果同事有危险，通知雇主是合适的。尽管如此，假释官还是没有通知雇主，因为他认为这会让吉迪恩丢了工作。尽管公众强烈要求获得通知，法院也表示通知是适当举动，但惩教局似乎坚持认为，保住获释犯人的就业更重要，就好像只有失业者才会犯下性罪行。我们知道，这很荒唐！如果一名强奸犯找到了工作，他就可以轻松地获得一群毫无戒心的猎物的信任。

为什么假释官会将罪犯的就业问题置于通知公众之上？也许仅仅是因为他们坚信自己的工作是"改造"罪犯，而不是保护公众。无论出于什么原因，如果这种情况不改变，类似的悲剧将反复发生。

斯蒂芬妮的离去给施密特一家带来了许多不同的感受。笑声和音乐是两个最明显的地方。"我们过去习惯了欢笑。"基恩说，"但突然间，它消失了。"

珍妮弗补充说："我感到愧疚，觉得自己不应该再有任何快乐。即使我尝试去玩，也不开心。我还发现音乐似乎离开了我们的生活。它过去一直是我们生活的重要组成部分。"

除了这些回忆，斯蒂芬妮的朋友们还记得，在等待消息的那漫长的几个星期里，基恩和佩吉给予了他们多少安慰。希瑟·哈斯说："他们在那里为每个人提供支持。"埃里克·里滕豪斯补充道："在整个煎熬过程中，他们都希望我们大家团结在一起。我们受到欢迎。不光如此，他们还让我们感到就像是在自己家里一般自在。这总是会让我想起斯蒂芬妮。"

过了一年，施密特夫妇才发现自己又能欢笑起来了，甚至还能听曾和斯蒂芬妮一起听的音乐。但最后，他们决定，如果想让她活在他们的心中和灵魂里，他们必须真诚地对待她。在斯蒂芬妮的高中毕业纪念册上，她的照片下面写着一句话："没有笑声的一天，是浪费的一天。"即便是为了她，他们也决心不再虚掷时光了。

但是，真诚地对待斯蒂芬妮，不仅仅意味着享受她所喜欢的东西。

在《斯蒂芬妮·施密特性暴力掠夺者法案》的所有条款中，最具争议的是罪犯刑满后的民事收容规定。许多州都在考虑这一程序，大多数州则持观望态度，想看到堪萨斯州的法律在法庭上得到验证。

堪萨斯州的法律首次应用到对勒罗伊·亨德里克斯的民事强制拘留上。亨德里克斯很快就会从监狱获释，他有长期猥亵儿童的犯罪史。法律制定了严格的指导方针，此类强制拘留针对的是"所有被判或被控犯有性暴力罪行的人，患有精神异常或人格障碍、有可能会做出性暴力掠夺行为的人"。此外，每一案件都必须由一名法官单独裁定，每年必须例行审查，被强制拘留者几乎可以随时要求特别审查。尽管有这些条款，堪萨斯州最高法院还是驳回了该法案，宣布它不符合实质性的正当程序要求。施密特夫妇参与了要求恢复这项法律的活动。

年轻而充满活力的卡拉·斯托瓦尔是堪萨斯州的总检察长，此前是克劳福德县检察官。她本人就毕业于匹兹堡州立大学，通过州众议员加里·霍尔马克认识了施密特夫妇。由于自己最好的一位朋友也是谋杀案的受害者，她与施密特夫妇迅速建立起了和谐的关系。在竞选公职期间，她经常住在施密特家，睡在现充当客房的斯蒂芬妮的房间里。房间的摆设还跟斯蒂芬妮离开时一样，放着她从前收集的复古巨魔娃娃和麦当劳快乐套餐玩具。

"我最初的想法是，"斯托瓦尔说，"'哎呀，我不知道就这样保留着这个房间，对他们来说是否健康'。但住在里面以后，我明白只有那样留着它才是唯一的方式，因为斯蒂芬妮仍然是他们生活中重要的一部分。她是这个家庭的一员，当然现在也成为我们司法制度里的一环。"

斯托瓦尔的办公室向美国最高法院提出上诉，后者同意审理此案。1996年12月10日，在基恩、佩吉、吉姆·布劳福斯等人陪同下，斯托瓦尔前往华盛顿，在美国最高法院前辩论此案。

"身为律师，有机会在美国最高法院进行辩护，你必须尽力做好自己的工作。我不能说为此案做了这么多准备只是因为关心在乎它，但我可以肯定地告诉你，我的情感投入肯定比对一起税务案件要大得多，因为基恩、佩吉和珍妮弗成了我这么好的朋友。我理解他们，理解他们的使命、信念、勇气和承诺，所以这起案件才变得这么特别。对他们来说，陪着我、支持我去最高法院参与此案的辩论，是唯一正确的做法。如果他们不在那里，就会有很大一部分的缺失，因为我所争取的，是他们付出的努力。我们到那里是为了寻求通过斯蒂芬妮法案。"

所有人都屏住了呼吸，等待结果。

最高法院于 1997 年 6 月 23 日作出裁决。5 比 4，最高法院经投票表决支持这项法律，这意味着它将在堪萨斯州得以恢复，其他州现在也可以考虑制定自己的法规来保护潜在的性掠夺案受害者。卡拉·斯托瓦尔在州检察长办公室为起草此类立法提供帮助。法官安东尼·肯尼迪在一致意见书中表示，堪萨斯州的法律及其附带的保护措施符合民事强制拘留的模式和传统。他推测，即使是持反对意见的人，"在该法生效后，也会认同堪萨斯州对罪犯的处置。如果待遇合理，甚至会认同对亨德里克斯的处置"。

斯托瓦尔指出："亨德里克斯在堪萨斯州监狱度过的 10 年里，一直拒绝接受针对性罪犯的治疗。他说，唯一能保证他不会再猥亵的方法就是死掉。他猥亵儿童长达 40 年——小孩、青少年、男孩、女孩、家庭成员和陌生人，什么人都不放过。对有些人的侵犯只发生了一次，而对另一些人的侵犯则持续了数年。这个国家的每一个孩子，都可能成为勒罗伊·亨德里克斯的受害者。"

斯坦顿·萨梅洛说："我认为他们在堪萨斯的做法符合人道主义。它确实保护了社区，把[掠夺的罪犯]关进精神病院。我们已经知道自己没有实现持久效果的改造工具，难道要让这些人出去侵扰他人，甚至再次杀戮吗？我们还有什么选择呢？我花了太长时间才得出这个结论。改变性偏好？我不知道有没有人知道这该怎么做。所以我认为这是必要的举措，如果你了解这些人的心理，就不会反对这项法律和相关实践。"

我唯一想补充的是,我们把虐待孩子的这些人放回社会,会向孩子们传递什么信息?把像这样的家伙放出来,我们只会增强他的权力感,深化受害者无能为力的挫败感。

记者问珍妮弗对最高法院的胜利有何反应,她简单地说:"迟到了 4 年。"尽管如此,这仍然是一次了不起的胜利。

宣判后大约两个星期,在一个美好的夏日午后,也就是斯蒂芬妮生日前后,施密特夫妇为数百名客人举办了一场"最高庆典"。他们把房子和后院用红白蓝三色的装饰品打扮一新,这是自斯蒂芬妮葬礼以来最盛大的一次聚会。

卡拉·斯托瓦尔发了言,和基恩、佩吉和珍妮弗一起切了蛋糕。这份蛋糕是斯蒂芬妮的一个朋友以及她从前在连锁超市工作的同事们精心装饰的。接着,卡拉送给他们一份礼物,是她在家乡堪萨斯州马里昂一家手工艺品商店里偶然发现的。这是一个手工制作的天使娃娃,为施密特家本就拥有的丰富天使玩偶藏品锦上添花。它用平纹棉布制成,衣服也是平纹棉布质地,棉花边的下摆,背后是一对木制翅膀,还有一头和斯蒂芬妮一样的金色卷发。

天使娃娃手里捧着一颗心,上面写着"斯蒂芬妮在微笑,1997 年 6 月 23 日"——那是最高法院做出裁决的日子。

尽管年龄、地点和家庭状况有所不同,但斯蒂芬妮·施密特和德斯特妮·苏扎谋杀案有着令人心酸的相似之处。两人都被自己的善良和对人的乐观信念所背叛。有没有一种方法可以保存善良的美德,而不再牺牲更多的德斯特妮或者斯蒂芬妮们呢?这里有什么可以汲取的教训呢?

我认为斯蒂芬妮·施密特的故事对几乎所有人都有所启示。

很遗憾,年轻女性应该明白,你不能太过相信人性,必须尽最大努力去了解身边的人,避免让自己置身危险境地。如果你得到了本就

Obsession

有权得到的信息，保护自己会更加容易。

对家长来说，重要的是让你的孩子，无论男女，保持警惕并承担责任。

对法官来说，教训是要实事求是，了解这些罪犯的真实面目，不仅把判决作为施加惩罚的手段，也作为保护公众的途径。

对立法者来说，教训是要确保不会有人只服刑一半时间，就因为"服刑时间足够长"而半途出狱。必须采用更有效和可靠的标准来决定囚犯到什么时候可以获得假释。

对惩教官员来说，教训很简单，那就是要理解危险性，并把重点放在不让受你管控的罪犯有机会伤害他人（只要他们表现出此种倾向）上。

对于潜在受害者（很遗憾，几乎所有女性、孩子，甚至一些男性都属于此类）的朋友来说，教训是保持警惕，留意周围情况，愿意出手相助。埃里克·里滕豪斯说得很清楚，知识就是力量，缺乏信息是一个严重的不利条件。

对我们广大公众来说，必须理解，只有理解，我们才能要求采取行动，结束这场持续已久的战争。我们必须停止为不可原谅的行为找借口，坚决让人们对自己的行为负责。我一直在想，为什么总会出现那种把残忍无情乔装打扮成精神疾病的倾向呢？这是对精神病患者的侮辱，竟然认为这种病症是人们犯下暴力犯罪的主要原因。性暴力掠夺者确实患有疾病，但这种病应该叫做"缺乏良知"而非"精神错乱"。

我们必须仔细审视改造罪犯的概念。珍妮弗在波维奇的节目上说："我们的政府认为罪犯可以改过自新，还把这场实验推向公众。但我不想再当试验品了。"

认为唐纳德·吉迪恩这样的人能够"改过自新"，就像他的妹妹香农说的那样，他们会珍惜难得的第二次机会，绝不能搞砸了。这愿望很美好，但香农·吉迪恩没弄明白。就这一点而言，基恩·施密特听说唐没有杀死他的前一个强奸受害者，所以稍感宽慰，他也错在了同一个地方。

根据我的分析，唐纳德·吉迪恩确实从自己的错误中吸取了教训，但跟我们所希望的、跟我们中天真的人所期待的，并不是一回事。他发现，如果你绑架、强奸、猥亵了一名女性并对其施以身体上的虐待，接着放走她，她就会报警，你就会受到惩罚。所以，如果想避免这种情况，你可以选择（a）不再这么做；或者（b）干掉对你不利的证人。很明显，不管是什么东西让唐·吉迪恩想要通过性侵犯来操纵、支配和控制来感受到他自己所说的"纯粹的力量"，监狱、治疗或者想要变好的个人决心都没能让他"改过自新"。

事实上，吉迪恩头一个受害者的朋友和室友得知斯蒂芬妮失踪、警方正在通缉唐的时候，她告诉记者："我知道这个姑娘找到时不会是活着的。""这一次，"她解释说，"吉迪恩不会留下（任何）证人。"

我们知道萨梅诺医生对"改造"是什么看法。弗吉尼亚州费尔法克斯县的警察局长 M. 道格拉斯·斯科特也持有一个同样有趣的观点。他不仅负责保护公众的安全，还负责分配公众授予他的日益有限的预算。

"我在执法生涯中很少看到有人能指着个罪犯对我说：'那个人显然已经改过自新了。即使他们犯下过严重罪行，如今已经重新过上了有意义的生活。'

"公众一般认为人性本善，并觉得大多数人都有能力做个好人。公众甚至愿意相信，通过某种程度的帮助，坏人可以改过自新、重返社会。但我认为，如今游荡在大街上的坏人数量过多，如果我们继续尝试改造他们，社会将会破产。"

让我换一种说法。如果你支持惩教局的做法、支持假释、总体上是个好心人，认为不可能完全预测未来的暴力行为，但又想给这些服刑已久的人第二次机会，等他们服过一段刑期之后获得假释被放归社会，我想问：

你能接受的失败率是多少？

我们选取100名罪犯的样本，以唐·吉迪恩的第一次作案作为代表：30岁出头的男性，持刀威胁并强奸受害者，威胁说如果她反抗就杀了她，之后放了她；随后遭到逮捕，经过审判定罪，被送进监狱。这里，我们只看这个例子，姑且忽略不良的家庭背景和其他与法律有关的麻烦事。

好，现在，如果我们让这100个人服刑一半后获得假释，你能接受这场改造实验的失败率是多少？换句话说，所谓的实验失败，就是他们中有多少人出狱后会强奸和谋杀像斯蒂芬妮·施密特这样无辜的年轻女性？

两个是可以接受的失败率吗？3个如何？也许5个？采用这样的陈述方式，我还没有遇到任何一个人会同意失去哪怕一条生命（一个斯蒂芬妮·施密特，以及唐·吉迪恩杀害她从这个世界上夺走的所有欢笑和美好）是可以接受的。

国家受害者中心的戴维·比蒂说："我们从小就背诵过这句话：'我宁愿看到100个有罪的人逍遥法外，也不愿看到一个无辜的人被冤枉错判。'当然我们都同意这一点。但被这些人杀害的至少100名受害者呢？他们的清白要到哪里去追诉呢？有人考虑过他们吗？我上全国公共广播电台跟一位治疗暴力性犯罪者的人辩论过。他谈到他治疗这些人所取得的惊人成功。他说，有时重犯率低至20％！我说：'让我问你一个问题。你有孩子吗？'他说：'有的。'

"我说：'你愿意用你孩子的生命来打赌你治疗的任何一个客户都改过自新了吗？如果你错了，你的孩子可能会死，或是遭到性侵犯？你愿意冒这个风险吗？'

"他说：'呃，这个问题问得有失公平，因为在那种情况下我无法客观地做出判断。'我说：'每次你放一个人出去，就是在拿另一个人的孩子做赌注。这应该成为我们考虑的标准。'"

这些暴力掠夺者不会自行停止。斯坦顿·萨梅诺、帕克·迪茨和其他许多从业者都可以告诉你，他们不会选择停止，而且毫不在乎，他们没有正常的良心和感情。

在我们讨论改过自新和悔罪问题时，我想顺便说一件事，那就是吉迪恩从监狱里写给吉姆·阿德勒的一封信。此前，阿德勒要求吉迪恩同意在民事诉讼中作证。吉迪恩拒绝了，说施密特一家与他无关，并建议他们"放手"。此后，他还说自己对他们没有任何义务。

有关这封信，还有一点需要补充：信中先打了一大堆感叹号，最后用手绘的小笑脸符号代替标点断句。

如果要让其中一些人重返社会，就像唐·吉迪恩在第一次暴力袭击女性后获释那样，我们难道不能至少享有对此事的知情权吗？

向社群通报有性罪犯居住在他们中间，这算是额外的惩罚吗？这是否侵犯了罪犯的公民权利，侵犯了他"偿还了对社会的债务"之后从头来过的能力？首先，任何一个故意杀害他人的人，永远无法完全偿还他对社会的债务，让他获释走上街头已经算仁至义尽了。这里，我们不妨听听戴维·比蒂的一些看法：

"我们每天都在权衡宪法权利。实情就是这样：被定罪的罪犯没有和其他公民一样的权利。他们不能投票，他们的权利受到各种各样的限制。你猜这是怎么回事？这是他们自己选择的。他们剥夺了受害者的所有公民自由，而对他们隐私最严重的侵犯，无非让别人知道他们的犯罪情况。至于那些反对公开告知的人，他们真正反对的其实是保留刑事司法记录的原则。我真的听到所谓的公民自由律师说过：'我们应该原谅和忘记。'

"我曾在一次辩论中击败了其中一个家伙。我说：'你的立场是，公共记录应该公开，获取政府信息是对抗社会邪恶的最重要保护手段之一。'任何人都可以获取刑事司法记录。而这个人抱怨的是,我们向社区通告生活在其中的性暴力掠夺者,在实施公开档案法基本原则方面做得过了头。"

换句话说,公众在法律上本就有权获得这一信息;只是不要告诉他们。

"我在演讲中总是告诉人们,基恩和佩吉·施密特是英雄,"卡拉·斯托瓦尔说,"他们绝对是这项法律的催化剂和推动力。在斯蒂芬妮遇害前,堪萨斯州立法机构就提出过一项类似法案,但没有取得任何进展,甚至没有得到委员会的批准。靠着基恩和佩吉的倡导以及斯蒂芬妮的故事,这项法律才得以通过。他们促成了改变。这两个人既不富有也并非权贵,不是名人、不是民选官员,而是带着信息走到立法机构前的普通人。立法机关作出了回应。我们的法律参考了华盛顿州的模式。我希望最高法院对此做出支持裁决后,其他州也能勇敢地迈出一步,立即实施这项法律。现在不需要像在堪萨斯州那样的勇气,而是要赶在其他悲剧发生前实行这一法律。我们需要有法可依,同样也需要有法必依。"

这只是成为基恩和佩吉夫妇生活中心焦点的众多原则之一。他们本不必踏上必须成为英雄或战士的境地,但他们做到了,没有变得愤怒,没有变得激进,仍然保持着一直以来的善良正派。

斯蒂芬妮仍然是许多人生活中非常重要的一部分,他们都说怀念她独有的笑声。斯蒂芬妮最好的朋友之一香农·马什说,斯蒂芬妮"给我们留下了年复一年的美好回忆。每当碰到艰难的时候,她总会自嘲,对自己的处境一笑置之。我每天都会想起她"。

凯莉·法哈回忆道:"她笑得很厉害,整头卷发都会竖起来。"

凯莉原本姓加里格列蒂,她和达伦·法哈的结合正是因为两人都认识斯蒂芬妮。达伦是斯蒂芬妮的高中同学,也考上了匹兹堡州立大学。凯莉则是斯蒂芬妮的大学同学，她经后者介绍认识了达伦。

他们的结合是斯蒂芬妮留给这世界的馈赠之一。他们在婚礼上为她点燃了一支蜡烛。"虽然她离开了，但她的善良仍在发光。"凯莉评论道。

珍妮弗决心让所有对自己重要的人都知道斯蒂芬妮是怎样的一个人。"如果我有了孩子，"她说，"我想从一开始就告诉他们她是谁：给他们看她的照片，分享我和她的经历，试着让她成为孩子们生活的一部分，就像她还在这里一样。她永远是我生活的一部分，不管是我的孩子、丈夫，还是与我接触的任何人，都将通过我认识斯蒂芬妮。我不想让自己对她的记忆消失。我想为她过好她没能拥有的生活。

"有点讽刺的是，她去上大学时，我曾觉得我们变得更亲密了。现在，她远离了我，我还是觉得我们似乎更亲密了。与此同时，我想念她的音容笑貌和给过我的建议。就算我变老了，她还停留在原来的年纪，她仍然是我的姐姐，我将永远感受到姐姐的力量。在她还活着的时候，我们就通过精神彼此了解，我看不出发生了什么改变。她一定会和我一起成长。"

基恩和佩吉承认，尽管他们的爱仍然很明显，但无论怎么努力，笑声还是变少了。他们仍然经历着困难时期，有些日子比其他日子更加煎熬。每当别人无法理解时，他们会感到痛苦。最近，一位老朋友无法理解为什么他们不能参加他女儿的婚礼，这让他们感到很难过。斯蒂芬妮的死让他们失去了一个充满可能性的世界。出席聪明、美丽、活泼的年轻女性的婚礼，对他们来说变得极为困难。

他们几乎全身心地投入到基金会和"为斯蒂芬妮疾呼"的事业中。"为什么要大声疾呼？"他们反问，"因为沉默可能致命。"

斯蒂芬妮·施密特基金会的工作继续进行，校园里也组建起越来越多的"为斯蒂芬妮疾呼"分会。佩吉和基恩经常就假释、公众知情和性暴力掠夺者的性质等关键问题发表演讲,并在全国受害者权利运动中成了杰出的倡导者。他们出版了一份名为《大声疾呼》的新闻简报,并继续游说修订宪法,要求新增受害者权利修正案。

借助基恩在学校摄影和市场营销方面的经验,施密特基金会开始为从幼儿园到12年级的学生开发照片身份证明项目。等有其他组织将这一工作承担下来,他们便把注意力转移到其他项目上。这是他们典型的工作方式。他们寻找漏洞,加以填补。

如果用一句话来概括基金会的所有工作,那就是"提升安全意识"。通过他们为中学和"为斯蒂芬妮疾呼"校园分会开发的项目,施密特夫妇教授、宣讲并大声呼吁"提高安全意识"的必要性。他们教大学生扩展自己的影响力,与小学生和中学生合作。我们将在下一章集中讨论他们的一些建议。

在大学层面,最近尤其引人关注的焦点是提高对所谓的"约会强奸药"——"罗眠乐"(Rohypnol)的认识。但总的来说,他们在大学校园里所做的工作是建立"人人关照人人"的责任感和社群意识。第一个"为斯蒂芬妮疾呼"分会在匹兹堡州立大学成立,基恩和佩吉正积极致力于在美国各地建立分会。

在我们即将完成本章期间,施密特夫妇15岁的狗狗桑迪衰老而死。它是他们过去美好生活最后纯真的象征之一。

战斗仍在继续。就在施密特夫妇举行最高法院胜诉庆典那一天,《印第安纳波利斯星报》的头版上刊登了一篇文章,说一名有着9年犯罪记录(包括持刀伤人、越狱、狱中贩毒)的男子,在等待另一项指控的审判期间,靠着自己给自己担保,让法官同意他从县监狱假释。9天之后,他猥亵并谋杀了一名13岁的女孩,用他在此前一次犯罪袭击中用过的刀刺了受害者76刀。法官说他不知道这个人的暴力过去。"这家伙溜出了法网。"他悔恨地说道。

我们还要接受和容忍多少桩这样的惨剧？还有多少个斯蒂芬妮·施密特会无辜死去？

对斯蒂芬妮·施密特基金会的免税捐款可发送至"堪萨斯州66207欧弗兰帕克邮政信箱7829号"。要获得更多信息，或成立"为斯蒂芬妮疾呼"分会，可传真或发信息至（913）345-0362。

第十三章　知识就是力量

汉斯·哈格曼是那种似乎事事顺心的人。他的皮肤黝黑、留着光头、身材结实健壮、魅力十足，这一切得自他中西部白人父亲和波多黎各人母亲（两人都是传教士）的遗传。他口齿伶俐、幽默风趣、充满激情。他先后就读于托尼大学预科，随后进入普林斯顿大学和哥伦比亚大学法学院。在此过程中，他挤进了大学储备军官训练团委员会，并娶了一位同样聪明、迷人、富有魅力的妻子。他加入纽约一家著名公司专攻公司法，接着去了华盛顿，在国会山担任参议院一支小组委员会的顾问，建立起良好的人脉关系。后来他回到纽约，成了一名毒品检察官。凭借才智、经验、强大的魅力和社交风度，他受到华尔街和华盛顿大律师事务所的青睐，逐渐成为重要的合伙人和政治捐客，拥有了7位数的年薪。

但这些都不是我们要写汉斯·哈格曼故事的原因。我们之所以写他，是因为他有一种特殊的执念——多做好事、改变世界。你看，汉斯放弃了豪华公寓、豪华办公室和丰厚的收入，和他哈佛毕业的兄弟伊万一起，在纽约第一大道和第二大道之间的103街上创办了一所私立学校，被他称为"出埃及之家"的东哈莱姆学校。出埃及之家曾是哈格曼牧师夫妇创办的一家寄宿戒毒中心。汉斯、伊万和他们的妹妹就在这里长大。汉斯是执行董事，伊万是校长，副校长是英格·汉森。

90%的学生来自领取公共援助的家庭,这意味着哈格曼一家总是在四处募款。汉斯很擅长和孩子们相处。他最初考虑开办一所小学。毕竟,从逻辑上讲,你越早接触孩子,产生的影响就越大。但他觉得社会上已经有了针对少儿的项目和资金。真正的挑战是那些没人愿意接手的孩子——初中生和高中生。这个年龄段的青少年,哪怕生活在最好的环境下也很难对付,而在这里,他们已经承受了来自社区和环境造成的创伤。汉斯知道,如果承担这项任务,他和伊万不仅要成为教育者,还要成为警察、治疗师和对抗当地可卡因贩子(汉斯曾经冒着巨大的人身风险直面毒贩,逼着他们从学校门口转身离开)的战士。为此,他申请了携带枪支的许可执照。

"最初的两年很艰难,"他承认,"但现在我觉得,就连街坊里的坏人都尊重我们了。"

东哈莱姆是一所要求严格、奉行高标准的学校。汉斯认为,只有在纪律严明、体系清晰、强调责任的氛围中,个人自由才能蓬勃发展。"我们尝试向孩子们展示足够多的外部世界以及生活的可能性。"他说。

学校的校训是"能力与品德"。汉斯说:"如果这些孩子在身体和情感上都能度过青春期,就像达尔文的适者生存那样,他们有可能成为世界的强者。"我在这本书中一直强调,犯罪从很多不同的层面影响着我们所有人。"我们可以扭转局面,"汉斯坚持说,"这些孩子与成功之间的唯一障碍就是安全的场所。我们希望为他们的生活提供一个关怀、培育的空间。"

他和伊万知道,他们不可能让所有的孩子都成功。最近有个年轻人没毕业,因为他没能按规定完成10页论文。"不写完论文是他有意识的决定,我们给过他很多机会。像其他许多学校一样,我们可以让他毕业,对他说:'去读高中吧,你不再是我们的问题了。'但他并没有从这所学校毕业。我们从他还在襁褓之中时就认识他,这是一个艰难的决定。我们跟他反反复复地谈了很多次。这里必须进行一定程度的分流。我们不会放弃任何人，只要他们不放弃自己。就算他们真的放弃了自己，我们也依然在这里，他们也知道。但对我来说最困难的事情之一是，在这个过程中，我们总会碰到有人流失。这个孩子将会跌入谷底。问题是在这样一个社区，一旦你跌入谷底，并非总能回头。他很聪明，聪明到足够给自己招惹大麻烦。"一如汉斯选择放弃赚钱的事业和奢侈的生活方式，每个人都要做出某种选择。

毫无疑问，哈格曼兄弟已经为自己的执念作出了牺牲。伊万离了婚；汉斯坦率地说，这也给他自己的婚姻带来了压力。通常，他和妻子还要承受一个甚至多个年轻人同住带来的额外压力。但最令人鼓舞的是，汉斯相信，"这世界上还有很多像我们这样的人。一定有"。

再举一个来自同一社区的例子：

1992年，我们的经纪人杰伊·阿克顿创立了哈莱姆"内城棒球复兴会"。他是纽约市的一名律师、小联盟棒球队的老板和铁杆棒球迷。"内城棒球复兴会"是模仿1989年职业棒球球探约翰·扬在洛杉矶发起的第一个复兴项目，以应对帮派暴力问题。就像"为斯蒂芬妮疾呼"一样，复兴会也在发展壮大，现在美国50多个城市都有这样的项目。英格·汉森现在除了是东哈莱姆学校的副校长，也和杰伊同是律师兼文学经纪人。她是复兴会最初的执行董事。杰伊和他的同事们在东哈莱姆区第一大道100街找到了一块废弃的空地，并在社区的帮助下把它变成了球场。

该项目的公开目标旨在为7至18岁的内城男女青少年（分编为球队和联盟）提供有组织的高质量棒球体验。但它真正的目的是帮助城市青少年学习团队合作和体育精神价值观，培养更强的自尊心，并激励和帮助参加比赛的球员更高效地学习，同时为他们提供留在学校的强大动力。最后一点很重要。如果你想打球，课业成绩就必须达到可接受的平均水平。为了帮助实现这一目标，"内城棒球复兴会"安

350　变态杀手

排了辅导和指导项目。他们出版了一份由参与者撰写、专业编辑和记者提供建议与意见（后者自愿贡献时间）的时事通讯。他们还发起了一系列的演讲活动，让年轻人接触到自己社区之外各方面的内容，主题从职业棒球、女性在体育运动中扮演的角色，到枪支暴力、毒品、艾滋病、青少年性行为和责任，以及精彩图书推荐等。"内城棒球复兴会"现任执行董事是理查德·伯林，他拥有伦敦经济学院的硕士学位，从1993年开始在复兴会做志愿者工作时就产生了回馈社会的念头。

读完这本书，你会知道在打击犯罪和掠夺性暴力的战争中，增强人的自尊心和提升人的个体和集体责任感，是两种最强大的武器。有了这些武器，犯下暴力罪行的年轻男性会更少，觉得有义务阻止周围暴力行为的年轻人会更多。自尊也会让人不那么容易成为其他掠夺罪犯的目标。像哈莱姆"内城棒球复兴会"这样的组织正朝着这个方向努力。它们非常重要，是人们反击犯罪努力中不可或缺的一部分。

我们本打算把最后一章叫作"反击"，但在上一本书《黑暗之旅》中已经用过这个标题。所以，我们选择突出本书的基本主题，从本质而言，两者是一个意思。诚如汉斯·哈格曼的证明，知识就是力量，反击有很多种方法。

你可以像基恩和佩吉·施密特夫妇、杰克和特鲁迪·柯林斯夫妇那样反击；可以像琳达·费尔斯坦那样反击；又或是像卡罗尔·埃利斯和桑德拉·威特那样。此外还有一些更直接的方法，即人人都必须采用的、保证个人安全的概念和技术。

事实上，我遇到的几乎所有受害者和幸存者都告诉我，他们是多么迅速地被迫接受了有关犯罪、刑事司法系统以及社会对暴力掠夺性罪犯及其受害者态度的教育。我们需要做的是在恶性事件发生之前用知识武装自己，通过这些知识努力扭转局面。以下评论和建议并不完整,也非事无巨细。围绕每个主题,都可以轻松地写出一整本书来。我想在这里提供的是关于性暴力掠夺者和强迫性暴力犯罪的一般态度、方法和概念。

首先,我们对强奸的态度是,绝对不能接受。这似乎是非常基本的常识,但不知读者是否还记得前文提及的对青春期男孩和女孩的调查。他们认为,在某些情况下强迫女性发生性行为是可以接受的:主要是与双方认识的时间长短和男孩花了多少钱有关。

基恩·施密特说:"我们在参观各所大学校园时发现,对女孩,我们必须教育她们,'你可以说不,可以拒绝';而对男孩,则必须教育他们,要理解'不'就是字面意思的'不',没有任何言外之意。"

发人深省的是,1995年由美国卫生与公众服务部进行的《全国家庭成长调查报告》称,在接受调查的少女中,有7%的有过性行为的人表示,自己的第一次性行为并非出于自愿;还有近1/4的人说,她们的第一次性行为"出于自愿,但本身并不想要"。

我们必须坚定建立起来的态度是对强奸受害者的同情,哪怕她们是约会强奸受害者,甚至妓女受害者。我们必须保证让她们知道,我们理解这不是她们的错,并提供让受害者能没有顾虑报案并起诉犯罪的环境。

"环境"也是预防的关键词:对周围环境保持觉察和警惕,比任何其他因素都更能有效减少性侵犯。还记得琳达·费尔斯坦举过的案例吗?一名强奸犯跟踪一名女性进入她自己的公寓大楼,尽管他的合成画像明明就贴在公寓大厅。

"你知道我遇到过多少这样的情况吗?送披萨的外卖小哥进来,把披萨送到25楼4号,往外走的时候顺便试试其他家的门能不能打开?"她问道,"我想我不会把自己称作偏执狂,我只是对周围发生的事情有健康的警惕性。"

而且，正如费尔斯坦指出："这不仅仅是大城市的现象。没有哪个星期我不曾接到来自偏远地区的电话，询问如何处理他们所遇到的案件或情况，还有受害者因为没有得到妥善处理而感到不满。"

在斯蒂芬妮·施密特遇害前，堪萨斯州匹兹堡已经有 30 年没有发生过年轻女性谋杀案了。而从那以后，又发生了两起。

无论住在哪里，锁好门窗、保证入口光线充足都很重要。在汽车内外，尤其是在停车场，务必尽量在你和你的车之间保留一个缓冲区，这样的话，如有必要，你可以迅速把车开到一个安全且光线充足的地方。

现在，你兴许并不总是在生活中如此谨慎，甚至根本就不可能这么做。但我强烈敦促你，务必评估并理解你所处的环境。这可以归结为一条简单但普遍适用的建议：

如果你把自己置于潜在风险程度较高的地方，就必须提高自己的警惕性，采取更高级别的预防措施。

珍妮弗·莱文和斯蒂芬妮·施密特案件凸显了一种警示：你绝不能想当然地认为自己对某个人很了解。这是两个聪明外向的年轻姑娘，她们唯一的错误就是误信他人。信任他人是一种令人钦佩的品质。她们没有做错任何事，但正因为信任，让她俩陷入致命的境地。

关照好你的朋友，注意他们在做什么。在唐·吉迪恩看来，斯蒂芬妮·施密特是最理想的受害者。她不知道他暴力掠夺的过去，而且人人都知道她要回家过暑假，这样她的女性朋友接下来的几天里不会对她的失踪起疑心。

不要以为性暴力掠夺罪犯能一眼就被看出来，比罗伯特·钱伯斯、亚历克斯·凯利或唐·吉迪恩更像"坏人"。杀人犯或强奸犯可以是任何人的样子。费尔斯坦经手的案件里，被告有医生、律师、牙医，甚至部长和拉比，这些人在"专业"的环境中侵犯受害者。你妈妈从你上小学起就告诉你的建议其实最靠谱：要是有人想搭便车，别理他；自己也别随意搭便车，不上你不怎么了解的人的便车；不接受不熟悉的人递来的饮料（当然，专业服务员或调酒师例外）。约会强奸药"罗眠乐"很容易混入饮料，见效很快（有时几分钟内就生效），很难追踪。服用后，受害者会对周围的环境浑然不知，之后对发生的事情没有记忆。

警探鲍勃·墨菲简洁精辟地总结了这一切："不留任何给人钻空子的机会。"

前文提到过，强奸犯分为不同的类型，每一种的反应不尽相同。所以，如果你保持足够的冷静，能够在危机中对该人进行评估，那就一定要跟着直觉做出相应的反应。我们唯一在乎的是活下来。但是，要想根据一连串复杂的行为特征来调整自己的反应，这很困难。所以，这里列出一些有更大胜算的基本反应。

如果有人接近或攻击你，切莫上他的车。大声喊叫、反抗，尝试引起注意和／或逃跑。如果他能在没有任何目击者的情况下把你从公共场所带走，你生还或毫发无损逃出的机会就将大大减少。一有机会就得跑。

如果是陌生人强奸，如果他允许你看到他的脸，你知道了他的名字，或者你能以其他方式认出攻击你的人并且他也知道这一点，那么你就更需要赶紧逃跑，哪怕他拿着刀让你有受伤的危险。因为除非他相当缺乏经验，否则很可能会杀了你，不留活口。尽管这可能很难做到，但别让自己分心，将全部的精力集中到求生上。

如果他知道你能认出他，而且你逃不掉，那么你就得尝试跟他建立某种有人情味的关系。例如，我总是告诉警察，如果他们发现自己成了人质，切莫让枪手把他们脸朝下压倒在地。处在这种姿势下，他很容易剥离你的人格色彩，也很容易向你后脑勺开一枪——远比你死盯着他眼睛时扣动扳机要容易得多。出于同样的原因，强奸也是一种人身受到挟持的情况，你也可以通过不让他剥离你的人格色彩提升生

变态杀手

存机会。即使是像加里·海德尼克这样极端的暴力掠夺者，也会将他认为存在人情纽带的囚徒区别对待：他允许她离开，正因为有了这个机会，她才最终救出了自己和剩下的幸存者。

我认为整个社会对跟踪缠扰的态度正开始改变，但重要的是要明白，进行跟踪缠扰的这些男性（女性）并不是痴心的情圣。他们是潜在的杀手，最好尽早对付。

如果你觉得自己成了某人执念的对象，一旦感到不舒服，就要关上情感之门。不要试图保护他（或她）的感受，或是"温柔地加以拒绝"——他们才不担心你的感受；也不要以为他们会"翻篇"。

不要试图"谈判"，立即切入保护模式。切断沟通，屏蔽电话，把你的名字从邮箱或者指定工作停车位上拿掉，着手记下一切骚扰或威胁的迹象。向朋友、邻居、同事告知潜在跟踪缠扰者的信息。让他们随时随地陪着你，以免你独自面对跟踪者。让他人成为你的眼睛、耳朵和加长的保护屏障。

知道当地警察局、消防站和救援站在哪里。如果有人跟踪，你能迅速找到其中之一。把汽车随时加满油，手机随时放在身边，以便拨打电话对外求助。

如果你获得了限制令或任何其他相关的法院命令或法律文件，请随身携带复印件，随时向警察出示。如果警察不愿帮助你，请致电地方检察官办公室、州检察长、你所在地区的受害者–证人项目，或者国家受害者中心（1-800-FYI-CALL）寻求帮助。警察拒绝提供帮助，这是可以起诉的罪责。

就家庭暴力而言，最好的防御措施一定是进入一段关系之前就识别出男性的暴力倾向或控制女性的需求。永远不要为他潜在的暴力或威胁行为找借口——他会为自己找足够多的借口。根据家庭暴力预防基金会的数据，至少1/3被谋杀的女性死于丈夫或男友之手。

如果他过于嫉妒、缺乏安全感、占有欲强、控制欲强，如果他试图把你与家人、朋友或同事隔离开来，如果他极端敏感、碰到问题总是归咎于你或别人，如果他虐待儿童或宠物，口头辱骂、殴打或威胁要殴打你（或杀了你），使用武力解决争议或强迫发生性关系，如果他的情绪表达能迅速而突然从爱切换成愤怒和暴力，如果他对之前的伴侣有殴打或虐待史，那么建议很简单：赶紧逃！不惜一切代价。这方面有很多可用的支援服务，比如费尔法克斯县的"安全屋"等。

我们还应该警惕朋友和同事受到家暴的迹象。无法解释的瘀伤、愈发沉默或其他不寻常的行为、工作期间反常缺勤，这些都是我们应该注意的事情。我们应该鼓励受虐待的女性（或男性）寻求帮助，同时为之保守秘密。

相关防御策略与跟踪缠扰的防御策略类似。记下你可以去的地方，比如警察局、教堂、他不知道的朋友家。准备应急包，装好你和孩子离开时需要的东西，比如身份证、现金、信用卡、护照或出生证明、医疗记录和特殊玩具。但是，万一你认为自己已经处于迫在眉睫的危险当中，就算没有准备好这个应急包也要立刻离开。庇护所、警察和社会服务机构甚至强奸危机中心，都可以帮助你。

一如加文·德·贝克的鼓励，要相信你的直觉和本能反应，它们存在是有原因的。

我们必须从总体上改变对犯罪的态度，并在此过程中从根本上调整一些价值观。比如说，重量级拳击手迈克·泰森在拳击场上咬伤对手埃文德·霍利菲尔德耳朵的事件，似乎比他在酒店房间里强奸一名年轻女性的事件激起了更多公愤（而且，电视访谈节目的流量也更多），这叫我大惑不解。

虽然我相信，人都要为自己做出的选择负责，但萨梅洛和其他人也指出，有时，这些选择会受到早期干预的影响。如果说，我们能早些发现罗尼·谢尔顿、约瑟夫·汤普森、亚历克斯·凯利、罗伯特·钱伯斯甚至小约翰·欣克利或杰弗里·达默这样的人，察觉他们早期的行为模式，兴许也能够做些什么来改变他们的思维方式。我当然并不认为这对所有情况都有效，但在相当多的案件中，提前干预的机会很大。就算我们不能改变他们的想法，也有机会阻拦他们实施暴力行为。

因此，如果你有或知道有哪个孩子表现出攻击性或掠夺性行为的早期迹象，千万尽早寻求帮助，最好是赶在青春期之前。有一些典型的警告征兆，比如我们所说的"杀人三件套"：持续尿床、纵火、虐待动物或其他孩子。也许这些症状在某个特定案例中只是过渡阶段，但我在采访和研究过的惯犯身上，经常看到这种表现，无法视而不见。这"三件套"无疑是应该引起警惕的危险信号。就算你从孩子身上看不到这些迹象，还有许多其他的指标，难以一一列举。但重要的是，家长和老师能够从孩子的行为和情感发育的背景下本能地识别出这些问题。萨梅诺认为，关键在于存在"一种扩大并加剧的模式"。

除了明显的行为问题，我们还需要灌输一定的价值观，为孩子们提供良好的效法榜样。我们必须教育孩子，虽然体育和娱乐界人物光彩夺目，但真正的英雄是汉斯·哈格曼、琳达·费尔斯坦和卡罗尔·埃利斯那样的人，以及所有在悲伤中找到帮助他人方法的受害者——他们没有以自己的不幸或悲剧作为伤害他人的借口。凯瑟琳·苏扎的背景比大多数人想象得更糟糕，但她并没有因此成为罪犯或暴力分子。相反，她始终努力让孩子们过上比自己更好的生活。

有些事情我们必须学会接受。我们必须现实地认识到"改造"的局限性，必须创造出让受害者感到安全的环境。

我居住的地方实施动物管理条例。按照规定，如果你的狗"自由"地咬了别人一口，之后就会被贴上危险的标签，而作为狗主人的你要承担与其他潜在危险情况相同的严格责任标准。我从来没有遇到过哪条狗，像我研究过的性暴力掠夺罪犯那样凶残。我们还要再供他们"自由"地咬多少口？

Obsession

我们谈论的不仅仅是永远失去一个重要的挚爱之人，尽管这本身是难以忍受的。请记住，如果一个人死于疾病或自然原因，甚至是一场并未立即致命的事故，她身边都会围着亲朋好友、情感和医疗支持。可要是一个人死于暴力犯罪，她会孤独、绝望地死去，没有身边人的关爱，只有极度的恐惧和痛苦。这不是上帝的旨意，而是另一个人故意选择让这种事情发生。

你可能会说我在这个问题上过于情绪化，也可以说这只是头脑发热时的言论。这两项指责，我都愿承认。但这一幕我真的看得太多了。我花了太多时间跟那些生活遭到怪物彻底摧毁的好人在一起，每当想到这也可能发生在自己身上，我会忍不住打个寒战。

我们必须鼓励受害者参与到司法制度当中，并对制度进行调整，使之为受害者利益服务。我们要把那些如今仍归类在"轻罪"名目的严重犯罪更改为重罪。

公民自由和受害者权利之间没有冲突。公平审判和平衡审判之间没有冲突。让受害者在刑事司法制度中占有一席之地，并不需要剥夺被告目前享有的任何权利。我们所要求的只是平衡。如果一个定罪的被告可以告诉法官自己所有的优点以避免更严厉的惩罚，为什么受害者的家人和朋友不能说出其所有的美好，以及这个世界因为她的离开失去了些什么？被告要求公平，我也一样。

戴维·比蒂说过："关于受害者权利运动最容易遭到误解的概念可能是，这是一场零和博弈，只有牺牲犯罪者的权利才能让受害者获得权利。事实并非如此。我们不会挑战任何受宪法坚定保护的基本核心权利，比如正当程序。"

但有一件我们绝对不应该做的事，那就是让加害者以受害者的身份出现。他们犯的罪，是他们主动选择去做的，而不是受害者的错。

这就是我与基恩和佩吉·施密特夫妇、杰克和特鲁迪·柯林斯夫妇，以及全国范围内日益高涨的呼声一样，支持在宪法中补充受害者权利修正案的众多原因之一。

再一次，我想引用戴维·比蒂的话："我认为有趣的是人们开始意识到，宪法对罪犯的保护一直是这样向他们宣传的：'这些是保护你的举措。万一你被控犯罪，你一定希望获得这样的保护。'好吧，你猜怎么着？如果你不幸成了犯罪的受害者，你同样想要获得这些基本的保护。这就是修正案的意义所在，它的目的是保护整个社会。"

跟踪缠扰的受害者不应该被迫改名换姓，放弃自己的生活，搬离城镇，悄然死去。

家庭暴力的受害者不应该忍受持续的惩罚和虐待，也不应该被逼得走投无路，要么杀死施虐者、要么被施虐者所杀。

受害者不应该因为在这个过程中没有"地位"，而觉得无法从刑事司法体系中获得信息。正如堪萨斯受害者权利协调员林恩·艾伦所说，如果你去看医生，他却不肯告诉你到底发生了什么事，你会有什么感觉？生病不是你要求的，你没有作出选择，但你仍然生了病。他对你说，"我们要做手术，几个小时后见。你只需要知道这些就够了。"一项又一项的调查告诉我们，受害者除了希望起诉，获得对自己有利的结果，也希望整个司法制度对自己的困境表现出一定的同情。他们不希望像唐·吉迪恩告诉施密特夫妇的那样"放手"，他们希望有人对自己表现出理解和关心。

刑罚不应该让暴力掠夺罪犯在相对较短的时间里再次犯下同样的罪行。如果是这样，戴维·比蒂说："政府就接近于那个即将犯下另一桩罪行的人的同谋。没有补救方法的权利，无异于空洞的言辞。"

我们不应该把性罪犯的隐私和声誉看得比孩子的安全更重要。

我们对坏人所作所为的道德义愤不应减弱。我们的执念必须和坏人的执念一样强烈。这是我们赢得这场对抗邪恶之战的唯一机会。

OBSESSION: The FBI's Legendary Profiler Probes the Psyches of Killers, Rapists and Stalkers and Their Victims and Tells How to Fight Back
Original English Language edition Copyright © 1998 by Mindhunters, Inc.
All rights reserved
Published by arrangement with the original publisher, Scribner, a Division of Simon & Schuster, Inc.
Simplified Chinese Translation Copyright © 2025
By Shanghai Translation Publishing House

图字：09-2023-0049 号

图书在版编目（CIP）数据

变态杀手 /（美）约翰·道格拉斯，（美）马克·奥尔谢克著；闻佳译. -- 上海：上海译文出版社，2025. 4. --（译文纪实）. -- ISBN 978-7-5327-9773-8

I. I712. 45

中国国家版本馆 CIP 数据核字第 2025HW7193 号

变态杀手

[美] 约翰·道格拉斯 马克·奥尔谢克 著 闻佳 译
责任编辑 / 范炜炜 装帧设计 / 邵旻 观止堂_未氓

上海译文出版社有限公司出版、发行
网址：www.yiwen.com.cn
201101 上海市闵行区号景路 159 弄 B 座
上海景条印刷有限公司印刷

开本 890×1240 1/32 印张 11.5 插页 5 字数 259,000
2025 年 4 月第 1 版 2025 年 4 月第 1 次印刷
印数：0,001—8,000 册

ISBN 978-7-5327-9773-8
定价：68.00 元

本书中文简体字专有出版权归本社独家所有，未经本社同意不得转载、摘编或复制
如有质量问题，请与承印厂质量科联系，T：021-59815621